SOPHIA
CHASE

DATE THE BOSS

Wer liebt, erkennt schwerlich die schlechten Eigenschaften des Geliebten; wer hasst, erkennt schwerlich die guten Eigenschaften des Gehassten.

Fernöstliche Weisheit

Deutschsprachige Erstausgabe Februar 2020

Covergestaltung: Catrin Sommer www.rausch-gold.com
Autorenfoto: Melanie Eichenauer, www.studio-eichenauer.at
Lektorat: Dr. Antonia Barboric

PROLOG

Alice

Es heißt ja: Jede Firma ist ihr eigener kleiner Mikrokosmus.

Und nie wird mir das klarer als morgens – auf dem Weg in meine Abteilung. Ich komme an Leuten vorbei, die sich ihre lebensnotwendige Dosis Koffein reinkippen, weil das Schlafen im Flur schlicht unmöglich wäre. Andere kämpfen mit dem oder gegen den Drucker, dem es ständig an irgendetwas fehlt – sei es Papier oder eine Farbpatrone. Manche Kollegen sitzen haareraufend vor ihren Arbeitsgeräten, andere freuen sich über eine Gehaltserhöhung. Jemand hat Kuchen mitgebracht und bietet allen was davon an; jemand anderes meldet sich krank. Eigentlich wirkt es so, als würde hier keiner irgendetwas Produktives leisten. Trotzdem läuft der Laden.

Wie auch immer uns dies gelingen mag.

Auch ich beginne diesen stinknormalen Tag wie immer: Ich hole mir einen Kaffee, starte meinen PC, hänge viel zu lange auf Instagram herum und fühle mich, nachdem ich zig Bilder einer Fitnesstante angeschmachtet habe, schlichtweg fett und faul.

Wie ernähre ich mich eigentlich? Gott, ich gebe es ja zu: Ich esse zu viel Müll. Aber ich liebe Chips und Schokolade einfach. Vielleicht sollte ich morgen mal laufen gehen? Hab ich überhaupt noch Laufschuhe? Außerdem soll es morgen regnen. Ich bin erbärmlich. Ich hasse dich, du Waschbrettbrauchfrau.

„Klopf, klopf", reißt mich meine Kollegin Mila aus meinen selbstzerstörerischen Gedanken. „Störe ich? Du hast ausgesehen, als wärst du in wichtige Überlegungen versunken."

Ich räuspere mich und mache eine wegwerfende Handbewegung. „Ich bin nur ein paar Berechnungen noch einmal durchgegangen."

Mila lächelt und steckt ihre Hände in die Hosentaschen. „Du bist immer so fleißig. Wie machst du das?"

„Ähm ... so bin ich eben." Ich bin vielleicht kreativ darin, mir Ausreden einfallen zu lassen. Darum arbeite ich schließlich auch hier. Ich liebe meinen Job zwar, würde mich aber deswegen auch nicht zu Tode rackern.

Ich habe das Glück, in einer Firma zu arbeiten, die bereits so etabliert ist, dass das oberste Gebot hier nicht ‚*Schuftet, ihr Sklaven*!', sondern ‚*Chillax*!' lautet.

Denken die bei Apple mit ihren flexiblen Arbeitsplätzen und den spektakulären Freizeitangeboten, sie wären cool, sollten sie erst mal zu MBT kommen. Bei uns gibt es Leute, die ihre eigenen Kräuter anbauen – im Büro. Der Fernsehraum mit Netflix-Zugang ist Wahnsinn. Und wenn wir uns etwas vom Lieferservice bestellen, schreiben wir das auf Firmenrechnung (was aber ganz sicher nicht völlig legal ist).

„Hast du die Rundmail von ganz oben schon gelesen?“, fragt Mila, und die Art, wie sie ihre Augenbrauen hochzieht, alarmiert mich.

„Nein. Was stand drin?“

Sie kommt ein paar Schritte näher und senkt die Stimme. „Sie werden demnächst irgendein dringendes Meeting abhalten. Mitsamt Vorstandszirkus. Denkst du, irgendjemand hat richtig Mist gebaut?“

Jeder hier hat schon mal irgendwelchen Mist gebaut. Aber nichts von dem, was mir bekannt ist, wäre monströs genug, um die Vorstandsmitglieder aus ihren Palästen zu locken.

„Wir werden sehen. Wird schon nicht so schlimm sein.“ *Hoffe ich.*

In der Zwischenzeit habe ich die Mail geöffnet und festgestellt, dass das Meeting bereits in einer halben Stunde stattfindet. Damit geht mein gesamter Tagesplan flöten.

„Hat Monroe irgendetwas zu dir gesagt?“, will Mila wissen.

Ich schüttele den Kopf. „Gar nichts. Nein.“

Bis zum Meeting vertreiben Mila und ich uns die Zeit mit einigen Endzeittheorien, während wir auf der Couch in meinem Büro Kaffee trinken.

Mila begleitet mich bis zum Lift und klopft mir auf die Schulter, als würde ich in einen Kampf ziehen. Einige Leute aus meiner Abteilung, denen die Information über das plötzliche Meeting wohl ebenfalls zu Ohren gekommen ist, recken ihre Köpfe neugierig in meine Richtung.

Die Chefetage, drei Stockwerke höher, liegt gespenstisch still vor mir.

Das Klacken meiner Absätze auf dem glatten Marmorboden wirkt völlig deplatziert. Ich wage nicht einmal zu atmen, während ich auf den Sitzungsraum zusteuere. Dort scheint es etwas lebendiger zuzugehen.

Einige meiner Kollegen sind bereits erschienen, ebenso wie der größte Teil des Vorstandes – ausgenommen Harry. Ich nehme auf einem freien Stuhl Platz, blicke prüfend in die Runde und fühle mich von den leise miteinander redenden Kollegen regelrecht erdrückt.

Um Punkt neun wird die Tür geschlossen, und Louis, der vertretende Vorstandsvorsitzende, nimmt am Kopf des riesigen rechteckigen Tisches Platz.

Von Harry weiterhin keine Spur, weshalb ich mein Handy zücke und nachsehe, ob er mir geschrieben hat. Aber da ist nichts.

Louis greift nach einem roten Bleistift und hält ihn, während er zu sprechen beginnt, mit einer Hand fest umklammert. „Guten Morgen allerseits."

Allgemeines Murmeln, die Stimmung ist gedrückt. Ich ringe mich zu einer unverständlichen Erwiderung durch und traue mich nicht, mir ein Glas Wasser einzuschenken, obwohl mein Mund staubtrocken ist.

„Vielen Dank, dass ihr alle so kurzfristig kommen konntet. Wir, der Vorstand, waren uns einig, euch allen gleichzeitig diese Neuigkeit zu überbringen." Louis schweigt und runzelt seine Stirn so sehr, dass seine buschigen Augenbrauen eine durchgängige Linie bilden.

Langsam macht mir dieser Typ Angst!

Das alles hier ist völlig verrückt. Zuerst die Mail, jetzt das Meeting. Normalerweise gibt es in so einem Fall Kaffee, Donuts und Harry, der die Sitzung mit einem auflockernden Spruch beginnt.

Ist die Firma pleite? Werden Stellen gestrichen? Wo zum Teufel ist Harry?

Vielleicht sollte mein Inneres einfach nur die Klappe halten, damit ich Louis zuhören kann.

„Es fällt mir sehr schwer, diese Neuigkeit in Worte zu fassen, so unbegreiflich und erschütternd sie ist ... Bedauerlicherweise erreichte mich gestern in den späten Abendstunden die tragische Nachricht von Harry Monroes Tod."

Als Louis' Worte verhallt sind, stelle ich fest, dass sich selbst Stille steigern lässt. Sämtliche Augen rings um mich sind weit aufgerissen – was wohl ganz normal ist, wenn man glaubt, verarscht worden zu sein.

Im ersten Moment befürchte ich, ohnmächtig zu werden. Ja, so ist es wirklich. Bis zu diesem Zeitpunkt hätte ich auch gedacht, das passiert nur Damen, die die Rolle einer mittelalterlichen Prinzessin ergattert hatten. Doch ich muss mich jetzt sogar mit einer Hand am Tisch festhalten, um nicht vom Stuhl zu fallen.

„Wie ... wie ist das passiert?", fragt irgendwer. Ich weiß nicht einmal, wer das ist.

„Offensichtlich hatte er einen Verkehrsunfall. Genaueres werden wir hoffentlich im Laufe des Tages erfahren." Noch immer bemüht sich Louis, sachlich zu klingen, doch seine Stimme zittert merklich.

Harry Monroe ist unser Zugpferd, der Vorstandsvorsitzende und CEO von MBT Europe. Vor zehn Jahren hat er den Posten seines Vaters übernommen und ist seither in seiner Rolle aufgegangen. Er vertritt nicht die Sorte knallharter Boss, sondern erscheint chaotisch und leidenschaftlich. Dank seiner Person hat die Chillaxivity, wie er unsere Firmenatmosphäre nennt, Einzug erhalten.

Mich verbindet sogar noch sehr viel mehr mit Harry als ein reines Chef-Angestellten-Verhältnis. Wir sind uns im Zuge einiger Projekte, die ich mit meinem Team betreut habe, auch auf persönlicher Ebene nähergekommen. Ich hätte nie gedacht, dass ich tatsächlich so risikofreudig sein könnte, mit meinem Boss eine Affäre zu beginnen. Doch Harry war hartnäckig an mir drangeblieben, und schließlich landeten wir irgendwann miteinander im Bett. Das ist nun fast ein Jahr her. Seither ist viel zwischen uns passiert. Irgendwie habe ich von Anfang an gespürt, dass Harry nicht ehrlich zu mir war. Ich habe im vergangenen Monat begonnen, Distanz zwischen uns zu bringen. Die ganze Zeit war ich mir sicher, dass uns Abstand guttäte. Doch jetzt ... ist es zu spät.

Während ich reglos auf einen dunklen Fleck auf der Tischplatte starre und um mich herum lautstarke Diskussionen ausbrechen, hält bei mir die Realität Einzug.

Harry ist tot. Er ist für immer weg.

Wie konnte das passieren?

„In den nächsten Tagen wird es ausführliche Gespräche mit der internationalen Führungsebene geben, um die bestmögliche Lösung für das weitere Vorgehen nach dem Verlust, den unsere Firma erlitten hat, zu finden“, schließt Louis das kurze Meeting. „Harry würde wollen, dass das Tagesgeschäft auch jetzt weiterläuft. Ich denke daher, dass wir ihm diese Ehre erweisen sollten.“

Ich nicke im Echo der anderen.

Vermutlich stehe ich unter Schock. Ich kann mein Herz verdammt laut schlagen hören. Es klingt, als würde es gleich explodieren.

„Die Familie Monroe, allen voran Harrys Ehefrau, hat mich gebeten, Sie zur übermorgen stattfindenden Trauerfeier einzuladen. Es wäre schön, wenn Sie als Repräsentanten unseres Standorts dafür Zeit finden würden.“

In meinem Kopf wiederholt sich ein Satzteil wieder und wieder – Harrys Ehefrau. Harrys Ehefrau.

Harrys Ehefrau?

Harrys Ehefrau!

Harrys Ehefrau!!!!!

Der Mann, mit dem ich fast ein Jahr lang Sex hatte, war verheiratet und hat mir das verschwiegen.

In diesem Moment verspüre ich verständlicherweise riesige Trauer um Harry. Zugleich bin ich aber furchtbar sauer auf ihn. Enttäuscht. Verletzt. Ich fühle mich betrogen.

„Echt schlimm.“

„Richtig schlimm.“

Rose zu meiner Linken und Mila zu meiner Rechten wiederholen die beiden Sätze an diesem Abend, an dem wir uns in unserem Wohnzimmer eingefunden haben, andauernd.

Ich sitze nur stumm und betrunken da.

Wir haben eine Flasche Wein, die Harry mir mal mitgebracht hat, geköpft. Den größten Teil des Inhalts habe ich mir gegönnt.

Die Neuigkeit von Harrys Tod hatte sich in der Firma natürlich wie ein Lauffeuer verbreitet. An einen normalen Arbeitstag war nicht mehr zu denken. Dazu ging die Panik um, dass wir alle unsere Jobs verlieren könnten.

Doch die Aussicht, arbeitslos werden zu können, ist gerade meine geringste Sorge.

„Er hat eine Frau", murmele ich in mein Weinglas und nehme einen weiteren Schluck.

Mila verzieht das Gesicht, wie sie es schon den ganzen Abend macht, wenn ich diese bisher völlig unbekannte Tatsache erwähne. „Wie konnte niemand von ihr wissen?"

„Sie ist ein Phantom", bestätigt Rose.

„Wahrscheinlich wollte sie nie in der Öffentlichkeit stehen. Denkt ihr, sie haben Kinder?"

Ich drehe den Kopf in Milas Richtung und kneife die Augen zusammen. „Wenig hilfreich", sage ich.

„Sorry."

„Ich fühle mich ohnehin schon wie eine betrügerische Sch...schlampe." Okay, jetzt lalle ich auch schon.

Die Art, wie Rose das Weinglas in meinen Händen betrachtet, lässt mich vermuten, dass sie überlegt, es mir wegzunehmen.

„Das musst du nicht. Du konntest ja nicht ahnen, dass er verheiratet war“, beschwichtigt mich Mila und streicht über meinen Rücken.

Plötzlich verspüre ich das dringende Bedürfnis, wie ein Kleinkind loszuplärren. Dann würde ich mich wohl auch genauso auf den Boden werfen und mit den Beinen strampeln.

„Hat er nicht mal einen Ehering getragen?“, wird Rose langsam zu einer weiblichen Form von Sherlock Holmes.

Der Wein in meinem Blut hilft mir, Bilder von Harry und mir heraufzubeschwören. Er hat mich so oft berührt. Ich habe seine Hände sehr gemocht, doch nie ist mir daran ein Ring aufgefallen. „Ich habe nie einen gesehen“, murmele ich trotzig und atme tief aus.

Er war sogar öfter hier in der Wohnung, in der Mila und ich gemeinsam leben. Niemand außer meinen beiden Freundinnen wusste von unserer Affäre, und ich kann nur hoffen, dass das auch so bleibt.

Ich will mir gar nicht vorstellen, wie sich Harrys Frau fühlen würde, wenn sie jetzt, nach seinem Tod, von mir erfahren sollte.

„Ich kann übermorgen nicht zu dieser Trauerfeier gehen“, erkläre ich nach einer kurzen Pause, in der wir alle unsere Gedanken sortiert haben. „Nicht nach dieser Offenbarung. Vielleicht bin ich ein schrecklicher Mensch, aber ich kann ihm die letzte Ehre im Beisein seiner Frau nicht erweisen. Ich würde mir wie eine miese Betrügerin vorkommen.“

„Das verstehe ich total, Süße“, bestärkt mich Mila in meiner Meinung. „Ich würde dort auch nur eine schlimme Szene liefern und betrunken aufschlagen oder so. Ich meine, wie konnte dieser Mistkerl dir gegenüber nur so falsch sein?“

„Man redet nicht schlecht über Tote“, meldet sich Rose mahnend zu Wort.

Mila schnaubt, ich kichere. „Bullshit. Der Typ ist besoffen mit dem Auto gefahren und hat sich damit ins Grab befördert. Er war vielleicht ein cooler Boss, aber ein Scheißkerl.“

Amen!

„Dem kann ich nichts mehr hinzufügen“, gibt die Betrunkene in unserem Kreis – sprich: ich – ihren Senf dazu.

„Ihr seid echt scheißskrupellos, Leute.“ Rose nimmt mir nun das Glas ab und verschwindet damit in der Küche.

„Hey, das war meine Medizin! Du kannst sie mir nicht einfach so wegnehmen! Ich brauche das jetzt echt“, beschwere ich mich lautstark, werde aber nun, da ich meines Glücklichmachers beraubt wurde, unglaublich müde.

Rose blickt mitleidig zu mir. „Was du brauchst, ist ein Tritt in den Hintern, Alice. Harry hätte das auch so getan.“

„Ich habe aber keinen Ehemann, den ich vor ihm versteckt hielt!“, weise ich sie zurecht.

„Er wird seine Gründe gehabt haben, seine Frau zu betrügen. Vielleicht war er unglücklich, wollte jedoch die Ehe nicht aufgeben. Er wollte ihr vielleicht den Schmerz ersparen.“

„Die verteidigt ernsthaft einen Fremdgeher“, flüstert Mila, und beide betrachten wir Rose, als sei sie ein Stier mit drei Köpfen.

„Mir hat er aber Schmerz zugefügt.“ Meine Stimme ist laut und verwandelt Roses tadelnden Blick in einen sanften. „Und bevor er sich entschuldigen konnte, ist er einfach abgekratzt. Typen verschwinden immer, wenn es ans Eingemachte geht, weil sie bloß mit ihrem Schwanz denken. Ich habe jetzt wirklich genug von Kerlen. Die können mich mal.“

In diesem Augenblick begreife ich wohl, dass ich doch sehr viel mehr für Harry empfunden habe, als ich mir in der Vergangenheit einzureden versuchte. Gleichzeitig wird mir klar, dass ich meiner Fantasien einer gemeinsamen Zukunft nicht nur wegen Harrys Tod, sondern auch wegen des Vorhandenseins seiner Ehefrau beraubt wurde.

Jemand hat mal gesagt, dass man sich an den Anfang von einer Sache ewig erinnern kann, das Ende aber heimlich und leise eintritt.

Oftmals birgt ein Ende aber auch einen Anfang.

EINS

Alice

Zwei Monate später

Es gibt zwei Arten, seinen ersten Arbeitstag als neuer CEO zu beginnen.

Man kann zum Beispiel jeder Abteilung persönlich einen Besuch abstatten und ein paar Hände schütteln. Dazu verfasst man idealerweise eine Rundmail an alle Mitarbeiter, die einen kurzen Lebenslauf und ein paar anspornende Worte beinhaltet.

Oder man lässt einfach die gesamte Belegschaft in der Empfangshalle auflaufen und eine Art Podest vor den Fahrstühlen aufbauen, wo man sich unter tosendem Applaus feiern lässt, als wäre man der Messias höchstpersönlich.

Mein neuer Boss entschied sich für die zweite Variante, was, wie ich finde, sehr viel über seinen Charakter verrät. Er lässt den Applaus wie eine wohltuende Massage lange auf sich wirken. Währenddessen steht er bloß dort oben und lächelt triumphierend auf uns hinab.

Genau so, nehme ich an, muss man sich als Guru einer Sekte fühlen.

Ich hasse den Kerl vom ersten Augenblick an. Ob seine Selbstinszenierung etwas damit zu tun hat? Vielleicht habe ich auch einfach eine Abneigung gegen herrschsüchtige Alphamännchen entwickelt. Fakt ist: Dieser Kerl ist ein solcher Prototyp.

„Der ist ja richtig heiß“, seufzt Mila neben mir.

„Und ich kann dir garantieren, dass der ein Arschloch ist“, zerstöre ich umgehend ihre Schwärmerei.

„Egal. Ich nehme ihn. Bitte einpacken“, ruft sie tatsächlich, was aufgrund des nicht enden wollenden Applauses zum Glück nicht einmal jemandem auffällt.

Als ich meinen Blick durch die Menge schweifen lasse, frage ich mich, ob ich nicht versehentlich auf einem Backstreet-Boys-Konzert gelandet bin.

Selbst eines unserer Urgesteine, wie Beatrice es ist (61 Jahre auf dem Buckel und normalerweise eher eine von der Sorte ‚Sprich-mich-nicht-an-sonst-töte-ich-dich!‘), stellt rote Pausbäckchen zur Schau und blickt schmachtend in Richtung Bühne.

„Der Typ hat bis jetzt null für uns geleistet“, meckere ich weiter. „Null. Warum also klatschen alle so irre? Weil er es heute Morgen geschafft hat, in seinen Maßanzug zu schlüpfen?“ Zur Verdeutlichung forme ich die Zahl Null mit Daumen und Zeigefinger.

Mila lacht und schiebt einen Finger durch das Loch. „Er sieht einfach verdammt gut aus. Fast wie ein Wunder der Natur.“

„Gott, wie unwürdig.“

Mila stößt mich lachend mit der Schulter an, als Endre Monroe eine Hand hebt, und der akustische Zuspruch langsam abebbt.

Jemand reicht ihm ein Mikro, woraufhin Mila und ich einen Blick wechseln. „Er will eben, dass wir ihn wirklich alle hören."

„Diese Show ist so was von überzogen."

„Vielleicht möchte er diesen Empfang auch nutzen, um das Andenken an seinen Bruder zu ehren." Langsam nimmt Milas Verteidigung Endre Monroes beängstigende Ausmaße an.

„Das glaubst du ja selbst nicht. Er hält sich bloß für den Größten."

Nach Harrys Tod war lange nicht sicher, was mit MBT Europe passieren würde. Es stand entweder der Verkauf oder aber eine Umstrukturierung der Firmenorganisation im Raum. Schlussendlich hat sich die Familie Monroe gemeinsam mit ihren Aktionären entschieden, MBT Europe nicht abzustoßen. Endre Monroe, Harrys jüngerer Bruder, der bis dato in den USA gelebt hatte und für MBT America zuständig war, wurde zum Geschäftsführer des europäischen Sektors ernannt. Wie es zu dieser Entscheidung kam, wurde uns nicht mitgeteilt. Doch im Grunde sind wir alle glücklich, unsere Jobs behalten zu können. Außerdem war ich echt froh, die Firmenleitung weiterhin in Familienhand zu wissen – bis ich Endre Monroe nun zum ersten Mal gesehen habe.

Dieses Empfinden hat sich nun radikal geändert.

Obwohl Harry und Endre Brüder waren, könnten sie unterschiedlicher nicht sein. Harry war ein Entertainer, ein Witzbold, und hätte er seine

Assistentin nicht gehabt, wäre er wohl in seinem Terminchaos untergegangen. Endre wirkt dagegen sehr hart, streng und muss, was ich von den Vorbereitungen der vergangenen Wochen gehört habe, verdammt pedantisch sein.

Ich bin mir sicher, dass mit seiner Übernahme schon sehr bald ein anderer Wind wehen wird.

Dass Harry endgültig Geschichte ist, will er uns jetzt wohl deutlich mit seinem fulminanten Auftritt sagen.

Nach dem Getöse wirkt die Stille nun sehr befremdlich. Endre Monroe scheint neben seiner Angeberei auch noch einen Hang zur Dramatik zu besitzen, da er die Pause effektiv wirken lässt, bevor er schließlich das Wort ergreift. „Danke." Pause. „Danke für Ihren warmen Empfang."

Den du dir selbst gestaltet hast.

Die meisten haben einfach geklatscht, weil sie sich dazu verpflichtet fühlten. Am Ende sind aber einige wohl doch seinem Aussehen erlegen. Den breiten Schultern, der stolzen Haltung, den dunklen, nach hinten gekämmten Haaren und nicht zuletzt diesen fesselnden graublauen Augen. Und natürlich besitzt der Mistkerl einen Dreitagebart von der Sorte *‚Ups, der ist mir unabsichtlich so perfekt und lückenlos gewachsen. Dafür mach ich nie viel.'*

„Hier zu stehen bedeutet mir nach der schweren Zeit, die hinter mir und auch Ihnen liegt, immens viel. Vorab möchte ich im Namen meiner Familie einen Dank an Sie alle aussprechen, die uns in den vergangenen Wochen unterstützt haben. Wir befinden uns auf einem neuen Weg. Und ich fühle mich geehrt, in die großen Fußstapfen meines Bruders zu treten. Ich versichere Ihnen, mein Bestes zu geben, um den Neuanfang für Sie so unproblematisch wie möglich zu gestalten. Wir müssen nun alle an einem Strang ziehen."

Als er seine linke Hand lässig in seine Hosentasche steckt, kann ich nicht anders, als ihm zwischen die Beine zu sehen.

Gott, bin ich erbärmlich.

„Siehst du, was ich sehe?", flüstert Mila, während Endre Monroe weiterspricht und sich bei einigen Personen namentlich bedankt.

„Das ist nur das Licht."

Mila lacht leise. „Also hast du auch hingeschaut."

„Hm", mache ich und lasse meinen Blick erneut zu der Wölbung, die durch den marineblauen Stoff seiner Hose besonders betont wird, schweifen. „Das teure Stück sitzt eben etwas eng."

„So müssen sich Männer fühlen, wenn sie auf Brüste starren. Denkst du, er macht das mit Absicht?"

„Uns die Umrisse seines Schwanzes zu präsentieren, meinst du?", erkundige ich mich.

„Ja. Vielleicht will er gleich mal vorführen, wer hier den Größten hat."

Das würde sogar zu ihm passen.

„Die Männer bewundern ihn, und die Frauen wollen ihm einen blasen." Warum zum Teufel habe ich das jetzt gesagt?!

Mila sieht spöttisch grinsend zu mir. „Oh, sogar du, Alice?"

Ich lache zwar, schüttele aber betont genervt den Kopf. „Halt die Klappe."

„Du würdest es tun. Und weißt du was? Ich wäre total gern dabei.“

Ich versuche ab sofort, auf Endre Monroes Worte zu achten und nicht mehr länger an seinen Schwanz zu denken.

Warum muss ich mich erst dazu ermahnen, nicht an seinen Schwanz zu denken?! Das ist so unprofessionell. Aber irgendwie löst dieser Mann eine hormonelle Reaktion in mir aus. Wie eine Explosion. Plötzlich werden meine Knie weich, mein Puls geht schneller, und ich stelle mir vor, was ich unter seinem maßgeschneiderten Markenanzug finden würde.

Das erneut ertönende Klatschen erschreckt mich so sehr, dass ich zusammenzucke und merke, wie ich rot werde, als hätte jeder im Raum meine sexuell begierigen Gedanken gelesen.

„Wenn er uns jetzt noch einen Tisch voller Fressalien sponsert, werde ich mein erstes Kind nach ihm benennen“, verspricht Mila und reibt sich genießerisch die Hände.

„Davon würde ich nicht viel haben. Ich habe nämlich gleich noch einen Auswärtstermin wegen des Hamilton-Projekts.“

„Ich vergesse immer wieder, dass du nicht so privilegiert bist wie ich und dieses Gebäude ab und an verlassen musst.“ Mila arbeitet in der IT-Abteilung und ist ein richtiger Nerd, auch wenn man dies rein optisch bei ihr nicht vermuten würde. Mit ihren blonden, lockigen Haaren und den hübschen Kleidern, die sie so gerne trägt, könnte sie glatt als knallharte Geschäftsfrau durchgehen. Sie hat mir einmal verraten, sie sei nur in die IT-Branche gerutscht, weil sie Zahlen liebt und Menschen hasst.

Nachdem Endre Monroe die Bühne verlassen hat, löst sich die Versammlung vor unserem neuen Rädelsführer schnell auf. Vermutlich hofft jeder, im Aufenthaltsraum ein Buffet vorzufinden. Auch Mila und ich bewegen uns mit der Masse in Richtung Fahrstühle. Bei der Vorstellung, mich mit unzähligen Personen in die Liftkabine quetschen zu müssen, dreht sich mein Magen um. Einige dieser Leute scheinen noch nicht gehört zu haben, dass es so etwas wie Deos gibt. Deshalb bin ich nicht traurig, als Rose hinter einer mächtigen Topfpflanze hervorkommt und nach meiner Hand greift.

„Hey, wo warst du? Hast du dich vor diesem Zirkus gedrückt?“, frage ich sie.

Mila winkt uns unterdessen zu und steigt in den Fahrstuhl. „Nein, ich stand in der ersten Reihe. Es war toll.“

Der hat den Leuten hier doch eine Gehirnwäsche verpasst. Anders kann ich mir diesen Hype nicht erklären.

Sie greift nach meinem Oberarm und führt mich weg von der Menge in Richtung Bühne.

„Du meinst, die Umrisse von Mr Selbstverliebts Penis aus nächster Nähe zu sehen hat dir den Tag gerettet?“ Mein Grinsen verstärkt sich, während Rose blass wird, als hätte ich Gott höchstpersönlich beleidigt.

Doch vermutlich stellt Endre Monroe für viele hier tatsächlich so etwas wie eine Gottheit dar. Mit einem mächtigen Dödel.

„Äh ... Alice, ich wollte dich noch Mr Monroe vorstellen“, säuselt Rose und tritt einen Schritt zur Seite.

In dem Gang, den die Topfpflanzen neben der Bühne bilden, steht Endre Monroe an der Seite einiger Kerle aus anderen Abteilungen. Für einen Moment trifft sein Blick auf meinen. Ich starre ihn vermutlich wie ein Reh das Scheinwerferlicht eines heranrasenden Autos an, während ich hoffe, dass er nichts von dem Schwachsinn, den ich soeben über sein bestes Stück gesagt habe, gehört hat.

Von Monroe halte ich bisher nicht allzu viel, dafür liebe ich meinen Job umso mehr. Und da ich diesen Kerl kein bisschen einschätzen kann, weiß ich nicht, ob mich so ein dummer Spruch nicht sogar ganz schnell meine Arbeit kosten könnte. Vielleicht würde ich auch als Strafe zu Monroes persönlichem Fußabtreter degradiert. Anstatt eines Bärenfells läge ich dann in seinem Büro.

„Mr Monroe, das ist Alice Benedetto, von der ich gerade gesprochen habe. Sie betreut das Hamilton-Projekt“, ergreift Rose das Wort und legt eine Hand auf meinen Rücken.

Die Geste wirkt wie eine Drohung für mich, nicht auch noch vor ihm negativ aufzufallen und ihr Lob meiner Person, das dieser Begegnung offensichtlich vorausgegangen ist, damit ad absurdum zu führen.

Doch Monroe macht es mir schwer, meine große Klappe im Zaum zu halten. Der Trottel reicht mir nicht mal die Hand, sondern lässt lediglich seinen Blick über mich gleiten. Er taxiert mich, ohne dass es ihm irgendwie peinlich ist. Warum also sollte ich ein schlechtes Gewissen haben, so über ihn gesprochen zu haben?

„Setzen Sie sich bitte in den nächsten Tagen mit meiner Assistentin in Verbindung und vereinbaren einen Termin. Ich möchte mich in das Hamilton-Projekt einarbeiten“, weist er mich tatsächlich an.

Du hast vergessen, *bitte* zu sagen, Arschloch!

Aber vermutlich existiert dieses Wort in Endre Monroes Universum nicht, da alle gleich springen, wenn er wie jetzt dieses Millionen-Dollar-Lächeln aufsetzt.

„Kann ich gerne machen“, erwidere ich und versuche angestrengt, irgendeine Gemeinsamkeit zwischen ihm und Harry zu entdecken.

Doch die beiden scheinen wie Tag und Nacht.

Vielleicht waren sie nicht mal blutsverwandt, fällt mir da ein. Bestimmt wurde Endre adoptiert.

Er bedenkt mich weiterhin mit diesem Blick, der keinerlei Hinweise bietet, was er über mich denkt. Im Grunde sollte mir das egal sein. Aber Endre Monroe scheint die Sorte Mensch zu sein, die in einem das Bedürfnis weckt, von ihr geachtet zu werden. Und diese Sorte Mensch verleitet einen dazu, dumme Sachen zu sagen – wie ich zum Beispiel im nächsten Moment.

„Ich freue mich wirklich, Ihnen mein Projekt vorstellen zu dürfen. Ich hoffe, Sie lieben meine Arbeit genauso wie ich.“

Wenn nicht, dann heule ich ... oder was?

Warum musste ich von den Abertausenden existierenden Wörtern dieser Erde ausgerechnet *lieben* benutzen?

Weil ich will, dass er mich liebt. Äh ... nein. Meine Arbeit.

„Das wird sich zeigen. Ich bin nämlich etwas kritischer als mein Bruder."

Darauf wäre ich jetzt nicht gekommen. „Soll das eine Drohung sein?", versuche ich zu witzeln, doch natürlich erwidert er mein Lächeln nicht.

Stattdessen runzelt er die Stirn und begutachtet kaum merklich den herzförmigen Ausschnitt meines dunkelgrünen Satinkleides.

Spanner!

„Nein, keine Drohung. Ich habe die Dinge nur gerne unter Kontrolle. Aber das werden Sie schon bald merken. Entschuldigen Sie mich jetzt, bitte." Er nickt pauschal in die Runde und nähert sich der nächsten Gruppe Monroe-Groupies, um sich in deren Bewunderung zu suhlen.

„Er wird sich jetzt – zu Recht – fragen, wie du zu deiner Stellung in dieser Firma gekommen bist", tadelt mich Rose gleich im Anschluss, sieht dabei aber immer wieder über ihre Schulter, als bestünde auch nur die geringste Chance, dass Monroe sich ein zweites Mal für uns zwei bedeutungslose Wesen interessiert.

„Ach komm, Rose. Typen wie er sind es gewohnt, auch mal anzuecken. Er wird es überleben."

Die Halle hat sich mittlerweile fast geleert. Lediglich ein paar Leute, die darauf hoffen, ein Wort mit dem Großmeister wechseln zu dürfen, stehen noch verloren herum. Rose und ich steigen in den Lift, und ich drücke die Taste für unsere Etage.

„Er schon", sagt sie. „Ich erinnere dich ja nur ungern daran, aber die Zeiten, in denen du hier über eine Sonderstellung verfügt hast, sind nun endgültig vorbei."

Sie hat recht: Durch Harrys Tod habe ich meinen Sicherheitsanker verloren. Endre Monroe würde wohl nicht zögern, ein Großmaul mit einem Arschtritt vor die Tür zu befördern. Für ihn scheint die Firma an allererster Stelle zu stehen. Spaß ist für ihn vermutlich ein Fremdwort.

„Du denkst also, Harry hat mich bloß zur Projektleiterin befördert, weil ich mit ihm geschlafen habe?", bohre ich bissig nach.

„So würde ich es nicht ausdrücken. Aber ganz unbedeutend scheint dieser Umstand nicht gewesen zu sein."

Ich schnaube, als sich die Lifttüren öffnen, und steige aus. „Danke für deine freundschaftliche Wertschätzung."

„Alice, komm, sag jetzt nicht, dass du beleidigt bist!"

Sie folgt mir bis zu meiner Bürotür. Dort bleibe ich stehen und drehe mich noch einmal zu ihr um.

Tu es nicht, Alice!

Tu es nicht.

„Als deine direkte Vorgesetzte sollte ich dich für deine Unterstellung abmahnen", sage ich und breche den Ehrenkodex, den ich bis jetzt befolgt habe.

Als ich die Stelle als Projektleiterin übertragen bekam und Rose beruflich somit auf einmal unter mir stand, nahm ich mir fest vor, den Job niemals über unsere Freundschaft zu stellen. Doch weil ich mich in diesem Moment von ihr angegriffen fühlte, sprach ich diese unfaire Drohung aus.

Rose geht zum Glück nicht weiter darauf ein. Sie schüttelt den Kopf, dreht sich um und verschwindet.

Ich gehe in mein Büro und gebe dem Drang nach, die Tür einen Tick fester zuzuknallen, als es notwendig wäre.

Es scheint, als würden wegen dieses dämlichen Endre Monroe alle durchdrehen. Immer geht alles den Bach runter – zumindest fühlt sich das so für mich an.

Weil ich mich verloren und verzweifelt fühle, öffne ich den Mail-Account, den Harry uns einrichten ließ, um heimlich miteinander kommunizieren zu können. In den vergangenen Wochen hatte ich meine Sehnsucht nach ihm gut unterdrücken können. Doch mit der Nachfolge seines Bruders wurde mir deutlich, dass er für immer weg ist. Und mit dieser Erkenntnis kehrt auch der Schmerz, den ich nach seinem Tod verspürt habe, zurück. Allerdings war das gewesen, bevor ich herausfand, dass er verheiratet war. Es tut aber dennoch verdammt weh. Außerdem fühle ich mich durch das Lesen der mal witzigen, mal erotischen, mal belanglosen Nachrichten, die wir uns gegenseitig geschickt hatten, sehr allein und schwach. Meine lässige Fassade bröckelt.

Eigentlich sollte ich mich für meinen nächsten Termin vorbereiten. Stattdessen tippe ich aber einen Satz ins Eingabefeld einer neuen Mail und starre ihn minutenlang an.

Ich vermisse dich!

Diese Worte kommen ganz tief aus meinem sonst so sprunghaften, wenig durchschaubaren Herzen. Sie sind vielleicht die ehrlichsten, die ich je an Harry geschrieben habe. Ganz ohne Zynismus. Ganz echt.

Das Tragische ist, dass er nie die Gelegenheit hatte, die echte Alice kennenzulernen. Ich versuchte immer, für ihn eine Art Kumpel zu sein.

Warum hätte er dann ausgerechnet mir, einem Kumpel, von seiner Frau erzählen sollen?

Warum hätte er auch nur einen Augenblick damit verschwenden sollen, mehr in unsere Affäre zu investieren?

Ich seufze, weil mir zum Heulen zumute ist.

Mein Finger schwebt über der linken Maustaste und der Curser über dem Kästchen *Absenden*.

Und dann begehe ich den Fehler und schicke die Mail an Harry, als könne er sie, wo auch immer er jetzt ist, abrufen.

Dabei war Harry nie meine Rettung.

ZWEI

Endre

Je öfter ich durch die MBT-Abteilungen tigere, umso größere Ausmaße nimmt mein Unmut an.

Hat mein Bruder eigentlich einen Haufen Versager angestellt? Deppen, die lieber Tischtennis spielen, anstatt Bauprojekte zu realisieren? Idioten, die lässig auf den Schreibtischen ihrer Kollegen hocken, eine Box vom Asiaten in der Hand, und über ihr jämmerliches Leben sinnieren?

Dafür habe ich mein altes Leben hinter mir gelassen?

Gratuliere. Jackpot.

Das Fass läuft über, als ich an einem Büro vorbeikomme, in dem jemand gerade seinen Schnittlauch gießt. Die Ökoschachtel winkt mir sogar zu, während ich ungläubig vor ihr stehe.

„Oh, hallo, Mr Monroe. Hätten Sie Freude mit selbst angebauten Kräutern? Der Schnittlauch ist reif. Dieses Jahr ist er besonderes saftig."

Das muss ein Scherz sein. Ein dummer Witz. Oder aber ein schlimmer Alptraum.

Doch die rundliche, überfreundliche Frau grinst mich weiterhin blöd an. „Ich habe auch Petersilie, wenn Ihnen die lieber ist."

Ich stoße ein Knurren aus und würde das verdammte Hochbeet aus Plastik, das mitten in einem Bürogebäude steht, am liebsten mit dem Fuß wegkicken. „Wer leitet diese Abteilung?", frage ich.

„Ms Benedetto", antwortet sie, und langsam dämmert ihr wohl, dass ich nicht so begeistert von ihren Gewächsen bin, wie sie es sich erhofft hat.

Ich lasse sie wortlos stehen, gehe zurück zum Fahrstuhl und hämmere mit der Hand auf den Rufknopf.

Benedetto? Irgendwoher kenne ich den Namen.

Auf meiner Etage angekommen, ignoriere ich einen Typ, der mich irgendetwas fragen will. Stattdessen steuere ich den Schreibtisch meiner Assistentin an und blicke sie wütend an. Ihren Namen habe ich mir noch immer nicht gemerkt.

Schnell säuselt sie eine Entschuldigung ins Telefon, vertröstet jenen, mit dem sie gerade telefoniert, auf später und legt auf.

„Holen Sie mir sofort Ms Bern..., Bena..." Ich knurre. „Diese Italienerin."

Sie runzelt die Stirn, und ihre Wangen färben sich rot. Nervös blickt sie auf meine ockerfarbene Krawatte. „Ich ... ich weiß nicht, wen Sie meinen, Mr Monroe."

Das darf doch nicht wahr sein!

Ich raufe mir die Haare und versuche tief durchzuatmen. „Sie leitet die Abteilung im vierten

Stockwerk und hat einen italienischen Familiennamen. Irgendetwas mit Birna..."

„Benedetto", ertönt es hinter mir.

Ich drehe mich abrupt um. Plötzlich erinnere mich, wann ich diesen Namen schon einmal gehört habe.

Das war diese seltsame Möchtegern-Komikerin.

„Was für ein bescheuerter Name", lade ich meinen Frust kurzerhand bei ihr ab und verschränke die Arme vor meiner Brust.

Sie grinst. Als sie näherkommt, frage ich mich, ob sie tatsächlich Italienerin ist oder diese Abstammung schon Generationen zurückliegt. Mit ihren dunklen Haaren und ihrer olivfarbenen Haut wirkt sie aber auf jeden Fall südländisch.

„Sie hätten also am liebsten auch die Kontrolle über die Nachnamen Ihrer Mitarbeiter?" Wie kann sie sich leisten, so dreist aufzutreten? Jeder hier verehrt den Boden, auf dem ich laufe, nur diese Kleine tanzt aus der Reihe.

„Ich wollte Sie gerade sprechen." Ich ignoriere ihre Frechheit und bin gespannt, was sie zu dieser Ökokultur in ihrer Abteilung zu sagen hat.

„Wir haben auch gleich einen Termin miteinander", unterbricht sie mich. Auf mein Stirnrunzeln erwidert sie: „Wegen des Hamilton-Projekts. Sie wollten, dass ich es Ihnen vorstelle."

Ausgerechnet sie leitet dieses Megaprojekt.

Das kann niemals gutgehen.

„Im Sitzungssaal drei ist bereits alles vorbereitet", kündigt da meine Assistentin an.

„Danke", erwidert Benedetto und nickt in meine Richtung, ehe sie den Gang hinunterläuft.

Ich verschwinde kurz in meinem Büro, schließlich aber besinne ich mich meiner mentalen Stärke. Mir war von Anfang an klar, dass es nicht einfach werden würde, Harrys Posten zu übernehmen. Nicht nur, weil er und ich völlig unterschiedliche Charaktere waren – von einigen, die gut mit ihm auskamen, muss ich mir den Respekt wohl erst erstreiten.

Aber auf meine Art.

Ich werde niemandem Honig ums Maul schmieren.

Ich bin der CEO.

Das werde ich auch dieser Quertreiberin noch beweisen.

Ich kehre zurück in den Flur und mache mich auf in Richtung Sitzungssaal drei. Die Tür ist einen Spaltbreit offen, doch drinnen ist es völlig still.

Ich halte im Türrahmen an und sehe Benedetto zu, wie sie einige Akten sortiert. Sie steht mit dem Rücken zu mir. Obwohl sie so eine herablassende Zicke ist, erlaube ich mir einfach, ihren Arsch einer gründlichen Musterung zu unterziehen.

Hübsch, so viel steht fest.

Knackig, fest, stramm.

Ihre Beine sind lang, ihre schmale Taille kommt in dem schwarzen Kleid gut zur Geltung. Sie könnte jeden Kerl um den Finger wickeln, doch ich bezweifele, dass ihre Kratzbürstigkeit dabei hilfreich ist.

Als ich den Raum betrete und auf den Stuhl am Kopfende des Tisches zusteuere, bemerkt sie mich schließlich. Sie dreht sich um, und überraschenderweise färben sich ihre Wangen leicht rötlich.

Sehr interessant.

Man kann sie also doch aus der Fassung bringen.

„Ich bin noch nicht fertig mit den Vorbereitungen. Sie sind zu früh dran“, sagt sie und drückt eine grüne Mappe gegen ihre Brust.

Ich setze mich und lehne mich lässig im Stuhl zurück. „Ich kann warten.“

Das gefällt ihr gar nicht. Sie presst ihr Kiefer zusammen und hält Blickkontakt. Dann räuspert sie sich, stößt einen Schwall Luft aus und fährt mit ihrer Arbeit fort.

Nun aber wirken ihre Bewegungen fahriger als zuvor, als sie nicht wusste, dass ich ihr zusah. Einmal fällt ihr der Tacker aus der Hand. Sie bückt sich, hebt ihn auf und wirft einen Blick über ihre Schulter zu mir.

Sie mit Schweigen zu quälen sollte mir nicht so viel Freude bereiten. Aber jeder hat seinen schwachen Punkt, und der ist bei Ms Benedetto wohl Stille. Ein nützlicher Hinweis. Trotzdem würde es mich interessieren, wer sie ist. Deshalb ziehe ich mein Handy aus der Hosentasche und schreibe meiner Assistentin eine Mail mit der Anweisung, mir Ms Benedettos Akte zukommen zu lassen.

„Leben Sie in London?“, frage ich und bemerke, wie sich ihr Rücken versteift.

Am liebsten würde sie wohl so etwas wie „Nein, in der Antarktis“ erwidern. Beinahe will ich sie zu so einer Äußerung provozieren.

Trotz allem gefällt mir, wie sie aus der Reihe tanzt und mir verbal Kontra gibt.

Doch sie ist meine Mitarbeiterin, und die sollten auf einer Linie mit mir sein. Nur so kann ein

Unternehmen funktionieren. Revolten sind immer gefährlich; ganz egal, wie klein sie sind.

„Ja“, presst sie hervor, würdigt mich aber keines Blickes.

„Haben Sie hier studiert?“

„Ja.“

„Stammt Ihre Familie aus Italien?“

„Meine Großeltern.“

„Interessant“, sage ich, und erst da sieht sie zu mir.

Sie hält inne und schluckt. „Wieso?“

Ich zucke die Schultern. „Nur so.“

Während wir einander abermals anschauen, färbt sich sogar ihr Hals rot. Es kostet mich starken Willen, nicht blöd zu grinsen. Diese Frau zu zerlegen ist doch viel einfacher, als ich gedacht habe. Beinahe bin ich enttäuscht. Dann aber reckt sie das Kinn und reicht mir einen zusammengehefteten Stapel Papiere.

„Können wir anfangen?“, fragt sie.

Ich lege die Unterlagen vor mich auf den Tisch und ziehe beide Augenbrauen hoch. „Sobald Sie bereit sind.“

Ich mache sie nervös, und das gefällt mir richtig gut. Bewusst habe ich entschieden, meine männlichen Waffen gegen sie einzusetzen. Und es funktioniert.

„Ich bin bereit“, erklärt sie, doch ihre Stimme klingt atemloser als vorhin im Flur.

„Reichen Sie mir zuvor bitte ein Glas Wasser“, halte ich sie davon ab, sich niederzusetzen. „Sie stehen ja noch.“

Good Cop/Bad Cop – das scheint die richtige Strategie bei ihr zu sein. Ich bezirze sie ein wenig, und dann schlage ich zu. So lernt sie am besten, wie schmerzhaft es ist, in meiner Gunst zu sinken.

Apropos zuschlagen: Als sie sich vorbeugt, um den Wasserkrug zu nehmen, stelle ich mir vor, ihr anstatt von verbalen Schlägen einen auf ihren Arsch zu verpassen. Gleich hier und jetzt.

Aufstehen. Hinter sie treten. Ihr Kleid hochschieben. Sie zuerst streicheln. Dann zuschlagen. Einmal. Zweimal. Sie nach vorne beugen. Meine Hose öffnen. Ihren Slip zerreißen. Und sie ficken. Sie wird nie wieder vergessen, wie gut ich es ihr besorgt habe.

„Sehr aufmerksam, Ms Benedetto“, sage ich und lasse ihren Namen ganz deutlich nachklingen.

Sie stellt das Glas vor mich, streicht nervös ihre Haare zurück und setzt sich neben mich. Sie wetzt auf ihrem Stuhl herum, als sei sie auf der Suche nach dem Faden, den sie soeben verloren hat. Ich frage mich, ob sie spüren kann, wie scharf ich auf sie bin.

Sie leckt kurz über ihre Lippen. „Ich habe Ihnen alle Eckdaten zusammengeschrieben. Außerdem habe ich Ihnen unseren ersten groben Entwurf des Gebäudes mitgebracht, damit Sie sich von den Abmessungen ein Bild machen können.“

Das Modell steht vor uns. Sie schiebt es näher zu mir, und ich betrachte eine Weile die Anordnung der Gebäudeelemente. Doch da ich den Standort in natura nicht kenne, hilft mir das nicht viel weiter. Was mir aber auffällt, ist, dass alles sehr harmonisch, edel und modern wirkt.

Der Grundriss erinnert mich an brechende Wellen. Offen und hell.

„Im Augenblick liegen wir mit der Budgetierung gut unter dem Limit. Der Zeitplan hängt von der Auftragserteilung ab. Aber ich denke, dass wir den Vorstellungen des Kunden schon sehr genau entsprechen.“

Das erste Positive, was ich in dieser Firma höre.

Vielleicht macht sie ihre Arbeit ja doch ganz gut.

Ich beuge mich vor, und inspiziere das Modell aus einer anderen Perspektive. Dieses Projekt wird unser neuestes Aushängeschild. Es dürfen keine Fehler passieren. Es geht nicht einmal so sehr um den Geschmack des Kunden, sondern um einen Wiedererkennungswert, eine Prägung, ohne die Bevölkerung zu sehr zu spalten.

„Der südliche Bereich ist ... speziell.“ Beinahe hätte ich *hervorragend* gesagt. Doch ich konnte mir noch rechtzeitig auf die Zunge beißen.

So kann sie nur erahnen, wie ich wirklich über diese wellenförmige Glasfront denke. „Ich wollte, dass sich der Eingang vom Rest abhebt und man sozusagen darin eintaucht.“

Die Idee stammt auch noch von ihr. Heilige Scheiße.

Aber sie hat verdammt recht. Man taucht da regelrecht ein. Durch dieses Design hat man Tausende Möglichkeiten, den Innenbereich zu gestalten.

„Wir haben vor, viel mit natürlichem Lichteinfall zu arbeiten. Was sich anbietet, da das Gebäude abseits stehen wird. Außerdem wurde bereits ein Konzept für eine Lichtinstallation für das Innere in Auftrag gegeben, um diese je nach Jahreszeit anpassen zu können.“

Während sie spricht, merke ich, wie sie in diesem Metier richtig aufgeht. Man spürt ihre Leidenschaft, und durch ihre wild gestikulierenden Hände versucht sie mir diese zu vermitteln.

Doch von mir bekommt sie erst ein Lob, wenn das Ding fertig ist.

„Werden Sie den Anschlussbereich noch besser ausarbeiten?“, werfe ich ein.

Das Strahlen in ihren Augen erlischt beinahe, und sie streicht erneut eine dunkelbraune Haarsträhne hinters Ohr. „Wir arbeiten daran. Aufgrund einiger behördlichen Vorgaben war dieser Teil bisher schon unser Sorgenkind. Aber ich werde eine Lösung finden.“

„Das hoffe ich. Ich will Perfektion an jeder Ecke. Dafür steht die Firma MBT. Dafür sollten auch Sie stehen.“

Sie streckt ihren Rücken durch und verschränkt ihre Finger ineinander. „Das tue ich. Wie schon gesagt: Wir arbeiten an einer Lösung.“

„Mir gefällt das Wort *Lösung* aber nicht“, unterbreche ich sie.

Ihre linke Augenbraue zuckt kurz. „Okay. Dann werde ich meine Aussage eben anders formulieren.“

Ich grinse, aber es ist ein bösartiges Grinsen. „Ich möchte, dass Sie mir das zeigen, was ich will.“ Zufrieden nehme ich wahr, dass sie den Blickkontakt nicht weiter aufrechterhalten kann. Ich bringe sie ins Wanken, und tief in mir wächst der Wunsch, dass sie mich mindestens genauso begehrt wie ich sie in diesem Moment. „Ich hasse Kompromisse; Lösungen sind dafür bloß Synonyme. Ich will Perfektion.

Vollkommenheit. Und wissen Sie, wie man die erlangt?“

Sie schüttelt zwar den Kopf, runzelt jedoch abschätzig die Stirn. „Nein, das weiß ich nicht.“

„Mit Disziplin, Leistung und strengen Regeln, die keinerlei Spielraum für Abweichungen lassen.“

Ich beuge mich vor, weil ich das Nächste so leise wie möglich aussprechen möchte. Die Wirkung wird größer, wenn Worte ganz intim klingen. Schreien kann jeder Idiot, sich Gehör verschaffen können nur die wenigsten.

„Ich habe Ihnen am Anfang der Woche versprochen, dass diese Firma durch mich einen neuen Weg einschlagen wird. Und wissen Sie, was jeder Neuerung vorausgeht? Die Zerstörung von alten, schädlichen Resten. Und Sie, Ms Benedetto, sind die Erste, die ich mir vorknöpfen werde.“

Ihr Puls rast, doch sie beweist Stärke und zuckt nicht ein einziges Mal mit der Wimper. „Was habe ich denn getan?“, fragt sie.

„Die Abteilung, die Sie leiten, ist ein Witz. Anders kann ich dieses Treiben da unten nicht nennen. Ich muss Sie nicht erst darüber aufklären, dass die Leute hier sind, um zu arbeiten. Deren private Interessen gehen mir am Arsch vorbei, die haben daheim zu bleiben.“

Jetzt schweigt sie und blickt mich aus lodernden Augen an.

Innerlich wird sie vermutlich gleich Mordpläne gegen mich schmieden. Soll sie nur.

„Da sind zum Beispiel dieser Kräutergarten, die Tischtennistische, Fernsehräume und eine

Atmosphäre, die nur so nach Faulheit schreit", fahre ich fort. Solange Ms Benedetto bloß lauscht, werde ich sie nett behandeln – zumindest nach meinen Maßstäben. „Ich bezahle diese Leute nicht, damit sie Unkraut jäten, sondern um die beste Leistung für unsere Firma zu erbringen. Sehen Sie sich dazu nicht in der Lage, haben Sie hier auch nichts verloren."

Sie atmet tief ein und aus. Gleich wird sie zu kämpfen beginnen, das sehe ich ihr an. „Ihr Bruder hat dieses Arbeitskonzept entwickelt und höchstpersönlich die Genehmigung für die Dinge, die Sie beanstanden, erteilt."

Bei der Erwähnung meines Bruders klingt ihre Stimme messerscharf. Offensichtlich spielt sie im Team Harry.

Ich frage mich, ob sie auch ihm gegenüber so bissig war. Oder hat ihr seine Leck-mich-am-Arsch-Haltung gefallen?

„Es ist mir scheißegal, was mein Bruder einst genehmigen ließ."

Sie öffnet den Mund, schließt ihn dann aber wieder, stumm wie ein Fisch, als habe sie sich erinnert, wer vor ihr sitzt.

„Ich werde in Kürze ein neues Mahnsystem vorstellen. Drei Abmahnungen bedeuten die Entlassung der Person. Ein exakter Deliktskatalog wird den Abteilungsleitern selbstverständlich zur Verfügung gestellt werden. Fakt ist jedoch, dass Sie sich für alles, was Ihre Mitarbeiter anrichten, rechtfertigen müssen. Und mahnen Sie jemanden nicht ab, erhalten *Sie* die Strafe."

Ihre Augen weiten sich, und sie weicht ein Stück zurück. „Das ist ..."

„Was ist?", bohre ich direkt nach.

Sie presst ihre Lippen aufeinander und blickt unschlüssig zu ihrem Modell. „Die meisten der Leute, die hier arbeiten, verehren Sie."

Ich aber nicht, schwingt deutlich in ihrer Aussage mit.

„Auch das ist mir scheißegal." Ich lege absichtsvoll eine Pause ein und fokussiere sie. „Sie werden die Frau mit dem Grünzeug abmahnen und sie auffordern, ihre privaten Sachen nach Hause zu bringen. Sollte das bis morgen nicht passiert sein, erhält sie die zweite Mahnung. Verstanden?"

Ihre Unterlippe bebt. Doch nicht, weil sie gleich heulen wird, sondern aus Wut. Sie hasst mich jetzt also noch mehr. Ihr Zorn beflügelt mich indes. Mein Schwanz wird härter, und der Drang, sie gegen die Wand zu drücken und sie für ihr Verhalten auf meine Art zu bestrafen, wird beinahe unbezwingbar.

„Sie veranlassen dieses ... Mahnsystem, schicken aber mich vor, um es umzusetzen. Entschuldigen Sie, Mr Monroe, aber ich finde das ziemlich feige."

Nun bin ich derjenige, der tief einatmet.

Was glaubt sie, welche Stellung sie hier hat? Wer zum Teufel glaubt sie zu sein?

„Als Abteilungsleiterin ist es nun einmal Ihr Job, den Kopf hinzuhalten. Sie sind nichts weiter als eine Mittelsfrau zwischen mir und den Angestellten. Und sollten Sie sich noch einmal weigern, meine Forderungen zu erfüllen, folgt von meiner Seite Ihre erste Verwarnung." Ich stehe auf, bleibe aber hinter ihr stehen und beuge mich zu ihr. „Ihre Meinung über mich lässt mich kalt. Wir beide werden wohl nie Freunde werden, das ist auch gut so. Ich rate Ihnen aber, Ihre Einstellung mir gegenüber zu verbessern."

Die Konsequenz einer Nichtbeachtung meiner Anordnung spreche ich nicht aus. Sie wird es auch so kapieren.

Ich gehe und lasse sie allein zurück.

Als ich den Sitzungsraum verlasse, fühle ich mich wie der Sieger einer Schlacht.

DREI

Alice

Noch nie hat mich jemand so behandelt, wie Endre Monroe es gerade getan hat.

Diese Mischung aus Korrektheit und gnadenloser Härte ist verstörend. Er hat mich niedergemetzelt und dabei nicht einmal die Stimme erhoben. Und trotzdem würde ich am liebsten heulen – ganz allein in diesem Besprechungsraum hockend.

Wie jämmerlich.

Ich atme durch und blicke zu meinem Modell, in das ich so viel Herzblut gesteckt habe. Selbst dafür hatte er nur ein müdes Lächeln übrig.

Nicht meine Abteilung ist ein Witz, sondern er. Ein ziemlich schlechter Witz, der unter die Gürtellinie geht und niemanden zum Lachen bringt. Dieser Mensch ist schrecklich.

Doch in einem Punkt hat er recht: Wir werden niemals Freunde werden!

Ich werde aber nicht vor ihm auf Knien kriechen, wie er es von jedem hier verlangt. Ich war schon immer eine Kämpferin, und meine Stärke, auf die ich verdammt stolz bin, werde ich mir von diesem Arschloch nicht schmälern lassen.

Er mag mehr Macht haben als ich. Aber ich bin eine Frau, und bekanntermaßen sind wir Frauen in unserer Durchsetzungsfähigkeit so kreativ, wie Männer es in eintausend Jahren nicht sein werden. Am Ende des Tages ist Endre Monroe kein überstarker CEO, sondern auch nur ein Kerl, den man ganz leicht verarschen kann, wenn man bloß die richtigen Knöpfe drückt. Er mag MBT im Blut haben. Ich aber habe in den vergangenen Jahren wie eine Blöde für diese Firma geschuftet.

Nicht er, der große Macker, ist es, der das Unternehmen dahin gebracht hat, wo es heute ist, sondern wir, die Mitarbeiter, haben das geschafft.

Und das sollte diesem Scheißkerl mal jemand ins Gedächtnis rufen.

Kein Freiwilliger? Gut, ich übernehme die Aufgabe.

Erst als ich vor Nats Kräuterbeet stehe, wird mir die Komik all dessen, was da oben in der Chefetage gerade passiert ist, so richtig bewusst. Wahrscheinlich ist Endre Monroe bloß ein komplexbehafteter Mistkerl, der zu Hause nichts zu sagen hat und seine vermeintliche Macht hier in vollen Zügen genießt.

„Der Schnittlauch ist dieses Jahr besonders gelungen“, tritt Nat stolz berichtend hinter mich.

Und jetzt soll ich sie laut Mr Fick-dich-ins-Knie abmahnen? Damit alle denken, *ich* wäre ein Arschloch – nicht er.

Einen riesigen Schwanz haben und dennoch feige sein. Was für eine miserable Kombi.

„Er sieht toll aus, Nat. Du gibst dir wirklich viel Mühe."

„Ach", meint sie und lächelt dankbar. „Ich mache das eben gerne. Kräuter sind irgendwie mein Ding. Willst du dir etwas Schnittlauch mitnehmen?"

Gott, ja. Ich will mich in Schnittlauch baden und Monroe ein Bild davon schicken. „Klar, sehr gerne."

Sie holt eine Schere aus einer Schublade und schneidet mir etwas Schnittlauch ab. „Mr Monroe war heute Vormittag auch hier. Er schien von meiner Plantage etwas überrascht zu sein. Ich hoffe, ich bekomme keine Schwierigkeiten."

Ich hoffe auch, dass mein Kampf nicht Nat als Opfer fordern wird.

„Bestimmt nicht", versichere ich nicht nur Nat, sondern auch mir.

„Er scheint aber sehr nett zu sein." Sie reicht mir den Schnittlauch, den sie in eine kleine Papiertüte gepackt hat.

Ich presse die Lippen fest aufeinander, um mein loses Mundwerk daran zu hindern, Nat die ganze schreckliche Wahrheit über Monroe preiszugeben. „Das ist er wohl", würge ich stattdessen hervor und kehre mit meiner neuesten Errungenschaft, dem Schnittlauch, in mein Büro zurück.

Ich sitze noch nicht einmal richtig, da steckt Mila den Kopf zur Tür herein. „Pst", macht sie, als lauere irgendwo in der Ecke ein Löwe. „Hast du Hunger? Gott, wie siehst du denn aus? Und was ist *das,* bitte? Drehst du dir einen Joint?"

Ich werfe ihr Nats Tüte zu. „Schön wär's, aber das ist bloß Schnittlauch."

„Schnittlauch? Verrückt. Was machst du damit?“ Mila riecht sogar daran, als wäre sie ein verdammter Cop.

„Keine Ahnung. Kannst du ihn brauchen?“

„Äh ... nein.“ Das Päckchen landet wieder bei mir.

Ich setze mich und rolle mit meinem Schreibtischsessel ein Stück zurück. Stöhnend strecke ich die Beine aus. „Erinnerst du dich daran, als du mir mal versprochen hast, mich selbst bei einem Mord zu unterstützen? Damals waren wir zwar sturzbesoffen, aber ich hoffe, dein Angebot gilt trotzdem noch. Denn jetzt ist es so weit.“

Mila kneift grübelnd die Augen zu, kichert dann und setzt sich auf den Rand meines Schreibtisches. „Die Partners-in-Crime-Sache steht, Süße. Sag mir nur, wen ich umlegen muss, und ob ich ihn ein bisschen leiden lassen soll. Du weißt schon: Zuerst schneiden wir ihm den linken Hoden ab, dann den rechten, und dann stopfen wir sie ihm beide in den Mund.“

„Irgendwie finde ich es gruselig, wie präzise deine Ideen für einen Mord sind“, gestehe ich und mustere meine Freundin.

Diese zuckt mit den Achseln und schnappt sich meinen Stressball in Form eines Präsidenten mit einprägsamer Frisur. „Man sollte immer einen Plan im Hinterkopf haben. Die meisten Straftäter fliegen doch nur auf, weil sie improvisieren müssen.“

„Verstehe“, murmele ich nachdenklich.

„Wen sollen wir also umbringen?“, hakt Mila nach.

Bevor ich antworte, drängt sich mir der Gedanke auf, dass es zu Monroe passen würde, unsere Büros abhören zu lassen. Bestimmt würde ich mir daher weitere Schwierigkeiten einhandeln, bekäme er mit, dass ich seinen Mord plane.

Aber mal im Ernst: Er darf uns doch nicht abhören.

Oder?

Ich hoffe es. Denn ich singe nämlich verdammt gerne, wenn ich plane, und Mila meinte sogar einmal, mein Gesang sei schlimmer als Waterboarding.

„Ich komme gerade von meinem Termin mit Endre Monroe, und meine Vermutungen wurden bestätigt. Er ist ein absoluter Widerling." Ich erzähle ihr von seinem Desinteresse bezüglich meines Planungsentwurfs, und wie er mich mit seinem Schweigen wahnsinnig gemacht hat. „Am Ende verkündete er, nun ein Verwarnungssystem einführen zu werden. Bei drei Abmahnungen fliegt man hochkant aus der Firma. Oder um es in Satans – aka Endre Monroes – Worten zu sagen: Ich bin bloß die Mittelsfrau zwischen ihm und den Angestellten und muss deswegen meinen Kopf hinhalten, wenn die Scheiße am Dampfen ist."

Ich kann regelrecht sehen, wie Milas bisher hohe Meinung über diesen Scheißkerl in sich zusammenfällt. Dieses Mahnsystem wird wie eine Bombe einschlagen. Bald schon werden die Leute mit Mistgabeln vor seiner Bürotür stehen.

Ich kann die Revolution bereits riechen.

„Ach ja, und ihm gefällt das Wort *Lösungen* nicht", meine ich entgeistert und strecke beide Arme fragend von mir.

„Was ist daran verwerflich?"

„Ja, das habe ich ihn auch gefragt. Er meinte, es wäre bloß ein Synonym für Kompromisse, die er ebenfalls hasst. Da kann er ja froh sein, dass er in der Baubranche und nicht in einem chemischen Labor arbeitet. Dort würde er an Lösungen nicht so leicht vorbeikommen."

Mila kichert zuerst, blickt dann aber fassungslos aus dem Fenster. „Der Typ hasst doch irgendwie alles."

„Yep. Er findet alles, was er nicht befohlen oder kontrolliert hat, scheiße. Außerdem – und jetzt kommt es, also halte dich bitte fest – will er sämtliche Chillax-Einrichtungen abschaffen. Keine Kräutergärten, kein Netflix, kein Tischtennis. Du ahnst schon, was passiert, wenn man seine Anordnung missachtet."

Mila nickt. „Eine Mahnung."

Ich nicke ebenfalls. „So läuft das ab jetzt hier. Willkommen im Gulag Monroe."

„Er will Angst und Schrecken verbreiten."

Diese Feststellung trifft es hervorragend. „Ich werde das aber nicht mitmachen", sage ich resolut.

Mila sieht darauf zu mir, als hätte ich den Verstand verloren. „Mach bitte keinen Aufstand, Alice. Monroe wird nicht lange fackeln und dich genauso vor die Tür setzen."

„Er kann nicht jeden, der ihm Paroli bietet, feuern. Dann sitzt er irgendwann allein hier. Und ich betreue das wichtigste Projekt des Jahres. Der Entwurf stammt aus meiner Feder. Wenn er mich verliert, wird der Auftrag niemals pünktlich abgeschlossen, was MBT sehr, sehr, sehr viel Geld kosten würde. Und das weiß dieser kleine Diktator auch. Aber natürlich gibt er das nicht zu."

Mila seufzt. Sie ist zwar schlagfertig und taff, mag es aber ganz und gar nicht, aus der Reihe zu tanzen. „Wahrscheinlich will ich es gar nicht wissen. Aber um dich von etwas ganz Dummem abhalten zu können, frage ich mal: Was, bitte, planst du?"

Tja, das ist die Frage aller Fragen.

Noch kenne ich Monroe nicht gut genug, um seine Schwächen ausnutzen zu können. Ich weiß nur, dass er ein Kerl ist, der Freude daran hat, andere zu unterdrücken. Dafür muss es einen Grund geben, denn der existiert immer. Meist liegt er in der Kindheit verwurzelt.

Aber warum war Harry dann ganz anders?

„Ich weiß noch nicht, was ich machen werde. Aber irgendetwas stimmt mit diesem Arsch nicht. Irgendein Loch wird seine Rüstung schon haben. Die zu finden mache ich mir hiermit zur Aufgabe."

„Um es mit Duckys Worten aus *In einem Land vor unserer Zeit* zu sagen: Nein, nein, nein." Wir lachen beide herzhaft. Als ich einen Bleistift nach Mila werfe, wird sie wieder ernster. „Du wirst dir an ihm die Finger verbrennen, Alice. Der Typ scheint über keine gute innere Balance zu verfügen."

„Ich passe schon auf und werde mir jeden Schritt überlegen. Wie du schon sagtest: Man muss vorbereitet sein, um nicht aufzufliegen."

Einen Moment sehen wir uns stumm an, wobei Mila wohl ausschließlich mit ihrer Gedankenkraft versucht, mich von meinem tollkühnen Plan abzubringen. Ich halte jedoch eisern dagegen.

Warum ist mir das vorhin bei Monroe nicht gelungen?

Warum sind seine Blicke so viel härter und verstörender als die jedes anderen Menschen, den ich kenne?

Er hat mich in Verlegenheit gebracht. Dafür hasse ich ihn sogar noch mehr als für sein Mahnsystem.

Irgendwie wirkte die Art, wie er mich ansah, nicht aufdringlich, sondern ... sanft. Doch keinen Moment hat er zugelassen, dass ich seine Empfindungen erahnen kann. Er hat seine Maske aufbehalten. Dieses Pokerface, das wohl ganz allein für seine Diener – sprich: mich – bestimmt ist.

Unweigerlich habe ich mich, während ich mit ihm allein in diesem Sitzungsraum war und die Unterlagen sortierte, gefragt, wie er privat mit Frauen umgeht.

Ist er vergeben? Single?

Vögelt er Frauen vielleicht sogar nur gegen Geld, um sich emotional nicht binden zu müssen?

Vielleicht gibt es für sein Verhalten gar keinen besonderen Grund, und er ist einfach nur grundsätzlich ein Arschloch.

„Kommst du am Sonntag wieder mit zum Mittagessen bei meinen Eltern? Ich soll dir von meiner Mum ausrichten, dass du herzlich eingeladen bist", wechselt Mila das Thema und wickelt eine ihre blonden Strähnen um den Zeigefinger.

Dieser Termin ist wichtiger als alles andere in meinem Leben. Ihre Mum duldet keine Ausrede. Wenn ich ihr sagte, dass ich krank sei, würde sie nicht zögern, um mir das Essen nach Hause zu bringen.

„Sehr gerne. Deine Mum ist ein Engel", flöte ich und binde meine schulterlangen Haare zu einem Zopf.

„Wolltest du vorschlagen, dass wir am Samstag weggehen?“

„Bingo. Hast du Lust?“

Ich zucke die Achseln. „Klar. Warum nicht? Hast du schon mit Rose gesprochen?“

„Sie kommt mit.“

„Hat sie irgendetwas über mich gesagt?“, erkundige ich mich vorsichtig.

Milas Blick sagt alles – ja, sie haben über unser kleines Gefecht geredet. „Rose ist enttäuscht von dir. So hat sie das zumindest gemeint. Sie ist etwas zarter besaitet als du, das weißt du. Aber das wird schon wieder.“ Mila springt von meinem Schreibtisch und streicht mir beschwichtigend über die Schulter. „Wollen wir jetzt etwas mampfen?“

„Auf geht's“, sage ich, stehe auf und hoffe, als ich Mila zu den Fahrstühlen folge, mich so schnell wie möglich mit Rose zu versöhnen.

VIER

Endre

Nach drei Tagen bei MBT in London fühle ich mich noch nicht wirklich angekommen. Ich habe nie gedacht, dass es einfach werden würde, die Arbeit meines Bruders fortzuführen. Mir war klar, dass ich ihn nicht ersetzen kann. Sein Tod hat ein Loch in unserer Familie hinterlassen.

Mein Dad hat wieder mehr zu arbeiten angefangen, obwohl er wegen seiner Gesundheit eigentlich kürzertreten sollte. Doch zu Hause würde er an seinem Schmerz ersticken, deshalb hat er sich in Arbeit geflüchtet.

Mittlerweile frage ich mich, ob meine ach so verantwortungsvolle Tat, Harrys Posten als CEO zu übernehmen, nicht auch einer Flucht gleichkommt.

Gründe hätte ich zur Genüge.

Allein an sie zu denken bereitet mir Kopfschmerzen und verstärkt die Wut, die diese Benedetto heute Vormittag in mir ausgelöst hat. Mittlerweile müsste Dampf aus meinen Ohren kommen. Ich erreiche ein Stadium des Zorns, in dem ich sogar mich verachte.

Nach meinem letzten Termin für diesen Tag kehre ich in mein stilles Büro zurück. Doch eigentlich erinnert auch hier alles an Harry. Jeder spricht in den höchsten Tönen von ihm. Und es scheint, als ob sie alle langsam merken, dass ich nicht mal annähernd so cool bin wie mein Bruder.

Nichts hier gehört mir.

Je länger ich wieder in London bin, desto besser verstehe ich, warum ich vor sechs Jahren nach Boston gezogen bin.

„Verdammt", knurre ich und setze mich hinter Harrys wuchtigen Mahagonischreibtisch.

Eine Weile trommele ich mit den Fingern auf die glatte Oberfläche, dabei sehe ich mich im Raum um. Harry stand auf Schnickschnack und Einrichtungsstücke, die nicht zusammenpassen. Die dunkelbraune Ledercouch am anderen Ende des Raumes ist widerlich. Ich wette, dass er die von seiner ersten Dienststelle hergekarrt hat. Die Bilder an den Wänden von Kränen, halbfertigen Gebäuden und Wolken erdrücken mich.

Es ist, als würde Harry mich beobachten und über mich urteilen. Wie er es sein ganzes Leben getan hat.

Ich treffe aus dem Bauch heraus einen Entschluss. Was selten vorkommt. Ich rufe meine Assistentin, die mich mit jedem Mal ängstlicher ansieht.

Wenigstens sie hat mittlerweile verstanden, dass ich nicht zu Scherzen aufgelegt bin.

„Mr Monroe, Sie wünschen?"

Wieder so ein beschissener Standardspruch. Diese Frau bringt mich auf die Palme.

„Vereinbaren Sie für morgen einen Termin mit jemandem, der sich hier um die Innengestaltung der Büros kümmern soll. Ich will, dass dieser Raum ein neues Konzept erhält."

„Ich werde mich sofort darum kümmern", verspricht sie und eilt hinaus.

Weil mir davor graut, in meine Wohnung zu fahren, die nichts mit einem Zuhause zu tun hat, bleibe ich lange im Büro und lese mich in die Projekte der vergangenen Jahre ein. Ich begebe mich damit auf Harrys Pfade.

Tief in mir weiß ich, dass ich die richtige Entscheidung getroffen habe. Ich lebe für diese Firma und für die Familie Monroe. Es mag verrückt klingen, aber ich würde zu jeder Zeit die Interessen von MBT meinen vorziehen; das haben schon mein Vater und mein Großvater vor mir getan. In dieser Hinsicht bin ich äußerst traditionell.

Ich durchforste Harrys unzählige Notizen auf seinem Computer. Er war ein unverbesserlicher Chaot.

Als ich ein Dokument gefunden habe, nach dem ich lange gesucht hatte, schicke ich es per Mail an meinen besten Kumpel David weiter. Er wird in Kürze hier bei uns anfangen, um mich daran zu hindern, diese unfähigen Menschen zu killen. Außerdem kennt er den europäischen Markt sehr viel besser als ich, da er nach seinem Studium direkt zurück nach London gegangen ist. Wir kennen uns seit unserer Kindheit. Er war der Aufreißer in unserer Klasse, zu dem ich hochgeschaut habe.

Man mag es kaum glauben, aber als Kind war ich schüchtern und in mich gekehrt. David hat mich mit seiner direkten Art aus meinem Schneckenhaus geholt. Er war in der schwersten Zeit meines Lebens für mich da. Und auch jetzt, da ich das Gefühl habe, alles könnte vor die Hunde gehen, steht er mir zur Seite.

Vorübergehend wurde Harrys E-Mail-Account mit meinem verknüpft, um zu verhindern, dass wichtige Nachrichten ins Nirwana verschwinden.

Das bedeutet: eine doppelte Flut an Mails, die ich durchackern musste.

Doch das kommt mir gerade recht. Stupide Arbeiten erden mich. Ich lehne mich zurück und fange an, die Nachrichten als wichtig oder unwichtig zu markieren. Zwischen all den Mails mit den Betreffen *‚Terminvereinbarung'*, *‚Einladung'* und *‚Prüfung'* sticht jene mit keinem Betreff wie eine Leuchtreklame heraus. Ein rascher Blick verrät mir, dass sie ausschließlich an Harry gerichtet ist.

Spam?

Ich schiebe den Cursor zum Feld *‚Löschen'*, zögere dann aber. Schließlich öffne ich die Mail und runzele aufgrund der Worte überrascht die Stirn.

Ich vermisse dich!

Kein Name. Keine Einleitung.

Und trotzdem schwingt da zwischen den Zeilen erkennbare Vertrautheit mit.

Mein Blick gleitet zum Absender.

Lina.

Lina wer?

Wer zum Teufel ist Lina?!

Ich will herausfinden, wer das ist. Deshalb filtere ich die Mails, sodass ich am Ende nur ihre Nachrichten habe. Und es sind viele. Unzählige von ihr an Harry, aber auch er hat eifrig zurückgeschrieben.

Pauschal klicke ich mich durch ihren Mailverkehr. Mal schrieben sie über Belangloses, mal hört sich das alles verdammt intim an.

Lina:

Ich musste heute den ganzen Tag an dich denken. Vielleicht liegt es daran, dass ich dich noch auf mir rieche. Sehen wir uns heute Abend?

Langsam dämmert es mir.

Mein Bruder hatte eine Affäre. Eine verschissene Affäre mit dieser Lina. Und das, während sich seine Frau, Jil, um die beiden Kinder kümmerte und er fast nie zu Hause war. Kurz nach Harrys Tod meinte Jil, dass er sich in den Monaten davor stark verändert hatte. Sich von ihr entfernt hatte, war ihr exakter Wortlaut. Jetzt weiß ich auch, wieso er keine Lust mehr auf Jil hatte.

Weil er diese Lina gevögelt hat.

Hat er vorgehabt, Jil für Lina zu verlassen?

Das würde nicht zu ihm passen. Harry war ein Gewohnheitstier und Jil seine Konstante. Ich traue ihm nicht zu, dass er sich für diese Lina hätte scheiden lassen. Ihm ging es wahrscheinlich nur um Sex. Ein Ausbruch aus seinem langweiligen Alltag.

Die nächste Nachricht enthält ein Foto von langen Beinen, die über die Lehne einer dunkelgrünen Couch gestreckt sind. Es sind lange, schlanke Beine. Glatt rasierte nackte Haut, rot lackierte Fußnägel.

Mein Bruder antwortete darauf:

Harry:
Wie soll ich da jetzt noch arbeiten?

Ich seufze frustriert und lese noch einige Mails der beiden. Auf der einen Seite nagt das schlechte Gewissen an mir, so tief in Harrys Privatsphäre einzudringen. Vor allem deshalb, weil er sich nicht mehr zu den Nachrichten, die er mit der Frau ausgetauscht hat, rechtfertigen kann. Auf der anderen Seite werde ich aber auch von meiner Neugier angestachelt. Harry war immer ein Showman für mich. Er sagte das eine, meinte aber etwas ganz anderes. Er legte sehr viel mehr Wert darauf, beliebt zu sein, als seine Interessen durchzusetzen.

Nur im Fall dieser Lina scheint er einmal das getan zu haben, was er wirklich wollte.

Und deshalb will ich ergründen, was an dieser Frau so besonders war, dass sie meinen sonst so auf Sicherheit bedachten Bruder zu einer Affäre verleiten konnte.

Lina:
Hast du dir das Gesamtbild so vorgestellt?

Ihrer Frage ist ein Bild beigefügt. Es zeigt sie bekleidet mit einem weißen Spitzen-BH. Doch man erkennt weder ihr Gesicht, noch gibt es einen aufschlussreichen Hinweis im Hintergrund. Zwischen ihren vollen Brüsten baumelt eine goldene Kette mit einem Anhänger aus Turmalin.

Wahrscheinlich hat Harry ihr den geschenkt, um sie mundtot zu machen.

Wie lange mag das zwischen den beiden gegangen sein? Offensichtlich endete ihre Affäre erst mit Harrys Tod. Ich frage mich, ob diese Lina auch auf Harrys Beerdigung war. Vielleicht wurde ihr da erst klar, dass er eine Familie hatte. Oder hatte sie davon gewusst, und es war ihr einfach egal?

Mir wird bewusst, dass ich immer noch auf Linas Titten starre. Doch so viel Verachtung ich für diese Frau übrighabe, eines muss man ihr lassen: Sie hat verdammt hübsche Brüste. Ihre Haut sieht weich aus, einladend. Zu gerne würde ich meine Hand über sie gleiten lassen und ihre Wärme spüren.

Linas Mails sind aber auch der berühmte letzte Tropfen, der an diesem ohnehin schon beschissenen Tag das Fass zum Überlaufen bringt. Anstatt mal irgendetwas Positives zu erfahren, erhalte ich ausgerechnet die Bestätigung dafür, dass mein Bruder ein Doppelleben geführt hat. Und weil es einfach ist, eine unbekannte Person für all den Mist, der passiert ist, verantwortlich zu machen, wird Lina nun von meiner Wut in Form einer Nachricht erfahren.

Ich öffne ihre letzte Mail, klicke auf *Antworten* und beschließe spontan, ihr mal ordentlich ins Gewissen zu reden.

Sie soll sich einfach verpissen. Aber schleunigst.

Endre:

Ich würde wetten, dass Harrys Kinder ihren Dad auch fürchterlich vermissen. Aber was kümmert Sie schon seine Familie?!

Nachdem ich die Nachricht abgeschickt habe, ist es natürlich zu spät für einen Rückzieher. Doch anstatt mich besser zu fühlen, komme ich mir furchtbar naiv vor.

Klüger wäre es gewesen, ihre Mail zu ignorieren und zu kübeln. Nun aber habe ich mich vermutlich auf eine Diskussion eingelassen, die erst beendet sein wird, wenn ich herausgefunden habe, wer sie ist.

Dummerweise glaubte ich, mit so einer Mail wäre Harrys Tod gesühnt.

Dabei ist mein Verhalten einfach nur dumm und völlig untypisch für mich. Ich darf mich von einer Frau wie dieser Lina, die mich gar nichts angeht, weder provozieren noch ablenken lassen.

Als ich das Mail-Programm schließe und den PC herunterfahre, entscheide ich, ihr selbst dann nicht mehr zu antworten, sollte sie mir antworten und mich ihre nächste Nachricht auf die Palme bringen.

Entschlossen greife ich nach meinem Handy, das auf dem Schreibtisch liegt, und schicke eine SMS an meinen besten Kumpel.

Endre: Bier?

David: Wann? Wo?

Endre: Jetzt gleich. Bei mir daheim.

David: Du weißt, womit du mich locken kannst.

David macht sich auf meiner Couch breit, während ich uns Bier aus dem Kühlschrank hole. Der Wohn-, Ess- und Kochbereich meiner Wohnung ist grandios. Ich mag dieses Offene und vor allem den Blick über London, den man aus dem 34. Stockwerk des *Shard* hat.

Vielleicht ist der Blick von hier oben bis jetzt das Beste an meiner Rückkehr.

„Wie war dein Tag im Büro?", erkundigt sich David, als ich die beiden Bierflaschen auf meinem gläsernen Couchtisch abstelle.

„Beschissen", antworte ich freimütig und setze mich ihm gegenüber auf den grauen Polsterhocker. „Mein Bruder hat den Leuten so viele Freiheiten erlaubt, dass es einem Wunder gleicht, dass diese überhaupt noch zur Arbeit erscheinen müssen."

David lacht, ehe wir anstoßen. „Harry war eben ein entspannter Typ. Und du bist das Gegenteil von ihm. Ich hätte dir von Anfang an sagen können, dass dir die erste Zeit bei MBT eine Menge grauer Haare bescheren wird."

„Vielleicht wird alles besser, wenn du nächsten Monat anfängst", überlege ich laut.

„Du meinst, dann betrinken wir uns einfach jedes Mal, wenn dich einer nervt?"

„Dann dürfte ich bald ein erhebliches Alkoholproblem haben." Darauf trinke ich einen Schluck Bier.

Davids Anwesenheit beruhigt mich aber. Langsam kühlt mein Zorn ab.

Während David mir über seinen Tag berichtet, überlege ich, ob ich ihm von Harrys Geheimnis erzählen soll. Doch ich muss dieses Wissen teilen, um meine Bürde zu erleichtern. Ganz nach dem Motto: Geteiltes Leid ist halbes Leid.

„Harry hatte eine Affäre“, platzt es schließlich aus mir heraus.

„Im Ernst?“

„Voll und ganz.“

David ist entsetzt. Ihm fehlen regelrecht die Worte. Im Grunde geht es ihm wie mir, nur ohne die direkte Konfrontation mit den Mails. „Wie hast du das herausgefunden?“

„Die beiden haben einander ständig gemailt. Heute habe ich die letzte Nachricht von dieser Frau in Harrys Posteingang gefunden, den ich mit meinem hatte verknüpfen lassen.“

Ich krempele mir die Ärmel meines Hemdes auf und lockere die Krawatte. Im Gegensatz zu David mit seinen lässigen Jeans und dem schwarzen Pullover wirke ich etwas overdressed für einen Abend mit meinem Kumpel.

„Was stand in der Mail?“

„Dass sie ihn vermisst“, teile ich David mit und ziehe vielsagend die Augenbrauen hoch. „Als könne er das noch lesen.“

„Vielleicht hilft es der Kleinen, mit Harrys Tod fertigzuwerden.“

Dein Ernst, Kumpel? Gleich kannst du dein Bier woanders trinken.

„Es ist krank. Sie hat ihm auch eindeutige Bilder geschickt."

„Oh, jetzt wird es spannend", meint David und beugt sich vor. „Ist sie heiß?"

„Ihre Beine und Titten sind es. Den Rest konnte ich nicht erkennen."

„Sie wollte also ihre Identität geheim halten. Vielleicht arbeitet sie ja in der Firma."

Diese Ansicht ist absurd. Oder doch nicht? „Wie kommst du darauf, dass sie für MBT arbeitet?"

„Na ja, wenn herauskommt, dass sie mit dem Boss vögelt, der obendrauf verheiratet ist, würde es ihr das Genick brechen."

Könnte Davids Theorie stimmen?

„Wenn die Mail von einem Firmenserver abgeschickt wurde, könnte man das feststellen?", frage ich. Auf einmal glaube ich, ganz dicht an dieser Lina dran zu sein.

Beinahe möchte ich, dass sie für uns arbeitet, damit ich sie hochkant rauswerfen kann. Ich würde sie vernichten.

„Das ginge sicher. Die IT-Abteilung bekommt das heraus."

„Dann frag ich morgen mal nach." Am liebsten würde ich einen aus der IT-Abteilung augenblicklich ins Büro ordern. Ganz egal, wie spät es ist.

„Hast du auch einen Namen? Dann kannst du ja mal die Liste aller Angestellten durchsehen."

Jetzt weiß ich wieder genau, warum ich mit diesem Kerl befreundet bin. „Nur einen Vornamen: Lina."

David wirkt zufrieden mit sich, als er einen Arm auf die Couchlehne legt. „Was aber bringt es dir, wenn du die Kleine aufspürst? Harry ist tot, Mann. Es war seine Sache, mit wem er außerhalb seiner Ehe gevögelt hat."

„Ich will nicht, dass jemand für mich arbeitet, der so dreist ist, mit einem verheirateten Mann ins Bett zu steigen. Das widerspricht meinen Prinzipien."

David mustert mich eine Weile. „Ich glaube, du willst einfach herausfinden, ob der Rest, abgesehen von ihren Titten, genauso ansprechend ist."

„Idiot", murmele ich, den Hals der Flasche an meinen Lippen.

FÜNF

Alice

Ich koche eine Riesenportion Pasta – ein Allheilmittel gegen alle Widrigkeiten des Lebens.

Zum Essen lassen Mila und ich uns vor dem Fernseher nieder. Wir besitzen nicht nur den gleichen Essensgeschmack, sondern lieben auch dieselben Serien. Das macht das Zusammenleben einfach. Unser einziger Makel ist das Thema Hausarbeit. In der Hinsicht versucht sich jede von uns so lange zu drücken, wie es irgendwie möglich ist.

„Mit dem würde ich es treiben“, murmelt Mila mit vollem Mund und kichert, als ich sie entsetzt ansehe. „Er ist sexy.“

„Er ist alt“, berichtige ich sie. „Seit wann stehst du auf Opas?“

„Ich habe eben einen Vaterkomplex.“ Die verascht mich doch.

„Das ist mir neu. Hattest du nicht letzten Monat noch einen besonderen Hang für Typen mit unzähligen Tattoos?“

„Und langen Bärten. Darüber bin ich hinweg, seit mich dieser Mike wie Scheiße behandelt hat.“

Ich hingegen habe keinen Hang für irgendwelche spezielle Arten von Männern. Trotzdem gerate ich ständig an Arschlöcher. Vielleicht liegt es daran, dass da draußen nur noch diese Sorte herumläuft.

Ich tunke die letzten Nudeln in die cremige Sauce, als mein Handy, das neben mir liegt, zu summen beginnt. Mila redet unterdessen über die Schandtaten dieses Mike. Ich brumme zustimmend, schnappe mir das Telefon und steige in mein Mail-Programm ein.

Augenblicklich erstarre ich, als ich den Absender der Nachricht lese.

Harry.

Plötzlich fühle ich mich, als würde ich in eine tiefe Schlucht stürzen. Mein Blut rauscht mit extremer Geschwindigkeit durch meinen Körper, die Gabel fällt aus meiner Hand, und mir wird sehr heiß.

Seit Wochen habe ich naturgemäß keine Mail von Harry bekommen. Erst jetzt wird mir schmerzlich bewusst, wie sehr mir das gefehlt hat.

Doch da meine Mail unmöglich die Himmelspforte passiert haben und Harry auf einer Wolke sitzend von ihr Kenntnis erlangen konnte, muss jemand anderes stattdessen geantwortet haben.

Meine Nerven liegen blank, als Mila sich zu mir beugt. „Was ist los mit dir? Du bist ganz blass."

„Harry", erwidere ich und räuspere mich, als ich bemerke, wie belegt meine Stimme klingt.

„Ja?"

Mila hält mich nun wohl offiziell für geisteskrank.

„Ich habe ihm am Montag eine Mail geschrieben, weil ich, nachdem sein Bruder sich so protzig verhalten hatte, Sehnsucht nach ihm hatte. Das war ziemlich dumm“, schließe ich und wimmere leise.

Mila stapelt unsere Teller übereinander und stellt sie auf dem Couchtisch ab. Dann zieht sie ihre Beine aufs Sofa und begutachtet mein Handy, das ich immer noch fest umklammert halte. „Die Mail wurde direkt an Endre Monroe weitergeleitet. Er wollte, dass wir Harrys Account vorübergehend mit seinem verknüpfen.“

Gott, ich bin geliefert.

„Schaufel mein Grab“, sage ich und merke da erst, wie unpassend mein Vergleich ist. „Tut mir leid. Miese Redewendung.“

Ausgerechnet Endre Monroe hat nun meine Sehnsuchtsmail erhalten. Dabei wäre er die letzte Person dieses Planeten, die ich vermissen würde. Für ihn würde ich mir keine Kugel einfangen. Ich würde ihm nicht einmal eine Tür aufhalten, sondern sie ihm grinsend ins Gesicht knallen lassen. Na ja.

Wahrscheinlich bin ich ein abgrundtief böser Mensch.

„Hat er etwas geantwortet?“, will Mila etwas sensationsgeil wissen.

Klar, sie muss den Kopf ja auch nicht hinhalten.

„Ich habe noch nicht nachgeschaut. Aber ich würde auf etwas wie *‚Sie sind gefeuert, Miststück!‘* tippen.“

„Er kann nicht wissen, wer du bist, Lina“, erinnert sie mich.

Da ist er – der einzige, mickrige, rettende Strohhalm. „Nicht?“

„Nein. Das habe ich damals ja so gedeixelt.“

Gedeixelt – das klingt schon nach etwas Illegalem. Nun weiß ich nicht, ob ich mich besser fühlen soll.

„Okay, ich werde sie lesen. Aber ich werde unter keinen Umständen antworten“, versichere ich uns beiden und hebe feierlich die Hand zum Schwur.

Mila stößt mich an. „Na, dann mach schon.“

„Für dich ist das hier bloß eine günstige Unterhaltungsshow. Richtig?“

Sie kichert. „Kommt nah heran. Aber ich warte immer noch darauf, dass die Vorstellung endlich anfängt.“

Mein Blick gleitet zum schwarzen Display meines Handys, als wäre es ein wilder, feuerspuckender Drache, der durch das kleinste Geräusch geweckt werden könnte.

Ich entsperre mein Telefon, und als ich die Mail öffne, halten wir beide den Atem an.

Endre:

Ich würde wetten, dass Harrys Kinder ihren Dad auch fürchterlich vermissen. Aber was kümmert Sie schon seine Familie?!

Ich lese die Nachricht bestimmt zehnmal. Am Ende ist mir übel.

„Sag etwas!“, fordere ich Mila auf.

„Hört sich ganz nach Endre Monroe an. Unverwechselbar.“

Sie hat recht. Er ist so scheinheilig. Als würde er sich ununterbrochen dafür einsetzen, dass alle Menschen dieser Welt fair behandelt werden. Gerade er, das größte Arschloch dieses Landes, nimmt sich die

Freiheit heraus, mich zu rügen, wenn ich doch gar nichts wusste?!

Große Wut breitet sich in mir aus.

Meint dieser Kerl, er kann über alles und jeden bestimmen?! Denkt er, ich müsste mich vor ihm rechtfertigen?!

Zornig tippe ich auf den Antwortbutton.

„Was zum Teufel tust du da?“, schreit Mila aufgebracht.

„Ich werde nicht zulassen, dass dieses Arschgesicht mich für Harrys Kinder in die Verantwortung zieht.“

Und da schreibe ich mir bereits eifrig den Frust von der Seele. Für Endre Monroe bin ich schließlich Lina, deswegen kann ich ihm genauso hintertrieben begegnen, wie er es heute bei mir getan hat.

„Du hast geschworen, dich von ihm nicht provozieren zu lassen, Alice“, redet Mila mir ins Gewissen.

„Da habe ich auch noch nicht gewusst, was für ein großer Wichser er ist.“

„Im Grunde hast du das gewusst. Nur bist du jetzt fürchterlich aufgebracht. Bei jedem anderen Mann würde ich dir raten: Zertreten wir ihn verbal. Aber nicht bei unserem Boss. Ich halte es in dieser Firma ohne dich nicht aus, Alice.“

Bilde ich mir das nur ein, oder kann ich das Klimpern ihrer Wimpern tatsächlich hören?

„Aber ich hasse, dass er tut, als hätte ich den Kindern ihren Vater weggenommen!“ Wofür kämpfe ich eigentlich? Mila brauche ich nicht zu verdeutlichen, dass sich Endre Monroe absolut täuscht.

„Wenn du zurückschreibst und dich auf diese Schlacht einlässt, wirst du es irgendwann bereuen. Glaub mir.“ Plötzlich ist Mila todernst. Wir sehen einander eine Weile stumm an, und schließlich nicke ich.

„Okay, ich werde auf dich hören. Ausnahmsweise.“

Als ich später im Bett liege und versuche, nicht mehr an Monroes Nachricht zu denken, hat sich meine Wut kein bisschen gelegt.

Es stört mich, dass ich ihm dieses Unrecht gewähre. Es ist feige von mir, nicht zurückzuschreiben.

Jeder kniet vor dem atemberaubenden, großartigen Endre Monroe – zum Kotzen.

Ich will nicht für Harry kämpfen. Auch nicht für seine Kinder, die ohnehin niemals von mir erfahren werden. Es geht hier einzig und allein um mich. Um mein Wohlgefühl.

Ich bin keine betrügerische, eiskalte Schlampe – keine, wie Monroe es darstellt.

In die Dunkelheit meines Schlafzimmers hinein stelle ich mir die Frage, wie ich reagiert hätte, hätte ich vor Harrys Tod von seiner Ehe erfahren.

Hätte ich die Affäre beendet? Ihm ein Ultimatum gestellt – ich oder sie?

Tatsächlich kann ich nur noch an traurige Kinderaugen denken. Doch es war Harrys Familie, nicht meine. Er hat die Entscheidung getroffen, seine Frau zu betrügen. Ich war Single, musste mich also vor niemandem rechtfertigen.

Es stimmt also nicht, dass ich die Betrügerin bin – das war Harry.

Als ich frustriert die Decke von den Füßen strampele, erkenne ich, dass es gar nicht darum geht, wer Betrüger und wer Betrogener ist. Wäre ich nicht gewesen, hätte Harry diesen Unfall vielleicht genauso gehabt. Daran kann ich nicht schuld sein!

Doch genau diese Schuld will Monroe nun auf mich abladen. Ein plötzlicher, unerwarteter Verlust ist schmerzhaft. Gerade bei einem Unfall stellt man sich wohl oft die Hätte-er-nicht-Frage. Man sucht nach dem Grund für den Tod eines Menschen, der sein Leben noch vor sich hatte. Endre Monroe hat seinen Bruder verloren, sein Leben in den USA aufgegeben, um die Firma fortzuführen – und er hat mich als Sündenbock auserkoren.

Die unbekannte, kaltblütige Frau, die es mit einem verheirateten Familienvater getrieben hat, muss unweigerlich an den Widrigkeiten im Leben des pedantischen Endre Monroe schuld sein. Sie ist die Ausgeburt des Bösen. Und dafür soll sie büßen.

Ich habe Harry nicht geliebt, aber ich habe ihn geschätzt. Wir hatten eine wunderschöne Zeit miteinander. Und vergisst man die Tatsache, dass er mir verheimlicht hat, verheiratet zu sein, so denke ich, dass auch er mich geachtet hat.

Ich habe nicht vor, mir die Erinnerungen an dieses kurze Zusammensein mit einem liebevollen Mann schlechtmachen zu lassen.

Deshalb breche ich mein Versprechen Mila gegenüber und fange erneut an, eine Antwort zu tippen.

Fick dich!

Diese Version lösche ich jedoch wieder. Dann atme ich einige Male tief durch.

Sei geistreich, verdammt.

Schlag ihn mit seinen eigenen Waffen. Aber vor allem: Lass ihn nicht erkennen, wer du bist! Lina kann nicht wissen, dass sie Endre Monroe, Harrys Bruder, schreibt. Ich muss also jedes Wort mit Bedacht wählen. Etwas wie *Schriftlich bist du ein genauso großes Arschloch wie im Büro* würde ihn schnurstracks auf meine Fährte locken.

Lina:

Ich habe nicht gewusst, dass er verheiratet war. Von Kindern ganz zu schweigen. Aber vermutlich werden Sie mir antworten, dass Sie das nicht interessiert. Und wissen Sie was: Sie haben völlig recht. Denn beide wurden wir getäuscht. Vielleicht können Sie sich aber vorstellen, dass mein Schmerz dem Ihren gleicht. Ich war genauso schockiert, als ich erfuhr, dass der Mann, mit dem ich glaubte, eine Zukunft zu haben, längst einer anderen gehörte. Harry war ein pflichtbewusster, liebevoller Mann. Deshalb weiß ich mit Sicherheit, dass er seine Kinder niemals im Stich gelassen hätte. Weder wegen mir noch wegen jemand anderes.

Jetzt kennen Sie meine Seite. Da Sie in meinen persönlichen Nachrichtenverkehr eingedrungen sind, möchte ich nun gerne wissen, wer Sie sind.

Als ich die Nachricht abgesendet habe, bin ich einem Herzinfarkt nahe.

Er wird antworten, da bin ich mir absolut sicher. Und ich möchte auch, dass er seinen Standpunkt erklärt. Doch anders, als Mila prophezeit hat, fühle ich mich jetzt sehr viel besser. Ich bin für mich eingestanden, war dabei weder beleidigend noch ausfallend.

Meine Mail ist schlicht eine höfliche schriftliche Version des Mittelfingers, gewürzt mit einer Prise *Steck ihn dir in den Arsch!*.

SECHS

Endre

Ihre Nachricht erreicht mich, als wir unsere zweite Flasche Bier öffnen.

Fast empfinde ich so etwas wie Genugtuung, als ich ihren Namen auf meinem Handy-Display lese.

„Sie hat geantwortet“, sage ich, während ich mich setze.

David hat offensichtlich Gefallen an diesem schriftlichen Schlagabtausch gefunden. Aufgeregt reibt er seine Handflächen aneinander. „Lies vor.“

Ich öffne die Mail zwar, werfe aber einen finsteren Blick zu meinem Kumpel rüber. „Sie will mich bloß provozieren.“

„Ich dachte, du hättest sie auch herausfordern wollen?“

„Ich war wütend. Sie hat es verdient.“

„Vielleicht ist sie jetzt genauso wütend“, meint David und deutet mit dem Kinn auf mein Handy.

„Okay“, sage ich, als müsse ich mir selbst ein Startsignal geben, und lese vor:

Ich habe nicht gewusst, dass er verheiratet war. Von Kindern ganz zu schweigen. Aber vermutlich werden Sie mir antworten, dass Sie das nicht interessiert. Und wissen Sie was: Sie haben völlig recht. Denn beide wurden wir getäuscht. Vielleicht können Sie sich aber vorstellen, dass mein Schmerz dem Ihren gleicht. Ich war genauso schockiert, als ich erfuhr, dass der Mann, mit dem ich glaubte, eine Zukunft zu haben, längst einer anderen gehörte. Harry war ein pflichtbewusster, liebevoller Mann. Deshalb weiß ich mit Sicherheit, dass er seine Kinder niemals im Stich gelassen hätte. Weder wegen mir noch wegen jemand anderes.

Jetzt kennen Sie meine Seite. Da Sie in meinen persönlichen Nachrichtenverkehr eingedrungen sind, möchte ich nun gerne wissen, wer Sie sind.

Nachdem ich geendet habe, gehe ich ihn ein weiteres Mal nur für mich durch, ehe ich meine Erwiderung tippe.

Endre:

Und wissen SIE was? Ihnen ist hoffentlich klar, wie verlogen Sie sind. Tun Sie nicht so, als hätten Sie Harry gekannt. Wenn ich mir die Bilder so ansehe, die Sie ihm geschickt haben, kann ich mir schon vorstellen, welche Eigenschaften er an Ihnen geschätzt hat. Zu mir: Es reicht, wenn Sie wissen, dass ich jemand bin, der Sie zerstören kann.

„Wie willst du sie zerstören, wenn du nicht mal weißt, wer sie ist?“, stellt David eine – zugegeben – berechtigte Frage und bringt mein Konstrukt zumindest in diesem Raum zum Einsturz.

Mir geht es gar nicht darum, meinen Worten Taten folgen zu lassen. Ich habe jetzt ein effektives Mittel gefunden, um meinen Frust abzuladen. „Darum geht es gar nicht.“

„Worum geht es dir dann?“

Gute Frage. „Keine Ahnung. Es kotzt mich bloß an, dass ich hier, egal, wo ich hingehe, auf irgendeinen Mist stoße, den Harry verursacht hat. Dad hat ihm immer den Arsch gerettet, mich aber lässt er jetzt völlig im Stich.“

„Vielleicht macht er das, weil er weiß, dass du dir nicht helfen lassen würdest“, versucht es David vorsichtig.

Verdammt, er hat wieder mal recht.

Ich bin fürchterlich stur, wenn es darum geht, meine Aufgaben allein zu erfüllen. Deswegen haben mein Dad und ich uns in der Vergangenheit auch oftmals in die Haare gekriegt. Es fiel mir zu der Zeit, als ich nach Boston zog, nicht schwer, meine Familie hinter mir zu lassen. Dummerweise habe ich wohl gehofft, mir würde bei meiner Rückkehr ein wärmerer Empfang bereitet werden.

„Welche Bilder meinst du eigentlich?“, reißt mich da Davids Frage aus meinen Gedanken.

Ich schüttele grinsend den Kopf. „Tittenbilder.“

„Tittenbilder? Interessant.“

„Du willst sie sehen. Richtig?“

„Ich muss wissen, mit wem wir es hier zu tun haben. Ganz uneigennützig."

„Ja, ja", murmele ich und begebe mich auf die Suche nach dem BH-Foto dieser Lina.

Als ich es gefunden habe, strecke ich das Handy über den Couchtisch rüber zu David. Dieser betrachtet das Bild, als wäre er der absolute Experte, was Beinahe-oben-ohne-Fotos anbelangt.

„Hübscher Vorbau. Schlank. Groß. Dunkelhaarig, wenn du mich fragst. Eine Frau, perfekt für ein abgefucktes Abenteuer. Harry war ja ein richtig schlimmer Junge."

Ein abgefucktes Abenteuer mag diese Lina sein. Aber ein Satz aus ihrem Mail geht mir nicht mehr aus dem Kopf: Könnte es wahr sein, dass Harry sich eine Zukunft mit ihr hatte aufbauen wollen?

Kannte ich Harry am Ende doch viel schlechter, als ich all die Jahre gedacht hatte?

„Vergiss sie, Mann. Im Grunde hat sie ja gar nichts getan", rät David mir und trinkt sein Bier aus. „Ich mache mich jetzt auf den Weg. Sehen wir uns am Wochenende?"

Als er sich erhebt, stehe auch ich auf. „Das lässt sich einrichten, ja."

„Cool. Lass dich nicht ärgern, und chill ein bisschen." Er klopft mir auf die Schulter, dann verschwindet er.

Ich räume die leeren Bierflaschen weg, mache das Licht aus und verziehe mich ins Bett.

In dieser Nacht träume ich verdammt wirres Zeug. Dementsprechend beschissen fühle ich mich, als ich aufstehe, um meine tägliche Morgenrunde zu joggen. Das Laufen hilft mir, um klarer denken zu können. Nachdem ich geduscht und meine Businesskleidung angelegt habe, gewinne ich auch an Stärke zurück.

Mein Fahrer bringt mich von Kensington zu unserem vor einigen Jahren neu errichteten Firmenhauptsitz in der Canary Wharf. Die knapp einstündige Fahrt dorthin nutze ich, um bereits erste Arbeiten zu erledigen. Schon immer habe ich das Motto befolgt: Der Boss kommt als Erster und geht als Letzter. Und auch heute ist es noch still, als ich wenig später den Glasbunker, in dem sich unser Headquarter befindet, betrete. Der Security-Typ am Eingang grüßt freundlich, ich präsentiere ihm lediglich mein bestes aufgesetztes Lächeln.

Mit dem Fahrstuhl fahre ich ganz nach oben und pfeffre im Vorbeigehen meiner Assistentin eine Liste mit Dingen, die sie für mich besorgen muss, auf ihren noch leeren Schreibtisch.

Ich sollte sie zwingen, ebenso früher anzufangen, da ich jemanden brauche, der mir Kaffee besorgt.

Sie wird mich hassen, aber das ist mir egal.

Nachdem ich meinen Kalender für den heutigen Tag gecheckt habe, notiere ich mir ein paar Punkte zu meinem ersten Termin. Es ist verdammt wichtig, gut vorbereitet zu sein. Ich möchte nicht nur das Projekt kennen, sondern auch die Leute, die daran arbeiten. Und damit meine ich nicht nur ihren Vor- und Nachnamen, sondern auch ihre schlechten Eigenschaften. Verschlafen sie häufig, oder rauchen sie heimlich Gras? Das sind die Dinge, die mich brennend interessieren. Denn wenn jemand anfällig für Versuchungen ist, lässt er sich auch schnell ablenken. Gerade bei großen Projekten brauche ich Menschen, die erfolgsorientiert sind.

Loser haben in meinem Umfeld nichts verloren.

Etwa eine halbe Stunde nach mir betritt meine Assistentin endlich mein Büro. Sie nähert sich zaghaft, bevor sie eine Tasse Kaffee und einen Bagel vor mir abstellt.

„Guten Morgen, Mr Monroe. Ich habe die Liste, die Sie mir hingelegt haben, gesehen und werde mich sogleich daran machen, sie abzuarbeiten“, schwafelt sie und zupft an ihrem hellblauen Kostümjäckchen.

Sie ist spießig, irgendwie nervig, aber zugleich kompetent. Ich erweise ihr den nötigen Respekt, indem ich sie ansehe und nicke. „Schicken Sie mir jemand aus der IT-Abteilung herauf. Außerdem brauche ich eine Liste aller weiblichen Mitarbeiter.“

„In Ordnung.“

„Gut“, bestätige ich und hoffe, sie nervt mich nicht länger.

Zum Glück verschwindet sie gleich, sodass ich mich wieder ganz meinen Notizen widmen kann.

Wenig später sehe ich, dass sie meinen Terminkalender aktualisiert hat. Die Leute aus der IT-Abteilung werden am Nachmittag eintrudeln. Perfekt. Absolut perfekt.

Weniger erfreut reagiert mein Magen, als ich in meinem Postfach eine weitere Mail von Lina entdecke. Aber mit jedem Mal, das sie mir schreibt, verdichtet sich ihre Spur. Und irgendwann habe ich sie.

Und dann?

Erneut kämpfe ich einige Zeit mit mir, um mich daran zu hindern, ihre Nachricht zu lesen. Doch am Ende siegt mein innerer Drang. Vielleicht bin ich auch bloß ein perverser Penner, der diesen schriftlichen Kampf scharf findet.

Lina:

Offensichtlich sind Sie ein Mann. Und weil ich heute einen richtig guten Tag habe, will ich mal ganz ehrlich zu Ihnen sein, Mr Arschloch. Ich finde es fast schon witzig, dass sich ein kaltschnäuziger Typ, wie Sie meiner Einschätzung nach einer sind, von simplen Nacktaufnahmen beeindrucken lässt. Aber danke für das Kompliment.

Sie durchschaut mich. Verdammt.

Diese Kleine ist schlauer, als ich vermutet habe.

Ein Grund mehr, den öden Austausch zu beenden. Doch noch während ich mir diesen Vorsatz ein weiteres Mal in Erinnerung rufe, fliegen meine Finger über die Tastatur.

Endre:

Sie können es gerne als Kompliment sehen, wenn das Ihr Leben aufwertet. Aber es war keines. P.S.: Woher wollen Sie wissen, dass ich ein Mann bin? Ich könnte genauso gut Harrys lesbische Schwester sein.

Ich verliere den Verstand.

Außerdem entgleitet mir die Kontrolle. Ich habe zu intuitiv und unbedacht gehandelt. Am Ende baumelt die Schlinge nicht um den Hals dieser Lina, sondern um meinen.

Ich fühle mich wie gefangen, als ihre Antwort umgehend eintrifft.

Lina:

Man merkt einfach, dass diese Mails jemand mit einem Penis schreibt. Also nicht mit dem Körperteil, sondern dass Sie sich von Ihrem besten Stück leiten lassen.

Endre:

Und damit kennen Sie sich aus, weil Sie beruflich mit Schwänzen zu tun haben?

Lina:

Meine Güte. Ich weiß, Sie werden jetzt enttäuscht sein, aber ich gehe einer äußerst bodenständigen Beschäftigung nach. Mit Schwänzen befasse ich mich lediglich privat. Zu meinem Vergnügen. Ich weiß nicht, ob Sie diesen Begriff kennen, da Sie irgendwie total verkrampft klingen …

„Mr Monroe?“ Ich erschrecke, als meine Assistentin den Kopf zur Tür hereinstreckt.

„Was gibt's?“, schnauze ich sie an.

„Ihr … also … ich wollte Ihnen Bescheid geben, dass Ihr nächster Termin im Sitzungsraum Platz genommen hat.“

Ist es schon so spät?

„Komme gleich“, erwidere ich und bin scheißgefrustet, dieser Lina nicht augenblicklich antworten zu können.

Langsam gibt sie Informationen preis. Ich will nicht, dass sie meine ausbleibende Reaktion falsch interpretiert. Dass sie denkt, ich hätte Angst vor ihr.

Schnaubend stehe ich auf und gehe rüber in den Sitzungsraum. Während ich der Präsentation der Leute lausche, driften meine Gedanken immer wieder zu möglichen Antworten an Lina ab. Außerdem frage ich mich, was sie arbeitet. David meinte, sie wäre hier bei MBT angestellt. Gleich nachher werde ich die Mitarbeiterliste durchschauen. Dann habe ich sie vielleicht.

Aber kann es sein, dass sie so dämlich ist und munter Mails mit ihrem neuen Boss schreibt, wenn dieser nur einen Kontrollblick von ihr entfernt ist?

Nach einer Stunde werde ich aus der Präsentation entlassen. Ich steuere schnurstracks meine Assistentin an. „Haben Sie die Mitarbeiterakten für mich?“

„Ja, Mr Monroe. Ich habe sie Ihnen auf den Schreibtisch gelegt.“

Grandios. Trotzdem spare ich mir einen Dank. Wofür auch? Dass sie ihren Job gemacht hat? Das wäre lächerlich.

In meinem Büro angekommen, schnappe ich mir die Ausdrucke und überfliege die Liste. Mein Puls rast, ich bin wirklich aufgeregt. Gedanklich stelle ich mir vor, sie zu mir zu ordern und ihr gehörig den Marsch zu blasen, ehe ich sie ohne Zögern rauswerfe.

Doch ich finde nichts. Keinen Hinweis auf eine Lina.

Angel*ina* vielleicht? Tatsächlich entdecke ich eine Frau mit diesem Namen. Ich greife zum Telefon und rufe meine Assistentin an. „Angelina Bryant – in welcher Abteilung arbeitet sie?“

„Moment“, erklärt sie und stellt meine Geduld gehörig auf die Probe, während sie gefühlt ewig nach der Information sucht. „Vierter Stock. Soll ich sie zu Ihnen schicken?“

„Nein“, erwidere ich aus einem Bauchgefühl heraus und lege auf.

Grinsend klappe ich die Akte zu, stehe auf und fahre in das vierte Stockwerk. Das ist die Abteilung dieser Italienerin. Irgendwie passt das perfekt zu dem Bild von Lina, das ich mir bereits gemacht habe. Hier unten ist jedem alles erlaubt. Kein Wunder: Wenn Harry Sex mit einer Mitarbeiterin hatte, wird er dem Treiben ringsum nicht viel Beachtung geschenkt haben.

Ich gehe ganz lässig an den Schreibtischen der Leute vorbei. Es wird ruhiger, als mich die ersten erkennen. Und diese Reaktion genieße ich.

Es scheint, als würde die Herrschaft stückchenweise an mich gehen.

Vor dem Schreibtisch eines spindeldürren Kerls bleibe ich stehen und beuge mich zu ihm vor. „Wo finde ich Angelina Bryant?“

„Dort hinten. Zweites Büro. Das mit dem gelben Schild.“

Die Tür zu Angelinas Büro steht offen. Ich trete ein, ohne zu klopfen. Und tatsächlich sitzt da eine junge, schlanke Frau – jedoch mit blonden Haaren – hinter dem Schreibtisch. David könnte sich bezüglich ihrer Haarfarbe ja getäuscht haben.

Sie blickt erschrocken zu mir, und ihre helle Haut verfärbt sich tiefrot. „Mr Monroe“, grüßt sie mich und klingt völlig aus der Puste. „Haben wir einen Termin, den ich übersehen habe?“

Sie windet sich. Hat eine Scheißangst. Doch irgendetwas sagt mir, dass es sich bei ihr unmöglich um die Frau handeln kann, mit der ich Mail-Verkehr hatte.

„Ich wollte nur vorbeischauen, um mich ein wenig umzuhören“, erwidere ich und bleibe bewusst knapp vor der Tür stehen, um sie zum Aufstehen zu zwingen.

Was sie prompt tut. Sie kommt um den Schreibtisch vor zu mir und reicht mir ihre Hand, die sich kalt und feucht anfühlt. Sie trägt ein schwarzes, knielanges Kleid. Doch ihre Oberweite ist nicht so üppig wie die auf den Bildern.

„Verstehe. Ja, freut mich. Kann ich etwas für Sie tun?“

Sie ist es nicht. Verdammte Scheiße.

„Nein, schon okay. Machen Sie weiter.“

Ich drehe mich um, und lasse sie wortlos stehen. Und als würde mich das Schicksal verhöhnen, landet mein Blick auf jener Frau, die gerade in aller Seelenruhe ihren Miniaturkräutergarten gießt.

Okay, jetzt reicht es. Hier werden ordentlich die Fetzen fliegen.

Gänzlich von meiner Wut getrieben, schreite ich auf das Büro dieser Ms Benedetto zu. Ich reiße die Tür auf und werde von einem unerträglichen Spice-Girls-

Song begrüßt. Benedetto steht über ein Modell gebeugt da und singt dabei lautstark mit.

Sind denn hier einfach alle wahnsinnig?

Doch zum ersten Mal wirkt der Blick dieser Frau nicht ganz so stark, als sie mich sieht. Eher besorgt. Sie richtet sich auf, stellt die Musik aus und schluckt.

SIEBEN

Alice

Wannabe verstummt, und das einzige Geräusch, das nun in meinen Ohren dröhnt, ist mein schneller Herzschlag.

Monroes Blick wirkt bedrohlich, und er scheint tatsächlich gekommen zu sein, um einen Mord an mir zu verüben.

Er ist mir wohl doch auf die Schliche gekommen. Jetzt bin ich geliefert.

Ich lege die Schere weg, um ihn nicht unabsichtlich damit zu attackieren. Wie einen Einbrecher, der beim Ausräumen der Wohnung erwischt wird, bevor es dann völlig eskaliert.

Wie hat er so schnell herausgefunden, dass ich es war, die ihm geschrieben hat? Der Typ ist einfach nur zum Kotzen. Das werde ich ihm auch sagen. Ganz großes Ehrenwort.

„Kann es sein, dass Sie mich verarschen wollen?", fragt er.

Äh ... ja. Nicht nur das. Ich würde dich auch gerne aus dem Fenster stoßen.

Dieser Kerl hat mich im BH gesehen. Warum ist das wichtig? Es kann ihm egal sein. Es kann mir egal sein.

Und dennoch kribbelt es in meinem Bauch, als er seine linke Augenbraue hochzieht. Sein Bart ist länger als gestern. Ein Viertagebart. Kratzig, wild, männlich. Dazu strahlt dieser Mann eine Ich-werde-dich-wieder-und-wieder-kommen-lassen-Energie aus. Beinahe wünsche ich mir, er würde etwas Schmutziges sagen.

„Fühlen Sie sich denn jetzt etwa gekränkt?" Nun ist auch schon alles egal.

Er hat versprochen, mich zu zerstören – davon kann ich ihn ohnehin nicht abbringen. Doch ich werde ihm nicht die Genugtuung verschaffen und vor ihm flennen.

Monroe runzelt die Stirn und steckt seine Hände in die Hosentaschen. „Gekränkt? Nein. Aber ich sagte Ihnen, dass Sie mit Konsequenzen rechnen dürfen. Und die werde ich nun einleiten."

„Schon gut. Das war mir von Anfang an klar. Aber es war mir jede Ihrer lächerlichen Konsequenzen wert."

Ich muss mir ein Lachen verkneifen, als er völlig perplex zuerst zum Fenster und dann wieder zu mir sieht. Vielleicht denkt er aber auch gerade darüber nach, mich dort rauszuwerfen.

„Auf welchem Selbstzerstörungstrip sind Sie denn, bitte?"

Ob seine Frage rhetorisch gemeint ist? Egal, ich werde das letzte Wort haben. „Ich bin diejenige, die von einem sinkenden Schiff nicht verzweifelt versucht, in ein überfülltes Rettungsboot zu gelangen, sondern sich lieber den alkoholischen Vorräten der Bar widmet. Anders gesagt: Ich mache einfach das Beste aus jeder noch so beschissenen Lage."

„Sie hatten die eine Aufgabe, Ihrer Mitarbeiterin zu sagen, sie soll ihren privaten Krempel hier rausschaffen. Doch Sie, Ms Benedetto, tun so, als würde ich Unmenschliches von Ihnen verlangen. Was zum Teufel erhoffen Sie sich?" Seine Stimme ist zwar kaum merklich lauter geworden. Doch seine Haltung ist eindeutig.

Gleichzeitig juble ich innerlich. Er ist gar nicht wegen der E-Mails hier, sondern wegen seiner Anweisung von gestern.

Gott, und ich war so richtig frech zu ihm.

Tief drin war ich wohl enttäuscht, ihm nun nicht mehr schreiben zu können, denn es hat mir übertrieben Freude bereitet, ihn mit meinen Nachrichten zur Weißglut zu bringen. So konnte ich mich aufgrund der Ungerechtigkeiten, die er hier straflos an mir verübt, rächen.

„Es ... es stört mich einfach, wie Sie hier reinmarschiert sind. Sie nehmen überhaupt keine Rücksicht auf die persönlichen Bedürfnisse Ihrer Angestellten." Ich muss verrückt sein. Anstatt davonzulaufen, werfe ich mich in den Kugelhagel.

Absolut bescheuert.

„Was sind denn *Ihre* persönlichen Bedürfnisse, Ms Benedetto?", fragt er.

Am liebsten würde ich laut aufstöhnen. Doch ich atme durch und bemühe mich, unerschütterlich zu wirken. „MBT war für mich stets der Inbegriff des modernen Arbeitgebers. Die Mitarbeiter konnten frei bestimmen, auf welche Art sie die von ihnen geforderte Leistung erbringen. Seit Sie hier sind, kommt es mir vor, als würden wir einen Rückschritt nach dem anderen machen."

„Und das alles machen Sie an der Tatsache fest, dass ich verlange, dass der Kräutergarten aus unserem Büro verschwindet?"

„Diese Aufforderung ist doch bloß der Anfang einer Reihe von noch folgenden Veränderungen, die Unlust erzeugen werden."

Kurz scheint es, als würde Monroe kapieren, dass ich nicht nur Müll labere. Dann aber fängt er sich. Er richtet sich zu seiner vollen Größe auf und blickt abschätzig zu mir. „Zum Glück lege ich auf Ihre Meinung keinen Wert. Sie sind weder Unternehmensberaterin noch in der Position, sich ein Urteil über mich zu machen. Und jetzt werden Sie augenblicklich rausgehen und Ordnung in Ihre Abteilung bringen."

Hat der Typ denn nichts anderes zu tun, als mich zu schikanieren? Steht es gar so schlecht um MBT?

Ich glaube außerdem, dass er schlicht und einfach ein perverser Sadist ist, der sich einen darauf runterholt, Frauen zu demütigen. Hier geht es nicht um Recht und Unrecht, sondern um Machtdemonstration. Monroe hat wohl erkannt, dass ich nicht so leicht mundtot zu kriegen bin, und jetzt will er mich vor meinen Leuten bloßstellen.

Doch da weiß ich mir zu helfen, Bürschchen.

Ich mache es ihm gleich und strecke den Rücken durch, um an ihm vorbei aus meinem Büro zu schreiten. Er folgt mir auf dem Fuß und bleibt, als wir Nats Schreibtisch erreichen, dicht neben mir stehen.

Die arme Nat sieht fragend zu uns hoch. Ich atme tief durch und hasse mich gerade wohl noch mehr, als es Nat gleich tun wird.

„Nat, Mr Monroe und ich haben uns gerade besprochen und beschlossen, dass dein ... Beet so schnell wie möglich von hier entfernt werden soll."

Nats Lächeln erstirbt, wie wohl auch der Fleck in ihrem Herz, in dem ich bis jetzt einen fixen Platz hatte. „Aber ... in Ordnung. Sobald die Kräuter aufgebraucht sind, werde ich alles mit nach Hause nehmen."

Ich spüre Monroes drängenden Blick auf mir. „Nein, es muss sofort passieren. Bitte. Okay?"

Nat sackt auf ihrem Stuhl zusammen. Seit Jahren züchtet sie Kräuter im Büro, und nun habe ich ihr dieses Highlight in ihrem Alltagstrott genommen. Und das alles, weil ich diesem arroganten Mistkerl gehorchen muss.

„Haben Sie nicht noch etwas vergessen, Ms Benedetto?", meldet sich dieser auch prompt zu Wort.

Ich funkele ihn an, weiß aber, dass er mich nicht eher in Ruhe lassen wird, bis ich seinen Auftrag zur Gänze erfüllt habe. „Außerdem hat Mr Monroe mir ein neues Abmahnsystem vorgestellt. Und da du gegen einige Auflagen verstoßen hast, muss ich dich hiermit offiziell verwarnen, Nat."

„Was bedeutet das?", fragt Nat besorgt.

„Ms Benedetto wird sämtliche Vergehen umgehend mit mir besprechen. Sollten Sie noch weitere zwei Male abgemahnt werden, wird Ihnen von MBT gekündigt."

Was so viel heißt wie: Ich arbeite im Team Arschloch und bin von nun an die Petze der Nation.

Nats abschätzender Blick gleitet nun auch zu mir. „Aber du hast mir versprochen, dass mir nichts passieren wird, Alice."

„Es wird eben jetzt etwas anders", erwidere ich vorsichtig und meine eigentlich: Es wird richtig scheiße, da dieser Volltrottel jetzt an der Macht ist.

„Verstehe", murmelt Nat nickend. „Dann werde ich versuchen, mich von nun an Ihre Regeln zu halten, Mr Monroe." Respektvoller Blick für ihn und ein weiterer prüfender für mich.

Warum zur Hölle bin ich jetzt die Böse? Ich führe bloß die Befehle aus. Checkt Nat das nicht?

Monroe deutet mir an, zurück in mein Büro zu gehen. Dort angekommen, drehe ich mich abwartend zu ihm um.

„Das nächste Mal klingen Sie etwas überzeugter", tadelt er mich auch noch.

Ich blinzele meine Wut fort und hoffe, dass Monroe sich endlich verpisst.

„Ach ja: Ich habe anordnen lassen, dass am Montag sämtliche Fernsehzimmer geräumt werden. Nur damit Sie Bescheid wissen. Offenbar legen Sie ja sehr viel Wert darauf, in all meine Entscheidungen eingebunden zu sein."

Der Typ schaufelt sich sein eigenes Grab. Bald werden die Menschen hier auf die Barrikaden gehen. Und ich werde feiern. Ich werde den Untergang dieses Typen feiern, als wäre es mein Geburtstag und Weihnachten zusammen.

Von wegen er kann mich zerstören. Er ist viel zu sehr beschäftigt damit, sich selbst abzuschaffen.

„Einen schönen Tag noch, Ms Benedetto“, sagt er zur Verabschiedung.

Selbst bis zum Nachmittag habe ich mich von dem Schrecken noch nicht erholt. Ich traue mich kaum noch aus meinem Büro aus Angst, für Monroes Auftritt vor der armen Nat gelyncht zu werden.

Meine Stimmung hellt sich nur kurz auf, als Mila hereinschneit. Dieses Hoch währt aber nicht lange. Denn nachdem sie die Tür geschlossen und sich kreidebleich vor meinem Schreibtisch in Position gebracht hat, wird mir schrecklich übel.

„Du hast ihm geantwortet. Richtig?“, fragt sie gleich drauflos.

„Ich konnte nicht anders. Du kennst mich.“ Als wäre das eine Entschuldigung.

Mila schließt kurz die Augen und fängt dann an, in meinem Büro auf und ab zu gehen. „Ich wurde soeben in Monroes Büro zitiert, um für ihn herauszufinden, wer diese Lina ist.“

Au Backe.

„Was dir natürlich nicht gelingen wird.“ Ich will es nur mal gesagt haben.

Mila betrachtet mich, als wären mir drei Köpfe gewachsen. „Ich kann ihn nicht ewig hinhalten, Alice.“

Schon klar. „Aber grundsätzlich könntest du für ihn herausfinden, wer ihm diese Mails schreibt?“

„Natürlich. Ich habe dir bloß einen verschlüsselten Mail-Account eingerichtet. Das ist kein großes Ding. Nichts in der Art, wie es die NASA macht."

Dabei dachte ich, ich hätte ein bombensicheres Schutzschild, um Monroe zu foltern.

„Das ist ... semitoll", schließe ich und warte auf irgendeine blitzgescheite Idee des IT-Hirns vor mir.

Denn mal ehrlich: Was Technik anbelangt, war für Mila noch nie etwas unmöglich. Ich glaube, sie hat einfach nur Schiss vor Monroe. Ich möchte gar nicht wissen, womit er ihr gedroht hat, wenn sie es nicht schafft.

„Wie oft hast du ihm denn schon geschrieben?", erkundigt sie sich nun und verschränkt die Arme vor ihrer Brust.

„Ein-, zwei-, drei- ... vielleicht auch viermal. Ich hab den Überblick verloren. Er hat mich provoziert. Immer und immer wieder. Da konnte ich ihm nicht nicht antworten."

„Du bist wirklich dämlich", knurrt sie, lächelt dann aber, als habe sie mit so einer Antwort schon fast gerechnet.

Vielleicht bin ich wirklich dämlich, aber ich finde langsam ehrlich Gefallen daran, Mails an Monroe zu schicken.

„Er glaubt bereits, dass die Person, die ihm schreibt, hier bei MBT arbeitet", wirft sie mir einen weiteren Happen hin.

„Wie kommt er darauf?"

„Keine Ahnung", erwidert Mila genervt. „Denkst du, ich hatte Lust, einem fuchsteufelswilden Monroe auch noch ins Kreuzverhör zu nehmen?"

„Gerade das ist ja unterhaltsam. Er ist in Wahrheit nur halb so schlagfertig, wie du erwarten würdest", behaupte ich.

Mila kratzt sich am Kinn, und erneut gleitet ihr Blick fassungslos zu mir. „Was hast du mit diesem Kerl?"

„Nichts!"

„Das glaube ich nicht. Ich meine, es scheint, als hättest du es dir zur obersten Aufgabe gemacht, ihn so lange anzustacheln, bis er dich rauswirft. Er ist unser Boss, Alice. Es kann uns egal sein, ob er menschlich gesehen ein Idiot ist, solange er uns monatlich Kohle überweist."

„Er schoss aber übers Berufliche hinaus, als er sich herausnahm, mich als *Familienzerstörerin* hinzustellen", rufe ich ihr ins Gedächtnis, und allein wenn ich darüber spreche, steigt Wut in mir hoch.

„Er weiß nicht mal, wer du bist. Noch nicht."

„Ich will, dass er kapiert, dass ich nichts von Harrys Familie wusste."

Ach ja? Darum geht es mir?

Habe ich nicht noch vorhin behauptet, ich hätte großen Spaß daran, ihm die Meinung zu geigen? Und jetzt ist mir plötzlich sein Verständnis wichtig?

Mila scheint meine Aussage auch schräg zu finden. Sie schweigt – was selten vorkommt. Schließlich holt sie tief Luft. „Hast du ihm vom Büro aus geschrieben?"

Ich überlege kurz. „Nur das erste Mal. Danach nicht mehr."

„Okay, das ist ja mal eine gute Nachricht. Solltest du ihm in Zukunft schreiben wollen, dann ja nicht von hier aus. Er wird wollen, dass ich deinen Standort ermittele. Wenn du ihm also irgendwo auf dem Weg hierher schreibst, wird es schwer werden zu eruieren, wer du bist."

Beinahe will ich schon sagen, dass Milas Vorsicht lächerlich ist. Doch ich halte mich zurück. „Du solltest dir mal die Frage stellen, wie seltsam sein Verhalten ist, anstatt mit dem Finger auf mich zu zeigen. Er hetzt dich auf mich, um herauszufinden, wer ich bin. Was soll ihm das bringen?"

„Noch mal: Er hat mich nicht in seine Gefühlswelt blicken lassen."

„Weil darin ausgenommen von Hass nichts zu finden ist", halte ich dagegen.

„Stell dir einfach vor, es gäbe schlimme Konsequenzen, wenn er herausfindet, dass du Lina bist. Das wird dich hoffentlich davon abhalten, weiterhin solche Dummheiten zu begehen."

Schlimme Konsequenzen? Etwas in mir würde diese Konsequenzen gerne austesten.

Ich bin verrückt.

„Du kannst nicht gegen ihn gewinnen, Alice", verklickert Mila mir mit Nachdruck. Ich frage mich, ob sie mich herausfordern will.

Sie müsste wissen, dass ich mich von keinen Geboten oder Verboten aufhalten lasse. Denn verdammt, ja, ich kann gewinnen. Ich kann Monroe genauso zerstören wie er mich – da bin ich mir sicher. Er mag hier in der Firma mächtig sein. Doch da draußen ist er auch nur bloß irgendein Kerl, der einzig und allein mit seinem Schwanz denkt. Doch er glaubt, darüber erhaben zu sein. Großartig vielleicht sogar oder unerschütterlich kommt er sich vor. Und schon das ist Anreiz genug für mich, um weiter mit ihm zu kommunizieren, bis ich seine harte Schale geknackt habe.

„Ich werde mich ..." Ein Klopfen unterbricht meinen Redefluss. Mila erstarrt, als hätte unsere letzte Stunde geschlagen.

Doch es ist lediglich Nat, die hereinkommt. Mich beruhigt ihr Auftauchen aber ganz und gar nicht. Ich empfinde beim Ausdruck auf ihrem Gesicht das Bedürfnis, sie in den Arm zu nehmen.

„Entschuldigung für die Störung, Alice."

„Kein Problem", erwidere ich und höre mich wie die Reue in Person an.

„Ich wollte dir nur Bescheid geben, dass ich mein Beet soeben entfernt habe. Somit ist das Problem gelöst."

Mila blickt zu mir. Halluziniere ich jetzt schon, oder schweben da tatsächlich Fragezeichen über ihrem Kopf?

„Danke, Nat. Es tut mir echt leid, wie das vorhin gelaufen ist", entschuldige ich mich schon wieder.

Nat zuckt bloß die Achseln. Ich an ihrer Stelle hätte mir selbst schon ordentlich den Marsch geblasen. „Schon in Ordnung. Du hast schließlich nur Monroes Anweisungen ausgeführt. Er wird schon seinen Grund haben, warum er diese Entscheidung gefällt hat."

Nein, Nat. Monroe ist ein willkürlich boshaft handelndes Arschloch. Aber ich sage nichts dergleichen, sondern schenke Nat ein weiteres Lächeln, das diese nicht erwidert.

„Monroe hat ihren Kräutergarten räumen lassen?", fragt Mila ungläubig, nachdem Nat gegangen ist.

Ich stemme die Arme auf meinen Schreibtisch und runzle die Stirn. „Er hat mich praktisch gezwungen, Nat aufzufordern, ihren privaten Kram nach Hause zu bringen. Außerdem musste ich ihr einen Verwarnpunkt geben. Die ganze Abteilung hasst mich jetzt wahrscheinlich."

„Und er stand dabei, während du ihr das sagen musstest?"

„Ja. Er ist ein Sadist, Mila. Bestimmt betreibt er privat irgendwelche abartigen Sexualpraktiken." Warum zum Teufel sage ich das?

Ich bin am Ende meiner Kräfte. Meine Festplatte brennt gleich durch, um es in Milas Worten auszudrücken.

Diese verzieht zwar auch ihr Gesicht, doch es wirkt nicht mal annähernd so angewidert, wie ich erhofft habe. „So mit Peitschen, Fesseln und Nippelklemmen meinst du?"

„Keine Ahnung, Mila. Es ist mir egal. Er ist einfach scheiße."

„Hm", macht sie. Doch wahrscheinlich stellt sie sich gerade vor, wie Monroe ihr den Arsch versohlt.

„Die Chillax-Ära ist zu Ende. Die Verdammnis ist über uns hereingebrochen."

„Wie episch. Sieh aber zu, dass sich diese Verdammnis nicht auch auf dein Privatleben auswirkt. Okay?"

Ich tippe mir auf die Stirn. Als sie geht, winkt mir Mila lächelnd zu.

ACHT

Endre

Auf dem Weg zum Abendessen mit meiner Familie schreibe ich Lina im Wagen eine Mail. Den ganzen Tag lang habe ich mich erfolgreich davon abgehalten, irgendetwas auf ihre letzte Nachricht zu erwidern. Aber in meiner Freizeit kann ich schließlich tun und lassen, was ich will.

Endre:
Mit dem Begriff Vergnügen kenne ich mich sehr wohl aus. Auf vielfältigste Weise sogar. Zum Beispiel empfinde ich Vergnügen, ein berufliches Ziel erreicht zu haben, ein guter Fick hat auch etwas Vergnügliches an sich, aber am meisten Vergnügen werde ich empfinden, wenn ich herausgefunden habe, wer Sie sind. Ist Lina überhaupt Ihr richtiger Name oder bloß ein Pseudonym?

Als würde mir dieses eine bescheuerte Bild Hinweise auf sie bieten, öffne ich es abermals und stiere auf Linas Dekolleté. Vielleicht bin ich sexuell ausgehungert. Seit ich zurück in London bin, besteht mein Leben lediglich aus Arbeit. Es würde mir bestimmt helfen, am Wochenende eine Frau flachzulegen. David würde seine Freude daran haben, mich am Samstagabend vor die Tür zu zerren.

Es ärgert mich, wie mein Körper auf den Anblick ihrer Titten reagiert.

Schon dafür sollte sie büßen.

Dabei weiß ich nicht einmal, ob sie hässlich ist. Ich kenne ihr Gesicht nicht. Nicht mal ihre Haarfarbe weiß ich. Seit wann bin ich so schwach, mich von Brüsten um den Verstand bringen zu lassen?

Doch es ist nicht nur ihr Körper, der eine starke Wirkung auf mich hat. Auch die Mails, die wir einander schreiben, entwickeln sich zu einem Spaß für mich. Lina ist schlagfertig und frech.

Ich grinse blöd, als ihre Antwort eintrudelt.

Lina:

Warum sollte ich Ihnen verraten, ob Lina mein richtiger Name ist, wenn ich Ihren nicht mal kenne? Sie müssen das Konzept Leistung/Gegenleistung etwas klüger wählen. Außerdem habe ich mich heute gefragt, was Sie zu tun gedenken, sollten Sie herausgefunden haben, wer ich bin. Wollen Sie einen Auftragskiller auf mich hetzen? Welches Vergehen wollen Sie mir denn vorwerfen?

Endre:

Welche Gegenleistung wollen Sie denn von mir?

Lina:

Na ja, Sie kennen meinen Namen, haben Bilder von mir und wissen, dass ich eine Frau bin. Ich stehe auf Männer und gehe einem geregelten Job nach. Über Sie weiß ich, mal abgesehen davon, dass Sie sich wie ein Arschloch verhalten, kompromisslos erfolgsorientiert und zu 99,9 Prozent ein Mann sind, gar nichts.

Endre:

Das hört sich für mich aber sehr ausgeglichen an.

Lina:

Sagen Sie mir, wie Sie Zugang zu Harrys Mails erhalten haben!

Ich schnalze mit der Zunge und überlege, wie ich ihre Frage am besten beantworte. Da ich davon ausgehe, dass sie in irgendeiner Verbindung zu MBT steht, entscheide ich, mich ihr entgegenkommend zu zeigen, da es in der Sache für mich nichts zu verlieren gibt.

Endre:

Ich habe Harrys Posten in der Firma übernommen.

Lina:

Verstehe. Und wie läuft's bis jetzt so?

Endre:

Mühsam. Aber wie Sie vorhin schon meinten, bin ich kompromisslos erfolgsorientiert.

Lina:
Bezogen auf Ihre Erfolge oder die anderer?

Endre:
Ich bin egoistisch.

Lina:
In jeder Hinsicht?

Endre:
In manchen Situationen kann ich auch sehr spendabel sein.

Ich erreiche das Haus meiner Eltern. Hier bin ich aufgewachsen. Die Straße ist mir vertrauter als vieles andere in meinem Leben. Und dennoch trüben diese Erinnerungen dunkle Wolken, die sich durch Harrys Tod verdichtet haben.

Ich klingele, worauf meine Mum die Tür öffnet und mich in die Arme schließt. „Endre, freut mich. Es ist immer noch ungewohnt für mich, dich nun wieder in London zu wissen."

„Für mich auch", erwidere ich und folge ihr ins Esszimmer.

Der ovale Tisch in der Mitte des Raumes ist bereits gedeckt. Meine Mum liebt seit jeher Dekorationen, wobei ihre Leidenschaft mit zunehmendem Alter wächst.

Sie bittet mich, mich um die Getränke zu kümmern, während sie wieder in die Küche abdampft. Meinem Dad und mir schenke ich Bier ein, meiner

Mum ihren Lieblingswein. Ich habe gerade das Glas abgestellt, als mein Handy in der Hosentasche piept.

Lina.

Im Haus meiner Eltern der Frau zu schreiben, die eine Affäre mit meinem Bruder hatte, kommt mir verlogen vor. Und dennoch will ich wissen, was sie mir geantwortet hat.

Ich brauche den Kick.

Lina:

Ich war so frei, und hab Sie jetzt mal gegoogelt, Endre.

Plötzlich will ich hören, wie sie meinen Namen laut ausspricht. Wie klingt sie? Heiß? Hoch? Laut? Leise?

Meine Kehle ist staubtrocken. Tief in mir drin spüre ich, dass dieses Gespräch nun eine völlig andere Ebene erreicht hat. Seltsamerweise stört mich das nicht.

Endre:

Sehen Sie: Und schon schulden Sie mir haufenweise Informationen über Sie.

In diesem Moment betritt mein Dad das Esszimmer. Er sieht müde aus. Fahl. Seit Harrys Tod ist er rapide gealtert. Er und ich hatten nie das allerbeste Verhältnis, was möglicherweise daran liegt, dass wir uns oft zu ähnlich sind in unserer Sturheit. Dad war immer ein durchsetzungsfähiger Mann, jetzt aber erscheint er wie ein Schatten seiner selbst.

„Guten Abend, Endre“, grüßt er mich und klopft mir ganz leicht auf die Schulter.

Ich lächele und reiche ihm sein Glas. „Kommen Jil und die Kinder nicht?“

„Nein. Marc ist krank geworden. Sie hat vorhin angerufen.“

Eine drückende Stimmung liegt zwischen uns im Raum. Ich war schon ewig nicht mehr mit meinem Dad allein. Sonst war immer Harry dabei. Die beiden waren ein Herz und eine Seele. Dad scheint nicht zu verkraften, dass das Schicksal ihm seinen Lieblingssohn genommen hat, während ich, der ihm vor sechs Jahren wegen einer Frau den Rücken gekehrt hat, noch hier ist.

Mir schnürt es die Kehle zu, worauf ich einen Schluck nehme und fieberhaft überlege, was ich sagen könnte. „Vorgestern kamen die letzten Möbel aus Boston an. Sogar ganz ohne Beschädigungen.“

Er nickt. „Gut. Jetzt gibt es nichts mehr, weswegen du zurückmüsstest.“

Diese Aussage ist mir rätselhaft. Sie klingt nicht bissig, sondern neutral. Dennoch schafft Dad es in letzter Zeit irgendwie, mir ständig Spitzen zu versetzen.

„Ich komme nicht aus dem Gefängnis“, rufe ich ihm in Erinnerung.

Kopfschüttelnd nimmt er Platz, sodass ich mich unwohl fühle, wie ich da vor ihm stehe. „Wie findest du dich in deiner neuen Rolle zurecht?“

Das fragt er mich jeden Tag, als wäre ich derjenige, dem er früher dauernd helfen musste. Doch ich bin meinen Weg immer eigenständig gegangen. Ich hatte nie eine andere Wahl. Harry hingegen hat Dads ganze Unterstützung bekommen.

Es kommt mir vor, als würde mein Vater sogar wollen, dass ich scheitere.

„Sehr gut. Ich gehe die Dinge wie gewohnt an."

„Und die Leute akzeptieren dich?"

„Es bleibt ihnen ja nichts übrig."

Diese Antwort scheint ihm nicht zu gefallen. Er atmet so tief ein, dass sich seine Nasenflügel aufblähen. „Du bist zu hart zu ihnen, Endre. Irgendwann fällt dir das auf den Kopf."

„Misch dich da nicht ein, Dad."

„Und ob ich das werde", beharrt er. „Du hast einige Kürzungen veranlasst, die mir nicht gefallen."

„Das kannst du gerne in der nächsten Vorstandssitzung anbringen. Nicht hier. Du kennst Mums Regeln." In Wahrheit habe ich einfach keine Lust, mich mit meinem Dad über Entscheidungen zu zoffen, die ich wohlüberlegt getroffen habe.

Obwohl es ihm gar nicht schmeckt, schweigen zu müssen, verstummt er, als meine Mum mit dem Essen hereinkommt.

„Soll ich dir helfen?", biete ich an, ernte aber ein entrüstetes Schnauben ihrerseits.

„Du setzt dich schön brav hin. Ich mach das schon."

Während des Essens spreche ich hauptsächlich mit meiner Mum. Dad schweigt und starrt Harrys leeren Stuhl an, als könne er ihn mit Willenskraft zurückzaubern.

Ich verabschiede mich früh von meinen Eltern, um aus der angespannten Atmosphäre zu flüchten.

Zuhause dusche ich und setze mich vor den Fernseher. In Wahrheit warte ich darauf, dass Lina zurückschreibt.

Wie ein Bumerang gleitet mein Blick zwischen dem Handy und dem Fernseher hin und her. Irgendwann verliere ich die Geduld und tippe selbst eine Nachricht.

Endre:

Haben Sie jetzt, da Ihnen bewusst wurde, mit wem Sie es zu tun haben, die Flucht ergriffen?

Was zum Geier tue ich da eigentlich?

Ich lege den Kopf in den Nacken und stoße ein Seufzen aus, als mein Handy endlich vibriert.

Lina:

Vor einem hübschen, verschwörerischen Lächeln bin ich noch nie davongerannt. Ich war einkaufen. Die Nahrungsmittel kommen in meinem Leben nämlich nicht durch die magischen Hände von Hausangestellten zu mir, dafür muss ich ganz selbstständig losziehen.

Das ist genau das, was ich jetzt brauche. Etwas Bier, einen Film und den bissigen Humor dieser Frau.

Endre:

Sollte ich irgendetwas an Ihrer Nachricht als Kompliment verstehen?

Lina:

Tja, falls es Sie glücklich macht, wenn ich denke, dass Sie ein verwöhnter Schnösel sind, dann dürfen Sie sich darauf gerne einen runterholen.

Endre:
Im Grunde ist es mir egal, was Sie über mich denken. Aber vielleicht werde ich mir auch zu Ihrem Tittenbild einen runterholen. Ich hatte nämlich einen echt miesen Tag, und abreagieren soll dagegen am besten helfen.

Lina:
Haben Männer wie Sie nicht immer irgendwo eine Mätresse sitzen, die sie nach Lust und Laune herbeirufen können? Sie erscheinen mir nicht der Typ zu sein, der sich seine Hände in irgendeiner Weise selbst schmutzig macht.

Ich stoße ein tiefes, hungriges Knurren aus.

Obwohl mir im Grunde klar ist, dass sie mich mithilfe meiner niederen Instinkte kriegen möchte, falle ich auf den Trick herein. Vermutlich wäre sie stolz auf sich, wenn sie wüsste, wie hart ich in diesem Augenblick bin.

Und jeder Kerl weiß, wie schwer es ist, mit einem Steifen klare Entscheidungen zu treffen.

Endre:
Sie scheinen sich sehr viele Gedanken über mich zu machen, Lina. Oder woher wollen Sie wissen, welcher Typ ich bin?

Lina:
Stichwort: Kenne deinen Feind.

Endre:
Bin ich denn Ihr Feind?

Lina:
Das kommt ganz darauf an, was Sie von mir wollen.

Was ich im Moment möchte, ist wohl klar. Aber ich reiße mich zusammen, ihr auch nur irgendetwas in diese Richtung zu schreiben.

Endre:
Als längerfristiges Ziel möchte ich herausfinden, wer Sie wirklich sind. Aber für heute gebe ich mich auch damit zufrieden zu erfahren, wie Ihr Abendprogramm aussieht. Erzählen Sie mir etwas mehr von sich!

Lina:
Ich könnte Ihnen erzählen, dass ich in der Badewanne liege – nackt, feucht und heiß. Das ist es doch, was Sie hören möchten!? Ich könnte aber auch schreiben, dass ich in meiner Küche stehe und einen Auflauf koche, nur um mich danach damit vor den Fernseher zu setzen und mir eine Serie reinzuziehen. Welche Version gefällt Ihnen am besten, Endre?

Als könne sie meinen Verstand durch das Telefon manipulieren, lege ich es weg und greife nach meiner Bierflasche. Ein großer Schluck Bier kühlt mich zumindest innerlich ab. Dennoch spült er die Fantasien rund um eine nackte Frau in einer Badewanne nicht ganz weg.

Ich werde mehr und mehr in ihren Bann gezogen. Sie hat meine Schwäche erkannt und labt sich daran. Doch wie es mit Lastern nun mal so ist, siegt die Versuchung gegen die Vernunft.

Endre:
Die Badewannenfantasie klingt aufregend. Und weiter? Was denken Sie, was ich noch möchte?

Lina:
Sie würden bestimmt gerne ungehindert ins Badezimmer kommen können, um mir dabei zuzusehen, wie ich in der Wanne liege. Sie würden mich mit Ihren Blicken foltern. Nichts sagen. So sind Sie doch: dominant. Sie wollen, dass jeder nach Ihrer Pfeife tanzt. Bestimmt zieht sich dieses Merkmal durch Ihr ganzes Leben.

Endre:
Mögen Sie es, die Führung abzugeben?

Lina:
Das kommt ganz auf die Situation an.

Endre:

Sie wissen genau, was ich meine. Haben Sie plötzlich Skrupel, Ihre geheimsten Fantasien zu formulieren?

NEUN

Alice

Jeder Millimeter meiner Haut ist ultrasensibel, als würde es Monroe gelingen, mich bloß durch geschriebene Worte zu berühren. Was auch immer hier gerade passiert – es fühlt sich gleichermaßen falsch und richtig an.

Ich muss mir aber eingestehen, dass mein Plan, ihn mit den Waffen einer Frau zu schlagen, gehörig nach hinten losgegangen ist. Die Sprengsätze haben ebenso bei mir Wirkung gezeigt. Und nun bin ich so erregt, dass ich kaum noch einen geraden Gedanken fassen kann.

In mir schreit alles nach Monroe. Nach seiner Berührung. Ich will, dass er mir die Worte in mein Ohr flüstert, anstatt sie zu schreiben.

Nur ein warmer Hauch, kein direkter Körperkontakt.

Frustriert lege ich das Handy auf den Wannenrand und tauche so lange unters Wasser, bis ich es keine Sekunde länger aushalte.

Tatsächlich wünsche ich mir nichts sehnlicher, als dass er hier wäre. Wären wir wirklich Fremde, und würde ich nicht für ihn arbeiten, würde ich ihn fragen, ob er herkommen will. Doch dazu wird es nie kommen. Vielleicht ist das auch besser so. Monroe ist ein Arschloch; sexy und heiß; aber dennoch ein Mistkerl. Von Typen wie ihm sollte jede Frau die Finger lassen.

Leider haben solche Männer aber auch einen furchtbaren Reiz auf uns Frauen.

Ich reibe mit der Hand über meinen verspannten Nacken und greife mit der anderen nach meinem Telefon. Mit ihm zu schreiben ist besser als jede verdammte Serie dieser Welt.

Es ist ein Abenteuer, das, solange ich nicht zu viel über mich verrate, mir nicht gefährlich werden kann.

Lina:

Ich mag Männer, die mich gut behandeln. Im Schlafzimmer kann er gern ein Mistkerl sein, außerhalb sollte er sich aber nicht zu schade sein, mir auch mal die Tür aufzuhalten. Meine Erfahrung hat gezeigt, dass es verdammt schwer ist, einen Mann mit beiden Eigenschaften zu finden.

Endre:

Vielleicht stellen Sie zu hohe Ansprüche?

Lina:

Ganz sicher.

Endre:

Ich bin sowieso der Meinung, dass bei Männern und Frauen alles, was übers Vögeln hinausgeht, zum

Scheitern verurteilt ist. Aber jetzt werden Sie mir sagen, dass ich mich irre und erst noch die Richtige finden muss. Ich glaube nämlich, dass Sie eine unverbesserliche Romantikerin sind, die unglaublich viel Wert auf Herzenskram legt. Und genau da liegt Ihr Problem: Sie jagen etwas nach, das es nicht gibt – Ihrem Seelenverwandten. So nennen es Frauen doch immer?!

Was für ein abgebrühter Arsch!
Nach seiner Meinung ist im Leben also alles schwarz oder weiß.

Lina:
Ihre Abgestumpftheit tut meiner rosaroten Seele weh. Denn ja, Endre, tief in mir bin ich ein alles liebender Hippie. Und ja, ich glaube auch an die große Liebe. Selbst für Sie gibt es da draußen sicher eine passende Frau, die ihr festgefahrenes Weltbild zerstören wird. Bis dahin steht es Ihnen sogar frei, munter durch die Gegend zu vögeln und alles, was darüber hinausgeht, zu vermeiden.

Endre:
Gerade noch erschienen Sie so zahm, aber kaum sagt man ein falsches Wort, kläffen Sie mich an. Da wundert es Sie, dass die Typen davonlaufen?

Lina:
Hat Ihnen heute schon jemand gesagt, dass Sie ein Wichser sind?

Endre:

Lassen Sie mich nachdenken: Nein. Sie sind die Erste.

Lina:

Okay, dann machen wir es offiziell: Sie sind ein Wichser, Endre. Ich werde jetzt meinen Auflauf essen, und Sie sollten sich vielleicht um Ihren Ständer kümmern. Viel Spaß dabei.

Endre:

Ich werde dabei an Sie denken, wenn Sie das möchten – so ein Wichser bin ich.

Denk nicht daran, was er jetzt tut!

Denk nicht daran, verdammt!

Doch natürlich kreisen meine Gedanken ausschließlich um Monroe. Um seine langen, männlichen Finger, die sich um seinen prallen Schwanz schließen.

Wo mag er gerade sein? In seinem Bett? Ich stelle es mir mächtig vor. Monroe ist ein Kerl, der darauf steht, Botschaften zu vermitteln. Er setzt Statements. Und sein Bett steht sicher als Zeichen dafür, wie gut er es einer Frau darin besorgen kann.

Ganz sicher wohnt er in einem Penthouse, damit er auf uns arme Zwerge hinabblicken kann, während er in seinem Megabett liegt und sich einen runterholt.

Und dabei vielleicht an dich denkt.

Klappe.

Ob er Geräusche von sich gibt, während er sich einen wichst? Zumindest stelle ich mir vor, dass sein

Schlafzimmer von einem tiefen Brummen durchzogen wird. Eine Mischung aus Erregung und Wut auf sich selbst, weil er sich auf eine Frau, die er gar nicht kennt, einen runterholt.

Gott, mir geht es genauso.

Ich drücke meine Schneidezähne in meine pochende Unterlippe und tauche meine rechte Hand unter Wasser. Sie findet meine Brust, und fuck, es fühlt sich gut an, dem Drang, mich zu berühren, nachzugeben. Ich schließe die Augen und lege den Kopf nach hinten auf die glatte Wannenwand. Währenddessen gleitet meine Hand tiefer. Zu meinem Bauch, dann zwischen meine Beine. Ich öffne meine Schenkel und stelle mir vor, Monroe würde neben mir stehen und mir ins Ohr flüstern, wie sehr er mich will.

Gott, wie sehr ich ihn erst will.

Es sind zwar meine Finger, die meine Klitoris reiben, doch ich stelle mir vor, es wären seine. Er fragt mich, ob ich es mag, die Kontrolle abzugeben. Ja. Ja, das tue ich.

Mein Atem geht schneller, meine Stirn wird von Schweiß überzogen, und ich bin so nahe dran zu kommen, dass es für ein Aufhören längst zu spät ist. Mein Orgasmus verschluckt mich, und um nicht die ganze Wohnung zusammenzuschreien, presse ich mir die Handfläche gegen den Mund. Vor meinen Augen tanzen Sterne, aber ich fühle mich gut. Einfach wunderbar.

Soeben habe ich eine weitere Grenze überschritten. Doch ich schere mich nicht drum. Es ist mir so was von egal. Das hier ist mein kleines, schmutziges Geheimnis.

„Alice“, erklingt da Milas Stimme gedämpft durch die geschlossene Tür.

Ich ziehe meine Hand ruckartig aus dem Wasser.

„Ja?“, frage ich und fühle mich ertappt.

„Ich wollte nur checken, ob bei dir alles in Ordnung ist. Du bist da jetzt schon so lange drin.“

Vermutlich ist bei mir gar nichts in Ordnung, wenn ich mich selbst befriedige und dabei an einen Mann denke, den ich verachte. Doch in meiner Fantasie kann ich Monroe so formen, wie ich ihn haben möchte. Dann ist er nicht länger der skrupellose Firmendiktator, sondern der Monroe, mit dem ich maile.

„Alles gut. Ich ... ich bin gleich fertig. Musst du rein?“, rufe ich und ziehe den Wannenstöpsel.

„Nein. Schon okay. Ich glaube, ich geh dann schlafen.“

Nachdem ich aus der Wanne gestiegen bin und mich in ein Badetuch gewickelt habe, öffne ich die Tür. „So, da bin ich.“

„Alles okay?“, erkundigt sich Mila abermals und mustert mich skeptisch.

„Alles prima.“ Ich grinse ununterbrochen, als könne ich meine Schandtat damit rückgängig machen. „Ich werde mich jetzt auch aufs Ohr hauen, damit ich morgen superfit bin für unseren heiß geliebten Putztag.“

„Schon wieder? Können wir nicht einfach umziehen?“

„Da müssen wir wohl durch“, erkläre ich, als wäre ich auch nur einen Millimeter pflichtbewusster.

„Ausgiebiges Frühstück um neun? Danach machen wir uns ans Werk. Deal?“

Mila brummt. Vermutlich überlegt sie sich noch einen Plan, wie sie sich vor der Hausarbeit morgen drücken kann. Aber in der Hinsicht bin ich gnadenlos.

Ich hasse Putzen auch wie die Pest, fühle mich aber unglaublich befreit, sobald Ordnung geschaffen wurde. Das ist jedes Mal mein Ansporn, wenn ich das von einer Tonne unserer Haare zugekleisterte Bad schrubbe.

„Schlaf gut, du gemeine Nuss“, säuselt Mila und gibt mir einen Kuss auf die Wange, ehe sie in ihr Zimmer verschwindet.

Ich föhne noch meine Haare, dann kuschele auch ich mich ins Bett. Eine Weile lese ich, bis mir die Augen zufallen und ich das Licht abschalte. Danach werde ich von einem seligen Schlaf empfangen. Ich träume von Monroe, seinen Händen, seiner Stimme. Er ist überall. Im Büro, hier bei mir in der Wohnung. Er berührt mich, küsst mich und schläft mit mir.

Als ich aufwache, brauche ich erst einmal einige Momente, um zu begreifen, dass Monroe nicht wirklich hier ist.

Ein Blick auf den Wecker verrät mir, dass es kurz vor neun ist. Da ich als gutes Beispiel vorangehen will, schäle ich mich aus dem Bett und verschwinde ins Bad. Mila schläft noch, weshalb ich auf dem Weg in die Küche zweimal mit der Faust gegen ihre Tür hämmere.

Das hasst sie. Mich bringt ihr Knurren aber zum Lachen.

Weil ich ein solch herzensguter Mensch bin, kümmere ich mich ganz allein ums Frühstück. Ich nippe bereits an meiner ersten Tasse Kaffee, als Mila in die Küche schlurft. Ihr Haar steht in alle Himmelsrichtungen ab, und ich bin mir nicht sicher, ob sie die Augen überhaupt schon offen hat.

„Ich hasse dich. Du bist schlimmer als meine Mutter."

Ich grinse und gieße Kaffee in ihre Tasse. „Deine Mutter ist der liebevollste Mensch, den es auf dieser Welt gibt. Also verstehe ich das als Kompliment."

Mila setzt sich und reibt sich mit der Hand übers Gesicht. „Sie mag ja ganz nett sein. Was die Erfüllung von Pflichten angeht, oder wenn es darum geht, jemanden ausschlafen zu lassen, ist sie gnadenlos."

„Du Baby. Je früher wir fertig sind, desto eher kannst du deinen Shoppingmarathon starten."

Mila bestreicht eine Scheibe Toast mit Butter, und wie erwartet wacht sie bei der Erwähnung eines möglichen Shoppingtrips etwas auf. „Ich lasse mich nicht erpressen."

Ich grinse wissend. „In der Hinsicht bist du erpressbar."

Mila liebt Klamotten, was eigentlich völlig untypisch für einen Computernerd ist. Ich glaube, die Kerle würden ihr scharenweise nachlaufen, wenn sie wüssten, was Mila am PC draufhat. Doch ähnlich wie ich hat auch sie die Schnauze voll von irgendwelchen Jammerlappen, die einen verarschen.

„Okay, okay, okay. Du machst das Bad und ich den Rest. Oder wie war das noch gleich letztes Mal?", fragt sie mit vollem Mund, als mein Handy, das neben mir liegt, einen Signalton von sich gibt.

Ein kurzer Seitenblick zeigt mir, dass soeben eine Nachricht von Monroe eingegangen ist.

„Äh ... ja, genau", stammele ich und greife scheinbar teilnahmslos nach meinem Telefon.

Endre:
Schon wach? Wie haben Sie geschlafen?

Mein Herzschlag setzt kurz aus, was ganz sicher nicht gesund sein kann. Doch zum Glück normalisiert er sich gleich wieder.

„Kommst du später mit zum Einkaufen?", will Mila wissen, während ich gerade eine Antwort tippe.

„Weiß selbst", antworte ich.

„Hä?"

„Was?"

„Wem schreibst du da?", fragt sie nun skeptisch und wirkt auf einmal hellwach.

„Mit niemandem."

Mila schnaubt. „Was machst du dann? Du bist nämlich knallrot im Gesicht."

Ich lasse sie zappeln und schreibe die Antwort an Monroe zu Ende.

Lina:
Gut. Und selbst?

„Bin schon wieder da", versichere ich und lege das Handy zur Seite. „Was hast du noch mal gefragt?"

Die Art, wie Mila mein Telefon anschaut, versetzt mich in allerhöchste Alarmbereitschaft. „Du schreibst doch schon wieder mit Monroe."

Bleib cool, Alice! Ganz cool.

„Das war aber nicht deine Frage vorhin", halte ich dagegen.

Nun stemmt Mila ihre Ellbogen auf den Tisch und fixiert mich. Sie grinst zwar, es ist aber eher ein Ich-töte-dich-wenn-du-mich-anlügst-Grinsen.

„Wegen ihm lächelst du so ... befriedigt. Ja, das trifft es. Und wegen Monroe wirst du rot? Was habe ich denn verpasst?"

Im denkbar ungünstigsten Zeitpunkt trudelt seine Antwort ein. „Das bildest du dir nur ein. Ich habe eine neue Creme verwendet. Vielleicht reagiert meine Haut nur auf irgendein Konservierungsmittel."

„Was für eine miese Ausrede. Solltest du von Natur aus nicht unglaublich inspiriert sein?", nagelt mich Mila eiskalt fest.

„Ich bin Architektin und keine Schmuckdesignerin. Meine Kreativität beschränkt sich auf Beton, Stahl und Glas."

„Oh, das merkt man gar nicht."

Jetzt ist es auch schon egal. Deshalb schnappe ich mir das Handy vor Mila und lese seine Mail.

Endre:

So gut ein Wichser wie ich eben schlafen kann. Was machen Sie heute, Lina?

Lina:

Raubt Ihnen Ihre Boshaftigkeit den Schlaf? Das tut mir wirklich leid. Im Moment frühstücke ich, dann muss ich mich um den Haushalt kümmern. Meine zwanzig Katzen, die drei Hunde, die sieben Wellensittiche und die acht Hamster verursachen einen ungeheuren Saustall. Und was machen Sie? Haben Sie schon ein Opfer auserkoren, dem Sie das Leben heute zur Hölle machen werden?

„Du zeigst es ihm so richtig, ja?"

Ich zucke die Achseln und nehme dann einen Schluck Kaffee. „Ich gebe mir Mühe."

Mila kratzt sich am Hals und mustert mich erneut. „Und dabei grinst man so verträumt?"

„Tue ich ja gar nicht. Ich versuche lediglich, meine Worte klug zu wählen."

„Wir werden noch beide untergehen", jammert Mila, als wieder eine Mail eingeht.

Endre:

Sie sind sehr unterhaltsam. Vielleicht beschäftige ich mich heute ausnahmsweise ausschließlich mit Ihnen.

Lina:

Freut mich, wenn ich Sie gut unterhalte. Ich muss Sie aber enttäuschen: Ich habe Wichtigeres zu tun, als mit Ihnen abzuhängen.

Endre:

Verraten Sie mir, was Sie gerade anhaben?

Ich sehe prüfend an mir hinab, begegne dabei aber Milas forschendem Blick. „Ich habe alles unter Kontrolle“, versichere ich ihr.

„Weißt du, wann Leute sagen, dass sie alles unter Kontrolle haben? Wenn sie *gar nichts* unter Kontrolle haben.“

„Das hast du dir nur ausgedacht. Dafür gibt es überhaupt keine Beweise“, nuschele ich in meine Tasse, während ich eifrig auf meinem Handy herumtippe.

„Vielleicht. Aber ich bin mir sicher, dass Monroe dich über den Tisch zieht. Er will genau diese Reaktion bei dir auslösen. Je mehr du ihm vertraust, desto unvorsichtiger wirst du. Und irgendwann wirst du unachtsam, und er findet dich.“

Im Grunde weiß ich, dass Mila recht hat. Aber ich kenne auch meine eigene Kraft. Ich lasse mich von keinem Mann verarschen. Schon gar nicht von Monroe.

Lina:
Ich könnte ein kurzes T-Shirt, das kaum über meinen nackten Hintern reicht, oder einen dieser ultrabequemen Pikachu-Jumpsuits tragen. Stellen Sie sich vor, was immer Ihnen besser gefällt. Schließlich existiere ich ja nur, um Sie zu unterhalten.

Endre:
Beides klingt für mich sexy.

Lina:
Was tragen Sie, Mr Allmächtig?

Endre:
Im Moment: nichts.

Go-oh-tt.

Mein Verstand verarbeitet solch Orgasmus auslösende Informationen um diese Uhrzeit nicht. Es braucht nicht mehr viel, und ich sabbere auf den Tisch.

„Eure private Kommunikation ist in meiner Anwesenheit total unhöflich. Ich sitze hier wie ein Trottel und kann dir nur dabei zusehen, wie du verschiedene Emotionen durchlebst."

Anstatt etwas zu sagen, kichere ich wie eine Geisteskranke.

„Ich glaube, ich gehe das Bad putzen", verlautbart Mila und steht mit der Tasse in der Hand auf.

Freie Bahn.

Adrenalin schießt durch meinen Körper, als ich zu meinem Handy greife und ihm antworte.

Lina:
Wie egozentrisch. Dann hoffe ich, dass Sie zu Hause sind.

Endre:
Das bin ich wieder. Vorhin war ich joggen, und jetzt steige ich unter die Dusche. Ich würde Sie ja bitten, mir Gesellschaft zu leisten, aber vermutlich sind wir noch nicht so weit.

Lina:

Ganz sicher nicht. Ich halte mich schon aus Prinzip von Männern wie Ihnen fern.

Endre:
Hört sich nach einer Herausforderung an.

Lina:
Da täuschen Sie sich.

Endre:
Ich glaube, dass ich im Augenblick auch sehr gut mit dem Wissen leben kann, dass Sie gestern Abend sehr erregt waren. Haben Sie noch eine Möglichkeit gefunden, die Spannung zu lösen?

Lina:
Wollten Sie nicht duschen?

Endre:
Weichen Sie mir aus?

Lina:
Ich weiche Ihnen immer aus. Das ist der Trick, um zu verhindern, von Ihnen gefunden zu werden.

ZEHN

Endre

Ich nutze den Samstag, um mich in einige alte Projekte einzulesen. Ich finde, diese geben sehr viel Aufschluss über die Arbeitsweise der Leute bei MBT.

Außerdem halten mich die Berichte davon ab, dieser Lina zurückzuschreiben.

Sie soll nicht denken, mein ganzes Leben würde sich gerade nur um sie drehen. Ich brauche wohl nicht zu erwähnen, wie ich mich fühle, nachdem ich mir in den vergangenen vierundzwanzig Stunden bereits zweimal einen runtergeholt habe. Wegen ihr.

Wegen dieser verkorksten Frau, mit der mein Bruder ein Verhältnis hatte.

Wie krank ist das denn?!

Ich fahre auf die gleichen Titten ab wie Harry.

Wahrscheinlich benutzt sie exakt die gleichen Sprüche bei mir, mit denen sie auch schon Harry geködert hat. Und ich bin so blöd und springe darauf an – wie ein Fisch, dem man einen Wurm ins Wasser hält.

Obwohl ich mir vorgenommen habe, am Abend mit David wegzugehen, um möglicherweise eine Frau abzuschleppen, die mich von den virtuellen Ketten dieser Lina befreit, sage ich meinem Kumpel ab. Stattdessen fläze ich mich vor den Fernseher und sehe mir einen Film an.

Richtig nervig ist aber, dass ich mich, wann immer eine Frau darin auftaucht, sogleich frage, ob Lina so aussieht wie die oder jene. In meiner Vorstellung habe ich sie natürlich unglaublich attraktiv gemacht. Dunkle Haare, volle Lippen, kluge Augen. In Wahrheit könnte sie aber potthässlich sein. Diese Ungewissheit macht mich wahnsinnig.

Von Sekunde zu Sekunde wird der Drang, Himmel und Hölle in Bewegung zu setzen, um sie zu finden, stärker. Ich kann mich überhaupt nicht auf den Film konzentrieren. Ständig kreisen meine Gedanken um sie.

Sie hat sich den ganzen Tag nicht gemeldet. Was sie wohl macht?

Irgendwann gegen halb elf gebe ich dem inneren Schweinehund nach, kralle mir das Handy und schreibe ihr.

Endre:
Ich frage mich gerade, ob Sie den neuesten Film von Tarantino genauso langweilig finden wie ich.

Kaum habe ich die Nachricht abgeschickt, schlage ich mir mit der flachen Hand gegen den Kopf.

Etwas noch Blöderes fiel mir wohl nicht ein?!

Lina:

Es wird Sie kaum überraschen, wenn ich Ihnen sage, dass ich keine Baller-Filme mag. Schließlich geht nichts über eine Liebeskomödie. Probieren Sie so eine mal.

Endre:

Ich glaube, mein Fernseher spielt gar keinen Schnulzenfilm ab. Der wurde extra so programmiert.

Lina:

Das kaufe ich Ihnen glatt ab. Soll ich Ihnen meinen Lieblingsfilm verraten?

Endre:

Klar. Ich besorge mir mal vorsorglich Taschentücher, falls meine Ohren zu bluten anfangen.

Lina:

LOL. Mein absoluter Lieblingsfilm, seit ich ein Kind bin, ist Chocolat. *Ein Film, der Johnny Depp und Schokolade vereint, gehört für mich zu den Meisterwerken der Menschheit.*

Endre:

Klingt für mich sinnlos. Wozu ein Film über Schokolade? Wird wenigstens jemand erschossen?

Lina:

Keine Toten. Nur Liebe. Sehr viel sogar.

Endre:

Drei Gründe, warum ich mir diesen Streifen nie ansehen werde.

Lina:
Nicht mal mit mir gemeinsam?

Mit ihr gemeinsam?
Wir wissen beide, dass es dazu nie kommen wird. Aber ich gebe zu, dass der Gedanke reizvoll erscheint, Lina zu mir einzuladen, um mit ihr einen Film anzusehen.

Endre:
Das hängt ganz von Ihrem Verhandlungsgeschick ab.

Lina:
Soll ich Ihnen etwas verraten?

Es hat einige Minuten gedauert, bis sie wieder geschrieben hat. Wo ist sie? Was macht sie gerade?
Bei den Informationen, die sie rauslässt, weiß ich nie, ob sie zynisch oder ernst gemeint sind. Vielleicht kann ich deshalb nicht lockerlassen, weil ich Lina einfach nicht durchschaue.

Endre:
Tun Sie sich keinen Zwang an.

Lina:
Im Grunde mag ich Sie nicht. Sie sind arrogant, überheblich, eingebildet, frech, unhöflich, herzlos und

kalt. Ich kann mich aber gleichzeitig nicht davon abhalten, Ihnen zu schreiben. Vielleicht sollte ich erwähnen, dass ich betrunken bin. Da preschen meine Finger ohne meinen Verstand los. Ich könnte die Nachricht zwar wieder löschen, aber Sie können ruhig erfahren, wie es mir geht. Denn Gefühle zugeben muss man erst mal können.

Ich lese ihre Nachricht mehrmals. Am Ende weiß ich nicht, ob ich froh darüber sein soll, sie betrunken zu wissen, oder besorgt.

Aber warum sollte ich mich um eine Frau sorgen, die ich nicht kenne?

Endre:

Fühlen Sie sich denn gut, wenn wir einander schreiben?

Lina:

Ja. Sie wecken etwas in mir, auch wenn Sie das nicht sollten. Dafür hasse ich Sie mittlerweile sogar noch mehr als für Ihre schlechten Eigenschaften.

Baby, ich weiß genau, wovon du sprichst. Mir geht es ganz gleich.

Doch noch bevor ich überlegen kann, was ich texte, kommt eine weitere Nachricht von ihr.

Lina:

Ich werde deine Nachrichten heute nicht mehr lesen, weil ich mir vor Augen führen will, was ich wirklich brauche. Und das bist nicht du, Endre. Du bist der falsche Typ Mann für mich.

Indem sie in die vertrauliche Du-Form wechselt, verpasst sie mir einen noch festeren Schlag in die Magengrube.

Was soll das bedeuten? Was sie braucht? Heißt das, dass sie sich irgendeinen Kerl in einer Bar angeln und sich von ihm flachlegen lassen wird, um zu vergessen, wie intensiv sie auf mich reagiert?

Ich bin mir fast sicher, dass sie mir genau diese Message vermitteln möchte.

Fuck.

Und jetzt sitze ich hier wie der letzte Idiot und starre auf mein Handy. Ich will es so gar nicht zugeben, aber ... ich bin eifersüchtig.

Weil ich nicht länger still sitzen kann, stehe ich auf und tigere durch meine Wohnung. Mein Blick gleitet immer wieder zum Fenster, vor dem sich die hell erleuchtete Stadt erhebt. Dort irgendwo ist sie. Es würde nicht einmal etwas nutzen, wenn ich losziehen würde, um sie zu suchen, weil ich nicht weiß, wie sie aussieht. Was diese Geschichte noch viel kranker werden lässt.

Irgendwann lasse ich mich erneut im Wohnzimmer nieder und beschließe, ihr nicht das letzte Wort zu lassen. Sie soll ihren Spaß haben. Meinetwegen. Aber ich werde ihr etwas servieren, das so schwer wiegt, dass sie, sollte sie wirklich noch mit irgendeinem Kerl vögeln, nur an mich denken kann.

Endre:

Das, wovor du wegläufst, wirst du so nicht finden. Sag mir einfach, wer du bist. Hier geht es doch gar nicht mehr um Harry. Sag mir, wie ich dich finden kann.

Sie antwortet nicht.

Weder in der Nacht noch den ganzen nächsten Tag.

Um mich abzulenken, vergrabe ich mich in den neuesten Berichten über das Hamilton-Projekt. So unorganisiert mir diese Benedetto im ersten Moment erschien – nachdem ich mich ausführlich mit ihrer Arbeit befasst habe, muss ich zugeben, dass sie und ihr Team hervorragende Ideen liefern.

Vielleicht ist sie deshalb so abgehoben.

Dieser Bau ist verdammt wichtig, und das weiß die Kleine auch. Doch mir wird irgendwann spätabends bewusst, dass wir unweigerlich an einem Strang ziehen müssen, um das Projekt reibungslos über die Bühne zu bringen. Ich kann ihr den Auftrag nicht wegnehmen, ich muss sie unterstützen.

Die gute alte Zuckerbrot-und-Peitsche-Methode muss herhalten.

Ganz sicher werde ich nicht von meinen Prinzipien abweichen, sondern der Firma einen völlig neuen Führungsstil angedeihen lassen. Doch ich sollte mir auch Mühe geben, Benedettos Grandiosität in den Vordergrund zu stellen und ihre Aufmüpfigkeit für den Augenblick zu verdrängen.

Meine neu gewonnene Motivation wird durch die Funkstille zwischen Lina und mir jedoch getrübt. Einen Tag lang nicht mit ihr zu schreiben ist bereits so ungewöhnlich, als würde ich sie schon viel länger kennen. Dabei kenne ich sie kein bisschen. Ich sollte froh sein, von ihr in Ruhe gelassen zu werden. So habe ich wieder mehr Energie, mich auf meine Arbeit zu konzentrieren.

Nach einer unruhigen Nacht fahre ich zur üblichen Zeit ins Büro. Die zweite Woche bei MBT soll besser verlaufen als die erste. Diesen Vorsatz halte ich ganz oben auf meiner To-do-Liste fest.

Als meine Assistentin ins Büro kommt, um mir Kaffee zu bringen, spreche ich sofort die wichtigste Veränderung in meinem Terminkalender für diesen Tag an. „Teilen Sie Ms Benedetto mit, dass sie noch heute Vormittag zu mir kommen soll."

„Wird gemacht", erwidert sie und legt einen Stoß Briefe vor mir ab. „Der Innenausstatter hat sich gemeldet. Er sagte mir, dass er bereits heute Nachmittag vorbeikommen könnte."

„Ja, fixieren Sie das."

Sie nickt und geht, als ich nichts mehr von ihr brauche.

Im Anschluss gehe ich meine Post durch und segne einige Aufträge ab. Irgendwann klopft es an meiner Tür. Meine Assistentin tritt ein und kündet Ms Benedettos Ankunft an.

Sofort verändere ich meine Haltung. Vor mir liegt ein weiterer Kampf, doch heute habe ich das Gefühl, unkonzentriert zu sein. Hoffentlich wird mir das nicht zum Verhängnis.

Ich entscheide sitzen zu bleiben, als sie hereinkommt. Außerdem sehe ich bewusst auf einen

Brief und hebe erst den Kopf, als das Klackern ihrer Absätze verstummt ist. Irgendetwas im Blick der sonst so kühnen Ms Benedetto erscheint heute anders – unsicher, fast schon verletzlich.

Vielleicht verliere ich aber auch nur den Verstand, weil mich diese Sache mit Lina permanent beschäftigt.

„Nehmen Sie Platz", weise ich sie an und beobachte, wie sich ihre Finger in die lederne Lehne des Stuhls krampfen.

Das Kleid, das sie heute trägt, wirkt erstaunlich zugeknöpft für eine Frau wie sie. Fast schon bieder. Außerdem macht mich die Art, wie ihre Blicke zwischen meinen Lippen und meinen Händen hin und her gleiten, nervös. Ich atme tief durch, weil ich verhindern möchte, dass sie merkt, wie durcheinander sie mich mit dieser neuen Zurückhaltung bringt.

„Ich hätte einige Fragen bezüglich des Hamilton-Projekts an Sie", beginne ich.

Benedetto lässt die Stuhllehne los und nickt kurz. „Nur zu."

„Ich habe mich am Wochenende etwas in Ihre Zusammenfassungen eingelesen und möchte von jetzt an aktiver in die Planung eingebunden werden."

„Wie soll ich das verstehen?", fragt sie endlich, als ich bereits denke, nun hätte sie ihre Stimme gänzlich verloren.

Ich verschränke meine Hände auf dem Schreibtisch. Am liebsten möchte ich etwas Provozierendes sagen, um sie aus ihrer Starre zu holen. „Ich bin zu der Erkenntnis gekommen, dass die Dinge hier ganz anders laufen als in Boston. Ihr Projekt steht ganz am Anfang, und es ist für unsere Firma unglaublich wichtig. Deshalb möchte ich, dass Sie mich an jedem Ihrer Schritte teilhaben lassen. Ich will verstehen, wie Sie arbeiten, Ms Benedetto."

Ihre linke Augenbraue zuckt kurz. Mit so einer Offenbarung hat sie offensichtlich nicht gerechnet. „Möchten Sie mich kontrollieren? Vertrauen Sie mir nicht?"

Ich vertraue ihr tatsächlich nicht. Doch sie ist gut in ihrem Job, und das sollte für den Anfang mal reichen.

„Hierbei geht es nicht um Kontrolle. Ich weiß nicht, wie mein Bruder gearbeitet hat, ich jedoch bin gerne ins Geschehen eingebunden. In Boston habe ich deshalb einige Projekte selbst geleitet."

Das schmeckt ihr gar nicht. Mittlerweile ist sie wieder normal. Die anfängliche Verschlossenheit war wohl bloß ein kurzlebiges Phänomen.

„Ihr Bruder hat sich niemals für irgendein *Geschehen* interessiert", klärt sie mich auf. „Er wollte immer lediglich den Endbericht."

„So bin ich eben nicht", erwidere ich und kann mir ein boshaftes Lächeln nicht verkneifen. „Wissen Sie, was ich studiert habe?"

„Keine Ahnung ... Management?", erwidert sie schnippisch.

„Falsch, Ms Benedetto. Ich habe genau wie Sie Architektur studiert. Sogar mit Leidenschaft. Ich erschaffe sehr gerne Dinge und finde es unglaublich, anhand einer Idee ein Gebäude anzufertigen. Ein weiterer Unterschied zwischen meinem Bruder und mir. Ich atme sozusagen die gleiche Luft wie Sie."

Ich kann nicht sagen, ob sie beeindruckt ist oder mich am liebsten auslachen würde. Im Grunde sollte mir die Meinung dieser Frau egal sein. Doch ihre patzige Art verleitet mich dazu, ihr mein Können beweisen zu wollen.

„Dann wissen Sie ja genau, wie meine Arbeit aussieht“, stellt sie trocken fest und streicht ihren Rock glatt.

„Warum widerstrebt es Ihnen so sehr, dass ich mich für Ihr Projekt interessiere?“, nagele ich sie fest.

„Es widerstrebt mir nicht, es ist lediglich ungewohnt für mich.“

„Glauben Sie mir, für mich erscheint hier auch so einiges ungewöhnlich – aber ich bringe wenigstens den Mut auf, mich mit diesen Fragen auseinanderzusetzen.“ *Im Gegensatz zu dir,* fordere ich sie gedanklich heraus.

Und sie beißt tatsächlich an. Sie ist wirklich die beruflich selbstsicherste Frau, die ich jemals kennengelernt habe. Ich sollte mir alle zehn Finger ablecken, eine wie Benedetto im Team zu haben. Leider erschwert ihre Widerspenstigkeit die Zusammenarbeit ungemein.

„Okay“, sagt sie und reckt ihr Kinn. Das macht sie dauernd, als wäre das ganze Leben ein Kampf für sie. „Wie wollen Sie vorgehen?“

„Ich möchte ganz am Anfang starten. Zeigen Sie mir das Grundstück, dann begreife ich, was Ihre Pläne wirklich bedeuten.“

Es nervt sie, mehr Zeit mit mir verbringen zu müssen. Doch ich erfreue mich an ihrer gespielten Coolness. Darin sehe ich fast schon einen kleinen Sieg.

„Einverstanden."

Einsilbig – so verhält sie sich mir gegenüber gerne. Als schulde sie mir Abneigung, jedoch keinen Respekt.

Ich frage mich, ob ich genauso geduldig mit ihr wäre, wenn es sich nicht um eine attraktive Frau, sondern um einen phlegmatischen Kerl handeln würde. Lasse ich mich von ihren Reizen blenden?

Ich hoffe nicht.

„Vereinbaren Sie mit meiner Assistentin einen Termin für eine Besichtigung. Diese Woche aber noch. Ich will nicht, dass wir Zeit verlieren."

Noch einmal gleitet ihr forschender Blick von meinen Augen zu meinen Lippen, ehe er einen kurzen Moment auf meinen Händen haften bleibt. Sie schluckt, schüttelt leicht den Kopf und erhebt sich von ihrem Stuhl. „Dann sind wir ja vorerst fertig. Oder?"

Ich stehe grinsend auf, und aus einem Gefühl heraus gehe ich um den Schreibtisch herum zu ihr. „Ich würde von Ihnen gerne etwas mehr Engagement sehen. Wenn Sie sich weiterhin so gegen mich sträuben, machen Sie sich und Ihrem Team das Leben unnötig schwer. Sie akzeptieren mich einfach nicht, Ms Benedetto. Darüber kann selbst Ihr falsches Lächeln nicht hinwegtäuschen."

Sie hat sich bereits in Sicherheit gewähnt, aber nun habe ich doch noch einmal nach ihr geschnappt. Ich weiß zwar nicht wieso, aber ihre rebellische Art turnt mich irgendwie an.

„Ich respektiere Sie, Mr Monroe", erklärt sie, wobei sich ihre Wangen röten. „Daran sollte es keinen Zweifel geben."

„Ich finde Ihre Art trotzdem taktlos. Vielleicht sind Sie in meiner Gegenwart aber auch nur nervös. Das wird sich zeigen. Jetzt können Sie gehen."

Doch sie läuft nicht gleich weg, wie es jeder andere getan hätte, sondern starrt mich finster an. Ich halte Blickkontakt, während in mir die Hitze aufsteigt. Es ist, als würde sich die Raumtemperatur schlagartig verändern. Nie zuvor ist mir aufgefallen, wie voll ihre Lippen sind, oder wie gut sie riecht.

Alles, was sie sagt, kommt unglaublich hart rüber. Doch zugleich wirkt ihr Körper weich und weiblich. Sie hat lange Beine, eine schmale Taille, und ich wette, dass sie im Bett richtig experimentierfreudig ist. Wild. Heiß. Laut.

Als mein Blick von ihren langen, dunklen Haaren zu ihren noch immer geröteten Wangen zurückgleitet, runzelt sie ihre Stirn. Zweifelsohne verachtet sie sich für diesen kurzen intimen Moment zwischen uns. Ihr Körper hat auf meinen reagiert. Sie mag mich hassen, ihre Weiblichkeit fährt jedoch auf mich ab.

Diese Reaktion verschafft mir noch mehr Genugtuung. Vor allem, als sie aus meinem Büro rauscht, ohne ein weiteres Wort zu sagen.

ELF

Alice

Zurück auf meiner Etage stürme ich auf die Toilette und lasse eiskaltes Wasser über meine Handgelenke rinnen. Das soll laut meiner Mum gegen sämtliche Wehwehchen helfen.

Fragt sich nur, ob Monroe als solches bezeichnet werden darf.

Ist er nicht vielmehr eine Naturgewalt? Ein Tsunami, der in mein Leben geflutet ist.

Irgendwie dachte ich wohl, ich käme mit meinem Doppelleben klar. Doch ich habe mich getäuscht.

So was von. Verdammt.

Ich konnte ihn in seinem Büro nicht ansehen, ohne daran denken zu müssen, welch enorme Wirkung seine Mails auf mich hatten. Dummerweise dachte ich, er würde unsere virtuelle Verbindung auch dort wahrnehmen. Doch das wäre mein Tod gewesen. Deshalb kann ich nur froh sein, dass er sich mir gegenüber wie bisher verhalten hat – herablassend, überheblich und kompromisslos.

Während Kälte meinen Arm überzieht, frage ich mich, wie ich den Monroe von vor ein paar Minuten mit dem Mann, mit dem ich in Mail-Kontakt stehe, in Einklang bringen soll.

In letzter Zeit scheine ich vergessen zu haben, was gut für mich ist. Ich entscheide mich für die falschen Schritte und steuere auf mein Verderben zu. Vielleicht ist dieser Ausdruck zu krass. Vielmehr ersticke ich langsam an Monroes Wirkung.

Ihm am Samstag betrunken zu schreiben war von allen miesen Ideen wohl die mieseste. Ich habe eine Grenze überschritten, die etwas in mir verändert hat. Aus diesem Grund hatte ich am Samstag Sex mit einem Kerl aus dem Club, in dem wir waren. Ich dachte, danach würde sich alles einrenken.

Aber verdammt, ich habe mich irgendwie verloren.

Als die Tür zu den Toiletten aufgeht, drehe ich ruckartig das Wasser ab. Ein Blick in den Spiegel zeigt mir Rose, als sie näherkommt.

„Alles gut bei dir?“, erkundigt sie sich auf ihre fürsorgliche Art.

Nach unserem kleinen Zoff vergangene Woche haben wir uns zum Glück wieder versöhnt. Was hauptsächlich daran liegt, dass Rose die Initiative ergriffen hat. Ich bin, was Aussprachen betrifft, echt schlecht. Und genauso schwach bin ich, mich davon abzuhalten, Monroe immer wieder zu schreiben.

Ich setze mein strahlendstes Lächeln auf. „Ich bin unerschütterlich.“

„Diese Eigenschaft wirst du da draußen auch brauchen.“

„Wieso?“, frage ich, während in mir eine Sirene ertönt.

Rose lehnt sich gegen eines der beiden Waschbecken und zuckt knapp mit der Schulter. „Da draußen sind gerade Leute einer Umzugsfirma eingetroffen, die den Aufenthaltsraum entkernen. Vor drei Minuten haben sie vor den Augen aller Anwesenden den Fernseher rausgetragen. Sollte der Massagesessel folgen, kannst du dich auf Tumulte einstellen."

Der Massagesessel wird folgen. Schluck.

„Das ist auf Monroes Mist gewachsen", verteidige ich mich, als würde das irgendjemand interessieren. Denn in Wahrheit würde sich keiner trauen, Monroe die Meinung zu geigen – sie werden alle zu mir rennen. Aber ich habe wirklich keine Zeit für und vor allem keine Lust auf das Geheule der anderen. „Diese Umstrukturierung betrifft die ganze Firma. Das ist sozusagen sein Willkommensgeschenk."

Und gerade, als ich annehme, auch Rose hätte kapiert, dass nun der Notstand ausgerufen wurde, spitzt sie die Lippen und sagt: „Er wird seine Gründe dafür haben. Veränderungen bringen doch auch immer neuen Elan. Wir sollten uns darauf einlassen."

Einen Scheiß werde ich tun!

Doch das sage ich nicht, sondern werfe meinem Spiegelbild ungeniert einen hilfesuchenden Blick zu. Erneut muss ich für Monroe den Kopf hinhalten, während er munter durchs Haus spaziert. Das ist einfach unfair. Um ehrlich zu sein, habe ich überhaupt keinen Bock mehr auf diesen Tag. Am liebsten würde ich nach Hause laufen und mich verkriechen. Doch das war nie meine Art. Ich bin kein Feigling. Ich darf mich nicht verstecken.

Tatsächlich vergeude ich den ganzen Tag lang unheimlich viel Zeit damit, meine verstörten Mitarbeiter zu beruhigen. Am Abend komme ich mir wie eine Kindergärtnerin vor, die die Kleinen getröstet hat, weil sie Angst vor einem bösen Monster hatten. Ich bin völlig fertig, als ich nach Hause komme. Mila köpft eine Flasche Rotwein, gießt mir ein Glas ein und schiebt mich auf die Couch.

Dort sitze ich nun, nippe an meinem Wein und warte, bis das Essen fertig ist. Der Alkohol bekommt mir heute Abend nicht, was wohl das Tragischste an der ganzen Geschichte ist. Mein treuester Freund verlässt mich nun also auch.

Ich bin verloren.

Als ich gut die Hälfte des Glasinhalts intus habe, greife ich nach meinem Handy, um mir Monroes letzte Nachrichten noch einmal in Erinnerung zu rufen. Als hätte ich auch nur ein Wort davon vergessen.

Wie ist es möglich, dass ich mich diesem Mann auf der einen Seite nahe fühle und ihn gleichzeitig so verachte?

„Weg mit dem Handy“, drängt Mila, die natürlich genau weiß, was ich da tue. „Happa-Happa ist fertig. Kann sein, dass ich zu viel Salz reingetan habe ... oder war es Pfeffer? Egal. Du wirst daran schon nicht sterben.“

„Oh Mann“, nuschele ich, lasse das Handy auf die Couch rutschen und setze mich auf. Mila stellt zwei dampfende Teller mit einem von ihr erfundenen Nudelgericht auf den Tisch.

Ich habe ein wenig Bammel, als ich nach der Gabel greife und eine Nudel aufspieße. Zumindest ist sie durch.

„Was ist das?“, wage ich den mutigen Schritt, dem Übel einen Namen zu geben.

„Was der Kühlschrank hergab“, erklärt Mila mit vollem Mund.

Ich runzele die Stirn und traue mich, einen großen Bissen zu nehmen. Ich kaue und warte. Kaue weiter. „Schmeckt gar nicht so schlecht.“

Mila lacht. „Ich weiß. Verrückt. Da haben deine Kochfähigkeiten tatsächlich auf mich abgefärbt.“

„Das wage ich zu bezweifeln“, erwidere ich.

Milas Gericht schmeckt mir wohl auch deshalb so gut, weil sie es extra für mich gemacht hat, um mich aufzumuntern. Ihre kulinarischen Streicheleinheiten tun meiner Seele verdammt gut.

„Ich glaube, ich platze gleich“, verkünde ich, nachdem wir beide aufgegessen haben.

„Ich kann nicht glauben, dass ich etwas gekocht habe, das dir schmeckt.“ Mila tätschelt ihren Bauch. „Wollen wir uns eine Folge *Game of Thrones* ansehen?“

Ich strecke meine Gliedmaßen von mir und merke da erst, wie fertig ich bin. „Dieser Tag hat mich geschafft. Ich geh lieber schlafen. Vielleicht lese ich noch ein bisschen.“

„Hoffentlich nicht Monroes Mails.“

Dafür kann ich keine Garantie geben.

Ich stehe auf und stapele die leeren Teller übereinander. „Da du nichts sagst, wirst du meinen Ratschlag ignorieren.“

„Ich lasse das alles mal auf mich zukommen."

„Wann wirst du dieses Hamilton-Ding mit ihm ansehen?", ruft Mila mir von der Couch aus in die Küche hinterher.

Vom Wohnzimmer in die Essküche führt ein kleiner Durchgang, dessen Tür so gut wie immer offen steht. Unser Lebensmittelpunkt ist jedoch das Wohnzimmer. Für die Couch haben wir immerhin die meiste Kohle ausgegeben. Sie ist ausziehbar und wirkt trotzdem schlicht.

„Übermorgen", beantworte ich Milas Frage und räume das schmutzige Geschirr in die Spülmaschine.

„Versprich mir, ihn nicht umzubringen. Ich kann mir die Wohnung allein nicht leisten, und mit Rose würde ich es hier nicht aushalten."

Grinsend kehre ich ins Wohnzimmer zurück. „Das kann ich dir nicht versprechen. Gute Nacht."

„Nacht."

Nach einer Dusche verkrieche ich mich ins Bett. Die Decke bis zum Kinn hochgezogen, stecke ich meine Nase noch in ein Buch. Es tut zur Abwechslung gut, ganz für mich zu sein. Irgendwann penne ich mit dem Buch in der Hand ein und werde vom kurzen, prägnanten Signalton meines Handys wach.

Irgendwas in mir kennt die Antwort auf die Frage, wer mir geschrieben hat, längst. Dennoch flehe ich das Schicksal an, es möge mich mit dieser Version von Monroe verschonen.

Ein Wunsch, der mir nicht erfüllt wird.

Endre:

Es ist schon spät. Aber irgendwie beschäftigt mich in den vergangenen Tagen die Frage, ob es dir gut geht. Antworte mir einfach ganz kurz.

Ich klappe seufzend das Buch zu und presse das Handy gegen die Brust. Das alles ist so verrückt.

Wie kann ich etwas, das überhaupt nicht real ist, vermissen?

Ich frage mich, ob seine Nachricht ernst gemeint ist. Oder täuscht er seine Sorge vor?

Doch weil es mir falsch vorkäme, ihn zu ignorieren, entschließe ich mich, ihm zu antworten.

Lina:
Mir geht es gut.

Endre:
Das freut mich zu hören. Wie lief es am Samstag noch bei dir?

Lina:
Im betrunkenen Zustand trifft man selten die klügsten Entscheidungen.

Endre:
Bezogen auf das, was du mir geschrieben hast?

Lina:
Unter anderem.

Endre:

Ich habe mir seit Samstag das Hirn zermartert. Anstatt mich auf meine Arbeit zu konzentrieren, frage ich mich ununterbrochen, wer du bist. Wo ich dich finden kann. Ich will dich sehen, Lina.

Du hast mich längst gesehen. Und du magst mich nicht.

Lina:
Das geht nicht.

Endre:
Warum? Wegen Harry?

Harry – er ist nur ein Grund, warum ich Monroe niemals erzählen kann, wer ich wirklich bin. Im Grunde würde er auf ewig die Frau in mir sehen, die mit einem verheirateten Mann – und noch dazu seinem Bruder – ins Bett gestiegen ist. Vielleicht hält er mich deshalb auch für so frivol, mit ihm eine Beziehung zu beginnen.

Lina:
Lassen wir das. Gute Nacht.

Endre:
Nein. Ich will wissen, wie du aussiehst. Mir geht es nicht um Harry, sondern um dich. Die Vergangenheit ist mir scheißegal.

In dieser Nacht träume ich wieder mal wirres Zeug. Von Harry und seinem Bruder. Von dunklen Wäldern, hohen, grell beleuchteten Gebäuden und Monroes Mails, die auf riesigen Monitoren für jeden sichtbar sind. Doch in diesem Haus gibt es nur mich und ihn. Und seinen Blick, der sich wie eine Berührung anfühlt.

Ich wache völlig gerädert auf und fahre wie ferngesteuert ins Büro, äußerst bedacht darauf, Monroe aus dem Weg zu gehen.

Einen Tag Galgenfrist habe ich schließlich noch, ehe ich mit ihm zusammen die Baustelle besichtigen werde.

Bis dahin will ich endlich meine Emotionen in den Griff kriegen. Ich sollte all seine Nachrichten löschen.

Ich verschanze mich hinter meinem Schreibtisch. Ich will ihm beweisen, dass ich das Hamilton-Projekt völlig unter Kontrolle habe und es für ihn keinen Grund gibt, an mir zu zweifeln. Ich arbeite mich noch einmal durch sämtliche Protokolle und telefoniere mit ein paar Leuten, damit bei unserem morgigen Besuch alles glattgeht. Obwohl ich es ungern zugebe, muss ich mir eingestehen, dass ich nervös bin.

Monroe wird nicht zögern und mich fertigmachen, sollte irgendetwas nicht nach seiner Vorstellung laufen. Am meisten beunruhigt mich aber, dass er vom Fach ist. Harry waren viele Dinge egal, weil er einfach keine Verbesserungsvorschläge zu bieten hatte. Monroe aber spricht sozusagen dieselbe Sprache wie ich. Sein Urteil ist mir wichtiger, als ich zugeben will.

In dem Moment gerate ich richtig in Panik. Ich schreibe Mila, dass ich länger bleiben werde, und feile noch an einer kurzen Zusammenfassung für Monroe. Er scheint mir jemand zu sein, der Fakten gerne schwarz auf weiß in der Hand hält. Außerdem füge ich die Kontaktdaten der Leute hinzu, die maßgeblich am Bau beteiligt sein werden.

Vielleicht schnauzt er zur Abwechslung dann mal einen von denen an.

Was bin ich nur für ein Feigling.

Um halb sieben knurrt mein Magen so laut, dass ich ihn nicht mehr länger ignorieren kann. Mittlerweile reicht auch die lächerlich winzige Packung Gummibärchen, die ich in meiner Lade gefunden habe, nicht mehr aus, um meinen Hunger zu stillen.

Ich habe wirklich Angst vor dem morgigen Tag. Vielleicht bin ich das Baby des Jahrhunderts. Vielleicht hänge ich auch nur an meinem Job und will mein Schicksal nicht von der Macht dieses Mannes abhängig machen.

Ich weiß es nicht. Ich weiß gar nichts mehr.

Um kurz vor sieben fahre ich den PC runter, packe meine Sachen zusammen und schreibe Mila, dass ich jetzt nach Hause komme. Das Büro ist völlig verwaist, weshalb ich kurz stehen bleibe, mich umsehe und die Stille auf mich wirken lasse.

Ich betätige den Rufknopf für den Fahrstuhl, der ziemlich lange auf sich warten lässt. Als er ankommt und sich die Türen öffnen, würde ich am liebsten augenblicklich zurück in mein Büro stürmen, um mich hinter meinem Schreibtisch zu verstecken.

„Ms Benedetto! Mussten Sie Überstunden schieben, um für unseren morgigen Termin gewappnet zu sein?“, begrüßt mich Monroe, der lässig an der Fahrstuhlwand lehnt.

Ich bleibe wie angewurzelt stehen und kann wieder nur auf seine Hände blicken, um mir vorzustellen, wie er sich mit ihrer Hilfe einen runtergeholt hat. Sofort breitet sich zwischen meinen Beinen eine ungeheure Hitze aus, und meine Nippel werden unter dem glatten Stoff meines BHs hart.

Bevor sich die Fahrstuhltür wieder schließt, streckt Monroe die Hand aus, da ich mich noch immer nicht von der Stelle bewegt habe.

„Kommen Sie. Ich beiße nicht." Dabei grinst er.

Ich stoße einen Schwall Luft aus und steige in den Fahrstuhl der Hölle. Zusammen mit Satan. Doch ich versuche, in dem vier Quadratmeter kleinen Lift so viel Abstand wie möglich zwischen uns zu halten.

„Arbeiten Sie öfter länger?", erkundigt Monroe sich und mustert mich kurz.

Auch das ist mir schon zu viel.

Warum zum Teufel reagiert mein Körper nur so stark auf ihn?!

„Ab und an. Ich mag die Ruhe, wenn alle weg sind", erwidere ich einsilbig. Das tue ich nicht nur, weil ich weiß, dass er das hasst. Ich bekomme neben ihm kaum Luft.

„Geht mir genauso."

Was willst du von mir? Warum siehst du mich so an?

Ich wende den Blick von ihm ab und sehe zur Etagenanzeige.

„Kreativität erfordert Freiheit; zumindest ist das bei mir so. Aber im Augenblick habe ich so viele andere Dinge um die Ohren, dass ich kaum noch Zeit finde, einen klaren Gedanken zu fassen", sprudelt es auf einmal aus mir raus, und ich hab keinen blassen Schimmer, warum ich so viel von mir preisgebe.

„Ein Neuanfang ist eben kein Spaziergang“, meint Monroe trocken. „Haben Sie denn noch nie darum kämpfen müssen, Ihre Ziele zu erreichen, Ms Benedetto?“

„Natürlich habe ich das.“

„Ich bin anders als mein Bruder. Je früher Sie das akzeptieren, desto leichter wird es für Sie.“

In seiner Stimme schwingt zum ersten Mal ein warmer Klang mit. Dieser Unterton ist genauso faszinierend wie sein intensiver Blick.

Doch als sich die Lifttüren im Erdgeschoss öffnen, werden wir aus dem kurzen intimen Moment zurück in die Realität katapultiert. Dahin, wo Monroe der millionenschwere Firmenerbe und ich bloß eine seiner Arbeitsbienen bin.

Ich lächele überrascht, als er mir ganz gentlemanlike den Vortritt lässt. Neben mir durchquert er den Eingangsbereich und öffnet mir auch dort die Tür. „Wie kommen Sie nach Hause?“, erkundigt er sich und bleibt vor einem schwarzen Bentley stehen.

Natürlich hat der Kerl einen Fahrer. Was habe ich erwartet?

„Mit der Tube“, antworte ich. „Mein Chauffeur hat heute frei.“

Monroe schmunzelt, öffnet schließlich die Wagentür und blickt einladend zu mir. „Darf ich Sie nach Hause bringen? Als Entschädigung, dass Sie wegen mir Überstunden machen mussten.“

Steig da nicht ein, Mädel! Nimm die Beine in die Hand und lauf!

Doch es steht längst fest, dass ich Monroe nicht widerstehen kann. Ich zögere dennoch kurz und frage mich, wie hoch die Wahrscheinlichkeit ist, dass Monroe in seiner Freizeit als Frauenmörder unterwegs ist. Am Ende siegt meine Bequemlichkeit – oder Neugier. Solange es nicht mein Begehren ist, das den Sieg einfährt, will ich nicht meckern.

Ich setze mich auf die mit beigem Leder bezogene Rückbank des Wagens und werfe einen Blick nach vorn zu seinem geduldigen Fahrer. Monroe setzt sich neben mich, schließt die Tür und erkundigt sich nach meiner Adresse, die er an seinen Fahrer weitergibt.

„Leben Sie allein?“, fragt er, als der Wagen losrollt.

„Nein“, sage ich und bilde mir ein, einen Muskel unter Monroes rechtem Auge zucken gesehen zu haben. Kurzerhand beschließe ich, ihm alles zu erzählen – zumindest was meine Wohnsituation angeht. „Ich teile mir die Wohnung mit Mila Peters aus der IT. Wir sind schon lange befreundet, und ich finde unser Zusammenleben ganz amüsant.“

„Eine WG. Das hätte ich nicht erwartet. Aber ich kann verstehen, warum Sie die Ruhe im Büro etwas länger genießen.“

„Mila und ich haben das gut geregelt. Jede hat ihren Zuständigkeitsbereich und Rückzugsort. Bis jetzt gab es nie ein Problem.“

Monroe streckt die Beine so weit aus, wie es der Wagen zulässt, und schmunzelt. „Früher habe ich auch mal in einer WG gelebt. Glauben Sie mir, ich weiß, was es bedeutet, keinerlei Privatsphäre zu haben. Sie können mir nicht erzählen, dass Sie sich manchmal nicht doch wünschen, allein zu wohnen."

„Ich bin aus dem Alter raus, in dem ich wilde Orgien feiere. Mila und ich sind schon etwas seriöser", verklickere ich ihm mit einem Zwinkern.

Man mag es kaum glauben, aber ich beginne mich zu entspannen. Eingekesselt im Inneren des Wagens, fühle ich mich Monroe gegenüber weniger angriffslustig.

„Orgien? Jetzt wird es also spannend, und ich erfahre die Dinge, die ich in Ihrer Akte nicht finden konnte."

„Sie haben meine Akte gelesen?", werde ich hellhörig und blicke ihn ernst an.

Monroe bleibt hart. „Ich muss wissen, mit wem ich es zu tun habe."

„Machen Sie das bei jedem Angestellten?"

„Nein, nur bei denjenigen, die mir Anlass dazu geben."

Der spinnt ja! „Sie sind ein Kontrollfreak."

„Ich bin genau."

„Pedantisch, ja."

Er grinst und sieht schweigend zu mir. „Sie müssen immer das letzte Wort haben. Oder?"

„Das mache ich nur bei denjenigen, die mir Anlass dazu geben."

Auf den Straßen ist nicht viel los, und wir kommen gut vorwärts. Mittlerweile bin ich unglaublich froh über Monroes Angebot, mich nach Hause zu bringen. Vor allem deshalb, weil er zahmer erscheint, als ich erwartet habe.

„Entschuldigung, ich ... ich wollte nicht unhöflich sein“, sage ich, als er eine ganze Weile nichts mehr sagt, sondern stumm aus dem Fenster starrt.

Er dreht seinen Kopf wieder in meine Richtung, und ich bemerke, dass sein Lächeln verschwunden ist. Stattdessen ist sein Blick tief. Als würde es nur mich und ihn geben. „Seit wann entschuldigen Sie sich?“

„Wenn ich glaube, dass es nötig ist. Ich nehme an, dass Sie nett sein wollten und mich deshalb nach Hause fahren ... lassen. Na ja, da erscheint es mir unpassend, wenn ich Sie beleidige. Selbst wenn noch immer die Möglichkeit besteht, dass Sie nicht selbstlos handeln, sondern mich bloß ausquetschen wollen.“

„Vielleicht verbringe ich gerne Zeit mit Ihnen“, meint er. Sein Gesichtsausdruck verrät nicht, ob er lügt oder die Wahrheit sagt.

„Obwohl ich Ihnen das Leben so schwer mache?“

„Das tun Sie tatsächlich. Was aber nicht bedeutet, dass ich Ihre Stärke nicht bewundernswert finde. Es gibt eine ganze Menge Leute, die brav nach meiner Pfeife tanzen. Sie jedoch, Ms Benedetto, tun das nicht und bleiben einem unweigerlich in Erinnerung.“

Obwohl ich mir seit Monroes Auftauchen bei MBT Frieden mit ihm gewünscht habe, kann ich damit nun schlecht umgehen. Wahrscheinlich bin ich für ihn bloß ein Spielzeug, dessen Funktionen er austesten möchte. Er drückt einige Knöpfe und schaut, was passiert. Mal ist er ungut, mal nett.

Sei deinem Feind näher als dir selbst.

„Wo wohnen eigentlich Sie, Mr Monroe? Sie sind doch nicht wieder bei Ihren Eltern eingezogen?“, drehe ich nun beinhart den Spieß um und will in seinem Leben herumstochern. Eine bessere Gelegenheit dazu wird es so schnell nicht mehr geben.

Monroe schüttelt den Kopf und verschränkt seine Hände auf den Oberschenkeln. „Ich lebe nicht bei meinen Eltern, sondern habe mir eine Wohnung genommen."

„Ganz allein? Oder haben Sie auch eine Mitbewohnerin?" Ich bin verrückt.

Gefährliches Terrain, Mädel.

„Alleine."

„Sie sind gerne ganz für sich?"

„Nicht immer. Aber ich mag es, ungebunden zu sein."

Mein Unterleib zieht sich bei der Vorstellung zusammen, dass er mich mit in seine Wohnung nimmt und dort mit mir schläft.

Monroe ist also ein Typ, der auf kurzzeitige Bekanntschaften steht. Ein Fick, und jeder geht wieder seines Weges – zumindest interpretiere ich seine Aussage so.

„Verstehe", murmele ich und spüre, wie ich rot werde.

Meine Haut ist ein Verräterschwein.

„Es macht einen großen Unterschied, Sie beruflich oder privat aus der Fassung zu bringen", stellt er fest, während er mich im Blick behält. „Im Büro explodieren Sie, hier drin aber wirken Sie auf einmal ganz klein und schüchtern."

„Das liegt daran, dass ich nicht weiß, welches Spiel Sie mit mir spielen", erwidere ich.

Monroe runzelt die Stirn. „Das werden Sie ganz allein herausfinden müssen."

Was zum Teufel soll das bedeuten?

Dieser Mann verwirrt mich. Er bringt mich von meinem gradlinigen Weg ab.

Auch wenn es verlockend wäre, ihm zu vertrauen, sollte ich bei ihm auf der Hut bleiben. Monroe ist nicht wie der Kerl am Samstag aus der Bar, sondern undurchschaubarer, gefährlicher. Gleichzeitig allerdings verlockender als jeder andere Typ bisher.

„Wir haben die Adresse erreicht, Mr Monroe", macht uns sein Fahrer aufmerksam.

Tatsächlich hat der Wagen bereits angehalten. Ich bin frei. Raus aus der Gefahrenzone.

„Danke für den Service", presse ich mit staubtrockener Kehle hervor.

Monroe nickt, lächelt dabei jedoch teuflisch. „Sehr gerne. Wir sehen uns morgen, dann werde ich herausfinden, wie gut Sie sich vorbereitet haben."

„Ich werde Sie nicht enttäuschen", erwidere ich und steige aus.

Monroes Wagen bleibt weiterhin stehen. Ich ziehe den Schlüssel aus meiner Handtasche, finde aber natürlich das Schloss nicht gleich, was vermutlich daran liegt, dass meine Hände zittern. Ich weiß genau, dass er mich aus dem Auto heraus beobachtet. Bestimmt hat er seinen Fahrer angewiesen, noch zu warten. Doch ich zwinge mich, nicht offensichtlich zu ihm zu sehen.

Endlich öffnet sich die Eingangstür. Ich haste in den sicheren Flur, lasse die Tür hinter mir zufallen und lehne mich einen Moment dagegen.

Vermutlich ist jetzt der Augenblick gekommen, um die weiße Fahne zu schwenken. Doch das wäre nicht meine Art.

ZWÖLF

Endre

„Fahren Sie noch nicht los“, weise ich meinen Fahrer an und sehe Benedetto zu, wie sie nervös in ihrer Tasche kramt. Das Ding ist riesig.

Wer zum Geier kauft sich eine so monströse Tasche? Ist ja klar, dass sie darin ihren verdammten Schlüssel nicht finden kann.

Diese Frau ist ein wandelnder Problemherd. Vorlaut. Stur. Aber wohl auch verletzlich und unsicher, wie sie gerade bewiesen hat.

Sie hat den Wunsch in mir geweckt, sie zu vögeln.

Was spricht schon dagegen? Ich bin der Boss, ich mache die Regeln. Wenn ich etwas will, bekomme ich es. Zumindest galt diese Regel, bevor ich wieder nach London gekommen bin. Denn hier machen es mir die Frauen schwerer. Lina hält mich auf Distanz, und Alice Benedetto empfindet wohl lediglich Verachtung für mich.

Bevor sie ins Haus geht, wirft sie einen kaum merklichen Blick über ihre Schulter zu mir. Dieser kurze Moment erfüllt mich mit mehr Genugtuung als jeder noch so fette Deal, den ich bis jetzt eingesackt habe.

„Wo soll es jetzt hingehen?“, will mein Fahrer wissen.

Ich sollte in irgendeine Bar fahren, einen Drink kippen und eine Frau abschleppen. Das wäre in dieser Situation das Beste für mich. Doch ich bezweifele, dass eine x-beliebige Frau gerade Benedettos Feuer oder Linas Schlagfertigkeit übertreffen kann. Deshalb weise ich den Chauffeur an, mich nach Hause zu bringen.

Auf dem Weg verstärkt sich meine Unzufriedenheit.

Es stört mich nicht, Berufliches mit Privatem zu vermischen. Was mich ankotzt, ist, an der Nase herumgeführt zu werden. Bei Benedetto kann ich nicht einschätzen, was sie von mir will.

Kurzerhand hole ich mein Handy heraus und lasse meinen angestauten Frust auf Lina los, die ich dafür verantwortlich mache.

Endre:

Je länger du mich ignorierst, desto wütender werde ich. Was zur Folge hat, dass ich die Mittel, die mir zur Verfügung stehen, um dich zu finden, erst recht nutzen werde. Zuerst köderst du mich, und dann tauchst du ab? Ich bin kein Mann, der sich verarschen lässt.

Ich weiß, dass sie auf mich abfährt. Aber irgendetwas hindert sie daran, real mit mir in Kontakt zu treten. Dafür gibt es ja auch gute Gründe: etwa Harry und MBT, um nur zwei zu nennen.

Doch ich hasse Unehrlichkeit genauso wie Leute, die sich vor mir verstecken. Lina war bisher immerhin nie um ein freches Wort verlegen.

Endlich antwortet sie. Mein Puls schnellt hoch.

Lina:

Ich bezweifele nicht, dass du mich kinderleicht finden könntest. Du wärst dann aber bloß enttäuscht. Glaub mir. In deiner letzten Mail meintest du, dir ginge es nicht mehr um die Vergangenheit. Dann tu mir den Gefallen, und lass mich in Ruhe.

Fuck.

So sollte es nicht laufen.

Endre:

Wie du siehst, kann ich dich einfach nicht in Ruhe lassen. Es geht nicht. Ich muss wissen, wie du aussiehst.

Lina:

Und was dann?

Endre:

Ich möchte deine Stimme hören und würde dich auf einen Drink einladen, um mich endlich von Angesicht zu Angesicht mit dir zu unterhalten.

Lina:

Ganz ohne Skrupel? Was ist mit deinem toten Bruder?

Der Schlag verfehlt seine Wirkung nicht.

Ich kneife die Augen zusammen und reibe mir mit der Handfläche übers Gesicht.

Sie muss mich für eine Witzfigur halten. Zuerst werfe ich ihr vor, kaltblütig genug zu sein, um mit einem verheirateten Mann zu vögeln. Nun bin ich es, der sie zu einem persönlichen Treffen drängt.

Ich habe mich viel zu tief in diese Sache hineingeritten und die Realität verloren. Doch um Harry geht es schon lange nicht mehr.

Endre:

Für Skrupel ist es zu spät. Mir geht es nur um dich.

Lina:

Am Anfang dachte ich, durch den Kontakt mit dir hätte ich einen Teil von Harry bei mir. Doch du bist nicht wie er, und ich darf einen solchen Fehler kein zweites Mal machen. Wir sind ohnehin schon viel zu weit gegangen.

Sie klingt ganz anders als zu Beginn unseres Mail-Verkehrs – verletzlicher und sensibler. Wie kommt das? Für Lina scheint Harry immer noch einen ganz speziellen Platz einzunehmen. Sie hat ihn wohl doch mehr geliebt, als ich gedacht habe.

Plötzlich frage ich mich, ob ich zu forsch war. Zu aufdringlich.

Vielleicht hat Lina ihren Schmerz durch ihre Art überspielt.

Fuck, ich habe es richtig verbockt.

Ich sollte mich ihr wieder annähern. Irgendetwas sagen, das ihr zeigt, dass ich kein schwanzgesteuertes Monster bin, sondern dass ich sie wirklich gerne kennenlernen möchte.

Endre:
Sag mir, was ich tun soll, Lina!

Es fühlt sich an, als würde nun alles von ihrer Antwort abhängen, für die sie sich lange Zeit lässt. Während ich warte, überlege ich, was sie antworten könnte. Manche Antworten beruhigen mich, manche frustrieren mich.

Lina:
Ich brauche Zeit für mich. Das war alles so viel und unerwartet. Ich weiß überhaupt nicht mehr, was ich will, und ich möchte keine falschen Entscheidungen treffen, die ich nicht mehr rückgängig machen kann. Ich melde mich. Versprochen.

Shit.

Genau vor so einer Antwort hatte ich Schiss.

Anstatt einen Fortschritt zu erzielen, hat sie nun eine Tür vor mir zugeschlagen. Doch ich weiß auch, dass ich nicht so dumm sein darf, sie unter Druck zu setzen. Ich kann nur hoffen, dass die Funkstille nicht ewig dauern wird. Geduld zählt nicht zu meinen Stärken, daher besteht die Gefahr, dass ich sie trotz meines Versprechens suche.

Vorerst aber begnüge ich mich mit diesem Deal; immerhin ist es kein endgültiger Schlusspunkt.

Endre:
Okay. Ich warte.

Angekommen in meiner Wohnung, öffne ich eine Bierflasche, um mir eine mittlere Menge Alkohol einzuflößen. So werde ich hoffentlich besser schlafen. Meine Gedanken kreisen ununterbrochen um Lina, ich träume aber von Benedetto.

Wie sie mich herausfordert – mit ihren Blicken und ihrem vorlauten Mundwerk.

Auf dem Weg ins Büro bin ich knapp dran, den Termin mit ihr abzusagen. Davids Anruf hält mich zum Glück davon ab.

„Hi. Seit wann stehst du so früh auf?"

Ich kann ihn, umgeben von Verkehrslärm, lachen hören. „Ich habe einen scheißfrühen Termin. Kotzt mich richtig an."

„Verstehe. Aber was kann ich da für dich machen?"

„Ich muss mit dir reden. Treffen wir uns heute Mittag zum Essen?", schlägt David vor.

„Geht nicht", erwidere ich, während mein Fahrer vor dem Firmengebäude hält. „Ich sehe mir heute die Baustelle des Hamilton-Projekts an. Da werde ich über Mittag beschäftigt sein."

Ich steige aus und nestle dabei an meiner dunkelblauen Krawatte, als würde diese heute enger um meinen Hals sitzen.

„Wie geil! Nimm mich mit!", bettelt er.

Ich verdrehe die Augen. „Nein."

„Sei kein Arsch, Endre. Wann wirst du dort sein?"

Ironischerweise steige ich in jenen Aufzug, in dem ich gestern Abend zusammen mit Ms Benedetto stand.

Den letzten Menschen, den ich bei der Besichtigung gebrauchen kann, ist David. Ich möchte nicht behaupten, dass meine Gedanken Benedetto gegenüber tugendhafter wären. Doch ich behalte sie wenigstens für mich, während David alles, was in seiner Birne abläuft, laut aussprechen muss.

„Wenn ich bald gemeinsam mit dir zocke, brauche ich die Basics, Mann. Ich komme nur ganz kurz vorbei und werde mich benehmen, ich versprech's."

Während ich mein Spiegelbild in der Fahrstuhlwand betrachte, frage ich mich, ob es vielleicht nicht sogar klüger wäre, David zu dem Termin mitzubringen. Ich würde nicht nur gerne testen, ob sich Benedetto generell Männern gegenüber feindlich verhält. Außerdem bliebe mir, da David ununterbrochen labert, mehr Zeit, meine widerspenstige Mitarbeiterin zu beobachten.

„Du hast recht", sage ich, während ich in meinem Stockwerk aussteige. „Ich schicke dir die Adresse."

„Wir werden das Ding rocken. Ganz wie früher, Kumpel. Bam. Bam. Bam."

Geistig sehe ich ihn vor mir, wie er mit der Faust in die Luft schlägt. Tatsächlich bringt mich die Blödheit dieses Kerls jetzt zum Lachen. Etwas, was meine Assistentin bis jetzt noch nicht bei mir gesehen hat, weshalb sie gerade zu Recht verwirrt blinzelt.

Ich verstaue das Handy in meiner Hosentasche und nicke knapp, als ich bei ihr vorbei in mein Büro gehe. Der Vormittag ist vollgepackt mit Terminen, die ich pflichtbewusst absolviere, auch wenn manche davon stinklangweilig sind. Ich bin heute sehr unruhig und will raus aus dem Büro, um diese Baustelle endlich zu besichtigen. Ich rede mir ein, dass es mir dabei nicht um Ms Benedetto geht, sondern einzig und allein um das Projekt, das sie betreut.

Da Ms Benedetto direkt vor Ort auf mich wartet, fahre ich allein hin. Die Abrissarbeiten des alten Gebäudes sind voll im Gange, weshalb mich Lärm und Staub empfangen, als ich aussteige. Bis zu diesem Augenblick war mir nicht bewusst, wie sehr ich es vermisst habe, an vorderster Front dabei zu sein.

Was mir sofort auffällt, ist die hervorragende Lage. Ich habe Benedettos Modell genau im Kopf und kann mir schon vorstellen, was sie hier erschaffen möchte – Weite inmitten der Großstadt. Schwierig, aber machbar, wenn man sich da richtig reinhängt.

Benedetto entdecke ich auf der anderen Straßenseite im Gespräch mit einem bulligen Kerl. Sie fuchtelt wie so häufig mit ihren Händen herum, während sie auf einen Plan schaut, den der Typ für sie hochhält. Ich nähere mich ihnen und muss mir ein Schmunzeln verkneifen, als ich den quadratischen roten Teppich unter einem provisorischen Paravent sehe. Ich frage mich, ob diese Verarsche auf Benedettos Mist gewachsen ist.

Heute trägt sie kein Kleid, sondern eine schwarze Hose, einen grauen Pulli und eine Brille. Noch nie fand ich eine Frau mit Brille so scharf wie Benedetto an diesem Tag. Sie sieht damit aus wie eine strenge Lehrerin, und bei Gott, damit trifft sie genau ins Schwarze, was meine sexuellen Fantasien anbelangt.

Als ich die Straße überquere, bemerkt sie mich, und sofort verändert sich ihre Haltung – sie strafft die Schultern, senkt ihre Hände und runzelt die Stirn. Sie befindet sich im Kampfmodus, was mich nur noch heißer macht. Am liebsten würde ich sie provozieren, bis sie die Fassung verliert. Unsere verbalen Fights sind wie ein Vorspiel, und wenn sie so richtig wütend ist, wirkt sie zugleich sexuell erregt. Dann wird ihr Hals rot, ebenso wie ihre Wangen. Ihre Stimme wird höher, ihre Augen funkeln, und sie leckt sich dauernd über die Lippen. Ich will ihr die Kleider vom Leib reißen – buchstäblich. Ich will an ihren Haaren ziehen, sie herausfordern, sie zum Schreien bringen. Bei ihr will ich es dreckig, schmutzig und hart.

Doch all die dreckigen Vorstellungen in meinem Kopf übertreffen nicht das teuflische Lächeln, das sie mir schenkt, als sie mir ihre Hand hinstreckt. „Mr Monroe, herzlich willkommen."

Ich nicke, grinse aber, als ich den ersten roten Fleck auf ihrem Hals entdecke.

Nervös, Baby?

„Das ist Mr Fitz. Er ist mit der Baubetreuung beauftragt", erklärt sie, während ich die Hand des Kerls schüttele, der mir zunickt.

„Wir haben einige Erfrischungen vorbereitet. Möchten Sie was?", erkundigt sie sich.

Entweder schmiert sie mir Honig ums Maul, weil sie aufgeregt ist oder weil sie mir gleich etwas mitteilen wird, das mir nicht gefallen wird. Auf jeden Fall ist es seltsam, sie so freundlich zu erleben. Das passt so gar nicht zu ihr.

Ich lehne mit einem Kopfschütteln ab und richte meine Aufmerksamkeit auf die Baustelle zu.

„Auf dieser Seite ist der Eingangsbereich geplant“, erklärt sie und gestikuliert mit ihren Händen. Mal ballt sie sie zur Faust, dann streckt sie ihre Finger durch. „Ich dachte, diese Positionierung würde ein sehr harmonisches Gesamtbild schaffen. Mit Bedacht auf den Verlauf der Straße, die in Richtung des Eingangs an der Spitze verläuft.“

Natürlich hat sie recht. Sie besitzt ein gutes Gespür für die Umgebung und für Details. Ich bin aber nicht hergekommen, um sie zu loben, sondern um zu prüfen, ob unser Geld richtig angelegt wird.

„Bleibt die Grundsubstanz des Gebäudes erhalten?“, frage ich und sehe zu ihr.

Sie leckt sich die Lippen, und schon ihr kurzes Zögern ist mir Antwort genug. „Das war eigentlich geplant. Leider hat sich nun herausgestellt, dass sich einzelne Elemente in marodem Zustand befinden, sodass nun zu prüfen ist, ob eine Instandsetzung oder ein gänzlicher Neubau günstiger kommt.“

So viel zu meiner Überlegung, was sie ausgefressen hat. „Verstehe“, sage ich. „Und worauf bezieht sich Ihr *günstiger?“*

„Auf ... auf den Zeitplan und natürlich auch auf die Kosten.“

Benedetto stottert doch nicht etwa?

Es dürfte mir nicht mal annähernd so viel Freude bereiten, sie derart aus der Fassung zu bringen. Doch ich stehe darauf, wie sie sich windet und versucht, nett zu bleiben.

„Und mit *günstig* meinen Sie *billig.“*

Sie atmet tief aus und rückt ihre Brille zurecht. „Ganz und gar nicht, Mr Monroe. Wie Sie wissen, habe ich einen engen Zeitplan einzuhalten, deshalb ist es mir nicht möglich, Ihre Vorliebe für die tiefgreifende Bedeutung einzelner Wörter zu teilen. Ich versuche lediglich die Kosten so niedrig wie möglich zu halten und gleichzeitig ein hervorragendes Ergebnis abzuliefern. Widrigkeiten gehören zu unserem Geschäft nun einmal leider dazu. Aber diese hier sind keine, die mir den Schlaf rauben."

Ich wüsste viel bessere Dinge, die ihr den Schlaf rauben könnten. „Ich will lediglich sicher sein, dass Sie mit dem Druck umzugehen wissen."

„Das kann ich, vielen Dank", schleudert sie mir entgegen.

„In Ordnung. Was also planen Sie bezüglich des Problems?"

„Ich tendiere zu einem vollständigen Abriss, um sowohl das Fundament als auch den Zeitplan nicht zu gefährden."

Genau dafür hätte ich mich auch entschieden.

Doch ich gehe nicht weiter darauf ein, sondern deute mit dem Kinn in Richtung Metallzaun. „Zeigen Sie mir den Rest."

„Sehr gerne", erwidert sie und schreitet vor mir her.

Während der Führung glänzt sie mit ihrem Wissen. Sie hat alles hier fest im Griff. Es gibt nichts, worüber sie sich im Unklaren ist. Sie sprüht vor Begeisterung, wann immer sie über ihre Pläne spricht. Und auch bei den Leuten, die wir während der Begehung treffen, kommt sie sehr gut an.

Am Ende hat sie sämtliche meiner Zweifel aus dem Weg geräumt und Unklarheiten ausgemerzt. Das Projekt ist bei ihr in guten Händen.

Als wir nach einer guten Stunde zurück an unseren Ausgangspunkt kommen, liegt mir ein Lob auf der Zunge. Zwar nur ein kleines, aber ich möchte, dass sie sich freut. „Sie haben mich positiv überrascht. Ich habe befürchtet, hier ein ähnliches Chaos wie in Ihrer Abteilung vorzufinden. Aber Sie sind bestens informiert und sehr kreativ."

Ihre Wangen färben sich schlagartig rot, und sie blickt kurz verlegen zu Boden, ehe sie mir ein ehrliches Lächeln zuteilwerden lässt. „Ich hoffe, ich konnte Ihnen eine genauere Vorstellung ermöglichen."

„Ja, das konnten Sie." Du bist mir aber immer noch ein Rätsel.

„Natürlich steht Ihnen auch Mr Fitz für Fragen jederzeit zur Verfügung. Seine Telefonnummer habe ich Ihnen bereits ausgehändigt."

Scheiß auf Mr Fitz, möchte ich beinahe sagen. Doch ich tue so, als wäre ich dankbar. „Halten Sie mich auf dem Laufenden."

Benedetto nickt gerade, als David angerauscht kommt. Zurückhaltung war noch nie seine Stärke, so auch jetzt nicht. Denn anstatt sich zu uns zu gesellen und sich höflich vorzustellen, klopft er mir lässig auf die Schulter und schiebt ein „Hey, du Wichtigtuer" hinterher.

Am liebsten würde ich im Erdboden versinken. Ich überspiele meine Reaktion, indem ich David eindringlich von mir wegschiebe. Benedetto betrachtet uns mit gerunzelter Stirn.

Ich wusste von Anfang an, dass es eine miese Idee wäre, David auf sie loszulassen. „Das ist Mr White; er wird in Kürze zu MBT stoßen."

„David", widerruft dieser sogleich meinen Versuch, zumindest etwas Professionalität zu wahren. Er streckt Benedetto die Hand entgegen, und beim Aufleuchten seiner Augen weiß ich sofort, dass er Gefallen an ihr gefunden hat.

„Äh ... hallo", stottert sie.

„Ich habe ihm noch nicht erlaubt, mich beim Vornamen anzusprechen, solange er sich nicht richtig benehmen kann. Und Sie sind?"

Er mag ein Trottel sein, aber wenn es eine Gewissheit in Davids Leben gibt, dann, dass sein Charme bei Frauen jeden Alters verlässlich Wirkung zeigt. Selbst Benedetto fällt auf seine Grübchen herein.

„Alice ... also eigentlich Ms Benedetto. Wie Sie wollen."

Das kann nicht wahr sein.

„Alice", schnurrt David und lässt zum Glück wieder ihre Hand los. „Freut mich sehr. Sie sind also die große Architektin dieses Projekts?"

Verlegen streift sie sich eine Strähne hinters Ohr, während ich bloß dastehe und den beiden beim Flirten zusehe. „Ich leite es zumindest."

„Verdammt cool. Habt ihr den Rundgang schon beendet?"

David weiß natürlich bestens, dass mir sein selbstbewusster Auftritt gar nicht gefällt, weil er mich so wie den bösen Arsch erscheinen lässt, während er der Gute ist. Der Kumpeltyp. Ihn mag sie, mich hasst sie.

„Wir sind schon fertig. Du bist zu spät."

David grinst und klopft mir erneut auf die Schulter. „Tut mich echt leid, aber ich konnte den Verkehr nicht wegzaubern."

„Ich kann mit Ihnen gerne noch eine Runde drehen", schlägt Benedetto vor.

„Nein", erwidere ich, bevor David irgendetwas sagen kann. „Er soll sich Ihre Unterlagen ansehen. Das muss reichen."

„Habt ihr schon etwas gefuttert?", fragt er und verstärkt in mir den Wunsch, ihm den Hals umzudrehen.

„Noch nicht. Also ... nein." Warum zum Teufel stottert sie dauernd?

Das ist richtig nervig.

Wo ist ihr Rückgrat? Ihre Stärke? Und warum sieht sie mich so ängstlich an, während sie bei David lächelt?

„Er hat Sie nicht mal zum Mittagessen eingeladen? Also echt, Mann. Muss MBT den Gürtel schon so eng schnallen?"

Mein Blick sagt: Halt die Klappe, oder du stirbst. Mein Mund sagt: „Ja, kann sein, dass wir uns dich nicht mehr leisten können."

„Er liebt mich viel zu sehr, um sich von mir zu trennen", hält David dagegen.

„Tue ich nicht."

Benedetto sieht zwischen uns hin und her und scheint verblüfft zu sein, wo sie da hineingeraten ist.

„Was halten Sie von griechisch, Alice?“

Ich kann nicht mal richtig sagen, warum ich auf David eifersüchtig bin. Zumindest bin ich stinksauer, dass sie ihm diese Seite von sich zeigt, während sie bei mir immer nur faucht.

Sie wahrt jedoch den Anstand und sieht prüfend zu mir, bevor sie David antwortet. Immerhin bin ich ihr Boss. Ich würde gerne Zeit mit ihr verbringen, aber ohne David. Dafür ist es jetzt zu spät.

„Warum nicht? Dann kann er sich gleich einen Überblick verschaffen.“ Und damit meine ich nicht nur das Projekt, Kumpel.

Wir laufen die wenigen Meter zu dem Restaurant, das David vorgeschlagen hat. Er quetscht Benedetto munter aus und erfährt innerhalb dieser kurzen Zeit mehr über sie, als ich aus ihrer Akte erfahren konnte. Der Kellner führt uns zu einem freien Tisch im hinteren Bereich des Lokals. Das Ambiente ist okay; nicht berauschend, aber gemütlich. Das wäre kein Ort, an dem ich eine Frau zum Essen einladen würde.

Worauf Benedetto wohl so steht? Klassische Schlichtheit oder exklusive Noblesse?

Vielleicht ist sie auch eine der Frauen, die sich teuer zum Essen einladen und dich danach abblitzen lassen, sodass du mit deinem Ständer ganz allein klarkommen musst.

Nachdem wir die Getränke bestellt haben, entschuldigt sie sich. David beugt sich kaum eine Millisekunde, nachdem sie aufgestanden ist, zu mir rüber.

„Du stehst richtig auf sie“, sagt er lachend und schlägt seine geballte Faust auf die Tischplatte.

„Einen Scheiß“, murmele ich.

„Schlecht gelogen.“ Er kommt noch näher und begrabscht mit seiner Hand meinen Oberschenkel. „Dir geht ja richtig einer ab, wenn sie dich anschaut. Darum wolltest du mich nicht dabeihaben – jetzt check ich es.“

Bin ich wirklich so leicht zu durchschauen?

Vielleicht hält Benedetto mich auch für einen notgeilen Spanner.

„Sie ist eine Angestellte.“

„Ah, richtig. Auf eine Affäre mit einer Mitarbeiterin steht ja die Todesstrafe. Darum macht das weltweit auch niemand.“ Sein belustigter Blick treibt mich in den Wahnsinn.

„Sie ist ein Problemfall“, fahre ich fort, Benedetto vor David schlecht machen zu wollen. Als würde das darüber hinwegtäuschen, wie scharf ich auf sie bin.

David nickt ununterbrochen. „Natürlich. Mit ihr zu kämpfen macht dich aber auch an.“

Ich weiß nicht, warum ich David gegenüber nicht die Wahrheit sage. Vielleicht sträube ich mich, sie offen zu gestehen. Laut ausgesprochen haben Worte eben eine andere Bedeutung. Doch ich bin auch jemand, der kein Problem damit hat, Berufliches mit Privatem zu vermischen. Vor allem, wenn es sich bloß um einen One-Night-Stand handelt und ich in der Hierarchie sowieso über Benedetto stehe.

„Können wir das Thema beenden? Du redest wie ein altes Tratschweib“, maule ich und schiebe meine Serviette mit meinen Fingerspitzen hin und her.

Noch ehe David etwas erwidern kann, kommt Benedetto von der Toilette zurück. Ich gebe mir zumindest Mühe, sie nur ganz kurz anzuschauen. David verhält sich weniger subtil.

„Sie hat sich die Lippen nachgeschminkt. Rot, mein Freund. Ich hoffe, du hast Kondome eingesteckt.“

Sie sieht tatsächlich richtig verrucht aus mit ihren roten Lippen und der Brille. Wild und brav. Eine Frau voller Gegensätze.

Eine Frau, die ich haben muss.

DREIZEHN

Alice

Monroes Blick ist wie immer durchdringend. Herablassend, aber sehnsüchtig zugleich. Doch diesmal schwingt auch etwas Lüsternes mit.

Ich setze mich den beiden Männern gegenüber und baue auf Davids Lockerheit. Die zwei stehen sich sehr nahe; das habe ich sofort bemerkt. Ich finde die Art, wie sie sich gegenseitig aufziehen, unterhaltsam. Und gleichzeitig erhalte ich einen völlig anderen Blickwinkel auf Monroe.

„Haben Sie eigentlich mal vor, sich selbst ein ultramodernes Haus zu entwerfen?“, führt David sein charmant-erheiterndes Verhör fort.

Ich schmunzele, weil ich diese Frage bestimmt schon tausendmal gestellt bekommen habe. „Ich würde gern mein eigenes Haus entwerfen, aber ein ganz gemütliches. Beruflich finde ich große Fensterfronten und moderne Designs umwerfend, privat will ich es behaglich.“

David erzählt mir, wie er sich sein Traumhaus vorstellt. Wir bestellen unser Essen und plaudern in gemütlicher Atmosphäre weiter. Selbst Monroe beteiligt sich, wenngleich ich das Gefühl habe, dass er jede seiner Antworten gut überdenkt.

Ich mag es überhaupt nicht, was er in mir anrichtet. Er lässt mich zu einem schüchternen Mädchen werden, das ich eigentlich schon längst begraben geglaubt habe. Gleichzeitig genieße ich das Flattern in meinem Bauch, meinen schnellen Herzschlag und nehme jedes kleine Lächeln dankbar an. Doch bin ich weit davon entfernt, ihn zu ergründen oder zu ihm durchzudringen.

Als wir das Restaurant nach einer guten Stunde verlassen, fühle ich mich, als hätte ich einen Marathonlauf hinter mir. Weil ich mich nicht stark genug fühle, jetzt mit Monroe allein zu sein, schlage ich sein Angebot, mit ihm zurück ins Büro zu fahren, aus. Ich schiebe eine Ausrede vor und gehe in Richtung der nächsten Tube-Station.

Zum Glück habe ich richtig viel Arbeit, in die ich mich reinhängen kann. Ich muss nicht nur die Abänderung des Fundaments in kürzester Zeit durchführen, sondern auch die Vorschläge für die aufwendige Lichtinstallation prüfen. Monroe lässt mich in Frieden – sowohl beruflich als auch per Mail. Ihm als Lina zu schreiben, dass ich Zeit brauche, hat mich zwar Überwindung gekostet, war aber das letzte Mittel, um ihn auf Abstand zu halten. Denn ich bin mir sicher, dass er alles getan hätte, um meine Identität aufzuklären, hätte ich den Kontakt vollständig abgebrochen.

Ich möchte mir gar nicht vorstellen, in welche Katastrophe das gemündet hätte. Ich wäre nicht nur meinen Job, sondern auch mein Ansehen los.

Am Freitag schicke ich die beiden finalen Vorschläge für die Elektroinstallation an Monroes Assistentin, da er bestimmt hat, über solch wichtige Entscheidungen einen letzten Blick werfen zu wollen. In den vergangenen beiden Tagen haben mein Team und ich nicht nur ein Lösungskonzept für den Wegfall der Grundsubstanz entwickelt, sondern das Firmengebäude lediglich zum Schlafen verlassen.

Mila vermisst unsere gemeinsamen Fernsehabende. Manchmal komme ich mir vor, als hätte ich ein Kleinkind, das niemals erwachsen werden wird. Um ihre Sehnsucht nach mir zu stillen, lade ich sie und Rose mittags in mein Büro ein. Mila bringt Wraps mit und versorgt mich mit einigen Storys, die sich jenseits dieser Mauern ereignet haben.

„Habt ihr schon gehört, dass Monroes Kumpel nächsten Monat hier anfangen soll?“, wirft Mila in den Raum und schlüpft aus ihren Schuhen. „Anscheinend ist er ein Social-Media-Superhirn.“

Ich sitze wie immer auf meinem Schreibtischstuhl, den ich neben die Couch geschoben habe, auf die sich Mila und Rose gequetscht haben. Vor uns auf dem kleinen schäbigen Tisch stehen zig Becher mit Cola und Kaffee.

Anstand war noch nie unser Ding.

„David?“, bohre ich nach.

„White. Glaub schon, dass er David heißt.“

„Ja, das ist er. Den habe ich bei meinem Termin mit Monroe kennengelernt“, erkläre ich, als wäre ich die coolste Checkerin der Stadt.

Was? Ich kenne eben die heißesten Typen.

„Da war er dabei?“, fragt Rose ungläubig.

Ich zucke die Achseln. „Wir waren sogar essen. David ist echt witzig. Ganz anders als der Sadist da oben.“

„Sadist“, wiederholt Mila kichernd, während Rose ihren Mund zu einer schmalen Linie zusammenpresst.

„Was hat er denn jetzt schon wieder getan?“, hakt sie nach, als wäre sie einzig und allein hier, um Monroe zu verteidigen.

„Erstaunlicherweise hat er mich in den vergangenen Tagen in Ruhe gelassen. Ich hab schon richtig Entzugserscheinungen. Mila, kannst du mich dafür mal beleidigen, niedermachen oder mich böse anschauen?“

Mila verengt ihre Augen, wirft eine zusammengeknüllte Serviette nach mir und faucht: „Du nichtsnutzige Schlampe.“

„Danke, jetzt bin ich wieder auf Betriebstemperatur.“

Rose findet unsere kleine Show gar nicht witzig. Mila und ich dafür umso mehr.

„Ich glaube, du stehst einfach nur auf ihn“, schlussfolgert Rose sachlich und verschränkt die Arme vor der Brust.

Darauf will ich ganz gelassen etwas erwidern. Leider Gottes macht mir aber mein Gesicht einen Strich durch die Rechnung. Ich werde knallrot und scheitere deshalb kläglich bei meinem Versuch, den Vorwurf meiner Freundin als lächerlich abzutun. „Überhaupt nicht.“

Nun erstirbt auch Milas Lachen. Sie blickt ernst zu mir. Rose weiß nichts von dem Mail-Verkehr zwischen Monroe und mir. Mila schon.

„Warum wirst du dann rot?“ Echt, Rose, gleich werfe ich dich raus!

Ich gebe vor, völlig entsetzt über ihre Vermutung zu sein, und nehme einen großen Schluck Cola. „Wir haben unsere Reibungspunkte, und ich finde, der Typ ist unfair. Er hat uns alle Privilegien genommen. Richtig, Mila?“

Die Gefragte legt ihren halb gegessen Wrap zurück in die kleine Kartonbox. „Ja, schon. Aber stehst du wirklich auf ihn?“

„Äh ... hast du den Wink nicht verstanden?“

„Tut sie“, mischt sich Rose ein. „Alice schimpft jedes Mal über die Männer, mit denen sie schließlich doch im Bett landet.“

„Richtig. Das ist irgendwie dein Ding.“

Ich möchte mich wirklich fassungslos zeigen und die Unterstellungen meiner Freundinnen abstreiten. Das kann ich aber nicht, weil sie verdammt noch mal recht haben. Wenn ein Mann an mir interessiert ist, kratze ich ihm so lange die Augen aus, bis er gewonnen und all meine Hindernisse aus dem Weg geräumt hat. Das mag daran liegen, dass meine Mum mir immer eingebläut hat, bei Kerlen vorsichtig zu sein. Ihr Rat ging dabei aber weit über ein gesundes mütterliches Maß hinaus. Vielmehr bestand unser tägliches Abendgebet aus diesem Mantra.

Bis heute weiß ich nicht, warum meine Mutter, die mit einem absolut liebenswürdigen Mann verheiratet war, anderen Geschlechtsvertretern gegenüber so feindlich gesinnt war.

„Und ich habe auch gesehen, wie Mr Monroe dich abgescannt hat – *er* steht definitiv auf dich", sticht Rose den Speer tief in meine Brust.

Ich wage ihr nicht zu glauben.

Klar ist mir bewusst, wie intensiv seine Blicke sind. Aber ich fühle mich von ihnen eher herausgefordert als subtil angeflirtet. „Ich bin davon überzeugt, dass er mich für einen Parasiten hält."

„Nope, Süße", versichert Mila. „Seine Gedanken an dich sind versaut. Das merkt man bei Männern schnell."

„Würdest du wirklich etwas mit ihm anfangen?"

An diesem Punkt bricht die Wahrheit wie aus einem Vulkan aus mir heraus. Ich erzähle Rose von den Mails, die wir miteinander ausgetauscht haben. Ich versuche den beiden meine innere Zerrissenheit verständlich zu machen. Was schwer ist, da ich selbst nicht verstehe, welcher der beiden Monroes real ist.

„Er hat geschrieben, dass ihm die Vergangenheit egal ist und es ihm um dich geht, Alice. Deshalb denke ich, dass du ihm die Wahrheit sagen solltest", rät Rose auf meine Frage, was zur Hölle ich jetzt machen soll.

Ich lasse diesen Rat kurz wirken. Doch ich komme zu dem gleichen Ergebnis wie bisher. „Er würde sich an der Nase herumgeführt vorkommen, und sein Stolz ist ganz sicher größer als seine Sehnsucht nach irgendeiner Frau, mit der auch sein Bruder etwas hatte. Ich kann ihm nicht verraten, wer ich bin. Das wäre mein Todesurteil."

„Sie hat recht", bestätigt Mila. „Als ich zu ihm ins Büro gerufen wurde, um herauszufinden, wer Lina ist, waren mir seine Motive sofort klar: Rache, Strafe und Vernichtung. Der Job steht für diesen Mann über allem anderen. Er würde Alice sofort feuern, da bin ich mir sicher."

Dieses Gespräch sollte man nicht beim Mittagessen führen, denn mittlerweile ist mir der Appetit vergangen. Ich fühle mich völlig gefangen in diesem Netz aus Lügen, Begehren und Angst.

„Dann wirst du ihm nicht mehr schreiben?"

„Ich muss ihn erst einmal etwas hinhalten", beantworte ich Roses Frage. „Ganz so einfach wird er mich nicht davonkommen lassen. Immerhin will er mich treffen. Leute, ich hätte nie gedacht, dass Mails eine so tiefgehende emotionale Kraft haben können. Wenn er mir schreibt, dann wirkt er aufmerksam, witzig, sexy und smart. Hier im Büro aber ist er hart, kalt und manchmal sogar boshaft. Und trotzdem kommen ähnliche Gefühle in mir hoch, wenn er mich länger ansieht. Ich stehe vor einem echten Problem."

Nun sehen mich meine beiden Freundinnen ganz lange an. Ihre Blicke sind wärmer, sorgenvoller. Sie überlegen fieberhaft, wie sie mir helfen können, und dafür bin ich ihnen unglaublich dankbar.

„Es gibt wohl nur zwei Möglichkeiten", beginnt Mila.

Ich seufze. „Es gibt immer nur zwei beschissene Möglichkeiten."

Mila und Rose lachen. „Ja, leider. Entweder du stehst zu dem, was da offenkundig zwischen euch abgeht, oder du schlägst ihn dir aus dem Kopf. Aber

Fakt ist, Alice, und das habe ich dir schon mal gesagt: Du wirst Harry nicht in ihm finden. Sie mögen Brüder sein, aber der Unterschied zwischen ihnen ist gewaltig."

„Darum geht es mir auch gar nicht."

„Dann finde heraus, worum es dir geht", fordert Rose.

Doch sie trifft damit genau die Kernfrage des Problems.

Ich kann vor Monroe und meinen hochkochenden Emotionen nicht ewig weglaufen. Ich merke ja, was sich in mir tut. Er hat mich verändert – ich schwebe abwechselnd zwischen Freude und Frust.

Doch ich habe Angst, dass er irgendwann herausfindet, was mich mit seinem Bruder verbunden hat. Er würde sicher ausrasten und sich verarscht vorkommen, was hieße, dass unsere berufliche Basis unwiderruflich zerstört wäre. Auf der anderen Seite kann es ihm doch egal sein, was Harry und ich miteinander gehabt haben.

Und wer sagt, dass er wirklich mehr möchte, als bloß mit mir zu spielen? Vielleicht ist Verführung ja Teil seines Plans, mich beruflich in die Knie zu zwingen.

Ich habe kein Problem damit, dass er mein Boss ist. Ich habe ein Problem damit, dass er ein undurchschaubarer und gnadenloser Mann ist, dem ich nicht gewachsen sein könnte.

Auch als Mila und Rose längst verschwunden sind, sitze ich grübelnd in meinem Büro und hadere mit der

Situation. Bis jetzt war ich noch nie in so einer Lage. Nicht mal mit Harry. Kein Mann hat mich jemals so beschäftigt wie Monroe. Und dabei beruhen meine Sorgen lediglich auf Spekulationen. Ich kann mich ja auch fürchterlich täuschen und vergeude meine Zeit damit, über etwas nachzudenken, das gar nicht existiert.

Ein eingehender Anruf befördert mich jedoch zurück in die Wirklichkeit. Ich nehme ab und drehe dabei eine lose Strähne um meinen Zeigefinger.

„Hallo, Benedettos Büro“, sage ich zur Begrüßung.

„Hallo, Alice. Hier ist Ruby. Ich habe die Vorschläge, die du mir geschickt hast, an Mr Monroe weitergeleitet, und er möchte sich noch heute mit dir darüber unterhalten. Sein nächster freier Termin ist um vier. Bist du da noch verfügbar?“

Ob ich verfügbar bin? Klingt das nicht fast so, als wäre ich ein Callgirl?

Vielleicht bin ich auch einfach nur völlig durch den Wind und mache mir über verdammt unwichtige Dinge Gedanken, anstatt meinen Job zu erledigen, für den ich bezahlt werde.

„Vier Uhr ist gut“, versichere ich Ruby.

In Wahrheit wollte ich heute mal früher nach Hause gehen. Möglichst weit weg von Monroe. Doch daraus wird jetzt nichts werden.

Die nächsten beiden Stunden vertrödele ich hauptsächlich damit, mir einzureden, wie unerschütterlich ich bin. Ein verführerisches Lächeln? Davon lasse ich mich nicht verzaubern. Ein durchdringender Blick? Mein Schutzschild lässt nichts durch. Seine tiefe Stimme? Gegen die bin ich immun.

Um kurz vor vier steige ich in der Chefetage aus dem Fahrstuhl. Ruby schenkt mir ein freundliches Lächeln, das ich dringend zur Bestärkung nötig habe. Sie greift zum Hörer und kündigt mich an.

„Er ist startklar. Du kannst reingehen“, vermeldet sie.

Ob ich ebenfalls bereit bin, mich in die Höhle des Löwen zu begeben, interessiert dagegen niemanden.

Du bist stark, Alice. Er ist nichts weiter als ein reicher Arsch, der zufälligerweise mit einem hübschen Gesicht gesegnet wurde. Lass dich davon nicht beeindrucken.

Mein bekräftigender Vorsatz verreckt jedoch auf halber Strecke, als ich Monroes Büro betrete und ihn hinter seinem Schreibtisch sitzen sehe. Er trägt kein Jackett, lediglich ein schwarzes Hemd, dessen Ärmel er sich über die Unterarme aufgerollt hat. Für andere im Haus mag dieser Anblick nichts bedeuten, für mich aber wirkt es, als habe Monroe mit dem Ablegen seines Kleidungsstückes einen Teil seiner Rüstung verloren. Will er mich tiefer blicken lassen und den kalten Boss beiseiteschieben?

„Ms Benedetto“, sagt er zur Begrüßung, erhebt sich und geht um seinen Schreibtisch herum. An der Stirnseite bleibt er stehen und wartet, dass ich näher komme. Dabei gleitet sein Blick über mich.

Irgendwie wird das jedes Mal intensiver.

Meine Lungen fühlen sich wie zusammengepresst an, als ich zu ihm gehe. Vor ihm liegen die ausgedruckten Vorschläge für die Installation. Eigentlich liebe ich es, wenn die Dinge, die ich erschaffen habe, Konturen erhalten – Farben,

Verfeinerungen, Einrichtungsstücke oder Böden. Doch diesmal interessiert mich einzig und allein Monroe – sein Duft, den ich, da er neben mir steht, deutlich wahrnehme. Er riecht frisch, männlich, absolut umwerfend. Ich kann nur auf seine Hände starren, die er auf die Tischplatte presst. Wie gepflegt sie sind, und doch wirken sie, als könnte er damit Mauern niederreißen. Wie scharf ich die Adern, die darauf zu erkennen sind, finde.

„Ich würde gerne Ihre Meinung hören", merkt Monroe an, und seine Stimme weist wieder diesen sinnlichen Klang auf. Wie ein Streicheln oder ein Versprechen, das nur mir gilt.

Ich versuche mich zu konzentrieren. „Mein Team und ich finden diese drei Varianten sehr gut. Besonders aber hat uns diese gefallen." Mit dem Finger tippe ich auf die mittlere Skizze.

Sie zeigt eine wellenförmige Anordnung von Lichtern in schwacher Farbabstufung, sowohl von der Decke als auch an den hohen Wänden.

„Darauf hätte ich wetten können", murmelt er. „Wie sieht es mit dem Budget aus?"

„Das geht in Ordnung. Große Sprünge sind eh nie drin, aber mit ein wenig Geschick bekommen wir das hin. Und welcher Vorschlag ist Ihr Favorit?"

Sein Grinsen löst ein seltsames Gefühl in mir aus. Herrgott. „Erstaunlicherweise sind wir zur Abwechslung einmal einer Meinung. Ich tendiere ebenfalls zu diesem Konzept. Der Zuschlag hängt natürlich noch von einigen wirtschaftlichen Faktoren ab, um die Sie sich so schnell wie möglich kümmern."

Kein Lob – wäre ja auch zu schön gewesen.

„Wird gemacht“, erwidere ich und bin von der Harmonie zwischen uns fast schon enttäuscht.

„Erzählen Sie mir, was Sie bezüglich der Mängel in der Grundsubstanz gemacht haben“, fordert er, nachdem er die Unterlagen weggeräumt hat.

Mein Verstand ist ausgeschaltet. Ich weiß im ersten Moment nicht einmal, wovon er redet, weil ich zu sehr damit beschäftigt bin, ihm dabei zuzusehen, wie er um seinen Schreibtisch herumgeht.

Diese Bewegungen.

Er wirft die Entwürfe neben sein Telefon und sieht, sich das Kinn reibend, erwartungsvoll zu mir.

Ich fange an, irgendetwas zu schwafeln, was vermutlich nur sehr wenig Sinn ergibt. Dabei komme ich mir wie ein Lamm vor, das einem Wolf ausgeliefert ist. Der eiskalte, hungrige Ausdruck in seinen Augen lässt meine Nippel hart werden. Meine eigene Stimme klingt fremd für mich.

Ich hasse ihn und begehre ihn zugleich.

Als ich mich entschuldige, weil ich mich zum dritten Mal versprochen habe, kneift er die Augen zusammen. Ich atme durch und erinnere mich daran, dass es sich hier um Endre Monroe – das größte Arschloch der Menschheit – und keinen netten Typen von nebenan handelt. Doch wirklich hilfreich ist auch dieser Gedanke nicht.

Monroe führt seine Runde fort. Er verunsichert mich, indem er aus meinem Blickfeld verschwindet. Ich spüre aber, dass er nun hinter mir steht. Ich fühle seine Wärme. Seine Präsenz dringt durch jede noch so winzige Pore in meine Haut.

Er testet mich. Fordert mich heraus.

Das ist sein Ding. Sein verdammtes, verkorkstes Ding.

Aber ich kann damit umgehen. Ich habe in meinem Leben schon so viele Hürden gemeistert. Monroe ist nur eine weitere davon.

Ich drücke mein Kreuz durch und richte mich auf, bevor ich mit fester Stimme weiterspreche. „Es werden nur noch einige Berechnungen nötig sein, bevor ..."

Ich komme nicht weiter, da ich seine Hand plötzlich auf meiner Hüfte spüre und meine Schulterblätter seine Brust berühren. Ich erstarre, während Hitze in mir aufsteigt.

Seine Finger gleiten über den dünnen Seidenstoff meines Kleides. Ich weiß, dass ich ihn von mir wegschieben sollte, doch diese Nähe fühlt sich verdammt gut an.

„Was geht Ihnen gerade durch den Kopf?", fragt er mit rauer Stimme verdammt nahe an meinem linken Ohr.

„Ich ... gar nichts", erwidere ich leise.

Monroe tritt noch näher und zieht mich an der Hüfte an sich. „Zumindest habe ich jetzt herausgefunden, wie ich Sie sprachlos machen kann. Drehen Sie sich um."

Meine zittrigen Beine gehorchen ihm, was mich ärgert und fasziniert zugleich.

Ich drehe mich um, während er seine Hand ganz sachte auf meinem Hüftknochen liegen lässt. Von Angesicht zu Angesicht ist dieser Moment noch viel intensiver. In meinem Kopf dreht sich alles, und meine Nerven sind bis zum Zerreißen angespannt.

Für einen weiteren explosiven Moment halten wir Blickkontakt, ehe Monroe mein Haar zur Seite streicht und sein Gesicht in meiner Halsbeuge vergräbt. Ich kann hören, wie er tief einatmet, und suche Halt am Schreibtisch.

„Dieses Kleid, Ihr Duft, Ihre aufmüpfige Art“, säuselt er und kitzelt mit seinen Lippen über meine Haut. „Sie treiben mich in den Wahnsinn.“ Er unterstreicht seine Worte, indem er den Saum meines Kleides über meinen Hintern hochschiebt.

Er geht zu weit. Das steht ihm nicht zu, und ich sollte ihn an seinem Tun hindern. Doch ich bin ihm vollkommen erlegen.

Er sieht mir in die Augen, dann auf meine entblößten Beine. Zum Glück habe ich mich in der Früh für einen meiner hübschen Slips anstatt einen bequemen entschieden.

Aber sollte es mir nicht gerade herzlich egal sein, was ich trage?

„Und jetzt wollen Sie mir mein Verhalten heimzahlen?“, frage ich herausfordernd.

Monroe verzieht seinen hübschen Mund zu einem kleinen, boshaften Grinsen. „Kann sein, dass ich herausfinden möchte, ob es Sie nur in bissiger Variante gibt.“

„Sie sind ein selbstherrliches Arschlo-... ahhh.“ Meine Beleidigung verwandelt sich in ein entzücktes Seufzen, als er seine Hand über meinen nackten Oberschenkel zum Rand meines Slips schiebt.

Monroes Grinsen wird noch dreckiger, sein Blick aber bleibt auf mir heften. Weil ich ahne, dass mir das, was er gleich sagen wird, gar nicht gefällt, schlinge ich meine Hand in seine schwarze Krawatte und drücke seine Lippen auf meine. Diese Berührung bringt den letzten Rest meines Verstandes zum Erliegen. Monroe erwidert meinen Kuss mit großem Hunger. Er greift nach meinen Haaren und drängt sich zwischen meine Beine.

Ich knurre und stöhne in seinem Mund. Mein Herz hämmert in meiner Brust, und auch Monroe atmet schnell und stockend. Als er nach dem Reißverschluss meines Kleides tastet, lockere ich seine Krawatte. Danach knöpfe ich sein Hemd langsam und mit zittrigen Fingern auf, während er sein Becken enger an mich presst. Ich kann spüren, wie hart er ist.

Ich habe gewusst, dass Monroe kein romantischer Typ ist. Er ist pragmatisch und zielorientiert. Bei ihm gibt es kein vorsichtiges Herantasten, er will gleich zur Sache kommen. Darum zögert er nicht lange und öffnet seine Gürtelschnalle. Der Knopf und der Reißverschluss seiner Hose folgen, während ich mich an ihn klammere. Doch obwohl ich ihn ebenso will, weiß ich, dass ich einen Fehler begehe. Er wird mich in der Hand haben. Immerhin hat er dann ja den Beweis, nur einmal verführerisch lächeln zu müssen, um mich in die Knie zu zwingen.

Das passt mir gar nicht.

Vielleicht haben die Mädels recht, und ich mache es den Männern, die auf mich stehen, verdammt schwer, zu mir durchzudringen. Mit Monroe ist es was anderes. Er ist mein Boss, und egal, wie ich fühle – das hier sollte nicht passieren.

Brummend stoße ich ihn von mir. „Das würde Ihnen so passen“, fauche ich und wage es, ihn in seinem erregten Zustand zu mustern. Sein Hemd ist halb geöffnet, ebenso seine Hose, sein Haar zerzaust, und seine Lippen schimmern gerötet. Kurzum: Er sieht verdammt heiß aus. Aber … „Sie sind ein noch perverseres Arschloch, als ich gedacht habe."

Meine Beleidigung prallt an ihm ab. „Ich glaube, dass ich perverses Arschloch dich ziemlich heißgemacht habe."

Da brennt meine Sicherung durch. Ich hole aus, verpasse ihm eine gesalzene Ohrfeige und steige eilig vom Tisch. Monroe trägt meine Wut mit Fassung. Während ich mein Kleid runterstreife, schließt er seine Hose.

„Durch und durch bissig. Aber in Wahrheit stehst du auf dieses Spiel."

Ich werfe ihm einen letzten, abschätzigen Blick zu und stürme zur Tür. „Fick dich", schleudere ich ihm noch entgegen, dann haste ich hinaus. Schließlich will ich das scheißverdammte letzte Wort haben.

Zum Glück ist Ruby bereits gegangen. Da ich echte Bedenken habe, Monroe könne mir folgen, versuche ich so schnell wie möglich zum Fahrstuhl zu gelangen. Erst als ich drin stehe und sich die Türen schließen, begreife ich, was da soeben in Monroes Büro passiert ist. Vermutlich habe ich gerade den größten Fehler meines Lebens begangen. Ich weiß es nicht. Verdammt, ich habe keinen blassen Schimmer, was in mich gefahren ist.

Monroe hat es geschafft, meinen sonst so zuverlässig rationellen Verstand mit einer einzigen Berührung auszuschalten.

Ein Satz, und ich habe ihm gehört.

Drehen Sie sich um.

Fordernd. Kompromisslos. Intim.

Was zum Teufel stimmt nicht mit mir? Ich kann mich unmöglich von einem Mann angezogen fühlen, den ich gleichzeitig verabscheue.

Ich mag meine Wut zum Ausdruck gebracht haben, indem ich dem Arschloch eine geknallt habe. Aber am Ende bin ich diejenige, die vor ihm wegläuft.

VIERZEHN

Endre

Neunundzwanzig Stunden nachdem Ms Benedetto mich mit einem Ständer in meinem Büro zurückgelassen hat, sitze ich im obersten Stockwerk eines Wolkenkratzers in einer Bar und kippe einen Drink nach dem anderen. David konnte mich überreden, mit ihm, seiner besten Freundin Vi und ein paar anderen – hauptsächlich Frauen – wegzugehen. Während David bei Vi erstaunlicherweise seinen Schwanz in der Hose lässt, flirtet er umso wilder mit ihren Freundinnen. Und auch ich sollte seinen Ratschlag, den er mir im Taxi gegeben hat, beherzigen und einfach eine von ihnen flachlegen.

Vermutlich ist belangloser Sex gerade das beste Mittel, um mir dieses kleine Biest aus dem Kopf zu schlagen.

Mehrere Drinks und vier Stunden später liege ich in Philippas Bett und lasse mir von ihr einen blasen. Tatsächlich entspanne ich mich dabei. Ihr Mund ist fantastisch. Doch noch besser wird es, als sie auf meinen Schoß steigt und mich reitet, bis ich so hart in ihr komme, dass sich kein einziger Gedanke mehr in meinem Kopf tummelt.

Am Sonntag scheint es, als wäre ich wieder zurück auf Kurs. Ich fahre zu meinen Eltern, absolviere danach eine intensive Sporteinheit und verbringe den Abend vor dem Fernseher. Später, als ich im Bett liege, bin ich aber plötzlich hellwach. Ich schnappe mir mein Handy, surfe ein wenig im Internet und lande schließlich wie zufällig bei Linas Mails.

Würde sie mich nicht so hinhalten, wäre mir das gar nicht erst passiert.

Ich habe sie jetzt eine ganze Woche in Frieden gelassen. Nun sollte ich mal wieder anklopfen.

Endre:
Wie geht es dir?

Sie antwortet nicht.

Weder in derselben Nacht noch Montagmorgen.

In meinem Büro muss ich dauernd an Ms Benedetto denken. Ich bin an diesem Tag noch genervter als bisher. Die Arbeit sollte mich befriedigen, doch alles, woran ich denken kann, ist diese Frau.

Es hat mir eine gewisse Genugtuung verschafft, dass sie es war, die den Kuss begonnen hat. Beim Gedanken daran, wie wild sie mich gepackt hat, werde ich sofort hart.

So viel zu dem Thema, dass mich Sex mit Philippa von Ms Benedetto befreit hätte.

Ich schwöre, ich hätte sie in meinem Büro gefickt, ungeachtet aller Konsequenzen. So sehr ich ihre widerspenstige, vorlaute Art verabscheue, so sehr will ich sie vögeln.

Ich verlasse das Haus für ein Meeting und kehre erst am Nachmittag zurück. Den Fahrstuhl teile ich mir mit einigen Leuten, deren Gesichter mir zunehmend bekannter werden. Sie grüßen mich freundlich, und wir wechseln ein paar Worte, ehe ich mitbekomme, dass sie auf dem Weg zu einer internen Besprechung mit sämtlichen Projektleitern sind. Sie steigen zwei Stockwerke früher aus. Ich zwinge mich, im Fahrstuhl stehen zu bleiben und ihnen nicht zu folgen, wohl wissend, dass Ms Benedetto auch dort sein wird. In meiner Etage angekommen, ekelt es mich vor mir selbst so sehr, dass ich am liebsten gegen die Wand schlagen würde.

Ich sage mir vor, dass nichts an dem, was mit Ms Benedetto geschehen ist, besonders war. In Wahrheit aber lechze ich nach ihr. Was auch immer sie hat – sie reizt mich damit wie verrückt.

Als mich meine Assistentin entdeckt und sofort zu labern anfängt, stoße ich einen Fluch aus, mache kehrt und fahre in das Stockwerk, in dem die Sitzung stattfindet.

Zur Hölle mit dieser nervigen Benedetto. Sie mag denken, gewonnen zu haben, weil sie mich so stehen ließ. Aber ich werde ihr zeigen, dass ich ein härterer Gegner bin, als sie sich zu träumen gewagt hätte.

Als ich den Konferenzraum betrete, entdecke ich sie sofort. Sie sitzt ganz selbstbewusst am Tisch, umgeben von ihren Kollegen, ohne nur ein einziges

Mal mit der Wimper zu zucken. Der Kerl, der gerade spricht, hält inne, als er mein Auftauchen bemerkt. Ich fordere ihn auf, weiterzumachen und sich von mir nicht stören zu lassen.

Plötzlich kehrt im Raum Unruhe ein. Einige Leute stehen auf, um mir ihren Stuhl anzubieten. Eine Frau kommt mit einem unbenutzten Glas angelaufen und schenkt mir eilig Wasser ein. Ich entscheide mich für den Stuhl, der mir den besten Blick auf Benedetto gewährt. Die betrachtet das Treiben mit skeptisch hochgezogener Augenbraue. Unsere Blicke treffen sich kurz über den Tisch hinweg, während sich alle zu beruhigen versuchen.

Das, was in der nächsten halben Stunde besprochen wird, geht mir gehörig am Arsch vorbei. Ich interessiere mich allein für Ms Benedetto. Wenn sie spricht, gestikuliert sie ständig mit ihren Händen. Ihre Stimme klingt kein bisschen angespannt, sondern so, als wolle sie mir eins auswischen. Ich begaffe ihren heutigen Look – ein schwarzes Top, darüber ein schwarz-braun karierter Blazer mit passendem Rock. Sexy. Seriös.

Ihr Haar hat sie zu einem strengen Pferdeschwanz gebunden, was bedeutet, dass ich unaufhörlich auf jene Stelle unter ihrem Ohr gaffen muss, die ich am Freitag geküsst habe.

Aber wie tickt sie? Empfindet sie Reue, weil sie ihrem Boss eine runtergehauen hat? Plant sie bereits, mich beim Vorstand wegen sexueller Belästigung zu verpfeifen? Oder konnte auch sie das ganze Wochenende nur daran denken, was in meinem Büro passiert ist?

Als das Meeting für beendet erklärt wird, pirsche ich mich unauffällig an sie heran. Das gestaltet sich jedoch als äußerst schwer, da ununterbrochen Fragen auf mich einprasseln. Doch ich bahne mir meinen Weg und geselle mich zu der Vierergruppe, an deren Gespräch sich auch Ms Benedetto beteiligt.

Ein Gefühl, das ich nicht kenne, meldet sich bei mir, weil sie der Kerl, der neben ihr steht, zum Lachen bringt. Wer ist das? Ist er für die Firma wichtig, oder kann ich ihn an Ort und Stelle feuern?

„Guten Tag, Mr Monroe“, widmet er sich nun mir und schenkt mir eines dieser Saubermanngrinsen, dessen Unaufrichtigkeit zum Himmel schreit. „In der Mail stand gar nicht, dass Sie am Meeting teilnehmen.“

„Ich habe mich kurzfristig dazu entschieden, Mr …?“

„Oh, Verzeihung“, bemerkt er sein Versäumnis und streckt mir seine Hand entgegen. „Stanley Turell.“

Du gehst mir aufn Arsch, Turell. Verpiss dich einfach.

Ich erwidere seinen Handschlag nicht, sondern blicke ihn abschätzend an.

„Ich betreue unter anderem das Hamilton-Projekt mit Alice … ich meine, Ms Benedetto“, verbessert er sich, nachdem er seinen Arm sinken ließ.

Ein kurzer Augenkontakt mit Ms Benedetto reicht, um ihre Wut aufgrund meines Eindringens zu erkennen. Doch ich komme nicht umhin, mich zu fragen, ob die beiden miteinander ficken. Turell wirkt verdammt vertraut mit ihr. Dazu berührt ihre Schulter seinen Oberarm.

Was ist nur los mit dir, Monroe?!

„Ich möchte Sie kurz sprechen, Ms Benedetto", erkläre ich in ihre Richtung.

Sie strafft die Schultern, und ihr Zögern treibt mich sofort auf die Palme. „Ich habe gleich einen Termin."

„Verschieben Sie ihn", ordne ich an.

Die beiden anderen Kerle verabschieden sich. Zurück bleiben Turell, Ms Benedetto und ich. Denkt der Kerl, er müsse sie vor mir beschützen? Er ist ihr doch niemals gewachsen. Typen wie ihn verspeist die Kleine zum Frühstück.

Ich grinse boshaft.

„Allein", sage ich leise, aber bestimmt.

Turell setzt sich mit hochrotem Kopf sofort in Bewegung. Als er weg ist, schnaubt Ms Benedetto, kehrt mir den Rücken zu und fängt an, ihre Sachen in ihre Handtasche zu packen.

Kaum eine andere Frau hätte diese Situation ertragen. Doch sie ignoriert mich einfach. Sie ist eiskalt zu mir, und diesen Umstand finde ich gleichermaßen bewundernswert wie nervig.

„Sie können reden, während ich einpacke. Oder wollen Sie, dass ich vor Ihnen stehe und mit großen Augen zu Ihnen blicke?", fragt sie bissig.

„Ficken Sie mit dem Kerl?" Zur Hölle. Das wollte ich doch keinesfalls fragen.

Doch zumindest habe ich sie damit völlig aus der Bahn geworfen. Ihre Hände verweilen schwebend über dem Tisch, während ihr Blick zu mir schnellt. „Wie bitte?"

„Können Sie diese einfache Frage nicht mit einem Ja oder Nein beantworten?"

Sie wendet sich mir zu und verschränkt die Arme so vor ihrem Körper, dass ihr Busen einladend nach oben gepresst wird. „Sie sind einfach widerlich. Nein, ich glaube, das passt nicht. Wo Sie doch so viel Wert auf die Wahl der richtigen Worte legen. Lassen Sie mich nachdenken. Sie sind *abscheulich.*“

Ich trete einen Schritt auf sie zu. Kann sie meine Frage nicht einfach verneinen? „Also lautet die Antwort *Ja.*“

„Das geht Sie einen Scheißdreck an!“ Nun kommt auch sie ein kleines Stück auf mich zu. „Bilden Sie sich nicht ein, sich in mein Leben einmischen zu dürfen, nur weil Sie am Freitag eine Grenze überschritten haben, die Ihnen – was Sie hoffentlich wissen – nachhaltig zum Verhängnis werden könnte.“

Eine Drohung. Wie niedlich.

„Sie haben diese Grenze genauso überschritten“, raune ich ihr zu.

Sie nickt und atmet tief ein. „Ich weiß schon, was Sie vorhaben, Mr Monroe. Sie wollen meine Karriere zerstören, weil Sie ein grundsätzliches Problem mit starken und selbstbewussten Frauen haben. Auf welche Sorte Frau stehen Sie denn? Naiv und folgsam?“

„Um ehrlich zu sein, stehe ich auf Blondinen.“ Eine Lüge, aber ich lache in mich hinein, als sie deutlich sichtbar schluckt.

„Ja, das passt zu Ihnen“, erwidert sie und schnappt sich ihre schwarze Handtasche. „Sind wir hier fertig? Ich habe bei Weitem Wichtigeres zu erledigen, als mir Ihre lächerlichen Fragen anzuhören.“

Als wortlose Antwort lege ich den Kopf leicht schräg und strecke meinen linken Arm zur Seite. Freie Bahn, will ich ihr damit deuten. Doch anstatt davonzustürmen, zögert sie. Warum? Ist sie enttäuscht, dass dieser Kampf so schnell beendet ist?

Schließlich erwacht sie aus ihrer Starre und setzt sich in Bewegung. Da sie zuerst an mir vorbeimuss, sehe ich mich im Vorteil. Doch irgendeine Sicherung brennt in mir durch, als mir ihr Duft in die Nase steigt. Mit meinen Fingern umfasse ich ihren Unterarm und hindere sie so am Gehen.

„Ich glaube, es macht Sie einfach unglaublich wütend, wie sehr Ihnen das, was am Freitag passiert ist, gefallen hat. Aber ich kann Ihnen versichern, dass Ihr Geheimnis bei mir sicher ist."

Ihre Augen funkeln vor Zorn. Die Art, wie sie kurz über ihre Lippen leckt, verrät jedoch sehr viel mehr, als sie preisgeben möchte. Sie ist so verdammt sexy, dass ich keine Ahnung habe, wie ich ihr widerstehen soll. Wenn sie mich ließe, würde ich sie sofort ficken. Und es wäre gut. So verdammt gut.

„Ich konnte spüren, wie feucht Sie waren, Ms Benedetto – und wissen Sie was?", flüstere ich und bringe mein Gesicht so nahe an ihres, dass meine Nase ihre Wange berührt. „Ich möchte wetten, dass Ihr Höschen auch jetzt nass ist."

„Fahren Sie doch zur Hölle", faucht sie, doch ihre gerötete Haut spricht eine andere Sprache.

Ich grinse, drücke sie gegen die geschlossene Tür und keile sie mit meinem Körper ein. „Ja, verdammt. Das werde ich. Aber nur wegen dir, du kleines Biest."

Diesmal bin ich derjenige, der den Kuss beginnt. Ich umfasse ihr Kinn mit einer Hand und hebe es an. Unsere Lippen prallen mit ungeheurer Wucht aufeinander. Zuerst versucht sie sich noch mir zu entziehen, dann aber gibt sie stöhnend nach und vergräbt ihre Finger in meinen Haaren.

Ich reibe mich an ihr, umfasse ihre Hüfte und drücke diesen unglaublichen Hintern. Sie seufzt in meinen Mund. „Sag mir noch einmal, dass du das hier nicht willst."

„Halten Sie die Klappe", knurrt sie zurück und packt mich, wie auch schon am Freitag, bei meiner Krawatte.

Ich hätte zwar nie geglaubt, dass mich eine Frau, die so schnippisch ist, anmachen würde. Doch bei Ms Benedetto ist es wohl eher die Mischung aus ihrer kratzbürstigen und entzückenden Art, dass ich nun meinen Ständer an ihrem Bauch reibe. Ich gehe sogar noch weiter und schiebe ihr den Rock über den Hintern hinauf, dann streiche ich sachte über ihre von einer dünnen Strumpfhose bedeckte Haut. Doch das reicht mir nicht. Ich will so viel wie möglich von ihr spüren. Deshalb spanne ich meine Faust um den Nylonstoff und zerreiße ihn kurzerhand.

Eigentlich dachte ich, sie würde mir wieder eine runterhauen. Stattdessen krallt sie ihre Finger noch fester in meine Krawatte und schiebt ihre Zunge in meinen Mund.

Ich taste nach ihrem Slip, lasse meine Finger unter den dünnen Spitzenstoff gleiten und befürchte fast, gleich in meiner Hose zu kommen, als ich spüre, wie feucht sie ist. Ich reibe ihre Klit, worauf sie den Kopf in den Nacken legt und ein lautes Stöhnen ausstößt.

Natürlich ist mir voll und ganz bewusst, wie verantwortungslos ich mich verhalte, meine Hand hier im Besprechungsraum ins Höschen meiner Mitarbeiterin zu stecken. Doch jedes Mal, wenn ich in Ms Benedettos Nähe bin, setzt mein Verstand einfach aus. Es ist, als würde ich nur noch existieren, um ihr Lust zu verschaffen. Ihr Stöhnen verstehe ich als meine Belohnung. Dennoch merke ich, dass sie mich nicht ansieht, um ihre Verlegenheit zu verbergen.

Das passt mir gar nicht.

„Sieh mich an“, fordere ich sie auf. Doch sie weigert sich, schüttelt den Kopf und presst ihre Handfläche auf meinen Mund. Ich beiße sie ganz leicht und verstärke den Druck meiner Finger. Damit bringe ich sie regelrecht zum Winseln. „Sieh mich an, und sag mir, dass du es willst – oder ich höre sofort auf.“

Sie grinst und fängt an, ihr Becken im Rhythmus meiner Finger zu bewegen. „Allein bringe ich auch sehr viel zustande.“

„Ich werde dich gleich so viel besser kommen lassen, als du dir vorstellen kannst“, drohe ich ihr und sauge die Haut unter ihrem Ohr ein.

Am Freitag habe ich ja schon bemerkt, wie empfindlich sie dort ist. Zugleich mit der Reibung ihrer Klit bringe ich jetzt die widerspenstige Ms Benedetto dazu, mir vorzujammern, wie nah sie ihrem Orgasmus ist. Ihr Körper spannt sich an, und als sie kommt, lege ich meine Hand auf ihren Mund, um ihre Stimme zu dämpfen.

Eine Weile stehen wir noch da, ineinander verschlungen, während ich ihren Duft einatme. Dann hebe ich den Kopf und fahre mit meinen Lippen über ihre. Doch Benedetto dreht ihr Gesicht weg.

Ohne ein Wort von ihr hören zu müssen, weiß ich, dass ich jetzt dran bin. Um meine Weichteile zu schützen, trete ich einen Schritt von ihr weg. Sicher ist sicher.

„Obwohl Sie es verdient hätten, hat Sie Ihre mittelmäßige Leistung vor einer weiteren Ohrfeige bewahrt", blafft sie mich an und zieht ihren Rock nach unten. Sie streicht ihr Haar glatt, hebt die Handtasche auf und meint in Richtung meines Schrittes grinsend: „Viel Spaß damit. Vielleicht lernen Sie so mal, wie frustrierend es für Sie ab jetzt werden wird, sollten Sie sich zum Ziel gesetzt haben, mich auf diese Weise zu beherrschen."

Damit lässt sie mich ein weiteres Mal mit einem Ständer zurück. Diesmal hat sie eindeutig gesiegt und mich mit meinen Waffen geschlagen.

FÜNFZEHN

Alice

Es gelingt mir, mir eine ganze Woche selbst einzureden, dass ich Monroe verabscheue. Sieben Tage, an denen ich mich öfter selbst berühre als je zuvor. 168 Stunden, in denen ich alles tue, um nicht daran zu denken, wie attraktiv er ist – zumindest äußerlich. Besäße ich einen Penis, würde ich wohl inzwischen im Krankenhaus liegen, weil es auf keinen Fall gesund sein kann, eine Woche dauererregt herumzulaufen.

Ich spreche nicht mit Mila oder Rose über Monroe, gehe ihren Fragen mit gespieltem Desinteresse aus dem Weg und gebe mir auch in der Arbeit Mühe, den Fahrstuhl, die Chefetage oder die Lobby zu meiden.

Meine Selbsteinschränkung führt jedoch lediglich dazu, dass ich mich sehr frustriert fühle. Ich bin wütend auf diesen Kerl, auf meinen Körper, auf jeden, der seinen Namen erwähnt. Ich knurre sogar schon fast, wenn ich meine Unterschrift unter einen Firmenbrief mit Firmenlogo setze. Vermutlich beginnen mich meine Kollegen zu fürchten, da ich launisch, bissig und von jeder Kleinigkeit genervt erscheine. Ein Umstand, den ich dringend ändern muss.

Deshalb gehe ich zusammen mit Mila zum Yoga, begleite Rose in die Pilates-Stunde und gebe einen Haufen Kohle für unnötige Klamotten aus. Doch nichts kann mich von der unkontrollierbaren Wirkung, die Monroe auf meinen Körper hat, heilen.

Und das wird mir so richtig bewusst, als mein Bauch ganz komische Dinge beim Lesen seiner Terminbestätigung für einen Geschäftstermin macht. Genau genommen stammt die Bestätigungsmail nicht mal von ihm persönlich, sondern von seiner Assistentin. Doch das ändert nichts daran, dass ich beim Anblick seines Namens nervös auf meinem Sessel herumrutsche.

Was soll ich tun? Mir das von ihm holen, was ich scheinbar so dringend brauche? Eine schnelle Nummer, maximal zwei? Alles wäre viel einfacher, wäre er kein so riesiges Arschloch. Wäre er mehr wie der Monroe, der mir Mails geschrieben hat. Zugegebenermaßen macht mich eigentlich seine Strenge an. Ich liebe den zynischen Blick in seinem maskulinen Gesicht. Ich stehe total auf seine Lippen, die er je nach Stimmung zu einer dünnen Linie staucht oder zu einem teuflischen Lächeln verzieht. Ich bekomme diesen lodernden Glanz in seinen Augen nicht mehr aus dem Kopf, als er mich im Besprechungsraum mit seinen Fingern zum Orgasmus gebracht hat. Sie mögen Triumph ausgestrahlt haben, ich hatte aber auch das Gefühl, dass er die Laute, die ich von mir gab, ausführlich genossen hat.

Das Mittagessen findet in einem Restaurant gegenüber unserem Firmengebäude statt. Ich gebe es ja ungern zu, aber mir schlottern die Knie vor Anspannung, als ich das stark klimatisierte Innere betrete. Fast schon bereue ich es, mir anstatt der vier Tassen Kaffee nicht zumindest eine Dosis Gin gegönnt zu haben. Meine Nerven würden es mir danken, mein Magen würde aber wohl rebellieren. Der Kellner führt mich an einen Tisch in einer ruhigen Ecke, wo ich bereits unsere beiden Auftraggeber entdecke – zwei schwerreiche Erben, die ihren immensen Reichtum durch Immobilien noch vergrößern wollen. Sie sind in ihren Fünfzigern, etwas schmierig, aufdringlich, doch leichter zufriedenzustellen als die meisten Leute aus ihrer Gesellschaftsschicht.

Harry hat ihnen das gegeben, was sie haben wollten – Hochachtung und etwas Honig, den er ihnen gekonnt ums Maul geschmiert hat. Wie sein Bruder mit ihnen umgehen wird, kann ich noch nicht sagen. Jedenfalls durchlöchern sie mich vor seiner Ankunft mit Fragen über ihn.

Was soll ich ihnen schon sagen? *Er ist ein riesiges Arschloch, aber wenn seine Hand zwischen meinen Beinen steckt, vergöttere ich ihn.*

Dann taucht Stanley auf. Er ist der Top-Statiker. Ein Mathehirn erster Güte. Und ja, Monroe lag mit seiner Vermutung, was mich und ihn betrifft, nicht ganz falsch. Ich habe mit Stanley zwar noch nicht geschlafen, doch wir waren ein paar Mal essen gewesen, bevor das mit Harry anfing. Stanley und ich schwimmen zwar beruflich auf einer Wellenlänge, privat hatte ich von seiner selbstdarstellerischen Art bald die Schnauze voll. Doch er glaubt immer noch, dass ich an ihm interessiert bin.

Es gibt Typen, die kapieren nicht mal, dass der Zug abgefahren ist, wenn man es ihnen ins Gesicht sagt. Stanley zählt eindeutig zu denen.

Ich verdrehe die Augen, als er mir einen Kuss auf jede Wange drückt. Ist ja nicht so, als hätten wir uns nicht schon heute Morgen im Fahrstuhl getroffen. Und als Monroe genau in dem Moment, als Stanleys Lippen meine Haut berühren, zu uns stößt, fühle ich mich wie gefangen in einer bösartigen Sitcom. Die Zuschauer jubeln. Kein Wunder, der Typ sieht in seinem hellgrauen Anzug wie immer verdammt heiß aus. Sein durchdringender Blick trifft mich direkt, weshalb ich eilig einen Schritt von Stanley wegmache.

Monroe reicht den Hamilton-Brüdern die Hand, doch natürlich tritt er nicht annähernd so überschwänglich auf, wie sie es von Harry gewohnt sind. Monroe gibt sich höflich, zuvorkommend, und beide fressen ihm sogleich aus der Hand, als er beim Hinsetzen einen Witz erzählt. Auch mir wird in diesem Moment klar, dass Monroe viel mehr ist als nur der Sohn eines erfolgreichen Unternehmers, der seine Position seinem Geburtsrecht zu verdanken hat. Er hat eine vermutlich bessere Ausbildung genossen als die meisten Menschen: Eliteschulen, Privatlehrer, maßgeschneiderte Förderungen, Auslandsaufenthalte. Er wurde auf seine Rolle vorbereitet und weiß, wie er mit Menschen umgehen muss. Und trotzdem merkt man bei ihm immer, dass er seinen Job liebt. Vermutlich ist die Arbeit das Einzige, was das Herz dieses Idioten höherschlagen lässt.

Doch ich erinnere mich auch noch ganz genau, wie heftig er geatmet hat, während wir uns küssten. Da erschien der sonst so berechnende Monroe einmal ganz planlos.

Unsere Blicke treffen sich über den Tisch hinweg, und ich frage mich für einen kurzen, erschrockenen Moment, ob er ahnt, was in meinem Kopf gerade vor sich geht. Sofort wende ich mich wieder dem jüngeren Hamilton zu, der von seinem letzten Urlaub auf – wo auch sonst? – den Bahamas erzählt.

Nach etwas aufwärmendem Small Talk geht es ans Geschäftliche. Stanley und ich bringen unsere Kunden auf den neuesten Stand. Die beiden lauschen zwar, doch aus meinem bisherigen Umgang mit ihnen weiß ich, dass sie dieses Projekt nicht wirklich juckt. Sie werden erst zufrieden sein, wenn es abgeschlossen ist und sich die Medien um die Schlagzeilen reißen. Wenn mehr Geld in ihre Taschen fließen wird. Die Bedingung für uns, um den Auftrag zu erhalten, lautete, dass wir ein modernes, spektakuläres Gebäude in die Erde setzen.

Ich kann nicht sagen, ob Monroe mit meinem Bericht zufrieden ist. Die ganze Zeit, während der ich spreche, sitzt er bloß zurückgelehnt da, mustert mich und fährt sich mit einem Finger über sein stoppeliges Kinn.

Nach außen hin wirke ich ganz ruhig und selbstsicher, in meinem Inneren aber flattern Hunderte Schmetterlinge.

Ich hoffe, dass er nicht länger auf der Jagd nach mir ist. Gleichzeitig aber hungere ich nach diesen prickelnden Momenten zwischen uns.

Harry und ich befanden uns im Grunde in genau derselben Position. Doch mit ihm war es einfacher. Bei seinem Bruder fühle ich mich unsicher, nervös, aber auch begehrter.

Ich bringe kaum einen Bissen runter. Seine Nähe ist so intensiv, seine Stimme scheint direkten Zugang zwischen meine Beine zu finden, und seine Blicke sind wie Berührungen, die nur für mich bestimmt sind. Doch ich bin mir sicher, dass ihm unsere gegenseitige Anziehung genauso gegen den Strich geht wie mir. Wir mögen uns ja nicht mal. Doch irgendetwas hat dieses Zusammentreffen vor circa zwei Wochen in seinem Büro in uns beiden losgetreten. Seither breitet sich ein vernichtender Virus in uns aus.

Monroe bezahlt schließlich, und nach einer knappen Verabschiedung spaziere ich in Begleitung von Monroe und Stanley zurück zu unserem Firmengebäude. Die beiden führen eine sehr holprige Unterhaltung, die eigentlich nur darin besteht, dass Stanley quatscht, während Monroe hie und da ein Brummen oder Schnauben von sich gibt. Die Lobby ist zur Mittagszeit die Hölle. Unzählige Menschen drängen sich um die Aufzüge, um nach ihrer Mittagspause wieder pünktlich zurück an ihren Arbeitsplatz zu kommen. Weil ich mir nicht vorstellen kann, auch nur eine Minute an Monroe gepresst in einer Fahrstuhlkabine zu überleben, entschließe ich mich, das Treppenhaus zu nehmen. Ich entschuldige mich und atme tief aus, als ich die Tür, die aus der Lobby zur wenig benutzten Treppe führt, aufstoße.

Das soll ernsthaft meine Zukunft sein? Ein Leben im Auge von Monroes Tornado? Darauf kann ich getrost verzichten. Doch beim besten Willen fällt mir keine Lösung ein, um seiner Wirkung zu entkommen.

Meine Absätze klacken über die gefliesten Stufen. Die Luft ist stickig, und mit jedem Schritt lässt die Anspannung in mir nach. Bis ich jemanden hinter mir höre.

Ich greife nach dem Metallgeländer und werfe einen Blick an der geschwungenen Treppe hinab. Etwa ein Stockwerk unter mir entdecke ich schwarze Schuhe und eine hellgraue Hose. Mehr muss ich gar nicht sehen, um zu wissen, wer mir folgt. Kurz überlege ich, schneller zu laufen. Doch was würde es bringen, wenn ich mir jetzt den Knöchel breche? Er verfolgt mich. Ich bin seine gottverdammte Beute, und er wird keine Ruhe geben, bis er mich erwischt hat. Darum bleibe ich stehen und warte auf ihn. Während ich von meinem bisherigen Aufstieg um Luft ringe, sieht der Kerl nicht mal annähernd so aus, als hätte er sich gerade bewegt.

„Verfolgen Sie mich jetzt auch schon?“, gehe ich zum direkten Angriff über.

„Dass die Treppe Ihnen gehört, muss mir entgangen sein.“

Monroe bleibt auf demselben Stockwerk wie ich stehen. Sein Blick verrät nicht, ob er mit mir kämpfen oder mich küssen will.

„Leute, die in einem so geschoßreichen Gebäude die Treppe benutzen, wollen meistens ihre Ruhe haben.“

„Okay“, erwidert er knapp und setzt seinen Weg nach oben fort.

Ich blinzele perplex, während ich auf seinen Rücken starre. Ich werde ganz sicher nicht hinter ihm herlaufen. „Sie haben mich da vorhin null unterstützt", schmettere ich ihm meinen Frust in verbaler Form hinterher.

Er bleibt stehen und dreht sich langsam zu mir um.

„Außerdem haben Sie Stanley absichtlich anrennen lassen, als er Ihre Bestätigung brauchte und Sie so taten, als wüssten Sie nicht, wovon er redet. Warum sind Sie so kalt?"

Meine Brust vibriert vor Wut. Doch ich fühle mich auch verdammt erregt, als Monroe die wenigen Stufen, die ihn von mir trennen, mir entgegenkommt. „Weil ich nicht Ihr Babysitter bin. Sie sollten lernen, für Ihren eigenen Mist einzustehen, Ms Benedetto. Ich finde, es passt nicht zu Ihnen, mich vorzuschicken, wenn es schwierig wird."

„Darum geht es auch gar nicht. Wir sind ein Team. Aber als solches sind wir dort gerade nicht aufgetreten."

„Wir sind ein Team?", fragt er grinsend.

Ich schlucke und nehme mir fest vor, nicht mit ihm zu diskutieren. Immerhin weiß ich mittlerweile, wohin uns das jedes Mal bisher geführt hat. „Denken Sie doch, was Sie wollen."

„Ja, das werde ich. Und wissen Sie was?"

„Nein", erwidere ich schnaubend.

Monroe steht nun dicht vor mir. Er ist riesig, sodass ich trotz meiner hohen Schuhe den Kopf in den Nacken legen muss, um Blickkontakt mit ihm zu halten.

„Obwohl es hier in der Firma zig Frauen gibt, die wirklich verdammt scharf sind – da wären zum Beispiel die Kleine aus der Lohnverrechnung mit ihrem prallen Hintern, die Blonde vom Empfang, deren Ausschnitt die Fantasien jedes Typen anregt, oder die Rothaarige aus der Rechtsabteilung, deren Lippen einen Hammer-Blowjob versprechen –, beherrschen ausgerechnet Sie meine Gedanken. Dabei finde ich Sie nicht mal charmant. Sie sind eine vorlaute Nervensäge, Ms Benedetto."

Ich nutze die Pause, in der er mein Gesicht mustert, für einen Gegenangriff. „Und Sie sind einfach ein Trottel. Aufgeblasen. Eingebildet. Selbstverliebt."

Sein Grinsen wird dreckiger, während er mich mit dem Rücken gegen die Wand drängt. „Ich finde für Probleme gerne *Lösungen.* Ich dachte, Sie zu ignorieren wäre der richtige Weg. Ich habe mich aber getäuscht." Seine Stimme klingt wieder ruhiger.

„Ich konnte sehen, dass es Ihnen genauso geht wie mir. Nervt Sie das? Ja. Mögen wir uns? Nein. Ich respektiere Sie aber. Und ich will Sie."

Ich möchte einfach nicht glauben, wie sehr ich seine Worte genieße. Denn mal im Ernst: Ich bin kein Spielzeug in einem Geschäft, vor dem der kleine Endre steht und seinen Daddy anbettelt, es zu kaufen. Ich bin eine starke, emanzipierte Frau. Doch der schwache Teil in mir findet Gefallen an diesem Mistkerl.

„Und Sie denken, dass ich Ihnen jetzt wimmernd um den Hals falle? Ich sollte Sie verklagen."

„Scheiße, Benedetto, können Sie für eine Minute mal die Klappe halten!?", fordert er.

„Kann ich nicht."

Er sieht zu Boden, grinst aber kopfschüttelnd. „In Ordnung. Ich wollte eigentlich nur sagen, dass es falsch von mir war, Sie beruflich fast in Schwierigkeiten gebracht zu haben. Wäre jemand in mein Büro oder den Konferenzraum gekommen, zöge das fatale Folgen nach sich."

Seine Worte erstaunen mich. Deshalb beiße ich mir auf die Zunge und tue ihm den Gefallen, diesmal nichts zu sagen.

„Diese Tatsache ändert aber nichts daran, dass ich etwas von Ihnen möchte", fährt er fort und zieht einen braunen Umschlag aus seinem Jackett. „Lehnen Sie meine Einladung ab, verspreche ich Ihnen, dass diese Sache zwischen uns vorbei ist. Ich mag in Ihren Augen ein skrupelloser Mistkerl sein. Ich weiß aber auch mit Niederlagen umzugehen."

Er reicht mir den Umschlag, der schwer in meiner Hand liegt. Freilich ist er völlig unmoralisch. Ich denke aber auch, dass Monroe testen will, wie taff ich wirklich bin. Er fordert mich heraus.

„Machen Sie ihn erst später auf", weist er mich an.

Wir sehen einander eine Weile stumm an. Dann löst Monroe den Blick von mir und starrt auf meine Lippen. Diese verräterischen Schweine betteln regelrecht darum, von ihm berührt zu werden.

Gut, dann gibt es für euch ab jetzt nur mehr billigen Lippenstift.

Doch all meine hilflosen Gedanken werden von der sprichwörtlichen rosaroten Wolke weggepustet, als er sich hinabbeugt, nach meiner Wange fasst und einen zarten Kuss auf meine Mundwinkel haucht. Ich seufze, weil ich noch mehr möchte. Doch er hält mich auf Abstand. Er greift nach meinen beiden Armen, fixiert sie neben meinem Körper und küsst mich, dann entfernt er sich. Küssen. Abstand. Küssen. Abstand.

Schließlich küsst er mich ein letztes Mal, ehe er tief durchatmet und meine Hände loslässt. „Alice“, flüstert er meinen Namen, als würde er testen, wie er sich ausgesprochen anhört.

Er runzelt die Stirn, dreht sich um und steigt anstatt nach oben wieder die Treppe nach unten. Ich bleibe an Ort und Stelle stehen, bis die Tür ins Schloss fällt.

SECHZEHN

Alice

Ich verstaue den Umschlag in meiner Handtasche und sehe mich prüfend in meinem Büro um.

Wie soll ich diese Anspannung überleben? Wie soll ich diesen Mann überleben?

Mein Herz rast, und ich stoße einen erstickten Schrei aus, als Rose den Kopf zur Tür hereinsteckt.

„Tut mir leid“, sage ich und hebe beschwichtigend die Hand. „Was gibt es?“

„Alles okay bei dir?“, erkundigt sie sich und schließt die Tür hinter sich.

Süße, ich ersticke hier gerade.

„Also ... ich ... also.“ Ich darf Rose nichts von dem Umschlag erzählen. Sie würde mich drängen, ihn hier mit ihr aufzumachen. Doch diese Sache muss ich ganz alleine mit mir klären. „Mir ist nur etwas schwindelig und schlecht. Richtig schlecht.“

Das Gesicht meiner Freundin verzieht sich mitleidig, und sie tätschelt meine Schulter. „Du bist auch blass.“

Wer wäre das in meiner Situation nicht?!

„Meine Position in dieser Firma lässt es zwar nicht zu, aber als deine Freundin weise ich dich an, nach Hause zu fahren. Ruh dich aus. Mach dir einen Tee. Schlaf."

Ihre drei Vorschläge erscheinen mir wenig ansprechend. Doch von hier wegzukommen klingt sehr reizvoll.

Weg von Monroe und dem schlechten Einfluss, den er auf mich hat.

Ich nicke und knete meine Finger. „Das ist sicher das Beste." Außerdem habe ich heute keine weiteren wichtigen Termine eingetragen.

Darum packe ich meine Sachen zusammen und fahre nach Hause. Dort öffne ich mir ungeachtet der Tageszeit eine Flasche Wein. Ich schenke mir ein Glas ein, setze mich an unseren Küchentisch und ziehe den Umschlag aus meiner Handtasche.

Kann es sein, dass Monroe mich erpressen möchte?

Hat er herausgefunden, dass ich Lina bin?

Meine Hände sind klitschnass. Ich wage nicht einmal, auf den Umschlag zu blicken. Ein Schluck Wein hilft da sicher weiter. Oder besser zwei.

Benedetto, mach dir nicht in Hemd. Sei ein großes Mädchen, das sich vom bösen Wolf nicht einschüchtern lässt!

Als ich die Lasche aufgezogen habe, gibt es kein Zurück mehr. Ich schiebe meine Hand hinein und ziehe den gesamten Inhalt heraus. Zuerst sticht mir die purpurfarbene Plastikkarte ins Auge. Ich drehe sie um, lese die Aufschrift – *The Landmark London.*

Das ist eine Zimmerkarte.

Okay.

Unter der Karte befindet sich ein zusammengefaltetes Blatt. Als ich es aufklappe, gerät mein Herz bei Monroes unverkennbarer Handschrift kurz ins Stocken.

Mein Fahrer wird dich heute um sieben abholen. Ich warte vor Ort auf dich. Zimmer 1022. Entscheide, wie immer du möchtest – ohne Konsequenzen. E.

Über meinem Herzflattern, der Aufregung und dem Kribbeln schwebt der Begriff *Callgirl.* Im ersten Moment finde ich Monroes Vorhaben skandalös. Doch während ich auf den Brief starre und überlege, wird mir bewusst, dass er uns beide vor negativen Schlagzeilen schützen möchte. Ein Hotel ist ein sicherer, neutraler Ort – anders als seine oder meine Wohnung. Niemand ist verpflichtet zu bleiben. Er verpackt das, was wir beide voneinander brauchen – Sex –, in ein luxuriöses Fünf-Sterne-Hotel-Outfit.

Und ich will ihn.

Auch wenn ich mich danach hassen werde, kann ich dieser Tatsache nicht mehr länger aus dem Weg gehen. Und vielleicht ist es sogar gut, dass Monroe ein Arschloch ist, sodass ich mich wirklich ganz auf den Sex mit ihm konzentrieren kann. Mein Körper reagiert so stark auf ihn. Ich kann mich nicht erinnern, durch bloße Fingertechnik jemals so schnell zum Orgasmus gekommen zu sein.

Dieser Idiot weiß genau, wie er mich kriegen kann. Verdammt.

Frustriert, weil ich jetzt schon so abhängig von diesem Mistkerl bin, widme ich mich dem letzten Teil seines Päckchens. Es handelt sich dabei um eine dünne Seidenpapiertüte. Der Inhalt stellt sich als dunkelrotes Unterwäscheset heraus, bestehend aus einem Höschen mit Spitze und einem BH, der kaum meine Nippel richtig bedeckt. Anbei befindet sich ein Gutschein von *La Perla* im Wert von eintausend Pfund.

Die nächste Auswahl triffst du, steht darauf in seiner Handschrift.

War er selbst dort im Laden, oder hat er womöglich Ruby hingeschickt?

Irgendetwas geht in meinem Inneren vor, als ich mir vorstelle, dass Monroe diese Stücke persönlich für mich ausgewählt hat. Gleichzeitig würde ich sie ihm am liebsten auf den Schreibtisch knallen und ihn fragen, ob er völlig den Verstand verloren hat. Welcher Kerl schenkt Dessous vor dem ersten Date? Gut, das zwischen uns kann man schwerlich als Date bezeichnen. Ein Fick-Date – dazu passt das Geschenk wiederum.

Ich sollte ihm zugutehalten, dass er sich wirklich Gedanken gemacht hat. Ein Hotel, Unterwäsche, ein Brief. Den Gutschein werde ich nicht annehmen. So viel steht fest. Würde ich in den Laden gehen und mir damit etwas kaufen, käme ich mir endgültig wie seine Hure vor.

Mir bleiben noch drei Stunden, um eine Entscheidung zu treffen. Tief in mir spüre ich aber, dass ich diese schon längst gefällt habe.

Ich trinke das Glas auf ex aus, gehe ins Bad und lasse mir Wasser in die Wanne laufen. Danach versinke ich tief darin und rasiere mir – vorsorglich – sämtliche Stellen meines Körpers.

Soll ich diesen Schritt mit Monroe gehen? Ich weiß es nicht. Mein Körper schreit Ja, mein Verstand laut Nein.

Ich fürchte mich davor, Monroe nicht einschätzen zu können. Denn er ist nicht nett. Er ist völlig anders als die Männer, mit denen ich bis jetzt etwas hatte. Anders als Harry, der zwar auch mein Boss war, bei dem ich aber nie Angst hatte, meinen Job zu verlieren oder schlechter behandelt zu werden. Harry war zuvorkommend. Von ihm fühlte ich mich angenommen. Bei seinem Bruder dagegen endet alles immer in einem Machtkampf. In einem Kräftemessen, das im Grunde keiner von uns gewinnen kann, solange wir scharf aufeinander sind. Doch wenn Monroes Verlangen nach mir abklingt, was macht er dann mit mir? Sortiert er mich aus und widmet sich einer der Damen, die er heute erwähnt hat? Karen aus der Personalverrechnung zum Beispiel.

Während ich von meiner Unsicherheit durchsiebt werde, fallen Mila und Rose ins Badezimmer ein.

„Wie geht es dir, Süße?“, erkundigt sich Rose besorgt und legt ihre Hand auf meine Stirn, als wolle sie meine Temperatur messen.

Ich drehe den Kopf weg und sehe zu Mila, die mit verschränkten Armen neben der Badewanne steht. „Bist du schwanger?“

„Was?“

„Mila“, setzt Rose zu meiner Ehrenverteidigung an.

„Kann ja sein."

„Ich bin nicht schwanger, ihr verrückten Hühner!" Wenn mir jemand bei der Misere, in der ich stecke, helfen kann, dann nur die beiden. „Monroe hat mir vorhin eine unmoralische Einladung ausgehändigt ... aber eigentlich ist sie sogar irgendwie ehrenvoll. Ich weiß es nicht."

„Okay, Moment mal", stoppt Mila meinen unzusammenhängenden Wortschwall und hebt eine Hand. „Hab ich irgendetwas verpasst? Da fehlt doch eine Information."

Ich nicke und erzähle ihnen, wie er mich in seinem Büro berührt hat. Wie verwirrt ich war, und wie sehr ich ihn deswegen zugleich gehasst und begehrt habe. Ihre Augen werden größer. Rose setzt sich, während Mila die Stirn so stark runzelt, dass da ganz sicher eine tiefe Falte zurückbleiben wird.

„Er will sich heute mit mir in einem Hotel treffen. Draußen liegen eine Zimmerkarte und ... Unterwäsche", beende ich meine Schilderung und hoffe, dass einer der beiden einen genialen Ratschlag für mich hat, wie ich mich entscheiden soll.

Doch zuerst schweigen sie. Irgendwann setzt sich Mila in Bewegung. Sie verlässt das Bad und kommt mit Monroes Geschenken zurück. Sie liest den Brief, schmunzelt dabei und begutachtet die Schlüsselkarte. Dann krallt sie sich die Dessous. Rose stößt einen entsetzten Laut aus, während Mila die Teile untersucht, als hätte Monroe Sprengstoff darin versteckt.

„Zumindest hat er Geschmack. Einen äußerst teuren", sagt sie.

„Alice ist doch nicht käuflich“, hält Rose entgegen und zuckt erneut zusammen, als Mila die Unterwäsche an sie weiterreicht.

Ich halte mich zurück und packe jedes ihrer Worte auf die Pro- oder Kontra-Liste.

Mila setzt sich auf den Wannenrand und dreht die Karte in ihrer Hand. „Du weißt noch nicht, ob du hingehen sollst.“

„Bingo. Rose hat recht, ich will nicht käuflich sein. Er soll nicht denken, dass ich vergessen habe, wie scheiße er sich benimmt, bloß weil er seine Kreditkarte verwendet hat. Gleichzeitig ist da etwas zwischen uns, das ich in der Art und Weise noch nie mit einem Mann hatte. Er interessiert mich ... so richtig. Und ich glaube, dass es mit ihm gut werden könnte.“

„*Wenn* du vergessen kannst, was für ein Trottel er ist.“ Mila trifft es auf den Punkt. Wie immer.

„Oh, das kann ich. Fraglich ist, ob ich mich selbst danach noch im Spiegel anschauen kann.“

„Oder deinen Job behalten kannst“, wirft Rose ein und legt die Unterwäsche auf die kleine Kommode, in der wir die Badetücher aufbewahren.

„Er kann sie nicht feuern. Nicht jetzt, wenn sie dieses Projekt betreut.“

Es kommt mir vor, als würde hier um mein Leben verhandelt werden. Wie viel bin ich wert?

„Ich glaube auch nicht, dass er mich feuern würde. Mir geht es mehr um mein Ansehen. Falsch. Es geht darum, dass er die Macht hat, mich zu zerbrechen. Das macht mir Angst.“

Nun habe ich ihnen mein Innerstes auf dem Silbertablett serviert. Mein Herz, das – und das wissen die beiden – sehr viel zerbrechlicher ist, als ich gerne vorgebe. Ich bin ein Mensch, der keine halben Sachen macht. Entweder hasse ich zutiefst oder liebe ich abgöttisch. Bei Monroe aber spielen meine Gefühle verrückt, als würde ich durchs Gebirge fahren und ständig die Sendefrequenz verlieren.

„Ganz ehrlich, Alice?“, will Mila wissen und steht auf.

„Unbedingt“, antworte ich.

Mila sieht zu Rose. „Wenn du mich weiterhin lieben willst, solltest du dir jetzt die Ohren zuhalten.“ Rose zeigt ihr die Zunge und schüttelt den Kopf. „Wie du willst. Alice, ich an deiner Stelle würde da heute Abend hinfahren. Denn du wirst nie herausfinden, wie gut es mit ihm hätte sein können, wenn du dich hier versteckst. Vergiss für einen einzigen Tag, wie mies er sein kann, und nimm dir, was er dir anbietet.“

Schluck. Wollte ich das hören?

„Du würdest dich mit ihm treffen?“

„Verdammt, ja. Hallo, der Typ ist megaheiß! Und er hat dir scheißteure Unterwäsche um vierhundert Pfund gekauft. Für dich! Stell dir vor, wie er in seinem Büro saß, das Teil hochhielt und sich vorstellte, dir diesen Slip auszuziehen. Er ist auf eine dreckige Art galant.“

Alle drei sehen wir nun rüber zu dem Stoffhaufen. Milas Fantasie lässt meinen Bauch kribbeln.

„Du kannst ihm aber gleich sagen, dass ich ihm den Arsch aufreiße, wenn er dich schlecht behandelt!“

Ich lache. „Ich werde es ihm ausrichten.“

Der Taxifahrer ist ein mürrischer Kerl mit schrecklichem Musikgeschmack. Dennoch zögere ich und bleibe lieber noch eine Weile im Auto sitzen, als vor dem Hotel auszusteigen. Als er mir zum dritten Mal mitteilt, dass wir da sind, öffne ich die Tür und steige hinaus in die kühle Abendluft. Das rote Backsteingebäude wirkt genauso einschüchternd auf mich, wie ich befürchtet habe. Ich stelle mir vor, dass er bereits hinter einem der Fenster steht und auf mich hinabblickt.

Warum tue ich das? Ich bin keine Frau, die für einen Fick in einem Hotel eincheckt.

Verglichen mit dem dröhnenden Straßenlärm draußen ist es in der Hotellobby erschreckend still. Eine breite Treppe aus dunklem Marmor führt zu einem überdachten Innenhof, der von Palmen, die wohl genauso fehl am Platz sind wie ich, verziert ist. Ich bin erleichtert, als ich die Fahrstühle entdecke. Normalerweise hätte ich nur Augen für die Architektur des Hotels, die wirklich ganz außerordentlich ist. Doch im Moment habe ich nur mit mir zu kämpfen.

Eine Stimme in mir erklärt mir, dass es noch nicht zu spät es, um wieder nach Hause zu fahren.

Doch mein Körper steht unter ärgster Anspannung. Was möglicherweise damit zu tun hat, dass ich Monroes Unterwäsche, die ich trage, deutlich spüre. Sie passt perfekt. Schmiegt sich meinen Kurven an und trägt sehr zur Stärkung meines Selbstbewusstseins bei.

Das Stockwerk, auf dem sich das Zimmer befindet, ist menschenleer. Doch ich bin dennoch fürchterlich nervös, als ich vor der Tür mit der Nummer 1022 stehe. Ich betrachte die goldenen Ziffern, die sich markant von dem weißen Holz abheben. Ich weiß, dass ich, wenn ich diesen Raum betrete, nicht nur eine räumliche Grenze überschreite. Mein Verhältnis zu meinem neuen Boss wird sich unwiderruflich verändern. Die Lügen, die ich ihm als Lina aufgetischt habe, sind nichts im Vergleich zu dem, was ich vorhabe zu tun.

Doch vielleicht stehe ich hier, weil ich hoffe, der Monroe, der in dieser Suite auf mich wartet, verhält sich vielleicht wie jener, der mir als Lina geschrieben hat.

Ich hatte einfach schon immer einen Hang zur Gefahr.

„Ach, verdammt", flüstere ich und stecke die Karte in den schmalen Schlitz über dem Türknauf.

Das Surren ist schrecklich laut und zerrt an meinen angespannten Nerven. Ich fühle mich, als könnte gleich ohnmächtig werden, als ich die Tür öffne und in ein wirklich hübsches Vorzimmer trete. Während ich die Tür schließe, lausche ich, ob ich Monroe irgendwo hören kann. Doch es ist erschreckend leise.

Vielleicht ist er schon wieder weg.

Ich stehe vor drei Türen. Eine breite Schiebetür mir gegenüber ist geöffnet, aus einem Spalt fällt ein Lichtstrahl. Jeweils links und rechts von mir sind zwei Türen geschlossen. Ich entscheide mich für die goldene Mitte und umklammere meine schwarze Handtasche, während ich über den weichen

Teppichboden stöckele. Dahinter empfängt mich ein Loungebereich mit einer cremefarbenen Couch und zwei gemütlich aussehenden purpurfarbenen Ohrensesseln. Auf einem sitzt Monroe mit überschlagenen Beinen und einem solch intensiven Blick in meine Richtung, dass ich schlagartig erröte.

Er ist hier. Und er sieht so verdammt gut aus in dem gedämpften Licht.

Sein markantes Kinn wirkt noch härter, seine Augen dunkler, und seine Lippen, die zu einem leichten Lächeln verzogen sind, laden mich ein, ihn zu küssen.

Ich bin verloren – in diesem Spiel, das wir spielen, an ihn, in der Begierde, die die Luft um uns zum Kochen bringt. Ich komme mir fürchterlich verrucht vor, mich hier mit meinem Boss zu treffen. Gleichzeitig war ich noch nie so erregt wie in diesem Augenblick.

Monroe löst den Blick von meinen Augen und lässt ihn an meinem Körper abwärtsgleiten. Ich trage immer noch meinen schwarzen Mantel. Er ahnt ja nicht mal, wie lange ich überlegt habe, was ich für dieses ... Treffen anziehen soll. Am Ende habe ich mich für ein sexy schwarzes Kleid und dazu passende High Heels entschieden. Beides sind meine absoluten Lieblingsstücke, die mir hoffentlich genug Mut verleihen, um es mit ihm aufzunehmen.

„Sie haben meinen Fahrer weggeschickt und sich ein Taxi genommen“, durchbricht seine tiefe Stimme die Stille.

Ihre Schwingungen dringen geradewegs zwischen meine Beine vor, und ich wünsche mir mit einem Mal so sehr, dass er mir schmutzige Wörter ins Ohr haucht. Dafür ist er wie gemacht.

„Ich wollte selbst entscheiden, wie ich herkomme“, erwidere ich. „Ich bin nicht Ihr Spielzeug, Mr Monroe, das Ihnen von einem Lieferanten ins Haus zugestellt wird.“

Seine Finger klopfen auf seine Waden. „Und trotzdem bist du hier.“ Ich setze bereits zu einer Erwiderung an, als er mich unterbricht. „Zieh den Mantel aus.“ Seine Anweisung klingt hart und sanft zugleich.

So bleiben keine Zweifel, weswegen wir beide hier sind. Bevor ich hergefahren bin, meinte Rose, dass er mich vielleicht bloß zum Essen einladen wolle, um mit mir zu sprechen.

In Wahrheit besteht zwischen uns keine Basis, die uns ein nettes Abendessen bescheren würde. Monroe ist scheiße in Unterhaltungen. Als mir klar wird, dass nicht er mich, sondern ich ihn benutzen kann, gleiten meine Finger wie von selbst zu der Schlaufe über meinem Bauch. Ich lege meine Tasche auf die Couch, entledige mich des Mantels und werfe ihn ebenso dorthin.

„Hast du etwas für mich angezogen?“

Ich nicke und fühle mich, als würde ich einige Zentimeter über dem Boden schweben.

Er grinst, stellt beide Beine ab und lehnt sich lässig im Stuhl zurück. „Zeig es mir. Zieh das Kleid aus. Die Schuhe lässt du an.“

Monroe ist wirklich kein Mann für Romantik. Das wird mir jetzt bewusst. Ich habe gedacht, wir trinken zuvor vielleicht einen Schluck Wein, um die Stimmung aufzulockern.

Das ist eine völlig neue Situation für mich. Ich komme mir wie in einem Rollenspiel vor – ich als Callgirl und er als Geschäftsmann auf Dienstreise. Eine Nacht. Keine Verpflichtungen. Nichts außer die Anziehung zwischen uns und unsere Lust.

Ich halte Blickkontakt, während ich den Reißverschluss öffne. Dann schlüpfe ich aus den Ärmeln und spüre, wie meine Nippel augenblicklich hart werden, als mein Kleid an meinem Körper hinabgleitet. Monroes Blick folgt ihm. Er richtet sich auf dem Sessel auf – also lässt ihn das wohl auch nicht kalt.

Schließlich stehe ich in nichts weiter als der Unterwäsche und den High Heels vor ihm. „Das hier bleibt zwischen uns. Nichts von dem, was passiert, wird diese Räume verlassen“, weist er mich unnötigerweise an. „Nimmst du die Pille?“

„Ja.“

„Gut. Ich hab zwar Kondome dabei, aber ich würde gerne auf sie verzichten, wenn es für dich okay ist.“

Erneut werde ich rot und hasse mich selbst dafür; fast noch mehr als Monroe für seine direkte Art.

Ich habe nicht mal mit Harry ohne Gummi geschlafen. Das jetzt aber mit Monroe zu tun ist gleichermaßen reizvoll wie unerwartet intim. Doch meine Haut prickelt bei der Vorstellung, ihn ohne Barriere zu spüren.

„Kein Problem.“

„So schnell waren wir uns noch nie einig“, meint er trocken.

„Deshalb sollten wir weniger reden. Auf der Ebene passen wir gar nicht zueinander“, schlage ich vor.

Er zuckt kurz mit der Schulter. „Komm zu mir. Ganz langsam. Und sieh mich dabei an.“ Gemächlich setze ich einen Fuß vor den anderen. „Ich möchte, dass du heute die Kontrolle an mich abgibst, und ich verspreche dir, dass es gut werden wird.“

Ich habe die Kontrolle bereits beim Betreten dieses Gebäudes abgegeben. Aber das werde ich ihm nicht auf die Nase binden. „Ich habe auch ein paar Regeln“, verkünde ich ihm, als ich nur wenige Zentimeter vor seinen Beinen halte.

Monroe streckt den Arm nach mir aus und greift nach meiner Hand. Die Zartheit, mit der er mich berührt, überrascht mich. „Wie lauten deine Regeln?“, fragt er leise und zieht mich auf seinen Schoß.

Plötzlich fühle ich mich ganz schwindlig. Sein Duft, seine Berührung und sein Atem, der kitzelnd über mein Schlüsselbein streicht, betören mich. „Keine Verpflichtungen, keine Rechenschaft, dafür viel Respekt.“

Sein Adamsapfel zuckt, als er sich räuspert. „Sollst du kriegen.“ Mein Atem gerät ins Stocken, als er seine Hand auf meinen nackten Bauch legt. Sie ist warm. Weil ich es nicht ertrage, noch eine Sekunde länger so zu verharren, beuge ich mich hinab und küsse ihn. Diesmal ist es weniger stürmisch – wir haben ja Zeit. Die ganze verdammte Nacht lang, wenn wir wollen. Niemand wird zur Tür hereinkommen. Niemand wird uns stören.

Seine Lippen sind weich, ab und an lässt er ein drängendes Knurren hören. Seine Hände wandern über meinen Körper – von meinem Bauch zu meinem Hintern, von dort zu meinen Oberschenkeln. Er zieht mich an der Hüfte näher an sich und demonstriert mir, wie hart er ist.

Ich fahre mit meinen Händen an seinem Nacken entlang und lasse sie zu den Knöpfen seines Hemds gleiten. Es ist dasselbe wie heute im Büro. Meine Finger zittern schon beim ersten Knopf, sodass ich den Stoff am liebsten mit einem einzigen Ruck zerreißen will. Mein Verstand hat noch immer nicht begriffen, was hier vor sich geht, doch mein Körper vollführt einen Freudentanz.

Monroes Berührungen sind kontrolliert, seine Hände fordernd. Sie sind nicht vorsichtig, als würden wir uns nun endlich nach ein paar Dates endlich näherkommen. Doch ich fahre unglaublich darauf ab.

Schließlich zieht er mich auf sich. Von Angesicht zu Angesicht. Ich stöhne in seinen Mund, als sein Penis in seiner Hose über meinen Kitzler reibt.

Das ist so gut. Es war richtig herzukommen. Es steht mir zu, mir zu nehmen, wonach mir ist. Seine einzige sympathische Seite in Anspruch zu nehmen. Und solange wir beide die Klappe halten und unseren Körpern die Führung überlassen, funktioniert alles gut.

Als ich mich ungeniert auf ihm bewege, zieht er seinen Kopf zurück und stößt einen rauen Laut aus. „Fuck, ich will, dass du mich später genauso fickst."

Das werde ich. Und wie ich das werde.

Er legt den Kopf zurück, streicht mit der Handfläche über meine Brüste und beobachtet, wie ich mich an ihm reibe. „Mach weiter", raunt er, als ich aufhöre, und rafft den Vorderteil meines Slips so zusammen, dass er zusätzlich Druck auf meine Klit ausübt.

Ich biege den Rücken durch und seufze. Instinktiv weiß ich, dass ich aufmerksam bleiben muss. Doch er bringt mich dazu, mich völlig fallen zu lassen.

Ich habe die ganze Zeit gehofft, ich hätte mir die Harmonie unserer Körper nur eingebildet. Doch plötzlich spüre ich wieder, wie perfekt wir zusammenpassen. Es ist, als würde Monroe exakt wissen, was ich brauche. Monroe öffnet meinen BH und dieser fällt zwischen uns hinab. Seine Hände gleiten sofort zu meinen nackten Brüsten, dabei werden seine Augen dunkler. Er wiegt meine Brüste in seinen Händen, zwirbelt meine harten Nippel.

„Sie können ja auch ganz weich sein, Ms Benedetto“, raunt er zwischen meinen Brüsten.

„Es wäre so schön, wenn du einfach mal nichts sagen würdest“, erwidere ich und nestle ungeduldig an seinem Gürtel.

Ich sehe nicht nur, wie er lächelt, sondern spüre es auch. „Dabei weiß ich genau, dass du darauf stehst, wenn ich dir sage, dass ich es kaum erwarten kann, deine enge Muschi zu ficken. Du bist ein dreckiges Mädchen, das auf schmutzige Sachen abfährt.“

„Deswegen bin ich ja auch hier“, flüstere ich, während ich meine Hand in seine geöffnete Hose schiebe und seinen Schwanz packe.

Unsere erste Begegnung kommt mir in den Sinn. Wie er auf der Bühne stand und sich feiern ließ. Ich kann mich nicht mehr erinnern, was er gesagt hat, sondern weiß nur noch, dass ich die Umrisse seines Penis gesehen habe. Schon in dem Moment war es um mich geschehen. Ich wollte diesen riesigen Schwanz haben – und jetzt werde ich ihn bekommen.

„Nimm ihn in deinen kleinen vorlauten Mund“, presst er hervor und schiebt mich von sich runter.

Zugleich zerren wir Hose und Boxershorts seine Beine hinab. Sein Schwanz ragt groß, steif und verdammt ansehnlich über mir auf. Ich umfasse ihn, reibe ihn einige Male und sehe dabei zu Monroe. Er wirkt angespannt, seine Finger sind in die Lehne des Stuhls gekrallt. Ganz genau beobachtet er, was ich mit meinen Händen mache.

Dann lecke ich seinen Schaft entlang und kann mir bei dem tiefen Stöhnen, das er ausstößt, ein gewinnendes Lächeln nur schwer verkneifen. Gut zu wissen, wie ich den großen Monroe in die Knie zwingen kann. Nicht, dass mir das im Büro irgendwie hilfreich wäre. Doch hier und jetzt habe ich ihn buchstäblich in der Hand. Ich probiere, was ihn am stärksten stöhnen lässt. Ich teste, wie viel Druck ich mit meinen Zähnen ausüben kann. Und ich nehme ihn so tief in den Mund, wie ich kann.

Er vergräbt seine Hände in meinen Haaren und dreht meinen Kopf. Als er sieht, wie sein Schwanz langsam in meinen Mund hinein- und wieder hinausgleitet, knurrt er. „Das werde ich mir jetzt vorstellen, wenn du mich das nächste Mal ankeifst. Du machst das so gut ... fuck.“

Ich lache böse und sauge an der Spitze seines Schwanzes. Das mache ich so lange, bis sein Kopf nach hinten fällt und er abwechselnd stöhnt und flucht. Vielleicht ist das das Geilste, was ich jemals gesehen habe. Wie stark und schwach zugleich dieser Mann gerade wirkt. Es gab bis jetzt wenige Männer, die in mir das Gefühl geweckt haben, sie mit einem endlos langen Blowjob verwöhnen zu wollen. Doch Monroe weckt in mir den Wunsch, das hier die ganze Nacht lang zu tun und dabei seine befriedigten Laute zu genießen.

„Komm her. Ich muss jetzt sofort in dir sein.“ Noch während er mich abermals auf seinen Schoß zieht, spannt er seine Finger um mein Höschen und fetzt es mir vom Körper.

Hätte ich meine Kohle dafür ausgegeben, würde der Kerl jetzt in Schwierigkeiten stecken. Doch so bin ich froh, dieses Teil nicht bei mir zu Hause als ewige Erinnerung bewahren zu müssen.

„Oh ... Gott“, stöhne ich.

„Oh ... fuck“, stöhnt Monroe gleichzeitig, als er mit einem Stoß in mich gleitet.

Im ersten Moment fühlt es sich an, als wäre er zu groß für mich. Er dehnt mich, und mir bleibt regelrecht die Luft weg. Doch es wird gut, als er sich bewegt. Tatsächlich bewegt er mich. Er hebt mein Becken an und fordert mich auf, ihn zu reiten.

Ich berge mein Gesicht in seiner Halsbeuge, lasse meine Hüften kreisen und kann einfach nicht fassen, wie etwas, wogegen ich mich so gewehrt habe, so unglaublich gut sein kann. Monroes Penis scheint die richtigen Stellen zu berühren und die richtige Größe zu haben. Ich hasse ihn dafür in diesem Augenblick so sehr. Gleichzeitig atme ich seinen Duft tief ein, um ihn für immer und ewig zu konservieren. Vielleicht tue ich das, weil er gut riecht, vielleicht aber habe ich Angst, ich könnte spätestens morgen wieder vergessen haben, wie befriedigend diese Nacht mit meinem Arschlochboss war.

„Ah ... ja", wimmere ich, als Monroe mir mit einigen festen Stößen entgegenkommt.

„Mehr davon?", fragt er mit den Lippen an meinem linken Ohr.

„Ja", bettele ich.

Er gräbt seine Fingerkuppen in meine Pobacken und presst mich eng an sich. „Bitte mich, dich zu ficken. Ich will hören, wie du flehst, weil du genau so kommen möchtest."

Tatsächlich öffnet sich mein Mund in der Absicht, ihm etwas vorzujammern. Dann aber entsinne ich mich, wer der Kerl ist, und ich beiße mir auf die Zunge. „Fick dich selbst", flüstere ich in den Stoff seines Hemdes.

Doch natürlich hat er das gehört. Seine Hände packen meinen Hintern fester, und er brummt, als ich kurz mein Becken bewege. „Denkst du, ich spüre nicht, wie sehr es dir gefällt? Das ist der Punkt, richtig? So kommst du?" Er braucht nur ein weiteres Mal in mich zu stoßen und erhält seine Antwort.

Ja, genau da ist der Punkt. Tief in meinem Inneren. Jedes Mal, wenn sein Schambein über meinen Kitzler reibt und er mit seiner Penisspitze über meinen G-Punkt streift, öffnet sich mir das Himmelstor. Doch ich kann nicht hindurchgehen, wenn er mir den Zutritt verweigert.

Meine Verzweiflung steigert sich mit jeder Sekunde, in der ich allein versuche, mich zum Höhepunkt zu bringen. „Bitte ... scheiße noch mal ... bitte", flehe ich schließlich drauflos und schreie überrascht auf, als Monroe nun wieder schneller in mich pumpt.

Ich schlinge meine Hände hinter seinem Rücken zusammen und spüre, wie ich innerhalb von nur wenigen Sekunden von einer Welle der Lust erfasst werde. Monroe spornt mich mit dreckigen Worten an, und das ist der letzte Kick, den ich brauche, um endlich Erlösung zu finden. Mein Innerstes zieht sich um ihn zusammen, und weil ich fürchte, ich könnte irgendetwas Nettes zu ihm sagen, grabe ich meine Zähne in seine Schulter. Er rammt sich ein letztes Mal fest in mich und ergießt sich dann mit einem tiefen Schrei.

Allmählich erschlaffen unsere Körper. Er lockert seinen Griff um meine Hüften, und ich nehme meine Arme von seinen Schultern. Stück für Stück gleiten wir zurück in die Realität. Plötzlich ist dieser herbe Männerduft wieder der des Mannes, den ich nicht ausstehen kann. Ich hebe den Kopf, vermeide es aber, Monroe in die Augen zu blicken, während ich von ihm hinuntersteige. Ich werfe dem zerrissenen Slip einen mitleidigen Blick zu und greife schnell nach meinem BH. Erst als ich bei meinem Kleid angelangt und hineingeschlüpft bin, schaue ich auf, um zu sehen, was Monroe macht.

Der sitzt unverändert an derselben Stelle, seine azurblauen Augen auf mich gerichtet. „Du willst schon gehen?“, erkundigt er sich und scheint viel geringere Probleme mit seiner Nacktheit zu haben als ich.

Mit einem Stirnrunzeln schließe ich das Kleid. „Dachtest du, ich bleibe noch, um mit dir zu ... reden? Danke, kein Bedarf.“

„So eiskalt“, meint er und klingt tatsächlich etwas enttäuscht. Ich habe keine Ahnung, ob er mich bloß verarscht oder sich tatsächlich zurückgewiesen vorkommt. „Die skrupellose Ms Benedetto kommt her für einen schnellen Fick, lässt mich für das Hotelzimmer bezahlen und verschwindet gleich nach der ersten Runde. Irgendwie habe ich mir mehr erwartet.“

„Ich würde sagen, wir haben beide das bekommen, was wir wollten.“

Monroe zieht im Aufstehen Boxershorts und Hose hoch. „Lass mich raten: Du fährst wieder mit dem Taxi heim?“

Ich grinse. „Klar, der Fahrer wartet unten sogar auf mich. Ich wusste ja, dass das hier bloß eine schnelle Nummer wird.“

War ich zu vorlaut? Auf einmal komme ich mir irgendwie mies vor, dass ich diesen grandiosen Sex nun als so etwas Nichtiges abtue.

Doch Monroe übergeht meine Aussage gleich. Sein Grinsen erscheint wie immer: undurchdringbar. „Du bleibst nicht einmal für eine kurze Dusche?“

Das würde ich total gerne. Und wie ich das würde. Doch ich will jede Gemeinsamkeit, die über den sexuellen Aspekt hinausgeht, vermeiden. Keine Gespräche, kein Besprechen geplatzter Träume, kein Thematisieren von Zukunftswünschen oder Ängsten. Lediglich Sex.

„Ich passe. Ich würde nur kurz die Toilette benutzen, um mich ...“ Ich verliere mich in Stottern und atme tief durch.

Monroe sieht an mir hinab, und erst jetzt wir mir bewusst, dass ich den zerrissenen Slip noch in der Hand halte. „Klar. Gleich hier raus und rechts.“

„Prima. Okay. Dann ... also ... bis morgen ... möglicherweise.“ Halt die Klappe, du Vollidiotin!

„Meinen Sie im Büro oder hier, Ms Benedetto?“, fragt er, aber vermutlich nur, um sich an meiner Scham zu ergötzen.

Anstatt einer Antwort hebe ich schnaubend meine Tasche auf. Doch nachdem ich mich umgedreht habe und bereits bei der Tür angekommen bin, ruft er meinen Namen.

„Alice.“ Wie der aus seinem Mund klingt – daran werde ich mich wohl nie gewöhnen. „Für mich war es unglaublich. Ich würde dich wirklich gern wiedertreffen. Nicht nur im Büro.“

Seine Worte klingen weich, und auch der Ausdruck auf seinem Gesicht verrät eine Gefühlsregung. Anders kann ich es nicht beschreiben. Zum ersten Mal habe ich das Gefühl, als habe Monroe etwas ganz ohne Berechnung gesagt. Ganz aus dem Bauch heraus. Und da wird das auch ihm bewusst, weil er die Stirn runzelt, seine Hände in die Hosentaschen steckt und durch die Tür am anderen Ende des Raumes verschwindet.

SIEBZEHN

Endre

Als ich aus dem Bad komme und den einmal in der Mitte durchgerissenen Gutschein von *La Perla* auf dem Couchtisch entdecke, würde ich sie am liebsten anrufen und zur Rede stellen. Doch ich habe nicht einmal ihre Scheißnummer. Dabei wollte ich mich doch unbedingt noch einmal hier mit ihr treffen.

Aber warum zum Teufel will ich das? War dieser Fick echt so besonders?

Scheiße, ja – das war er.

Sie hat mir den vielleicht besten Blowjob meines Lebens gewährt. Wäre ich nicht ein Idiot, wenn ich sie einfach so weiterziehen ließe?

Nie zuvor habe ich Sex mit einer Angestellten gehabt. Diese Affäre könnte mich vieles kosten – den letzten Rest Ansehen meines Vaters inklusive. Doch auch für Benedetto steht eine ganze Menge auf dem Spiel.

Ich checke aus dem Hotel aus, fahre nach Hause und verbringe viel zu viel Zeit damit, mich zu fragen, worunter ich diesen Ausrutscher verbuchen soll. Wegzulaufen ist nicht meine Art. Ich spreche

Probleme gerne an. Aber was ist das zwischen Benedetto und mir? Eine einmalige Sache? Eine kurze Affäre, von der ich mir eine Fortsetzung erhoffe?

Bei der monatlichen Vorstandssitzung, die am nächsten Tag stattfindet, bin ich unkonzentriert. Ich höre nur mit einem Ohr zu, trommele mit den Fingern auf den Block vor mir, und immer wieder drängt sich das Bild von ihr, wie sie an meinem Schwanz lutscht, in den Vordergrund.

Wie erwartet nimmt mich mein Dad ins Kreuzverhör. Er nörgelt etwas, lobt mich aber sogar, als ich die ersten erfolgreichen Abschlüsse präsentiere. Als David am Ende der Sitzung den anderen Vorstandsmitgliedern vorgestellt wird, rümpft Dad zuerst die Nase. Er hält David für einen unzuverlässigen Spieler, wie er ständig sagt. Früher war David bestimmt ein Honk, der am liebsten Computerspiele zockte, ausschlief und Weibern hinterherlief. Heute lebt er fürs Marketing, schläft noch immer lange und jagt noch viel mehr Frauen hinterher, als gut für ihn wäre. Nun ist er hier bei MBT, um für uns eine moderne Image-Kampagne aufzustellen.

„Wie war es gestern?", erkundigt sich David leise und schiebt sich eine Weintraube von der Käseplatte, die auf einem kleinen Beistelltisch vorbereitet wurde, in den Mund.

Mein Blick wandert zu meinem Dad, der sich nicht in Hörweite befindet. „Ich glaube, es war ein Fehler."

David hatte die Idee, dass ich mich mit ihr in einem Hotel treffen sollte.

David grinst, kaut, sieht mich an und grinst weiter. „*So* gut also. Wird es eine Wiederholung geben?“

„Keine Ahnung. Vermutlich sollte ich die Finger von ihr lassen.“

„Genau“, erwidert er süffisant. „Würde ich mich immer an die Regeln halten, wäre mir schon sehr viel Spaß entgangen. Habt ihr irgendeine Vereinbarung getroffen?“

Ich schüttele den Kopf. „Nein.“

„Dann rede mit ihr. Schlag ihr einen Deal vor. Einmal in der Woche? Einmal im Monat? Ich glaube, diese Alice mit ihrer Abneigung gegen dich ist ideal für so was. Du kannst froh sein, die Gewissheit zu haben, dass sie dich nachts nicht mit Anrufen bombardieren oder dir vorheulen wird, wie sehr du ihre Gefühle verletzt hast. Eine echt gute Partie, Mann.“ David klopft mir auf die Schulter, als hätte ich mir einen Orden verdient, weil ich mit dieser Frau gevögelt habe. „Aber am wichtigsten ist: Behalte die Kontrolle. Du kannst sie dafür, was sie mit ihrem Mund macht, anbeten, renn ihr aber ja nicht wie so ein liebeswütiger, sabbernder Pudel hinterher. Dann bist du derjenige, der verliert.“

„Endre“, unterbricht uns mein Dad plötzlich und winkt mich zu sich.

Dad verlangt jedes Mal, wenn er hier ist, einen Rundgang durch die Abteilungen. Für viele hier ist er das Gesicht von MBT. Diese Firma ist sein Werk, und er genießt die Achtung der Mitarbeiter ihm gegenüber. Ich erlebe meinen Dad hier von einer völlig anderen Seite. Bei mir zeigt er sich meist recht schnippisch, ungeduldig und streng. Wenn er dagegen mit den Leuten über deren Projekte spricht, verwandelt er sich zu einem geduldigen Zuhörer, der mit Lob nur so um sich wirft.

Harry war wohl genau gleich – deshalb sind viele Sachen hier völlig aus dem Ruder gelaufen.

Als wir Benedettos Abteilung erreichen, spüre ich einen Knödel in meinem Hals.

Was, wenn Dad merkt, dass zwischen mir und ihr etwas läuft? Wie würde er reagieren?

David gefällt die Sache zwischen Benedetto und mir. Jedes Mal, wenn wir uns ansehen, grinst er. Dieser Typ ist schlimmer als jede Klatschzeitschrift. Am liebsten wäre er wohl live dabei gewesen, um ja nichts zu versäumen.

Bei der Vorstellung, Alice mit David teilen zu müssen, verkrampft sich mein Magen.

Die Nachricht, dass wir uns auf einem Rundgang befinden, spricht sich schnell herum. Und es dauert nicht lange, da taucht sie schon auf. Im Schlepptau hat sie diesen Scheißstatiker. Unbewusst mache ich mich größer und suche Blickkontakt mit ihr. Benedetto mag ein eiskaltes Miststück sein, aber die ersten ungefilterten Empfindungen kann sie nie vor mir verbergen.

Sie tut beinhart so, als wäre ich nicht hier, dabei kann ich deutlich sehen, wie sich ihre Wangen röten. Sie wirkt nervös. Das mag an der Anwesenheit meines Dads liegen. Viel eher aber gefällt mir die Vorstellung, dass sie gerade an nichts anderes denken kann als daran, wie sie mich gestern Abend geritten hat.

Mein Dad schmiert ihr etwas Honig ums Maul – und Benedetto ist augenblicklich die Lieblichkeit in

Person. Sie kichert und grinst, scherzt und plaudert mit ihm. Doch kein einziges Mal sieht sie zu mir. Ganz offensichtlich versucht sie, unser Geheimnis zu verstecken. Das wollte ich vor einer Stunde auch noch. In ihrer Nähe aber kann ich nur noch daran denken, wie hoch ihre Stimme klang, als sie mich anflehte, sie zu ficken. Der Körper dieser Frau ist ein Mensch gewordenes Paradies. Sie ist unglaublich eng, weich und gibt die erotischsten Töne von sich. Ihr Geruch hängt mir immer noch in der Nase – blumig, weiblich. Ihre Zunge schmeckte nach Pfefferminz.

Es gibt noch tausend Stellungen, in denen ich sie vögeln will. Und während sie an ihrem rechten Ohrstecker herumfummelt, treffen sich endlich unsere Blicke.

In diesem kurzen Moment sagen wir einander so viel, ohne ein einziges Wort laut auszusprechen. Sie leckt kaum merklich über ihre Unterlippe und atmet tief ein.

Spürst du es, Baby? Das ist echte Chemie.

Sie mag eine selbststimmte Frau sein, dennoch schien sie darauf abzufahren, erobert zu werden.

Der Affe neben ihr umgarnt sie wie ein Irrer. Früher oder später wird sie ihn bestimmt ranlassen. Zuerst zeigt sie sich aber noch bissig und abwehrend. Sie will den Typ auf dem Boden wissen, ehe sie ihm erlaubt, sie zu ficken.

Normalerweise tue ich so was nicht, doch während wir so dastehen, überlege ich tatsächlich, wie ich den Statikertrottel vor meinem Dad, aber vor allem vor Alice auflaufen lassen kann. Mir fällt nichts ein, bei dem am Ende nicht ich wie ein Idiot dastehen würde.

Darum schweige ich und gebe mich damit zufrieden, Alice zu betrachten. Es genügt mir zu wissen, wie sensibel der Körper ist, der unter ihrem senffarbenen Kleid verborgen ist. Oder wie gut sich ihre Brüste angefühlt haben. Mehr als eine Handvoll. Weich. Warm. Sie hat verdammt sensible rosafarbene Nippel.

Fuck, ich werde noch verrückt.

„Wäre ich du, würde ich wohl alles dafür tun, um diese Frau ein zweites Mal flachlegen zu dürfen", labert David auf mich ein, nachdem wir wenig später allein im Fahrstuhl stehen.

Mein Dad hat sich bereits verabschiedet, um es pünktlich zu seinem Tennisspiel zu schaffen. „Denkst du, sie schläft mit ihm?", frage ich, warum auch immer.

David lehnt sich gegen die Glaswand und verschränkt die Arme vor der Brust. „Mit dem Schnösel? Willst du denn Exklusivität?"

Keine Ahnung. Ich kratze mich im Nacken und seufze dabei so tief, als bestünde auch nur die geringste Chance, mit diesem Lüftchen all meine Sorgen vom Tisch zu fegen.

„Ich hab da so ein Gefühl", stammele ich eine ziemlich lahme Erklärung.

„Könnte sein. Wenn man bedenkt, wie oft er ihr in den Ausschnitt geglotzt hat. Aber das macht die Sache ja reizvoller. Willst du denn nicht besser sein als dieser Bursche?"

Ich lache, während sich die Türen auf Davids Etage öffnen. „Du hast vielleicht einen Dachschaden."

David grinst, bleibt aber noch in der Tür stehen. „Denk darüber nach, Kumpel. Das Leben ist viel zu kurz, um sich den Luxus namens schöne Frauen entgehen zu lassen."

Verdammt richtig. „Ich bezahle dich nicht für dumme Ratschläge, sondern für Kampagnen, die einschlagen sollen wie eine Bombe."

„Ich sollte für jeden Tipp Extrakohle verlangen", sagt er weiterhin grinsend.

„Verpiss dich", erwidere ich ebenso schmunzelnd und drücke den Knopf für meine Etage.

Nachdem David sich umgedreht hat und gegangen ist, schließen sich die Türen des Fahrstuhls. Ich steige in meinem Stockwerk aus und lausche kurz meiner Assistentin, die mich über einige verpasste Anrufe unterrichtet. Danach setze ich mich in mein stilles Büro und starre minutenlang aus dem Fenster.

Weil Offensive eher meins ist als Zurückhaltung, greife ich zum Hörer und habe wenig später meine Assistentin am Ohr. „Verbinden Sie mich mit Ms Benedetto", fordere ich sie auf und lehne mich zurück, während ich durchgestellt werde.

Wenig später dringt Benedettos ein wenig gestresst wirkende Stimme durch den Hörer. „Benedetto."

Schon die Art, wie sie ihren Nachnamen ausspricht, lässt mich grinsen. „Warum hast du mein Geschenk abgelehnt?"

Einige kurze Momente herrscht Stille. Ich stelle mir vor, wie sie sich hinsetzt, ihre Beine überkreuzt und vielleicht sogar rot wird. „Jammeranrufe sind irgendwie gar nicht deine Art", erwidert sie. „Aber dir hätte von Anfang an klar sein sollen, dass ich nicht käuflich bin. Obwohl ich ja immer noch rätsele, wie ich das mit dem Gutschein verstehen soll."

Ja, warum habe ich ihr eigentlich diesen blöden Gutschein gekauft? Die Wahrheit ist: Ich wollte ihr eine Freude machen. So verdammt nett kann ich sein.

„Ich denke praktisch."

„Nein, du bist herablassend. Als würde ich mir teure *La Perla*-Wäsche nicht leisten können. Ich brauche keinen Sugar Daddy."

Fuck, hätte ich diese Nervensäge doch nur nicht angerufen. Was habe ich mir nur gedacht?!

„Du weißt einen Scheiß, Kleine. Aber wenn du meine freundlich gemeinte Geste nicht annehmen willst, lassen wir sämtliche Höflichkeiten beiseite." Meine Güte, klinge ich zickig.

Ich kann hören, wie sie Luft ausstößt, bin mir aber nicht sicher, ob sie seufzt oder schmunzelt. „Warum rufst du an, Monroe?"

Das frage ich mich auch. Wie konnte ich nur so unbedacht handeln?

„Ich habe dir den Gutschein geschenkt, weil ich das von gestern wiederholen will. Er bedeutete eine Einladung, die du nicht verstanden hast." Weil sie immer nur das Schlechte in mir sieht – womit sie vermutlich sogar recht hat. „Ich will aber, dass es auf Augenhöhe passiert, nach unserer beiden Bedingungen."

Das alles erinnert mich an meine alltäglichen Vertragsverhandlungen. Nur geht es hier um Sex. Gleichzeitig kann ich die Tatsache, dass sie meine Angestellte ist, nicht verdrängen. Doch gerade deswegen erscheint es mir so wichtig, die Rahmenbedingungen zu klären.

„Was sind deine Bedingungen?“, fragt sie.

Ich lehne mich zurück, strecke die Beine unter dem Tisch aus und blicke zu jener Stelle vor einem Schreibtisch, an der alles anfing. An der ich die Kontrolle verlor. „Zuerst ist da mal die Tatsache, dass du für mich arbeitest. Mein oberstes Gebot lautet deshalb: Es dürfen keine Gerüchte in der Firma entstehen. Sollten mir welche zu Ohren kommen, weiß ich, wer geplaudert hat. Außerdem bin ich an keiner Beziehung interessiert. Das zwischen uns ist und bleibt etwas rein Körperliches. Bemerke ich, dass Gefühle entstehen, werde ich es beenden. Da gehe ich keine Kompromisse ein, und ich werde mich auch nicht umstimmen lassen. Ich möchte außerdem, dass wir uns ausschließlich in diesem Hotel treffen. Das ist alles von meiner Seite.“

Ich habe mir Mühe gegeben, hart zu klingen und sie nicht merken zu lassen, wie sehr ich diese Affäre aufrechterhalten will. Ich hänge da schon verdammt tief drin. Gerade deshalb sind diese Regeln so wichtig. Ich kläre solche Dinge immer vorher, dann spare ich mir das Geheule hinterher.

„Gut, damit kann ich leben. Vorausgesetzt natürlich, du hältst diese Bedingungen mir gegenüber genauso ein.“

„Selbstverständlich“, erwidere ich und begehre sie in diesem Moment so sehr, dass ich am liebsten aufstehen und runter in ihr Büro gehen möchte.

„Gut“, wiederholt sie. Auch ihre Stimme klingt nun rauer.

Ich schlucke und versuche mich an ihren Geruch zu erinnern. „Wann sehen wir uns wieder?“

„Samstag?“, schlägt sie vor.

Zwei Tage.

Wie soll ich zwei verdammte Tage durchstehen, ohne sie anfassen zu dürfen?!

„Ich reserviere ab 18 Uhr. Lässt du dich diesmal von meinem Fahrer abholen?“

„18 Uhr ist gut, aber ich werde selbst hinkommen.“

Ständig sträubt sich diese Frau. Sie wird noch eine Menge Probleme in mein Leben bringen. „Nervt es dich selbst nicht manchmal, dass du immer das letzte Wort haben musst?“, frage ich aus reiner Neugier, während mein Schwanz gegen den Stoff meiner Hose drückt.

Sie lacht – ein bösartiges, raues Lachen. „Niemals“, erwidert sie und legt auf.

Etwas perplex halte ich noch den Hörer in der Hand. Die Frau nimmt kein Blatt vor den Mund. Das würde ich von einer Frau wie ihr normalerweise nicht akzeptieren, turnt mich aber unglaublich an. Unser ständiger Kampf ist wie eine Art Vorspiel. Ich stehe total auf ihre harte Seite, mag aber auch, wie zärtlich sie sein kann, wenn sie vergisst, wer ich bin.

„Fuck“, stoße ich hervor, lege den Hörer endlich auf und reibe mir mit der Handfläche übers Gesicht.

Als es an meiner Bürotür klopft, bin ich noch nicht bereit, meine Fantasien loszulassen. Doch ich richte mich tapfer auf, als schon meine Assistentin hereinkommt.

„Was gibt es?“, frage ich.

Sie legt eine Liste vor mich hin und streicht danach mit beiden Händen ihren Rock glatt. „Diese Auflistung hat die Buchhaltung hochgeschickt. Sie haben einige Buchungen markiert, die ihnen seltsam vorkommen."

Ich ziehe den Ausdruck zu mir und überfliege die betreffenden Positionen in aller Eile. Mal wurden tausend Pfund, dann wieder kleinere Beträge überwiesen. Doch immer gingen sie auf dasselbe Konto. Auch der Betreff blieb ident: *Zukunft* (L).

„Der Auftrag stammt von Mr Monroe, also von Ihrem Bruder", unterbricht die Stimme meiner Assistentin meine Gedanken.

Plötzlich ergibt das L einen Sinn. Lina.

Offensichtlich hat Harry ein Konto für Lina eingerichtet, auf das er seit über einem halben Jahr regelmäßig Geld eingezahlt hat. Auch nach seinem Tod wurde weiterhin fleißig überwiesen.

„Ich sehe es mir an", murmele ich und greife direkt zum Telefonhörer, um Erkundungen anzustellen.

Eine halbe Stunde später habe ich sowohl mit der Buchhaltung als auch mit der Bank telefoniert. Das Konto läuft auf Harrys Namen, jedoch hat er ein Losungswort gewählt, durch das auch Lina Zugriff hat. Ob bereits etwas von dem Geld abgehoben wurde, durfte mir der Mitarbeiter der Bank natürlich nicht sagen. Addiere ich jedoch die bereits getätigten Zahlungen, liegt dort jetzt schon eine ordentliche Summe.

Weiß Lina von diesem Geld? Lebt sie vielleicht sogar davon?

Warum sollte Harry ein Konto für seine Geliebte einrichten? Irgendetwas muss ihn doch dazu bewogen haben, dieser Frau regelmäßig Zahlungen zu schicken. Er mag sie geliebt haben, ja. Aber deshalb brauchte es kein Bankkonto. Vielleicht steckt Lina in finanziellen Schwierigkeiten. Er wollte, dass sie versorgt ist. Irgendetwas an der Sache kommt mir seltsam vor.

Wofür könnte sie das Geld brauchen? Ein Kind? Oder ist sie krank?

Mehr als zuvor will ich nun endlich herausfinden, wer diese Lina ist, die für Harry wohl noch bedeutsamer war, als ich bis jetzt angenommen habe.

Niemand kann sicher sagen, wo Harry am Abend seines Unfalls war. Er hatte Alkohol getrunken. Gemeinsam mit Lina vielleicht. Kurz kommt mir der Gedanke, dass sie vielleicht sogar etwas mit seinem Tod zu tun haben könnte. Aber das wäre wohl abwegig. Trotzdem hat sie per Mail gleich mit mir geflirtet. Sie hat mich abgecheckt, aber als sie bemerkte, dass ich nicht so leichtgläubig bin wie Harry, zog sie sich zurück.

Wohlmöglich verrenne ich mich jetzt in wilden Spekulationen. Ich werde erst erfahren, welche Motive diese Lina hatte, wenn ich sie persönlich fragen kann.

Seit über einer Woche hat sie auf meine Nachricht nicht geantwortet. Ich scrolle durch unseren Mail-Verkehr, lese einige Zeilen und ertappe mich am Ende dabei, wie ich eine neue Nachricht an sie schreibe. Ich pokere hoch. Ich will sie aber unbedingt aus ihrem Versteck locken.

Endre:

Ich muss mit dir sprechen. Soeben habe ich Nachrichten erhalten, die auch dich betreffen.

Ich hoffe, ich kann ihre Neugier wecken.

Obwohl ich den Geldhahn am liebsten sofort zudrehen würde, muss ich zuvor wissen, was sie damit macht. Und dafür brauche ich Antworten von ihr.

Doch sie lässt mich zappeln. Erst spätabends, als ich gelangweilt vor dem Fernseher sitze, meldet sie sich.

Lina:
Was sind das für Nachrichten?

Endre:
Dafür ist ein längeres Gespräch nötig. Von Angesicht zu Angesicht.

Lina:
Nein.

Endre:
Ich meine es ernst.

Lina:
Ich auch. Wir beide werden uns niemals persönlich treffen. Ich habe mit allem, was mit Harry zusammenhängt, abgeschlossen. Und du bist schließlich sein Bruder.

Endre:

Und du hast ihm offensichtlich noch sehr viel mehr bedeutet, als ich dachte. Deshalb ist es auch verdammt wichtig, dass du die Informationen, die ich habe, erhältst.

Ich bin richtig angepisst, als sie nicht weiter antwortet. Diese Lina lässt sich eine Menge Bedenkzeit und strapaziert damit meine Geduld in Übermaßen.

Sollte sie mich abermals ignorieren, werde ich sie aufspüren lassen und überrumpeln. Harry und ich waren zwar kein Herz und eine Seele, aber ich spüre, dass ich es ihm zumindest schulde, diese Frau zu finden.

ACHTZEHN

Endre

Am Samstag betrete ich kurz vor 18 Uhr die Suite im Landmark. Ich kann die Ablenkung, die der Abend mir verspricht, gut gebrauchen. Denn die Sache mit Lina kommt nicht voran. Sprich: Sie ignoriert mich.

Im Flur ziehe ich meine Jacke aus und hänge sie auf einen der drei goldenen Kleiderhaken hinter der Tür. Als ich in den Loungebereich der Suite trete, lächelt mir eine aufreizend in schwarzer Unterwäsche gekleidete Ms Benedetto von jenem Sessel aus entgegen, auf dem ich das letzte Mal saß.

Sie ist die fleischgewordene verführerische Sünde. Ihr dunkles Haar fällt in leichten Wellen über ihre Schultern, ihre Lippen sind feuerrot geschminkt, und der schwarze BH setzt ihre perfekten Titten in Szene. Ihre Beine sind überkreuzt, und in ihrer rechten Hand baumelt ein langes Seidenband.

„Hallo, Mr Monroe“, begrüßt sie mich und lehnt sich langsam zurück.

Solange ich weit genug weg bin von ihr, glaube ich mir unsere gegenseitige Anziehung bloß eingebildet zu haben. Wenn ich sie aber wiedertreffe, umfängt uns eine bestimmte Energie. Mein Schwanz reagiert heftig auf diese Frau. Meine Hände wollen sie berühren, mein Mund will sie schmecken.

„Ms Benedetto“, spreche ich ihren Namen aus und betone jede Silbe. „Sie sind ja überpünktlich.“

„Ich wollte herausfinden, wie es sich in Ihrer Position anfühlt“, erklärt sie und lässt ihren Blick über mich schweifen.

Ich trage legere Kleidung – Jeans, Shirt und Sneakers. So hat sie mich noch nie gesehen.

„Und wie fühlt es sich an?“, frage ich.

Sie lächelt und wickelt sich dabei das Seidenband um ihre Hand. „Sehr gut. Mächtig.“

Wenn sie weiter so mit diesem Band spielt, hat sie wahrscheinlich die Macht, alles mit mir zu tun, wonach ihr der Sinn steht.

„Das ...“, beginne ich.

„Zieh dich aus“, werde ich aber brüsk von ihr unterbrochen.

Sie benutzt dieselben Worte wie ich bei unserem ersten Treffen. Bis jetzt habe ich keiner Frau die Führung überlassen. Doch bei Alice erscheint mir das verlockend.

Ihre Augen ruhen auf mir, während meine Finger zu meinem Gürtel gleiten und ich mir zugleich die Schuhe ausziehe. Sie atmet tief ein und aus. Als meine Hose offen ist, ziehe ich mir mein hellgraues T-Shirt über den Kopf und schleudere es schwungvoll vor ihre Füße. Doch sie interessiert sich nicht für mein Shirt, sondern scheint von der Tätowierung, die sich von meiner rechten Schulter über meine Brust bis zu meinem Bauch zieht, fasziniert.

Die farbigen Bilder und Muster spiegeln meine Persönlichkeit. Sie zeigen meinen wunden Punkt, aber trotzdem fühle ich mich mit dieser Offenbarung, die ich seit fünf Jahren auf meiner Haut trage, stärker als zuvor. Alice hat offensichtlich nicht damit gerechnet, unter meinem üblichen Businesslook so etwas Besonderes zu entdecken. Das sehe ich ihr deutlich an. Kurz scheint sie die Rolle der taffen Geliebten aufgegeben zu haben. Während sie die Zeichnung fixiert, schlüpfe ich aus meiner Hose.

„Was jetzt?“, erkundige ich mich und lege meine Jeans auf die Couch.

Alice schluckt und deutet mit dem Kinn zu dem Stuhl, der vor dem großen Erkerfenster steht. „Setz dich dort hin. Sobald du alles ausgezogen hast.“

Ihr Befehl entlockt mir ein Grinsen. Sie will es richtig schmutzig. Das kann sie haben.

Deshalb ziehe ich auch noch meine Boxershorts aus und genieße es, wie sie zu meinem halb steifen Penis sieht. Ich gehe zum Stuhl und setze mich. Alice folgt mir, stellt sich hinter mich und legt ihre Hände auf meine Schultern. In der Spiegelung der Fensterscheibe sehen wir uns an, bevor sie ihre Lippen auf meinen Hals presst. Sie haucht einige sanfte Küsse auf meine Haut, packt mich dann aber bei den Haaren und zieht meinen Kopf mit einer ruckartigen Bewegung zurück.

Meine Nase wird gegen ihren Brustkorb gepresst, als sie sich vorbeugt und meinen rechten Arm mit dem Seidenband an der Stuhllehne festbindet.

„Was wird das?“, frage ich mit meinen Lippen auf ihrer Haut. Sie riecht so verdammt gut. Am liebsten würde ich sie ablecken, doch ich halte mich zurück.

„Heute habe ich das Sagen. Ich hab dich hierher eingeladen, um mit dir zu machen, was ich will. Du stehst mir zur Verfügung“, erklärt sie und fixiert meinen linken Arm am Stuhl. „Du bist ganz von meinem Wohlwollen abhängig.“

In mir macht sich ein unbändiges Verlangen bemerkbar. Ich will von dieser Frau benutzt werden. Doch das würde ich ihr nicht verraten. Stattdessen sehe ich nun prüfend zu ihr, als sie mich umrundet und vor mir stehen bleibt. Ausgiebig begutachtet sie lächelnd ihr Werk.

Mein Schwanz ragt zwischen uns auf, während Alice in die Knie geht und ihre Hand nach ihm ausstreckt. Ich stoße ein lustvoll gequältes „Fuck“ aus und lege den Kopf in den Nacken. Sie reibt meinen Schwanz einige Male und beißt sich auf ihre

Unterlippe, als könne sie es kaum erwarten, mir einen zu blasen. Zumindest hoffe ich, dass sie vorhat, ihn in den Mund zu nehmen.

„Willst du das?“, fragt sie, nachdem sie mit ihrer Zungenspitze über die Unterseite meines Schwanzes geleckt hat.

Ich bekomme zuerst kein Wort heraus, dafür nicke ich. „Fuck, ja.“

Sie reibt mich weiterhin, quetscht einen Lusttropfen heraus und verteilt ihn mit ihrer Handfläche auf meiner Haut. „Dann bitte mich darum.“

Erneut fällt mein Kopf zurück, und ich lache verzweifelt. Diese Frau will mich betteln sehen. Und wenn sie so weitermacht, hat sie mich bald dort.

„Du sagst nie Bitte oder Danke. Immer nur: *Machen Sie das! Erledigen Sie das!* Heute will ich den großmäuligen Monroe einmal flehen hören.“

Zweifelsfrei könnte ich ihre Fesseln mit einem einzigen Ruck lösen. Doch ihr Spiel gefällt mir. Es gefällt ihr, wie sie Macht über mich erlangt, und wenn dabei zumindest ein guter Blowjob für mich rausspringt, bin ich bereit, mich ein wenig erniedrigen zu lassen.

„Sie sind verdammt boshaft, Ms Benedetto“, gestehe ich ihr zu und beobachte ihre Hand, die sich ausgiebig mit meiner Eichel beschäftigt.

„Sie wollen es doch genau so, Mr Monroe. Sagen Sie es! Bitten Sie mich!“

Sie ist wahrlich eine Hexe. Eine kleine nervige Hexe. „Es wäre so einfach, diese Bänder zu zerreißen, dich zu packen, über den Stuhl zu beugen und zu ficken, bis dir deine Allmachtsfantasien vergehen. Blas mir jetzt einen. Bitte! Verdammt."

Ihr Grinsen ist das einer Siegerin, und doch trübt die rote Verfärbung ihrer Wangen das Bild der abgebrühten Geliebten. Ich finde dennoch, sie sieht bezaubernd aus. Noch bezaubernder aber wird es, als sie sich vorbeugt und mir endlich einen bläst. Dieser Mund, der mich so oft schon angemault hat, ist zu Berührungen fähig, die mich zu einen willen- und hilflosen Trottel verwandeln. Ihre Zunge ist ein Traum. Ich stehe ungemein darauf, ihr zuzusehen, wie sie meinen Schwanz tief in den Mund nimmt. Doch es macht mich wahnsinnig, sie dabei nicht berühren zu können.

Wie gerne hätte ich an ihren Haaren gezogen oder ihre Brüste angefasst. Ich leide, spritze dabei aber fast ab. Genau so weit wollte sie mich wohl bringen.

„Du machst das so verdammt gut", gestehe ich ihr zu.

Seit wann sage ich solche Dinge? Seit wann lobe ich jemanden?

Das ist der Nachteil, wenn man die Kontrolle abgibt: Man wird schwach und angreifbar.

Ich röchele fast, als sie ihren Mund von mir nimmt und aufsteht. Ihre Lippen sind geschwollen, und ich mag es nicht, dass sie immer noch nicht nackt ist wie. Noch immer trägt sie Unterwäsche.

„Lass mich dich anfassen", bettele ich erneut, während Alice aus ihren hochhackigen Schuhen steigt.

„Wo willst du mich anfassen?"

„Überall. Egal wo."

Sie blickt zu meinen Händen hinab, hebt ihr Bein an und lässt mich ganz kurz ihre linke Wade, die von einem schwarzen halterlosen Strumpf bedeckt ist, berühren. „Genug?“, erkundigt sie sich scheinheilig.

„Nein“, erwidere ich und sehe an ihrem Körper hinauf.

Sie foltert mich. Tritt einen Schritt zurück. Taxiert mich mit ihren Blicken. Und ich genieße die dominante Seite dieser Frau unheimlich.

Meine Finger zucken, als sie ihren BH öffnet und ihn endlich ablegt. Ihre kleinen Nippel sind hart, und ich bilde mir ein, sie wortlos nach meinem Mund schreien zu hören.

„Komm her“, bitte ich sie und hoffe, sie erweist mir diesen Gefallen.

Tatsächlich tritt sie näher zu mir heran, sodass meine Fingerspitzen über den Übergang von ihrem Po zu ihrem Oberschenkel streichen können. Nun seufzt auch Alice und stützt sich neben meinen Armen auf der Stuhllehne ab.

„Du bist so weich“, flüstere ich und komme mir vollends dämlich vor. Ihr entschlüpft ein Lächeln, während ich nach dem Band, das ihr Höschen zusammenhält, greife und es öffne. Alice senkt den Kopf und beobachtet, wie ich ihr den Slip ausziehe. Darunter ist sie glatt rasiert, und ich würde jede Wette gewinnen, dass sie feucht ist.

„Du gibst dich viel zu selbstsicher für jemanden, der gefesselt und mir ausgeliefert ist“, raunt sie mir entgegen. Sie beugt sich ganz nah zu meinem Gesicht, während ich es wage, meine Handfläche auf ihren Hintern zu legen.

„Lass mich dich anfassen“, bitte ich erneut.

„Das tust du ja längst.“ Während sie spricht, streifen ihre Lippen meine. Sie stellt sich so hin, dass meine Hand zwischen ihre Beine gelangt. Jedoch bleibt meine Hand so weit von ihrer Pussy entfernt, dass ich sie selbst unter größter Anstrengung nicht erreichen kann. Daher zerre ich an den Fesseln, doch sie sind fester, als ich gedacht habe.

Als ich meine Zunge über ihre gleiten lasse, geben ihre Knie etwas nach, sodass ich sie endlich berühren kann. Tatsächlich ist sie feucht und warm. Ihre Klit ist geschwollen, als ich mit meinem Mittelfinger darüberstreiche. Alice stöhnt in meinen Mund, fixiert mich mit ihren Händen und fängt an, ihr Becken im Rhythmus meiner Finger zu bewegen.

Ich treibe sie bis vor zum Rand der Klippe, die geradewegs in einem Orgasmus mündet. Doch bevor sie hinabfällt, löst sie sich von mir und steigt rücklings auf meinen Schoß. Langsam lässt sie mich in sich gleiten. Dabei stöhnt sie, wirft den Kopf zurück und hält meine Eier mit einer Hand fest. Ich rutsche so weit vor, wie es mir möglich ist, um tiefer in sie zu gelangen. Als sie sich dann auf mir bewegt, kralle ich meine Nägel in die hölzerne Stuhllehne. Ihr Arsch sieht umwerfend aus. Sie gibt lüsterne Laute von sich und fickt mich im richtigen Tempo.

Die Spiegelung im Fenster offenbart ihren lustvollen Gesichtsausdruck. Ihre Brüste bewegen sich im Takt ihrer Stöße. Ich werde wilder. So aufregend es war, mich von ihr kontrollieren zu lassen, jetzt will ich sie berühren.

„Binde mich los“, presse ich hervor.

Stöhnend tastet sie nach den Bändern. Es dauert viel zu lange, bis sie das erste gelöst hat. Beim zweiten helfe ich ihr. Ich fetze das Ding runter, packe ihre Kniekehlen und spreize ihre Beine. Nun stoße ich in sie. Ihre Laute werden verzweifelter und flehender.

„Oh ... fuck", knurre ich, als sie zwischen ihre Beine fasst und ihre Klit reibt. „Sieh es dir an. Sieh dir an, wie perfekt ich in dich reinpasse."

Unsere Blicke begegnen sich in der Fensterscheibe, ehe Alice zitternd den Kopf auf meine Schulter legt, nachdem sie ihren Höhepunkt erreicht hat. Ich verlängere ihn für sie mit tiefen, gemächlicheren Stößen. Am Ende gibt sie ein erleichtertes Seufzen von sich. Mein Rücken ist steif, als ich aufstehe und sie ins Schlafzimmer trage. Ich setze sie auf der weichen Matratze ab. Alice liegt auf dem Bauch und streckt ihre Arme quer über die Tagesdecke aus. Ungeduldig gleite ich erneut in sie und ramme sie härter als zuvor.

Mein Orgasmus erfasst mich mit rasender Geschwindigkeit. Vermutlich liegt es daran, wie vollkommen ihr Hintern aussieht, wie geil die Geräusche sind, die sie von sich gibt, und wie eng mich ihre Pussy umschließt. Ich ergieße mich knurrend in ihr und halte sie dabei fest an ihrem Arsch gepackt.

„Scheiße", flüstere ich, weiß selbst aber nicht, was ich damit meine.

Macht es mich fertig, weil es mit ihr so gut ist? Bin ich einfach nur zufrieden? Keine Ahnung.

Mein Gehirn ist ausgeschaltet, mein Körper völlig erledigt.

Ich ziehe mich aus ihr zurück, streiche dabei mit den Händen über ihren Rücken und lasse mich neben sie auf die Matratze fallen. Ich schließe die Augen und warte, bis sich mein Herzschlag wieder beruhigt. Doch ich bin nicht darauf vorbereitet, wie gut es sich anfühlt, als Alice neben mich rutscht und ihren Kopf auf meine Brust legt.

Ich sollte diese Nähe nicht zulassen. Es geht uns einzig und allein um Sex. Wäre ich klug, würde ich jetzt aufstehen, mich duschen und ihr vorschlagen, sie nach Hause zu bringen. Doch meine Glieder sind bleischwer, und ich fühle mich verdammt wohl, so dicht bei ihr zu sein.

NEUNZEHN

Alice

Ein vorsichtiger Blick zeigt mir, dass er die Augen geschlossen hat. Es wundert mich, dass er diese Berührung erlaubt. Noch mehr überrascht es mich aber, dass ich diese freiwillig gesucht habe.

Hält er mich jetzt für eine Klette? Bestimmt steht er nicht auf Kuscheln danach. Ich doch auch nicht. Ich schiebe meine Unlust, gleich wieder zu gehen, auf dieses ultrabequeme Bett in diesem megaluxuriösen Zimmer, das bestimmt eine Stange Geld kostet. Wenn ich schon hier bin, dann sollte ich diese Vorzüge schließlich doch auch ausnutzen. Richtig?

Die farbigen Linien in seiner Haut ziehen mich in ihren Bann. Ich würde es nie wagen, ihn zu fragen, was diese Tattoos bedeuten. Ich war einigermaßen überrascht, dieses Bild auf seiner Haut zu entdecken. Dieser Kerl mit den Maßanzügen und dem eiskalten Gesichtsausdruck verbirgt bestimmt so einiges.

Über seinen Rippen sind zwei schwarze Schwalben tätowiert, darunter prangt ein blutrotes Herz, umrahmt von bunten Mustern und Formen, die über seine Brust bis zu seiner Schulter verlaufen. Es juckt mich in den Fingern, seine Haut an all diesen Stellen zu berühren. Doch damit würde ich zu weit gehen.

Ich seufze leise, doch laut genug, dass er es hört, und wie eine Antwort legt er den Arm um mich. „Bist du durstig?“

„Weniger als ich müde bin“, erwidere ich und hoffe, er steht jetzt nicht auf.

„Ich bestelle uns etwas. Was trinkst du gerne?“

„Wenn ich bloß durstig bin, reicht Wasser. Außer du hast vor dich zu betrinken, dann nehme ich einen Gin Tonic, mit viel Eis und Zitrone.“

Ich sehe ihn grinsen, was mich freut. „Da lässt sich bestimmt etwas machen.“

„Hast du heute noch etwas vor?“, frage ich, drehe mich auf den Bauch und lege mein Kinn auf meine Handfläche.

Er schüttelt den Kopf und blickt mir einen Moment stumm ins Gesicht. „Nein. Ich habe mir den Abend freigehalten.“

„Also ziehst du nicht mit deinem Kumpel um die Häuser?“ Meine Güte, Alice, du bist so dämlich. Es kann dir doch egal sein, was der so treibt. Du magst ihn ja nicht mal, selbst wenn er gerade recht zahm wirkt.

„Nein.“

Er gibt sich einsilbig, während ich ihn durchlöchere. Aber mitten in diesem vorläufigen Waffenstillstand scheint dies meine einzige Gelegenheit zu sein, mehr über den Mann zu erfahren, mit dem ich nun beinhart eine Affäre angefangen habe.

„Ihr kennt euch wohl schon lange, und ich finde es beneidenswert, dass eure Freundschaft sogar über die geografische Distanz aufrechtgeblieben hat."

„David hatte hier keine sonstigen Verpflichtungen und kam deshalb oft zu mir nach Boston", beginnt Monroe da und blickt zur Decke. „Wir wollten den Kontakt keineswegs abbrechen, und für mich war es sogar logisch, dass er mein ... er ist ein toller Kerl."

Die Art, wie Monroe seine Worte mit Bedacht wählt, erinnert mich an die Mail, die er mir diese Woche geschrieben hat. Irgendwie wird dieser Strudel, in dem ich mich befinde, immer kräftiger. Zu gerne würde ich wissen, welche Informationen über seinen Bruder er mir – oder eben Lina – mitteilen will. Doch ich weiß, dass ich sie niemals persönlich empfangen werde. Ich habe sogar schon überlegt, ihm heute die Wahrheit über mich und Harry zu erzählen. Doch bin ich zu dem Schluss gekommen, dass das wohl das denkbar Dümmste wäre. Deshalb halte ich daran fest, dass Monroe niemals erfahren wird, dass ich Lina bin – und diese Affäre ohnehin nicht lange andauern wird.

Beruhigend – oder etwa nicht?

„War es schwer für dich, Boston zu verlassen?"

Er atmet tief ein und kräuselt seine Lippen. „Leicht war es sicher nicht, aber notwendig. Harry hätte dasselbe auch für mich getan."

Ganz sicher. Harry war pflichtbewusst. Aus diesem Grund kann ich erst recht nicht verstehen, dass er mit mir etwas anfing, obwohl er verheiratet war.

„Das glaube ich auch", murmele ich. „Meine Mum lebt auch nicht gleich um die Ecke. Es sind zwar nur zwei Stunden Fahrt, die uns voneinander trennen. Aber sie kann bis heute nicht verstehen, wieso ich unser beschauliches Örtchen für eine stinkende Großstadt verlassen habe. Ich bin im Zwiespalt, weil ich weiß, dass sie zu Hause ganz allein ist und es ihr damit nicht gut geht. Ich kann aber nicht einfach alles aufgeben, was ich hier habe.“

Ich weiß, dass ich mich auf gefährlichem Terrain bewege. Über meine Familie zu sprechen macht mich angreifbar. Und vermutlich ist Monroe der letzte Mensch, dem ich mich offenbaren sollte. Wahrscheinlich interessiert es ihn auch gar nicht.

„Was ist mit deinem Dad? Du hast nur deine Mum erwähnt.“ Er sieht mich fragend an, und wenngleich seine Stimme weicher klingt als meistens, kann ich nicht erkennen, ob er sich wirklich für mein Leben interessiert oder bloß aus Höflichkeit fragt.

„Mein Dad starb vor drei Jahren. Er war krank. Seitdem lebt meine Mum ganz allein. Ich habe keine Geschwister und habe manchmal Angst, sie im Stich gelassen zu haben, um meine Ziele zu erreichen. Ich habe sie auch schon gebeten, zu mir zu ziehen. Aber das will sie nicht. Es ist schwer, weil sie richtig stur sein kann.“

Ich erzähle ihm nichts von den Schulden, die sie zusätzlich belasten. Von der nicht vorhandenen Lebensversicherung meines Vaters. Oder davon, wie sich meine Mum abrackert, um sich das Haus leisten zu können. Ich erzähle nicht, wie oft ich ihr schon Geld angeboten habe, dass sie jedes Mal abgelehnt hat. Ich habe ohnehin schon zu viel verraten.

Es sollte ja nur um Sex gehen – und plötzlich schütte ich diesem Kerl mein Herz aus?!

Nach einer Weile lächelt er. „Jetzt ist mir zumindest klar, von wem du deine Sturheit hast."

„Haha. Sehr witzig, Mr Monroe."

„Ich glaube, wir überspringen das Wasser und gehen gleich zum Alkohol über", schlägt er vor, fährt überraschend über meinen Hintern und steht auf.

Verdammt, dieser Mann kann ein richtiger Idiot sein. Aber eins weiß er: Was mir guttut.

Knapp zwei Stunden später sitze ich mit Bademantel bekleidet mit meinem dritten Gin Tonic auf dem Bett. Neben einer Vielzahl an Getränken haben wir uns auch ein Abendessen bestellt, das wir in unserer neuartigen Harmonie verzehrt haben.

Monroe trinkt gerne Whiskey. Das überrascht mich wenig. Ich bin jedoch erstaunt, wie geduldig er zuhört, und wie witzig er sein kann. Es kann aber auch leicht sein, dass ihn mein etwas beschwipster Verstand zu einer Idealfigur stilisiert hat.

„Willst du dich nächste Woche wieder hier treffen?", fragt er ganz direkt, während ich an meinem Gin nippe.

Ich grinse und lehne mich ans Kopfende des Bettes. Monroe sitzt mir gegenüber. Da er unsere Bestellung entgegengenommen hat, ist er wieder angezogen. Doch er wirkt ganz anders in Jeans und T-Shirt als in seinen Anzügen. Fast wie ein normaler Kerl. Auch wenn er in Anzug unglaublich heiß aussieht.

„Musst du darüber so lange nachdenken?"

„Nein, ich ... ich dachte nur, wie ungewohnt du in Jeans ausschaust.“ Das war dein letzter Drink, Alice.

„Okay“, erwidert er und wirft einen prüfenden Blick auf sein Outfit. „Ich würde auch nicht gerade behaupten, dich schon oft im Bademantel gesehen zu haben.“

„Stimmt“, bestätige ich lachend. „Ich wollte damit sagen, dass mir deine private Seite mindestens genauso gut gefällt, wie deinen Hintern in Anzughosen anzuschmachten.“

Er grinst verschlagen. „Anzuschmachten“, wiederholt er.

„Oft würde ich dir aber auch gern ordentlich in denselben treten. Das hängt ganz von deinem Verhalten ab.“

Davon kann er wahrscheinlich ein Lied singen.

„Zurück zu meiner Frage, Ms Benedetto“, mahnt er und zieht die Augenbrauen hoch. „Nächste Woche? Mittwoch?“

Mittwoch – das dauert ja noch ewig.

„Mittwoch ist ... oh ... da fällt mir ein, dass ich da schon etwas vorhabe. Stanley hat Geburtstag und lädt einige Leute aus der Firma ein. Aber Dienstag ginge es. Oder Donnerstag.“

Monroe fährt sich mit der Hand übers Gesicht und betrachtet mich ernst. „Dann Dienstag. Gleiche Zeit, gleicher Ort. Somit steht eurer Feier nichts im Weg.“

„Du hast doch hoffentlich nichts dagegen, dass wir Kollegen uns auch außerhalb der Arbeit gut verstehen?!“

Seine Haltung verrät mir, dass die lockere Stimmung dahin ist. Ist er womöglich beleidigt, weil ich am Mittwoch keine Zeit habe? Er kann doch keineswegs verlangen, dass ich ihm jederzeit zur Verfügung stehe.

„Das hat mich nichts anzugehen“, brummt er und kippt den restlichen Inhalts seines Glases in einem Zug.

„Aber ...?“, bohre ich nach und richte mich auf.

„Nichts aber“, erwidert er genervt und erhebt sich.

Ich folge ihm ins Nebenzimmer, wo er seine Schuhe anzieht. „Es geht hier also um Stanley. Du hast mich letztes Mal ja auf deine unangenehme Art direkt gefragt, ob ich mit ihm schlafe.“

„Mach dich nicht lächerlich, Mädchen“, meint er abfällig und schließt seinen Gürtel. „Es ist mir scheißegal, mit wem du vögelst.“

„Das möchte ich hoffen. Ich bin dir keinerlei Rechenschaft schuldig.“

„Ich dir auch nicht.“

Die Vorstellung, dass er auch mit einer oder sogar mehreren anderen ins Bett geht, kränkt mich.

Doch wie kann ich so blöd sein, solche Gefühle zuzulassen? Zwischen Monroe und mir ist nur Sex vereinbart. Nichts weiter.

Er ist und bleibt ein Arschloch, und das hat er jetzt wieder einmal anschaulich unter Beweis gestellt.

„Der Abend war toll, Alice“, lenkt er nun wieder ruhig ein und kommt näher.

Ich bleibe mit verschränkten Armen vor ihm stehen und blicke zur Seite, um seinem Charme nicht zu erliegen. „Bis du die gute Stimmung zerstört hast.“

Monroe fasst nach meinem Kinn und zwingt mich, ihn anzusehen. „So bin ich nun mal“, gesteht er und lächelt spöttisch. „Ich hau jetzt ab. Soll ich dich nach Hause bringen?“

„Verschwinde einfach“, murmele ich, löse mich von ihm und krame in meiner Handtasche. Als ich die Schlüsselkarte gefunden habe, halte ich sie ihm hin.

Monroe greift danach, zieht mich aber zugleich am Handgelenk an seine Brust. „Deine Überraschung heute war richtig scharf.“ Eigentlich soll das wohl heißen: *Darum geht es zwischen uns: Wir sollten mehr ficken und weniger reden. Halte dich daran!*

Als er mich küsst, ebbt mein Zorn schlagartig ab. Ich löse mich aber dennoch von ihm und trete einen Schritt zurück.

„Ich übernehme die Rechnung, du kannst gern noch hierbleiben und in Ruhe austrinken.“

Im Bademantel allein in einem Hotelzimmer zu hocken und Gin Tonic zu trinken steht ja auch ganz oben auf meiner To-do-Liste.

ZWANZIG

Alice

An meinem Job liebe ich die Möglichkeit, Dinge zu erschaffen, die länger Bestand haben werden, als ich leben werde. Ich mag das Spiel mit Formen und Licht. Und ich finde es nach all der Zeit immer noch unglaublich spannend, wenn aus einer Idee in meinem Kopf ein dreidimensionales Modell entstanden ist. Bis heute sind mein Team und ich im Hamilton-Projekt einen großen Schritt weitergekommen, sodass ich mich nun endlich einmal zurücklehnen und zufrieden auf unsere Arbeit in den vergangenen Monaten zurückblicken kann.

Anlässlich dieses Meilensteines gibt es Sekt im Plastikbecher und ein extragroßes Sandwich für alle Beteiligten. Wenig später reiche ich einen Urlaubsantrag ein. Ich möchte unbedingt meine Mum besuchen.

Während ich meine Arbeit erledige, erfasst mich große Sehnsucht. Viel zu oft passiert es mir derzeit, dass ich den Kopf in Richtung Fahrstühle drehe, weil ich hoffe, Monroe hier auftauchen zu sehen. Was ja total verrückt ist. Oder ich bilde mir ein, seine Stimme zu hören, als ich den Eingangsbereich durchquere. Einmal laufe ich deshalb sogar in einen Kerl vor mir rein und murmele schnell eine blöde Entschuldigung.

Ich grüble, was er zu Mittag isst – und mit wem. Meine Gedanken schweifen gerade einfach viel zu oft ab.

Jeder Anruf bei mir lässt mein Herz höherschlagen. Diese Gefühle an sich sind ja toll. Ich bin jung, Single, und niemand darf mir verbieten, mich in ein wildes Sexabenteuer zu stürzen. Solange ich die Kontrolle behalte, ist ja alles gut.

Diesen Merksatz bete ich mir auch beim nächsten Klingeln des Telefons vor. Ich falle aber doch fast vom Stuhl, als nun tatsächlich Monroe am anderen Ende der Leitung zu hören ist.

„Die Hamiltons haben mich vorhin angerufen“, beginnt er nüchtern – was für eine Enttäuschung. „Sie haben das Projekt endgültig abgesegnet und waren von dem Entwurf restlos begeistert.“

Ich lächele und streiche mit meinen Fingerspitzen über den Rand meines Wasserglases. „Das freut mich. Das wird eine großartige Sache.“

„Was hältst du davon, wenn wir diesen Erfolg morgen bei einem Abendessen feiern?“, schlägt er da völlig überraschend vor.

Ein gemeinsames Abendessen – das ist doch viel mehr als bloß Sex. Sollten wir das tun? Können wir denn überhaupt miteinander reden, ohne zu streiten?

„Im Ernst?“

Er lacht. „Ja. Ich reserviere einen Tisch im *Landmark* für uns. Außerdem wäre es gut, wenn du mir deine Nummer schicken würdest.“

„Klar, mache ich“, erwidere ich, doch muss ich erst überlegen, was ich von dieser Einladung halten soll.

Wir führen sogar noch kurz Small Talk, Monroe verabschiedet sich dann aber, weil er bereits auf dem Sprung zum nächsten Termin ist. Zurück bleibe ich völlig ratlos und ein bisschen überwältigt.

Monroe wartet vor dem *Landmark* auf mich, als ich aus dem Taxi steige. Er lächelt, aber ich weiß, was er davon hält, dass ich auf diese Art herkomme und seinen Fahrer wieder weggeschickt habe.

„Hallo“, murmele ich, da ich mich auf einmal etwas unsicher fühle. Wir haben uns schließlich noch nie privat außerhalb des Büros oder der Suite getroffen.

Monroe wirkt lockerer. Er kommt mir das letzte Stück entgegen, streckt seinen Arm aus und haucht mir einen Kuss auf die rechte Wange. Er führt mich in das schicke Hotelrestaurant mit einladenden Stühlen, die mit Samt bezogen sind.

Das ist seine Welt, denke ich, während ich ihm gegenüber Platz nehme. Monroe wurde in diesen Pomp hineingeboren, darum tritt er auch so gewandt und lässig auf. Er hat mich nicht hierher eingeladen, um mich zu beeindrucken, sondern weil er immer in solchen Restaurants verkehrt und nie in eines gehen würde, das ich mir leisten kann.

Er bestellt eine Flasche Champagner, um auf das erfolgreiche Projekt anzustoßen. Auch wenn es etwas Abenteuerliches hat, hier mit ihm zu sitzen, frage ich mich, ob das zu den normalen Aufgaben einer Geliebten zählt. Harry hat mich ja auch oft ausgeführt.

Mittlerweile weiß ich aber, dass währenddessen seine Frau zu Hause auf ihn gewartet hat.

Ich reibe mir den Nacken, während der Kellner mir ein Glas Champagner reicht. Warum muss ich ausgerechnet jetzt an Harry denken?

„Auf deinen Erfolg", verkündet Monroe indessen strahlend. Wir stoßen an und trinken einen Schluck.

„Danke für die Einladung", sage ich und stelle mein Glas ab.

„Mein ... mein Verhalten am Samstag war nicht okay. Ich hätte nicht einfach verschwinden dürfen."

Eine weitere Überraschung.

Wer bist du, und was hast du mit Monroe angestellt?

„Schon okay", murmele ich, nachdem uns die Vorspeise gebracht wurde. „Wir wissen ja mittlerweile, dass wir nicht gut darin sind, miteinander zu sprechen."

Ich nehme mir eine Scheibe Brot und tunke es in die Olivenöl-Kräuter-Mischung. „Das würde ich so nicht sagen. Zuvor haben wir sehr viel gesprochen."

„*Ich* allein habe geredet. Keine Ahnung, warum ich dir von meiner Familie erzählt habe."

„Bereust du das hier schon?"

Ich zögere und überlege, was ich am besten sage. Schließlich entscheide ich mich für eine ehrliche Antwort. Monroe ist ja auch kein Mann, der Botschaften in rosafarbene Watte verpackt. „Nein. Ich bin mir sicher, dass diese Sache genau das ist, was mir im Moment gefällt."

Ehrlichkeit tut gut.

Doch meine Erleichterung hat eine Kehrseite – Harry.

Am Anfang dieser Affäre war die Tatsache, dass ich Sex mit Monroes Bruder gehabt und ihm Mails geschrieben hatte, zwar nicht unbedeutend, aber nicht so erdrückend wie jetzt. Doch wenn ich beichte, dann verliere ich ihn.

„Wie denkst du darüber?“, wiederhole ich seine Frage.

Monroe verschränkt die Hände auf dem Tisch.

Wie sehr ich diese Finger liebe.

„Ich bereue auch nichts“, beginnt er. „Das ist etwas, was für mich ganz neu ist, Alice. Ich bin nicht mit dem Ziel in die Firma gekommen, eine komplizierte Beziehung mit einer Angestellten anzufangen. Aber es ist nun einmal passiert. Ich fühle mich von dir unglaublich angezogen, ich schätze dich, und ich möchte nicht, dass es endet.“

Während er spricht, trinke ich Schluck für Schluck den Champagner. Niemals hätte ich mit dieser Offenheit gerechnet. Am liebsten würde ich ihn küssen. Aber kann es wirklich so einfach sein? Lauern außerhalb dieser Blase nicht zig Gründe, die es uns verbieten, unkomplizierte Fuck-Buddys zu werden?

„Jeder von uns hat sein eigenes Leben, und das ist gut so. Am Samstag quälte mich die Vorstellung, dass du tags darauf mit diesem Stanley schlafen könntest, ungemein. Natürlich weiß ich, dass es mich nichts angeht, was du sonst so in deinem Leben machst. Es wäre unfair von mir, etwas von dir zu verlangen, was ich selbst nicht erfüllen könnte.“

Also trifft er sich auch mit einer anderen?

Der blubbernde Champagner verursacht ein Stechen in meinem Magen.

Harry hatte eine Bedingung an mich gestellt, und die lautete Monogamie. Ich erfüllte ihm diesen Wunsch, weil ich dachte, er würde sich auch daran halten. Mittlerweile bin ich aber klüger. Vor Harry hatte ich eine dreijährige On-off-Beziehung mit einem Mann geführt, der beruflich viel unterwegs war. Oft sahen wir uns nur an den Wochenenden, und weil er dann völlig erledigt war von seiner Arbeit, hockten wir nur zu Hause herum.

Es ist schwer zu sagen, ob Monroe in die Reihe der missratenen Typen, mit denen ich bis jetzt etwas laufen hatte, einzuordnen ist. Doch erstaunlicherweise macht es mir seine Offenheit plötzlich leichter. Ich fühle mich frei.

„Ich würde gerne sehen, wohin das zwischen uns führen kann." Sein Blick ruht dabei eindringlich auf mir.

„Wie es aussieht, stellen wir bald einen Rekord an zivilisierten Unterhaltungen auf", erwidere ich lächelnd.

„Teilst du meine Meinung?", bleibt er hartnäckig. Heute will er wirklich mit offenen Karten spielen.

Ich nicke. „Absolut."

Bis der Hauptgang – eine Entenbrust auf Gemüse und der denkbar köstlichsten Sauce seit Menschengedenken – serviert wird, lassen wir dieses schwierige Thema beiseite und besprechen hauptsächlich das Hamilton-Projekt. Das scheint nach so viel Ehrlichkeit sicheres Terrain für uns zu sein.

Monroe erzählt mir vom Telefonat mit den beiden Brüdern und wie sehr sie von mir angetan waren.

„Ich glaube, der ältere Hamilton ist total in dich verknallt. Da flattert sicher bald eine Einladung für dich ins Haus", zieht er mich auf und schiebt sich den letzten Bissen in den Mund.

„Du meinst, insgeheim stehe ich auf Ü50, glatzköpfig und untersetzt?"

„Man muss alles mal probiert haben", macht er einen auf Oberlehrer.

„Da würde mir jetzt viel dazu einfallen, aber ich verhalte mich wie eine Lady und schweige", erkläre ich grinsend.

Während der Kellner unsere Teller abräumt, schenkt Monroe mir ein Glas Rotwein nach. So aufbrausend er in der Arbeit sein kann, Manieren hat er.

„Erzähl mir etwas über dich", bitte ich ihn, während ich an meinem Wein nippe.

„Was möchtest du denn wissen?", fragt er mit hochgezogenen Augenbrauen und stellt die Flasche ab.

„Ganz egal. Irgendetwas, das nichts mit Arbeit zu tun hat."

Er atmet aus, lehnt sich zurück. Gegenseitig mustern wir uns eine Weile stumm. „Ich spiele total gerne Squash, jogge täglich und hasse Tomaten. Das ist alles, was mir jetzt so einfällt ... na ja. Ich würde David eine meiner Nieren spenden, aber niemals zu ihm ins Auto einsteigen."

„Warum?"

„Er ist ein irrer Raser. Je schneller, desto besser."

„Gutes Ablenkungsmanöver“, entlarve ich Monroe und lehne mich vor. „Zurück zu dir. Woher hast du die Narbe unter deiner rechten Augenbraue?“

Augenblicklich streicht er mit dem Zeigefinger darüber. „Die ist ein Andenken an Harry. Er stand als Kind auf Züge und baute die wildesten Strecken. Sein Spezialgebiet waren Brücken. Eine stürzte aber ein, während ich darunter stand. Die Lok fiel auf mich und traf meinen Kopf in diesem Winkel. Die Wunde musste sogar genäht werden. Harry musste sich danach einiges anhören.“

Mein Herz wird schwer, wenn ich an den Verlust, den er durch Harrys Tod erlitten hat, denke.

„Und wer von euch hat die meisten Mädchen erobert? Harry oder du?“

„David“, erwidert Endre lachend. „Harry hat sich immer von allen Frauen ferngehalten, und mir waren sie egal. Deshalb hat sich David alle geschnappt.“

„Daran scheint sich ja nicht viel geändert zu haben.“

„Nicht wirklich. Es gibt auf dieser Welt wohl nur zwei Frauen, mit denen er nicht schlafen würde: seine Mutter und seine beste Freundin. Alle anderen Frauen sind vor ihm nicht sicher.“

Ich habe zwar nicht das Gefühl, dass es ihm unangenehm ist, über sich zu sprechen. Doch er erzählt auch sehr gerne von seinem besten Kumpel, um von sich abzulenken.

„Wann hast du zum ersten Mal ein Mädchen geküsst?“, frage ich nun und richte mich auf meinem Stuhl auf.

„Mit vierzehn.“

„Mit wem?“

„Sie hieß Paula, war vier Jahre älter als ich und eigentlich in Harry verknallt. Ich redete ihr aber ein, dass Harry schwul sei, und tröstete sie auf meine Art.“

„Wie gemein“, stelle ich fest, kann mir Monroe aber bestens als vierzehnjährigen Herzensbrecher vorstellen: groß, sportlich, mit einem entwaffnenden Lächeln. „Den ersten Sex?“

„Vor circa einer Woche mit einer heißen Architektin, die ich in der Firma kennengelernt habe.“

Ich breche in schallendes Gelächter aus, reiße mich aber zusammen, als ich mich erinnere, wo wir uns befinden. In Restaurants wie diesem ist es sicherlich verpönt, so laut zu agieren. „Du falscher Charmeur!“

„Ich war fünfzehn und dachte, dass ich dieses Mädchen eines Tages heiraten werde.“

„War sie auch Harrys Eroberung?“, hake ich nach.

„Nein, sie hatte ich mir selbst geangelt. Wir waren sogar ein Jahr zusammen. Das ist im Kosmos eines Teenagers ja eine Ewigkeit.“

„Wer hat es beendet?“

„Ich. Zu dem Zeitpunkt war ich draufgekommen, dass es da draußen Tausende Frauen gab, die ich alle kennenlernen wollte.“

„Hattest du seitdem eine ernsthafte Beziehung?“

Überraschenderweise nickt er. „Klar, sogar mehrere.“

„Wie lange hielt die längste?“

„Fünf Jahre“, erwidert er, und ich merke, wie unangenehm ihm dieses Thema ist.

Ich frage mich, ob diese Frau ihn verlassen hat. Fünf Jahre sind eine lange Zeit. Hat er womöglich deshalb London verlassen, um ihr aus den Weg zu gehen? Oder war das in Amerika?

Zu gerne würde ich ihn über seine Beziehungen ausfragen, doch ich ahne, dass er abblocken würde. „Warum Schwalben? Dein Tattoo. Es sind doch welche?“

„Es sind Schwalben, richtig. Sie stehen für Freiheit, aber auch Erlösung.“ Seine Stimme klingt fest, doch hinter seinem starren Blick lodert ein wildes Feuer.

„Die Erlösung einer Seele?“, frage ich.

„Genau. Ich habe mir das Tattoo zu einer Zeit stechen lassen, als in meinem Leben viel passiert ist. Damals habe ich begonnen, mich mit mir selbst zu beschäftigen. Dafür musste ich lernen zu vergeben.“

„Ich mag es“, gestehe ich. „Die Farben, die Motive – es wirkt so lebensbejahend.“

„Danke.“

„Ich war aber sehr überrascht, als ich es gesehen habe. Damit hätte ich nicht gerechnet.“

„Ich bin immer für Überraschungen gut“, erklärt er schmunzelnd.

Damit trifft er den Nagel auf den Kopf.

„Möchtest du ein Dessert?“, erkundigt er sich und gibt dem Kellner ein Zeichen.

„Oh, ja.“

Er bittet den Kellner, die Nachspeise aufs Zimmer zu schicken, und bestellt eine Auswahl mehrerer Gerichte. Als würden wir dann noch großartig zum Essen kommen.

Wir erheben uns zugleich. Monroe tritt hinter mich, und als er seine Hand sanft zwischen meine Schulterblätter legt, rieselt ein Schauer über meinen

Rücken. Ich schenke ihm ein Lächeln. Von diesem attraktiven Mann fühle ich mich begehrt, aber auch etwas eingeschüchtert.

Die Spannung zwischen uns ist immer hoch. Wenn wir beruflich ein Thema diskutieren, dann passiert das mit großer Leidenschaft. Wenn wir uns berühren, ergreift eine unermessliche Kraft Besitz von uns.

Als wir das Restaurant verlassen und in die helle palmenbestückte Halle unter die gläserne Kuppel treten, würde ich am liebsten spontan nach seiner Hand greifen. Doch das wäre wohl zu viel des Guten. Zudem wird uns der Weg von einer rothaarigen Schönheit, bekleidet mit einem topmodernen grauen Hosenanzug, abgeschnitten. Sie hat sich aus ihrer Gruppe gelöst und eilt nun mit schnellen Schritten auf uns zu. Für mich interessiert sie sich kaum, bedenkt mich aber dennoch mit einem kurzen Seitenblick. Monroe dagegen umarmt sie überschwänglich und deutet auf jede seiner Wangen einen Kuss an.

„Endre, was für eine Überraschung!“, ruft sie mit unverkennbarem amerikanischen Akzent. „Ich habe eben noch überlegt, ob ich dich anrufen soll, solange ich hier bin – und da läufst du mir direkt über den Weg. Wie geht es dir?“

„Gut, danke. Was machst du hier in London?“

„Ah, ich habe mich dazu überreden lassen, auf einem Kongress eine Rede zu halten.“

Monroe gibt sich cool und lässt nicht erkennen, ob er diese Begegnung als angenehm oder nicht empfindet. In mir aber regt sich etwas, als ich die beiden anschaue. Mir wird klar, wie wenig ich von diesem Mann weiß. Die wenigen Dinge, die er mir erzählt hat, sind wohl nichts im Vergleich zu dem, was ihn mit dieser Frau verbinden muss, so vertraut, wie sie wirken. Während sie miteinander sprechen, berührt sie ihn, als wären sie einander lange Zeit bekannt. Jetzt liegt ihre Hand auf seinem Oberarm, und seine streift wie unabsichtlich über ihre Schulter.

Ich sollte ihnen ihre Privatsphäre gönnen – vor allem komme ich mir ohnehin schon wie ein Ziergegenstand vor. Deshalb unterbreche ich sie, indem ich meine Hand kurz auf seine Schulter lege. Monroe und die Frau sehen mich unvermittelt an, als hätten sie ganz vergessen, dass ich überhaupt existiere.

„Entschuldigen ... Sie mich", stammele ich. „Ich gehe kurz zur Toilette."

Monroe nickt, blickt zuerst sie, dann mich an. „Natürlich. Verzeihung." Seine Handfläche auf meinem Rücken verhindert einen sofortigen Abgang. „Avery, das ist Alice Benedetto. Sie ist Architektin in unserer Firma, und heute feiern wir den Abschluss eines großen Projektes."

Während ich die Hand dieser Avery schüttele, schmerzt mich Monroes steife Vorstellung, die mich peinlich berührt erröten lässt. Natürlich bin ich noch immer eine seiner Angestellten, und ich gehe nicht davon aus, dass er dieser Frau auf die Nase bindet, dass wir hier sind, um miteinander zu vögeln. Es liegt eher an seinem Tonfall und seiner Haltung, dass ich mich fühle, als wäre ich mit eiskaltem Wasser übergossen worden. Nun bin ich ganz offiziell sein schmutziges Geheimnis. Bisher haben wir darüber ja noch gar nicht gesprochen.

Der kühle Blick dieser Avery lässt mich jedoch vermuten, dass sie Monroe gut genug kennt, um zwischen den Zeilen lesen zu können. Sie verschwendet kein Wort an mich.

Als ich von der Toilette zurückkomme, unterhalten sich die beiden immer noch angeregt. Monroe verabschiedet sich dann jedoch von ihr und bringt mich ohne weitere Erklärung hinauf in die Suite. Doch auch wenn er nach außen locker wirken will, nehme ich die Veränderung an ihm wahr. Er ist sehr still und nachdenklich. Für einen Moment wirkt er sogar angespannt, während er die Tür aufschließt und mir den Vortritt gewährt. Ich zögere, etwas zu sagen.

Ich will hier sein, ja. Aber ich wünschte, diese Sache zwischen uns wäre einfacher.

Als die Tür mit einem leisen Klick ins Schloss fällt, begegnen sich unsere Blicke. Seiner ist düster und begehrlich. Monroe tritt näher, öffnet den Mund, als wolle er etwas sagen, schließt ihn aber wieder stumm. Stattdessen kneift er die Augen zusammen und drückt mich gegen die Flurwand. Ich sehe zu ihm hoch, während sich meine Unsicherheit in sexuelle Erregung verwandelt. Sein Körper ist meinem ganz nahe. Ich würde am liebsten die Hände nach ihm ausstrecken, ihn ausziehen und zusehen, wie dieser harte Mann nachgiebig wird, während ich seinen Schwanz massiere.

Doch da beugt er sich herab und sucht mit seinen Lippen meinen Mund. Ich kann nicht sagen, wer den Kuss beginnt. Für einen Moment scheint unsere Beziehung wieder einfach. Jetzt gerade fällt es mir leicht zu vergessen, dass es in seinem Leben geheimnisvolle Frauen gibt, die ihm zur Begrüßung um den Hals fallen. Wenn er mich berührt, habe ich das Gefühl, der Mittelpunkt seiner Welt zu sein. Dann sind alle Sorgen weg, dass mich diese Affäre viel mehr kosten könnte als bloß meinen Job.

Er unterbricht den Kuss und lässt seine Lippen über meine Wange zu meinem Ohr gleiten. „Willst du das? Soll ich weitermachen?"

Seine Frage verrät mir, dass er genau weiß, wie verunsichert ich bin. Er nimmt Rücksicht auf mich, das bedeutet mir sehr viel. Und ich bin mir auch bewusst, dass ich ungeachtet meiner Gefühle diese Nähe brauche. Dieses Verlangen ist stärker als mein Verstand.

„Ja", flüstere ich und nicke leicht.

Als Antwort bahnen sich seine Lippen einen Weg über meinen Hals abwärts. Er saugt die Haut knapp über meinem Schlüsselbein ein, was vermutlich einen fetten Knutschfleck zurücklassen wird. Der Gedanke, dass Endre Monroe mir einen Knutschfleck verpasst hat, lässt mich augenblicklich grinsen. Mit seiner rechten Hand schiebt er die Träger meines dunkelblauen Kleids runter. Dabei küsst er jeden freigelegten Millimeter Haut. Meine Nippel richten sich schlagartig auf, als sie von der kühlen Luft gestreift werden. Ich sehe ihm zu, wie er an meinem Nippel saugt und dann auf die Knie sinkt.

Er schiebt mein Kleid hoch, hält es mit einer Hand über meinem Bauch zusammen und zerrt mit der anderen meinen Slip über meine Beine hinab. Etwas wackelig hebe ich ein Bein nach dem anderen, während Monroe über die Innenseite meines

Oberschenkels leckt. Wimmernd kralle ich mich in seine Schultern, als sein Mund meine Klit erreicht.

Natürlich kann ein Mann, der gut küsst, auch verdammt gut lecken. Ich bin hingerissen von der Art, wie er mich bearbeitet. Er benutzt lediglich seine Zunge und steigert meine Lust, weil ich nichts lieber möchte, als seine Finger in mir zu spüren. Doch so sehr ich mein Becken auch bewege, Monroe verweigert mir seine Finger.

Irgendwann gehen meine Laute von einem sinnlichen Stöhnen in ein verzweifeltes Jammern über. Ich bettele ihn an, mir mehr zu geben, mich zu erlösen oder mich zu ficken. Ich zerre an seinen Haaren, verfluche ihn innerlich und lege dann kokett mein rechtes Bein auf seine Schulter, um ihm besseren Zugang zu verschaffen.

Als er an meiner Klit saugt, zieht sich mein Innerstes schlagartig zusammen. All die bisherige Anspannung und Verzweiflung ebben ab, und ich komme so heftig, dass ich mich ohne seine Stütze nicht mehr auf den Beinen halten könnte.

Vorsichtig stellt er mein Bein ab, wischt sich mit der Handfläche über den Mund und steht auf. „Sieh dich an“, raunt er und legt seine Hand auf meine nackte Brust. Ich bin lediglich zu einem seligen Grinsen fähig, während Monroe seine Hose öffnet, sie lässig runtergleiten lässt und sich mit einer gezielten Bewegung in mir versenkt.

„Du fühlst dich so gut an“, gestehe ich und umklammere seine Schultern. „So verdammt gut.“

Seine Bewegungen sind schnell und hart. Er drückt mich fest gegen die Wand, und ich stöhne auf. Es ist anders, mit ihm zu vögeln, während er mich küsst, mich ansieht und dabei meinen Namen flüstert. Es ist intimer, als es sein dürfte, aber so viel besser. Erneut hebe ich ein Bein an und komme ihm mit meiner Hüfte entgegen.

Ich schließe die Augen, als er an meinem Hals saugt. Ich flüstere unzusammenhängende Worte. Auf einmal wünsche ich mir, Anspruch auf ihn erheben zu dürfen. Das hier soll für ihn genauso bombastisch sein wie für mich. Nicht bloß eine schnelle Nummer mit einer x-beliebigen Frau, während andere auf ihn warten.

Ich will für ihn etwas Besonderes sein.

Sobald ich diese Worte gedacht habe, ärgere ich mich furchtbar über mich.

„Ich bin gleich so weit, Baby. Komm mit mir gemeinsam", raunt er an meinen Lippen und stößt tiefer zu.

Als ich meinen Höhepunkt erreiche, vermischen sich unsere Laute ineinander. Monroe folgt mir, hält mich gegen die Wand gedrückt und vergräbt sein Gesicht in meiner Halsbeuge.

„Bald haben wir alle Räume durch", sage ich nach einer Weile, in der wir beide versucht haben, zu Atem zu kommen.

Monroe richtet sich auf, zieht sich aus mir zurück und grinst träge. „Dieses Hotel hat noch viel mehr Zimmer."

Ich lächele und halte mich an ihm fest. In diesem Moment klopft es an der Tür. „Das Dessert", stelle ich fest und schiebe den Träger meines Kleides wieder hoch.

„Ich mach das schon“, erklärt er, hebt meinen Slip auf und reicht ihn mir. Während er zur Tür geht, schließt er seine Hose.

Auf der Couch sitzend verputzen wir wenig später unsere Nachspeisen. Wir unterhalten uns, das tut gut, und wir entdecken sogar einige Gemeinsamkeiten.

Nachdem ich den letzten Rest der Mousse aufgegessen habe, eröffne ich ihm, dass ich jetzt nach Hause fahren werde. Monroe bittet mich zwar, noch ein wenig bei ihm zu bleiben, doch ich spüre, dass ich gehen muss. Monroe geht mir unter die Haut, und ich muss mich schützen, um mich nicht zu verlieren.

Er sieht mir auf dem Hocker sitzend zu, wie ich mich anziehe, dann steht er auf und begleitet mich zur Tür.

Was zum Teufel soll ich sagen?

Es ist das erste Mal, dass wir so friedlich auseinandergehen. Und eigentlich möchte er gar nicht, dass ich schon gehe. Wie soll ich diesem Welpenblick widerstehen?

„Also“, beginne ich. Fehlt nur noch, dass ich mir eine imaginäre Locke um den Finger wickele. „Danke für die Einladung, für den ganzen Abend.“

„Sehr gerne“, erwidert er und stemmt seine Hand neben mir gegen die Wand.

An der er mich vor einer halben Stunde fast besinnungslos gevögelt hat.

Ich schlucke und ringe mir ein Lächeln ab, das hoffentlich nicht verrät, wie nervös er mich macht. „Sehen wir uns hier wieder?“

„Natürlich. Lass uns Samstag anpeilen. Okay?“

„Okay.“

Geh, Alice. Lach nicht blöd, geh einfach!

„Soll ich dich nach Hause bringen?“, erkundigt er sich da, und ich wünschte, seine Stimme würde immer diesen samtig weichen Unterton aufweisen.

„Das musst du nicht, danke.“ Ich strecke mich, hauche ihm einen Kuss auf die Lippen und sauge seinen Geruch tief ein. „Bye.“

Er löst sich von mir, langt nach dem Türknauf und öffnet die Eingangstür. „Sei morgen artig.“

Ich lächele, streiche ihm mit meiner Hand kurz über die Wange und zwinge mich zu gehen.

EINUNDZWANZIG

Endre

„Vi datet jetzt einen Kerl, der so richtig kacke ist“, mault David und stopft Chips in sich rein. „Ein Finanzlappen, den sie von früher kennt. Sie ist total verknallt in diesen Trottel.“

„Hmm“, mache ich und frage mich, was ich mit dieser Information hinsichtlich Davids bester Freundin anfangen soll.

„Im Ernst, Mann: Der Typ hat es früher mal vergeigt, jetzt trifft sie ihn wieder und läuft ihm nun schon seit Wochen hinterher. Und was denkst du, was er macht?“

Ich kratze mir die Stirn. „Sie vögeln?“

David wirft mir einen bitterbösen Blick zu, als hätte ich seine Mutter aufs Gröbste beleidigt. „Nein, du Idiot. Er lässt sie eiskalt abblitzen.“

„Megaspannend“, murmele ich gelangweilt und linse zum wohl dreihundertsten Mal auf mein Handy.

Es ist fast zweiundzwanzig Uhr. Alice ist ganz sicher noch mit diesem Stanley unterwegs. *Das* sind Probleme, Mann.

„Na ja, soll sie machen, was sie glaubt." Die Art, wie er sich mit der Hand durch die Haare fährt, verrät aber das Gegenteil.

Ist der Kerl tatsächlich eifersüchtig?

Kann nicht sein. Vi ist seine beste Freundin. Ihre Muschi ist laut seiner Aussage tabu für ihn.

„Vi ist doch ein kluges Mädchen, und wenn der Kerl sie schlecht behandelt, hat sie ihm schneller die Eier abgehackt, als er weglaufen kann", versuche ich David zu beruhigen, weil er mich mit seiner Hysterie langsam ansteckt.

„Ich glaube, ich muss ihn töten", kündigt er düster klingend an.

„Ich werde dir da aber nicht helfen", erwidere ich und sehe ihm zu, wie er wütend noch mehr Chips in sich reinstopft. „Übrigens habe ich Avery getroffen. Sie ist in London."

„In wessen Auftrag?", bohrt er trotz seiner Wut nach.

„Sie spricht auf einem Kongress."

„Sagt sie."

„Sagt sie, ja."

David mustert mich. „Glaubst du ihr?"

„Das ist ja völlig egal. Aber sie hat mich zusammen mit Alice gesehen."

Und ich habe mich dabei wie ein Arschloch verhalten. Aber ich hatte Panik bekommen. Unter keinen Umständen möchte ich, dass der Ballast meines alten Lebens mein neues belastet.

„Was für ein Scheiß", meint David lachend. „Langsam wird es schwierig für dich, all die Frauen zu jonglieren."

Wie verdammt recht er hat. „Von allen Hotels in dieser Stadt muss sie sich ausgerechnet das *Landmark* aussuchen."

„Wie hat die kleine Benedetto reagiert?"

„Locker. Sie hat sich auf die Toilette verzogen. Ich glaube, es war ihr egal." Und das ist ja das Schlimme. Mir ist es nicht egal, dass sie mit diesem Stanley herumzieht. Dabei wollte ich ihr gestern Abend beim Essen noch erklären, dass sie tun und lassen könne, was immer sie möchte.

Verdammt gerne würde ich hinter dieser Meinung stehen. Aber Alice hat etwas in mir ausgelöst. Sie weckt den Wunsch in mir, mehr von ihr zu bekommen.

„Du hast echt den Jackpot in Sachen Fuck-Buddy geknackt, Kumpel. Diese Frau wird dir keine Probleme machen, wenn du es beendest."

Ich werde es aber nicht beenden. Dieser Gedanke kommt so schnell, dass ich beinahe versucht bin, ihn laut auszusprechen. Stattdessen nehme ich einen Schluck Bier.

„Und Lina? Hat sie sich gemeldet?"

Ich schüttele den Kopf. „Nein, noch immer nicht."

„Ich an deiner Stelle würde endlich den Geldhahn zudrehen, dann kommt sie sicher ganz schnell angekrochen."

Darüber habe ich auch schon nachgedacht. Aber ich will wissen, wofür sie das Geld braucht. Vielleicht sollte ich ihr sogar helfen. Mein Bruder hat sie verarscht, ihr vorgegaukelt, sie hätten eine Zukunft miteinander – und jetzt steht sie ohne Harry da.

„Ich werde zusehen, dass ich sie finde und mit ihr reden“, sage ich bestimmt.

David seufzt. „Oh, Mann. Sie ist eine lächerliche Schmarotzerin. Hetz die Bullen auf sie, zerstör sie, aber hab ja kein Mitleid mit ihr.“

„Das habe ich nicht. Ich glaube, es ist aber wichtig, ihre Sicht der Dinge zu erfahren.“

„Manchmal kotzt du mich echt an.“

„Geht mir genauso, wenn du zum Beispiel so tust, als würdest du insgeheim nicht voll auf Vi stehen.“

Mein Grinsen wird breiter, weil dieser Trottel plötzlich rot wie eine Scheißtomate wird. „Was zum Teufel laberst du da?“

„Nichts“, verteidige ich mich und strecke meine Arme abwehrend hoch.

„Du denkst, ich stehe auf Vi?“

„Ja, das glaube ich.“

„Dann bist du blöder, als du aussiehst. Sie ist mein Ho-Bro, so was setze ich nicht für einen Fick aufs Spiel. Du spinnst ja völlig.“

„Wer redet denn auch von einem Fick?“

Wenn David eine Eigenschaft seit unserer Kindheit nicht verloren hat, dann seine Aggression, die ihn übermannt, sobald ihm die Lügen ausgehen. Und im Moment lügt er wie gedruckt.

„Hat dir Benedetto die letzten Gehirnzellen aus der Birne gesaugt? Hör lieber auf, so einen Mist zu erzählen. Wenn Vi das hört, reißt sie mir den Arsch auf und hält mir bis in alle Ewigkeiten vor, mir wegen ihr einen runterzuholen.“

Fuck, ich wette sogar, dass er sich wegen ihr einen runtergeholt hat. Irgendetwas hat sich an der Art verändert, wie David über Vi spricht. Früher hätte er nie gedroht, einen Kerl umzubringen, wenn dieser seine Freundin schlecht behandelt. Er hätte gemeinsam mit ihr über diesen Typ gelästert – und Ende.

Doch gerade, als ich David sagen möchte, dass er diese Veränderung nicht abstreiten kann, vibriert mein Handy kurz. Eine Nachricht ist eingegangen. Jämmerlich, wie ich heute nun einmal bin, suche ich so schnell danach, als hinge mein noch viel jämmerlicheres Leben davon ab.

Die SMS ist von Alice. Sie hat mir ein Bild geschickt.

Verdammt, es braucht ewig, bis das Foto heruntergeladen ist.

Endlich kann ich die Grafik öffnen. Darauf ist Alice in dem düsteren Licht einer Bar zu sehen. Sie hat ein Selfie gemacht, wie sie einen Shot in der Hand hält und teuflisch in die Kamera grinst. Darunter schreibt sie:

Ich gebe mir Mühe, artig zu sein, aber Melonenshots sind einfach zu köstlich ...

Sie ist betrunken. Ihr Blick ist glasig, ihre Wangen sind stärker gerötet als sonst. Das wäre mir alles egal, wäre da nicht dieser verfickte Stanley, der sich mit ihr auf das Bild gedrängt hat. Sein Arm hängt locker um ihre halb nackte Schulter, und ich kann sogar durchs Telefon hindurch spüren, wie gerne er sie flachlegen möchte.

Im Ernst: Kein Kerl quetscht sich so zu einer Frau, wenn er nicht vorhat sie zu vögeln.

Ich will jetzt bei ihr sein. Ich möchte verdammt noch einmal, dass sie mit mir so lacht wie mit diesem Arschgesicht. Sie soll mit mir eine gute Zeit haben, lachen, trinken, und am Ende will ich sie mit nach Hause nehmen. Ich würde sie ausziehen, stürmisch und ungeduldig, weil ich es kaum erwarten kann, sie wieder zu lecken, bis sie völlig die Kontrolle verliert. Meine Güte, ich kenne diese Frau erst seit zwei Monaten, habe aber das Gefühl, dass sie mich stärker beherrscht als jeder andere Mensch.

In guten wie in schlechten Zeiten – nie traf einer dieser dämlichen Sprüche besser auf mich zu.

„Die Kleine ist echt heiß", kommentiert David das Bild, nachdem er sich über den Couchtisch gebeugt hat, um einen Blick darauf zu werfen. „Dann seid ihr also schon in dem Wir-schicken-uns-permanent-Nachrichten-Stadium?"

„Es ist die erste SMS, die sie mir schickt."

David setzt sich wieder und legt seinen rechten Fuß auf sein linkes Knie. „Arbeitet der Kerl neben ihr nicht für dich?"

Ich nicke. „Er feiert seinen Geburtstag."

„Vögeln sie miteinander?"

Wenn er tot ist, kann er sie nicht mehr vögeln. Fuck, jetzt verhalte ich mich schon genauso dämlich wie David.

„Keine Ahnung", erwidere ich, überlege aber, was ich auf ihr Bild antworten soll.

„Sieht zumindest so aus, als hättest du Konkurrenz. Er füllt sie ab, und in einer Stunde bietet er galant an, sie nach Hause zu bringen." David lacht. „Männer sind schon ziemlich einfach gestrickt, das muss ich jetzt auch mal sagen."

Endre:
Ich weiß nicht, ob sich zu betrinken als besonders artig gilt. Darüber lässt sich streiten.

„Sie ist betrunken und hat Sehnsucht nach dir", fährt David mit seiner Pseudoanalyse fort. „Wäre ich du, würde ich sie abholen. Angeheiterte Frauen sind immer besonders experimentierfreudig."

„Ich kann da nicht hinfahren", erkläre ich, warte aber umso sehnsüchtiger auf ihre Antwort. „Wenn mich einer von ihren Kollegen sieht, bin ich am Arsch."

David brummt und grübelt ernsthaft nach einer Lösung, als die nächste Nachricht eintrifft.

Alice:
Ich würde heute lieber nicht mit dir streiten. Ich wünschte mir, du wärst jetzt hier.

Endre:
Der Abend gehört dir und deinen Freunden.

„Warum zum Teufel weist du sie zurück?", hinterfragt David meine Antwort.

„Musst du ständig mitlesen?"

„Scheinbar schon, um dich vor weiteren Dummheiten zu bewahren. Du musst zwischen den Zeilen lesen, Blödmann. Schlag ihr vor, sie nachher abzuholen."

„Das kann ich nicht“, rufe ich ihm eindringlich ins Gedächtnis.

„Dann schick ihr ein Taxi. Aber wenn du diese Frau glücklich machen willst, solltest du schauen, wie du sie hierherbekommst.“

Ich reibe mir mit der Handfläche übers Gesicht und gebe zu, dass David recht hat. Wenn ich sie abweise, siegt diese Pimmelfresse Stanley – zumindest heute Abend,.

Endre:

Ich kann dich abholen, wenn du genug gefeiert hast und nicht weißt, wie du nach Hause kommst.

„Besser, aber immer noch zu zurückhaltend.“

„Klappe“, murmele ich und wippe nervös mit dem Bein.

Alice:

Das würde schiefgehen, weil ich dich würde hier behalten wollen, aber Souvenirs deiner Art in unserer Wohnung verboten sind.

Endre:

Ich habe auch Betten und sogar ein Gästezimmer. In meiner Wohnung sind Souvenirs deiner Art ausdrücklich erwünscht.

Alice:

Ich werde es mir überlegen!

„Sie meldet sich fix wieder“, versichert David, trinkt den letzten Schluck Bier und steht auf. „Viel Spaß noch.“

„Danke und bis morgen.“

Nachdem David gegangen ist, räume ich die leeren Flaschen weg, dusche und lege mich ins Bett. An Schlaf ist aber nicht mal ansatzweise zu denken. Meine Gedanken kreisen nur um Alice. Es nervt mich gewaltig, dass dieser schmierige Typ bei ihr ist und ich mich völlig machtlos fühle. Ich kann nur darauf hoffen, dass sie sich meldet. Ich weiß ja nicht mal, in welcher Bar sie unterwegs sind.

Um halb zwölf hat meine Ungeduld ihren Höhepunkt erreicht. Seit Alices letzter Nachricht ist mehr als eine Stunde vergangen, weshalb ich über meinen Schatten springe und mich nach ihrem Wohlbefinden erkundige.

Endre:
Wie läuft die Party?

Alice:
Scheiße.

Was soll ich jetzt darunter verstehen? Verdammt.

Endre:
Soll ich dich abholen?

Alice:
Das meinst du doch nicht ernst.

Und ob ich das tue.

Endre:
Sag mir, wo du bist, und ich schicke dir ein Taxi, das dich herbringt.

Alice:
Irgendetwas mit Cube ... oder so.

Ich google Bars mit diesem Wort, und finde gleich zwei: Cube Box und The Cube.

Endre:
Cube Box oder The Cube?

Alice:
Mr Effizient ist mal wieder am Werk – Cube Box.

Endre:
Ich schicke ein Taxi für dich los.

Alice:
Danke!

Ich bestelle ihr einen Wagen und weise den Fahrer an, sie abzuholen und direkt herzubringen. Als ich aufgelegt habe, steige ich aus dem Bett und tigere noch unruhiger durch die Wohnung.

Ich breche eine verdammte Regel und erlaube ihr, zu mir nach Hause zu kommen. Aber irgendetwas an ihren Nachrichten hat mich in allerhöchste Alarmbereitschaft versetzt. Wenn jemand sie scheiße behandelt hat, werde ich denjenigen umbringen. Zuvorderst Stanley.

Als es nach einer gefühlten Ewigkeit endlich läutet, sprinte ich los, um sie reinzulassen. Ich warte in der Tür auf sie und verspüre einen ureigenen Instinkt, als sie, bekleidet mit einem funkelnden Paillettenrock und einem schwarzen Top, aus dem Aufzug steigt. Sie sieht aus wie ein wildes Partygirl, das es versteht, die Kerle mit ihrem Hüftschwung um den Verstand zu bringen. Ihr Haar ist gelockt, und ihr Lächeln wirkt unschuldig-herausfordernd.

Hätte ich sie heute in dieser Bar gesehen, hätte ich wohl alles gegeben, um sie mit nach Hause zu nehmen. Wie viele Typen haben sie wohl angegraben?

Scheißegal, denn jetzt ist sie ja bei mir.

ZWEIUNDZWANZIG

Alice

Ich stelle mir eine imaginäre Linie auf dem Steinboden vor. Darauf muss ich laufen. Geradeaus. Doch meine verdammten Beine befinden sich noch im Tanzmodus. Ich torkele eher, anstatt grazil auf ihn zuzuschweben.

Aber da steht er. Sexy. Gut aussehend. Dunkel. „Du bist mein liebstes schmutziges Geheimnis", spreche ich einen meiner wirren Gedanken laut aus und schlinge ihm die Arme um die Schultern.

Grinsend schiebt er mich in seine Wohnung.

„Du riechst so gut", plappere ich weiter, während ich meine Nase an seinen Hals presse und diesen mit Küssen übersehe. „Niemand duftet so herrlich wie du. Niemand ist so wie du."

Er versucht mich weiter in seine Wohnung zu befördern, doch ich leiste Widerstand. Ich presse ihn gegen die Wand und verteile hungrige Küsse auf seinen Hals und seinen Mund. Monroe ist die Vernunft in Person, erwidert meine wilden Küsse zwar, doch reißt er mir nicht stürmisch die Kleider vom Leib, wie ich es mir vorstellte.

„Ich würde mal sagen, dass es nicht bei dem einen Shot geblieben ist“, sagt er irgendwann, nachdem ich jeden Millimeter seines Halses mit meinen Lippen erkundet habe.

Ich lache und trete einen Schritt zurück. „Erwischt.“

„Hm“, macht er, grinst aber süß.

„Ziehst du mich aus?“, frage ich ihn.

Er lässt seinen Blick über mich gleiten, als hinge seine Entscheidung von der Beschaffenheit meines Outfits ab. „Im Schlafzimmer.“

Ein Wort, das verdammt gut in meinen Ohren klingt. So sehr, dass ich ihn abermals umarme. „Schläfst du auch mit mir?“, hauche ich ihm dabei ins Ohr.

„Wir werden sehen“, erwidert er, streicht aber vielversprechend mit seinen Händen über meine Taille.

Dann schiebt er mich in einen wahnsinnig großen Wohnbereich. Das Glitzern der Stadt weit unter uns zieht mich an wie eine Elster. Ich löse mich von Monroe und bleibe in der Mitte des riesigen Raumes stehen. „Hier wohnst du also?“

„Sieht so aus, ja“, bestätigt er ruhig und betrachtet mich aus einem gewissen Sicherheitsabstand.

Der Raum ist hoch. Ich lege den Kopf in den Nacken und blicke hinauf zu einem wahnsinnig beeindruckenden Leuchter. „Tanzt du hier öfter? Stell dir mal vor, wie gut man hier tanzen könnte.“ Als wäre ich noch in der Bar bei den anderen, umgeben von Musik und Menschen, beginne ich mich im nicht erschallenden Takt zu bewegen. Ich schließe die Augen, drehe mich mal schneller, mal langsamer.

Als ich meine Augen wieder öffne, blickt Monroe mit einem charmanten Lächeln zu mir. Bin ich im nüchternen Zustand schon nicht in der Lage, diesem Mann zu widerstehen, so verfällt ihm mein betrunkenes Ich restlos. Ich will verführerisch, reizend, witzig und ehrlich zu ihm sein. Ich will ihn noch näher bei mir wissen. Ich halte inne, lächele zurück und trete statt zu ihm zur Fensterfront. Meine Hand lege ich auf die kühle Scheibe, meine Nase presse ich wie ein Kind dagegen.

„Stehst du oft hier und schaust hinaus?“, frage ich und spüre, wie sich auf meinen nackten Armen Gänsehaut ausbreitet, als er sich hinter mich stellt.

„Manchmal.“

„Es ist der Wahnsinn. Als würde man fliegen. Ich glaube, mir wird schwindelig.“

„Du solltest dich hinlegen, Alice.“ Er klingt ernst, fast schon tadelnd.

Doch anstatt auf ihn zu hören, lache ich und sehe ihn herausfordernd an. „Ich habe da ein Buch gelesen ... es spielt in New York, und beide Protagonisten arbeiten in einem Wolkenkratzer. Irgendwann haben sie Sex vor einem Fenster wie diesem. Der Mann packt die Frau, und während er sie fickt, presst er ihre nackten Brüste gegen die Scheibe.“ Ich drücke meine zweite Handfläche gegen das Glas und seufze. „Ich glaube, die Vorstellung, jemand könnte sie dabei entdecken, muss ein besonderer Kick sein.“

Einen Moment lang sehen wir einander stumm in die Augen. Beide wissen wir, was ich mit dieser

Aussage bezwecken wollte. Doch Monroe scheint mit sich zu ringen, ob ich in meinem Zustand überhaupt noch fähig zu Sex bin.

„Ich will, dass du mich berührst. Ich gehöre ganz dir, Endre."

Noch nie habe ich ihn bei seinem Vornamen genannt. Als ich es jetzt tue, wird sein Blick dunkler und lustvoller. Ich lehne mich mit dem Rücken gegen die Scheibe, strecke die Arme nach ihm aus und streiche von seiner Brust hinab zu der Beule in seinen Shorts.

„Dauernd muss ich daran denken ... wie du dich anfühlst, wie du schmeckst, wie du dich anhörst", flüstere ich und befreie seinen Schwanz, während ich an seinem Hals knabbere. „Du bist überall in meinem Kopf und Körper, und dennoch machst du dir Sorgen, dass ich etwas mit Stanley anfangen könnte?!" Ich lache und lehne mich zurück, um ihn ansehen zu können. „Aber ich muss zugeben, dass ich dich vielleicht sogar bewusst eifersüchtig gemacht habe. Ein klitzekleines bisschen. Nur ganz wenig."

Er knurrt und blickt an sich hinab, während ich seinen Schwanz mit meiner Hand reibe. Ein Tropfen bildet sich auf seiner Spitze, weshalb ich auf die Knie gehe und ihn weglecke.

„Du verruchtes Mädchen ... du machst mich fertig", raunt er, greift nach seinem Penis und quetscht einen weiteren Tropfen hervor. „Lutsch ihn, Baby. Sieh mich dabei an. Oh, fuck. Ja." Seine Stirn lehnt er gegen die Scheibe. Vielleicht strenge ich mich besonders an, um ihn richtig zur Verzweiflung zu bringen. Ich mag die tiefen Töne, die er von sich gibt, und die Art, wie er mein Haar packt.

Mit einem lauten „Plopp“ lasse ich seinen Ständer aus meinem Mund schnalzen und stehe auf. Ich dränge mich zwischen ihn und die Scheibe, ziehe meinen Rock hoch und reibe meinen Hintern an seinem Schwanz. Fast schon andächtig streicht er zuerst über meine Arschbacken, ehe er plötzlich mit der Handfläche draufschlägt.

„Besorg es mir richtig gut, Endre“, flehe ich Richtung Scheibe, während er mein Haar zur Seite schiebt und in meine Schulter beißt. Seine Hände zerren am dünnen Band meines Slips, schieben ihn mir runter und finden meinen Kitzler. Gleichzeitig entblößt er meine Brüste. Ich schreie kurz auf, als diese mit dem kühlen Glas in Berührung kommen.

„Das also stellst du dir vor?“, fragt er so leise, als dürfe kein anderer davon wissen.

„Ja“, stöhne ich, da er nun seine Hand wegnimmt und durch seinen Schwanz ersetzt. Er streichelt mich damit, sodass meine Laute immer verzweifelter klingen. „Ich will dich in mir.“

„Und du willst wirklich, dass jemand sieht, wie wir hier vögeln? Wie ich dich von hinten nehme?“

„Gott ... ja.“

Ich erhalte einen weiteren Klaps auf den Hintern. „Stellst du dir vor, dass da drüben jemand vor einem Fenster sitzt, uns beobachtet und sich wünscht, er wäre derjenige, der dich fickt?“

Meine Antwort geht in ein tiefes, erlöstes Seufzen über, als er sich mit einem mächtigen Stoß in mir versenkt.

„Aber weißt du was, Alice? Ich würde nicht zulassen, dass dich ein anderer berührt."

Ich bin wie benebelt von seinen Worten und der Art, wie er mich nimmt. Meine Hände tasten nach seinen Armen, die um meine Hüften liegen. Ich kratze über seine kräftigen, behaarten Unterarme und vergehe fast vor Lust. „Und trotzdem hast du es mir gestern zugestanden."

„Ich habe meine Meinung geändert."

„Weil du mich exklusiv für dich haben möchtest?"

Er knurrt, packt mich fester und foltert mich mit tiefen, unregelmäßigen Bewegungen. „Ich will mehr als das."

Was zur Hölle meint er? Ich bin zu betrunken, um einen tieferen Sinn zu erkennen.

Mein ganzes Sein ist nur noch von Lust bestimmt. Voll und ganz.

Schließlich hebt er seinen rechten Arm und schiebt mir seinen Daumen in den Mund. Ich sauge daran, als hinge meine Leben davon ab, und wimmere, als er ihn mir kurz darauf wieder entzieht.

„Heute sind wir nicht Boss und Angestellte, die sich in einem Hotelzimmer zum Vögeln treffen", fährt er fort, während er seinen Daumen gegen meinen Anus drückt.

Ich atme tief ein und spüre, wie sich mein Körper im ersten Moment verschließt.

„Entspann dich. Ganz locker." Er erkennt sofort, dass ich das noch nicht gemacht habe, und beweist Geduld und Feingefühl. „So ist es gut, Alice", flüstert er, nachdem er den Druck gelöst hat.

Ich bin neugierig, aber zugleich etwas ängstlich. Im nüchternen Zustand würde ich Pro und Kontra abschätzen. So jedoch lasse ich mich auf das Unbekannte ein. Ich stoße schwallartig die Luft aus, als sein Finger in mir angekommen ist.

„Ist das gut?“, erkundigt er sich mit sanfter Stimme.

„Ich weiß noch nicht“, erwidere ich gepresst.

Langsam beginnt er seine Hüfte zu bewegen und lässt dabei seinen Finger in mir kreisen. Noch nie wurde ich so stark auf allen Ebenen stimuliert. Wie ein Tsunami bricht mein Höhepunkt über mich herein. Ich bin verdammt laut, brülle seinen Namen gegen die Glasscheibe und bin mir absolut sicher, nie wieder klar denken zu können.

Endre folgt mir und kommt so lange und heftig, wie ich es noch nie bei ihm gefühlt habe. Wir stehen lange so da – seine Stirn an meiner Schulter, meine an der Scheibe, unsere Arme ineinander verschlungen. Mein Kreislauf fährt Achterbahn, meine Beine drohen bald nachzugeben, und das Blut wummert in meinen Ohren.

Die beleuchtete Stadt vor meinen Augen verschwimmt zu einer bunten Nebelschwade. „Mir ist schwindelig“, teile ich Endre träge mit.

Er zieht sich aus mir zurück, richtet in Windeseile unsere Kleidung und geleitet mich in sein Schlafzimmer. Ich bin zu sehr neben der Spur, um irgendein Detail der Einrichtung wahrzunehmen. Und das, obwohl ich mich seit unserem ersten Zusammentreffen gefragt habe, ob er ein typisches Macho-Bett besitzt. Doch nun legt er mich auf eine ungemein weiche Matratze und zieht mir die Schuhen aus.

„Ich glaube, ein Erdbeben setzt ein. Wir sollten aus dem Haus raus“, lalle ich völlig fertig, während er mir Rock und Slip auszieht. „Spürst du das nicht?“

„Nein, Alice. Ich bin aber auch nicht voll wie eine Haubitze.“

Ich muss so sehr lachen, dass ich Bauchweh bekomme. „Ich auch nicht. Ich bin bloß lustigwustig. Und sooo befriedigt. Es war soooo gut. Mein Gott, so verdammt gut. Findest du nicht auch? Aber das ist es mit dir ja immer.“ Als er mich aufrichtet, um mir das Top auszuziehen, verstärkt sich der Druck in meinem Bauch.

Okay, dann habe ich doch nicht bloß vom Lachen Bauchschmerzen. Fatale Fehleinschätzung.

„Mir ist so schlecht“, jammere ich uns beiden vor und blicke Endre leidend an.

Er mustert mein Gesicht und unterbricht das ohnehin unmögliche Unterfangen, mich aus diesem Top zu schälen. „Scheiße, komm, schnell aufs Klo.“

Mein Kopfschütteln ignoriert er, stattdessen zieht er mich auf die Beine und schleppt mich in Richtung Bad. Doch bis dorthin schaffe ich es nicht mehr. Ich versuche krampfhaft, gegen die Übelkeit anzukämpfen, doch mit jedem Schritt wird es schlimmer, bis es zu spät ist. Ich finde aber, man sollte mir zumindest einen Orden für meine Geistesgegenwärtigkeit verleihen. Denn ohne lange nachzudenken, schnappe ich mir die silberne Vase von der Kommode neben der Badezimmertür – und kotze ungeniert hinein.

Kotzen ist eine eigentlich sehr persönliche Sache, die mir sogar vor Mila gegenüber ultrapeinlich wäre. Aber während mein Mageninhalt sein Rückfahrticket einlöst, steht niemand Geringeres als mein Boss – aka der heiße Kerl, mit dem ich schlafe – neben mir.

Schamlevel fünfzigtausend.

Irgendwann ist mein Magen ausgeleert. Ich drücke die Vase an mich, während ich es kaum wage, Endre in die Augen zu schauen. „Es tut mir so leid. Ich mach das wieder sauber."

Erst jetzt mustere ich meinen provisorischen Kotzeimer genauer. Das Ding wird von einigen Ornamenten bedeckt, und schlagartig bezweifele ich, dass es sich dabei um einen billigen IKEA-Artikel handelt.

„Schon okay", beschwichtigt mich Endre und versucht mir das Ding abzunehmen. „Ich bringe dich jetzt unter die Dusche. Schaffst du das?"

„Mal sehen", murmele ich und folge ihm, den Kotztrog in Händen, ins Bad. Dort stellt Endre die Dusche an, nimmt mir den Eimer ab und zieht mir meine restliche Kleidung aus, während ich auf dem Rand der Badewanne kauere. „Es tut mir so leid", murmele ich in Endlosschleife.

Endre schweigt zwar, doch als ich die Augen zusammenkneife, um ihn schärfer sehen zu können, stelle ich fest, dass er gar nicht angepisst aussieht. Er schmunzelt sogar. Vielleicht lacht er mich aber auch bloß aus.

„Du solltest mich vor die Tür setzen. Ich bin ultrapeinlich." Nun habe ich den Höhepunkt meines

Selbstmitleids erreicht. Ab jetzt wird es schlagartig bergab gehen.

„Ich werde dich nicht vor die Tür setzen. Du bist nicht der erste Mensch, der zu viel getrunken hat.“ Ich sehe ihm zu, wie er sich ebenfalls auszieht, und würde mich an diesem Anblick maßlos erfreuen – wäre ich bei klarem Verstand.

„Wie oft kommt es schon vor, dass dir Frauen nach dem Sex vor die Füße reihern?“

„Selten, das stimmt. Gibt mir deine Hand.“ Ich tue, was er sagt, und folge ihm unter den herrlich warmen Wasserstrahl. Endre wäscht mich, trocknet mich danach ab, hilft mir beim Zähne putzen und legt mich ins Bett. Ich schlafe bereits halb, als er noch einmal aufsteht, um das Licht auszumachen, ich spüre ihn aber, als er sich neben mich legt. Seine Hand gleitet zu meinem Bauch, um mich an seine Brust zu ziehen.

Umarmt von ihm und eingehüllt in den weltbesten Duft murmele ich etwas, das selbst mich besoffene Nudel überrascht. Ich habe keine Ahnung, woher dieser Satz kommt. Doch als er raus ist, ist es zu spät, um ihn zu revidieren.

„Ich glaube, ich habe mich Hals über Kopf in dich verknallt.“

DREIUNDZWANZIG

Alice

In meinem Kopf gibt es eine Explosion biblischen Ausmaßes. In meinem Mund scheint ein Tier zu verfaulen, und meine Augenlider verweigern ihren Dienst – sie bleiben hartnäckig geschlossen.

Im Zeitlupentempo trete ich das weiche Laken von meinen Beinen. Ist das Seide?

Ich besitze so was nicht.

Das bedeutet: Ich befinde mich nicht in meinem Bett.

Verdammte Kacke.

Ich pfeife auf meinen Kater, reiße die Augen auf und werde fast von augenblicklich auf mich einstürzenden Erinnerungsfetzen erschlagen. Doch ich überlebe den Angriff – leider Gottes. Vor Scham kann man im realen Leben wohl nicht sterben, das scheint einzig und allein animierten Figuren wie den *Sims* vorbehalten zu sein.

Der Platz neben mir im Bett ist leer, und verdammt ... Monroe hat tatsächlich ein Seidenlaken. Wie protzig.

Aber wenigstens finde ich mich in einem schlichten dunklen Bett wieder. Ohne hohe Pfosten aus Metall, wie ich mir vorgestellt habe. Generell ist der Raum sehr gemütlich eingerichtet. Für einen Kerl, meine ich. Er geizt natürlich mit Farben. Grau und Braun dominieren. Doch ich könnte mir gut vorstellen, auf dem bequem aussehenden Sessel vor der Fensterfront zu sitzen und stundenlang zu lesen. Der Lammfellteppich verspricht fast schon zu viel Romantik.

Ich reibe mir übers Gesicht, setze mich langsam auf und stoße ein erleichtertes Stöhnen aus, als ich auf dem Nachttisch ein großes Glas Cola, zwei Tabletten und einen handgeschriebenen Zettel entdecke. Während ich meinem schmerzenden Schädel auf den Leib rücke und meinen Kater bekämpfe, lese ich die Nachricht. Selbst die Handschrift ist so typisch Monroe – männlich, gerade, und für einzelne Buchstaben hat er eine eigene Art entwickelt, sie zu schreiben.

Guten Morgen,

ich bin bereits im Büro und nehme an, du hast dir für heute Urlaub genommen. Ich habe für dich Frühstück gemacht und im Bad ein paar meiner Sachen für dich dagelassen. Voraussichtlich werde ich zu Mittag wieder da sein. Schlaf dich aus, und fühl dich ganz wie daheim.

Er lässt mal wieder so den Boss raushängen. Als würde ich mich betrinken, wenn ich am nächsten Tag arbeiten muss.

Aber seine Geste ist zugleich ultrasüß. Vor allem, wenn man bedenkt, was ich mir gestern geleistet habe.

Bei meiner Erinnerung daran, was ich zu ihm gesagt, was ich getan und ...

Scheiße – ich habe in irgendeine Vase gekotzt.

Erschießt mich bitte jemand?!

Das Wort zügellos beschreibt mein Verhalten nicht mal ansatzweise. Es würde mich nicht wundern, wenn er die Sache zwischen uns gleich beendet, sobald er aus dem Büro zurück ist.

Wer möchte schon eine kotzende Geliebte haben?

Doch er hatte auch viel Geduld mit mir, und im Grunde war das, was vor dem Kotz-Gate passiert ist, unglaublich. Außerdem hat er mich eingeladen, hierher zu ihm zu kommen. In seine Wohnung. Seinen persönlichen Bereich. Nicht in ein anonymes Hotelzimmer.

Was soll ich von all dem halten? Wo führt diese Sache noch hin? Und dann fällt mir auch noch wieder ein, was ich gesagt habe, bevor ich in meinen komatösen Schlaf gefallen bin.

Er serviert mich fix ab. Monroe hasst bestimmt anhängliche Frauen, die mit rosaroter Brille durch die Welt schweben. Ich doch auch, Kumpel. Ich schwöre, ich bin bloß ein wenig durch den Wind – und keine verknallte Verrückte.

Doch mein Herz verhält sich seltsam. Es zieht sich zum Beispiel vor Rührung zusammen, als ich das Bad gefunden habe und dort die versprochene Kleidung liegen sehe. Dabei handelt es sich um schwarze

Boxershorts und ein T-Shirt, in dem ich gut und gerne wohnen könnte.

Monroes Kleidung. Wie jämmerlich – jetzt schnüffele ich daran, als wäre ich ein Drogenspürhund. Als wäre ich trainiert worden, Monroes Geruch aus hunderttausend anderen herauszufiltern. Er ist meine ganz persönliche Droge. Leider kann ich für meine Leistung keinerlei Belohnung erwarten.

Die Dusche rettet mir gewissermaßen das Leben – erneut. Danach fühle ich mich endlich bereit, dem Mann, dessen Vase ich vollgekotzt habe, unter die Augen zu treten. Dieser hat mir sogar eine in Folie eingeschweißte Zahnbürste neben das Waschbecken gelegt. Während ich mir die Zähne putze, schlendere ich rüber zum Fenster. Selbst sein Badezimmer ist auf nobelste Weise ausgestattet, und ich würde wetten, dass man sich wie Gott fühlt, ein Bad in der Wanne mit Ausblick auf London zu nehmen.

Nachdem ich mir den Mund ausgespült habe, ziehe ich mich an. An den großen Wohnbereich habe ich eindeutig mehr Erinnerungen. Zum Beispiel daran, wie wir es vor der Fensterfront getrieben haben. Mein Bauch zieht sich sehnsüchtig zusammen. Doch spüre ich den Druck diesmal an einer völlig anderen Körperstelle.

Ich kann mir definitiv vorstellen, das noch einmal zu machen.

Monroe hat mir tatsächlich Frühstück vorbereitet. Auf dem riesigen Esstisch zwischen Küche und Wohnzimmer befindet sich eine Auswahl an Brot, Marmelade, Wurst, Käse und Kaffee. Ich lange ordentlich zu und schlendere dann mit einer Tasse Kaffee in der Hand weiterhin durch Monroes Wohnung. Im Wohnzimmer entdecke ich eine Bilderwand. Dort finden sich Aufnahmen von ihm als Erwachsener, aber auch als Kind. Ein Bild zeigt ihn als Kleinkind. Er sitzt auf einem winzigen Stuhl, während neben ihm eine Frau mit dunklen Haaren kniet. Ihr Lächeln erinnert mich an ihn. Es ist genauso frech-herausfordernd wie seines. Auch Harry entdecke ich auf einigen Fotografien. Mein Herz verkrampft sich, als ich die beiden nebeneinander sehe. Äußerlich sind sie so unterschiedlich – Harry blond, Endre dunkelhaarig. Doch mittlerweile habe ich herausgefunden, dass sie sich in ihrer Persönlichkeit sehr ähneln.

Immer mehr bestätigt sich mein Gefühl, dass Endre ständig eine Maske trägt, um die Leute ringsum zu beeindrucken. Warum tut er das? Was hat er zu verbergen?

Ich wandere auf und ab in der Wohnung, wahre aber den Anstand und öffne keine Schubladen oder Schränke. Später räume ich gerade die Reste des Frühstücks weg, als ich höre, wie ein Schlüssel ins Schloss gesteckt und umgedreht wird.

Bereit zum großen Showdown?

Ich fürchte ... nein.

Ich stehe wie angewurzelt in Monroes Küche, als er hereinkommt, und fühle mich völlig fehl am Platz. Wie immer sieht er blendend aus in seinem schicken dunklen Anzug. Er legt sein Handy auf dem Esstisch ab und kommt näher. Dabei blickt er mich musternd an.

„Hallo", murmele ich und trockne mir meine Hände unaufhörlich in dem hellgrauen Tuch ab.

Er grinst. Gott sei Dank.

„Wie geht es dir?"

Ich zucke die Schultern. „Ganz okay. Du hast mich gut versorgt mit Essen, Kleidung und einem gemütlichen Unterschlupf."

„Hast du gefrühstückt?"

„Hab ich. Danke."

Er umrundet die Kochinsel, die die Küche vom Essbereich trennt, und blickt an meinen nackten Beinen hinab. Unsere Beziehung hat mit solch rasanter Geschwindigkeit ein neues Level erreicht, dass ich gedanklich noch in der Anfangsphase feststecke. Ich wünsche mir aber gleichzeitig, dass dieses Herzklopfen, das ich nun verspüre, niemals verschwindet.

„Es war sehr lieb von dir, dich darum zu kümmern, dass ich sicher nach Hause komme. Auch wenn es dein Zuhause war, in das ich gebracht wurde. Wie du unschwer bemerkt hast, habe ich gestern etwas übertrieben. Stanley hat eine Runde nach der anderen geschmissen. Ich vertrage Bier ganz gut, aber Shots schalten mich aus."

Endre bleibt neben mir stehen, er wirkt angespannt. Ich mustere verlegen seine dunkelrote Krawatte. Ich glaube, ich habe ihn noch nie zweimal in demselben Anzug gesehen. Wie viele davon er wohl besitzt?

„Dieser Typ ist ein Riesenidiot", sagt er schließlich mit fester Stimme. „Er wollte dich abfüllen – und dir ist hoffentlich klar, zu welchem Zweck."

Tatsächlich war Stanley am Ende total aufdringlich. Er war mindestens genauso betrunken wie ich. Hätte Endre mir nicht geschrieben, wäre ich vielleicht sogar auf Stanleys Anmache eingestiegen.

„Hat er irgendetwas getan, das aus heutiger Sicht nicht okay für dich ist?“, bohrt Endre nach und verschränkt dabei wie ein brummiger Türsteher die Arme vor der Brust.

„Nein, er war bloß ... sehr anhänglich.“

„Was hatte deine Nachricht dann zu bedeuten?“

„Da war ich dann wohl schon in meiner sentimentalen Phase angekommen.“

Ist es ein gutes Zeichen, dass er mich noch nicht rausgeworfen hat? Vermutlich.

„Es tut mir leid ... also ... das mit dem ... Kotzen. Ich bezahle auch für die Vase, reinige sie – oder was auch immer du möchtest.“

Ich spüre, wie ich rot anlaufe und mein Magen sich fast überschlägt.

Doch Endre grinst bloß und schüttelt, wie er es auch heute Nacht mehrmals getan hat, leicht den Kopf. „Ich habe das schon erledigt. Mach dir keinen Kopf. Wenigstens hat sich das Ding jetzt mal als praktisch erwiesen.“

Ich lache ein peinlich berührtes, erleichtertes Lachen. „Oh, Mann. Was war das überhaupt für eine Vase?“

Während eine Augenbraue von ihm nach oben wandert, erscheint auf seiner Wange plötzlich ein Grübchen, das er bisher gut kaschiert hat. In das verliebe ich mich auf Anhieb. „Es ist keine Vase, sondern mein Twenty-five Year Award, den ich vor einigen Jahren in Boston für die Fertigstellung eines besonderen Gebäudekomplexes erhalten habe."

Falls das anatomisch möglich wäre, würde meine Kinnlade jetzt mindestens bis zum teuren Marmorboden runterklappen. „Du ... du besitzt ... besaßt ... einen Twenty-five Year Award? Und ich ... ich habe ausgerechnet da reingekotzt?!"

Diese Auszeichnung bedeutet den Ritterschlag jedes Architekten. Ein Heiligtum – das ich geschändet habe.

„Es tut mir so unglaublich leid", stammele ich schon wieder.

„Alice", meint Endre nicht mal annähernd so sauer, wie ich es wäre, hätte jemand in meinen Award gereihert. „Ich habe ihn gesäubert, die Sache ist vom Tisch. Mir ist es lieber, du übergibst dich in meine Auszeichnung, bevor du betrunken mit irgendjemandem, dem du offensichtlich nicht vertrauen kannst, nach Hause fährst. Ich habe mir Sorgen gemacht."

Bei diesen Worten werde ich ganz rührselig. Doch als er vortritt, über meinen nackten Unterarm streicht und mich zu einem knappen Kuss zu sich zieht, drohe ich dahin zu schmelzen.

„Wer hätte gedacht, dass es so scharf sein könnte, wenn du in meinen Klamotten vor mir stehst", flüstert er an meinen Lippen und umfasst meinen Hintern.

„Ich trage sie auch sehr gerne."

„Gleich wirst du sie nicht mehr tragen."

Als er mich auf die Theke hebt, mir seine Boxershorts auszieht und seinen Mund zwischen meinen Beinen vergräbt, habe ich die Gewissheit, dass er mich so schnell nicht vor die Tür setzen wird.

Endre bringt mich eine gute Stunde später nach Hause. Er muss bereits zu seinem nächsten Termin, verspricht mir aber, sich abends bei mir zu melden.

Mila erwartet mich im Wohnzimmer. Sie sieht nicht unbedingt besser aus als ich. Doch zumindest trägt sie nicht mehr ihr Outfit von gestern.

„Wo zur Hölle warst du?“, fragt sie und versucht sich zu beherrschen. Sie fasst sich mit schmerzverzerrtem Gesicht an ihren Kopf und plumpst zurück auf die Couch.

Ich grinse entschuldigend und setze mich neben sie. „Monroe hat mich abgeholt ... na ja, nachdem ich ihm geschrieben habe. Ich war die ganze Nacht bei ihm.“

„Ich bin definitiv noch betrunken.“ Mila reibt sich die Augen. „Was wird das jetzt bitte mit euch?“

Dieses dämliche Grinsen verschwindet heute einfach nicht aus meinem Gesicht. Ich bin vollgepumpt mit Glückshormonen.

„Ich habe keine Ahnung“, sage ich und ziehe die Schuhe von meinen Füßen. „Irgendetwas hat sich verändert. Er ist viel offener. Manchmal richtig süß. Zum Beispiel hat er sich gestern Sorgen um mich gemacht. Kannst du dir das vorstellen?“

„Äh ... nein“, meint Mila überrascht und streckt sich, um eine Tasse zu fassen. „Klingt gar nicht mehr nach einem Arschloch. Aber du weißt schon, dass dieses Gen bei aller Nettigkeit noch tief in ihm schlummert?!“

Ich gebe eine Art unzufriedenes Brummen von mir. Milas Sicht auf die Dinge gefällt mir nicht. Allerdings hat sie recht.

„Wolltest du nicht nur Sex mit ihm haben? Warum öffnest du dich ihm gegenüber auf einmal so?“

„Als das mit uns angefangen hat, da habe ich ihn verachtet. Für die Gefühle, die er in mir weckt, für sein Auftreten in der Firma und für die Selbstverständlichkeit, wie er mich berührt hat. Aber jetzt hatte ich die Gelegenheit, ihn kennenzulernen. Den Kerl, der er scheinbar wirklich ist. Und er ist so anders, als er vorgibt zu sein.“

Ich rede mich noch um Kopf und Kragen. Vielleicht möchte ich mir selbst bloß weismachen, dass Endre und mich mehr verbindet als unsere sexuelle Beziehung. Dabei steht so viel zwischen uns – unsere Arbeit, und vor allem Harry.

„Das heißt doch nur, dass er mehrere Gesichter hat. Schon morgen könnte er dir ein anderes präsentieren“, stellt Mila klar. „Steigere dich da nicht rein, okay? Er mag ein Wahnsinn im Bett sein und dich zeitweise gut behandeln. Er bleibt aber auch der Kerl, der mit eiskalter Hand die Firma übernommen hat, als er neu ankam.“

Er hat selbst gesagt, dass er kein Halten kennt, wenn es darum geht, das Richtige zu tun.

Wir telefonieren diesen Abend lange. Ich liege in meinem Bett, während wir uns gegenseitig von unserem Tag erzählen. Außerdem berichte ich Endre Genaueres von der Party und versichere ihm, dass er

Stanley den Schwanz nicht abzuhacken braucht. Unser Gespräch tut mir sehr gut. Mir war überhaupt nicht bewusst, wie sehr ich mich an seine Stimme gewöhnt habe. Sein Lachen ist wundervoll und mitreißend.

So sehr ich mich dagegen wehre, ich spüre, dass ich mich wirklich in ihn verknalle. Wir haben die Nur-Sex-Marke überschritten und finden uns in völlig neuen Gefilden wieder. Innerhalb weniger Wochen habe ich diesem Mann einen hohen Stellenwert in meinem Leben eingeräumt. Er hat mich zwar schon zur Weißglut getrieben, aber wir können auch ein verdammt gutes Team sein. Obendrein haben wir hammermäßigen Sex.

Mila mag recht haben: Ich sollte vorsichtig sein. Dennoch pfeife ich auf ihren Ratschlag und will mich ganz auf Endre einlassen.

VIERUNDZWANZIG

Endre

Wir haben mehr oder weniger freiwillig unsere Pläne über Bord geworfen. Anstatt auszugehen, sind wir im Bett gelandet. Anstatt hervorragenden Wein kredenze ich ihr nun Limonade, während ich über ihre nackten Oberschenkel streiche und mich neben sie ins Bett lege.

Ihr Haar ist zerzaust, ihre Lippen leuchten immer noch rot. Ich lasse meinen Daumen darüber gleiten und erinnere mich sofort daran, wie es sich angefühlt hat, als sie meinen Schwanz vorhin tief in den Mund genommen hat. Ich bin mir sicher, dabei hat sie einen neuen persönlichen Rekord aufgestellt. Und das macht mich happy.

Als ich sie eingeladen habe, kam mir nicht ein einziges Mal in den Sinn, ein Zimmer zu nehmen. Ich wollte sie hier bei mir zu Hause treffen. Und jetzt liegt das ganze Wochenende vor uns.

„Du riechst so gut", flüstert sie, als sie meine Hand umfasst und gegen ihre Lippen presst.

„Ich rieche nach dir." Alles riecht nach ihr. Mein Bett, meine Wohnung. Meine Gedanken kreisen nur noch um diese faszinierende Frau, die sich nach außen gerne so hart gibt, tatsächlich aber handzahm sein kann.

„Darf ich dich etwas fragen?“, meint sie nach einer Weile und lehnt sich gegen das gepolsterte Kopfteil meines Bettes.

Normalerweise flüchte ich vor Fragen wie dieser. Aber bei Alice verspüre ich diesen Drang nicht. Sie bedrängt mich nicht, sie fordert nichts. Sie ist sehr vorsichtig, wenn auch direkt.

„Schieß los“, erwidere ich und drehe mich zu ihr.

Sie zieht die Decke über ihre Brüste, als wolle sie verhindern, dass ich von ihrer Nacktheit abgelenkt werde. „In deinem Wohnzimmer hängt ein Bild, das ein Kleinkind und eine junge Frau zeigt. Bist du dieses Kind?“

Ich nicke. „Ja, das bin ich. Ich war zwei oder drei Jahre alt, als es aufgenommen wurde.“

„Und die Frau ist deine Mum?“

„Genau.“

„Auf dem Flur draußen hängen auch Bilder. Ich habe sie mir vorhin angesehen, als ich zur Toilette ging. Da ist deine ganze Familie drauf – eure Eltern, Harry, seine Frau und deren Kinder. Aber was ich mich schon die ganze Zeit frage, ist, wie es sein kann, dass deine Mum sich so verändert hat. Sie hat darauf irgendwie einen völlig veränderten Gesichtsausdruck. Harry sieht ihr da viel ähnlicher, verglichen mit dem ersten.“

Ich habe zwar schon früh bemerkt, dass Alice einen scharfen Verstand und ein Gespür für kleine Details hat. Aber dass ihr dieser Unterschied auffiel, überrascht mich nun doch. Zumal sie meine Familie überhaupt nicht kennt.

Ihre fragenden Blicke lassen mich zuerst zögern. Dann aber entschließe ich mich, einen Schritt auf sie zuzugehen. „Die Frau, mit der mein Dad verheiratet ist, ist nicht meine leibliche Mutter. Harry und ich waren also bloß Stiefbrüder."

„Wirklich?"

„Ja. Mein Dad war mit Elaine zusammen, als er meine Mum kennenlernte. Harry war da sogar schon geboren."

Sie wirkt ehrlich überrascht. „Harry und ich waren sehr unterschiedlich. Als Kinder verstanden wir uns gut. Seine negativen Gefühle gegen mich entwickelten sich erst später, als ich meine Berufslaufbahn einschlug. Ich half, MBT in Amerika aufzubauen, während er hier in London blieb und Dads Posten übernahm. Ihm lag die Firma nie wirklich am Herzen. Für mich aber war diese Arbeit wie eine Berufung. Zusammen mit der räumlichen Trennung trugen diese Zwiste dazu bei, dass wir uns mehr und mehr voneinander entfremdeten. Und irgendwann war er tot, und damit erlosch die Chance auf Versöhnung. – Meine Mum hatte einst als Kellnerin gejobbt, um sich ihr Studium zu finanzieren. Sie arbeitete für eine Cateringfirma, und da traf sie auf einer Gala meinen Dad. Sie wusste nicht, wer er war, oder dass er zu Hause Frau und Kind hatte. Sie verliebten sich ineinander, und Dad verließ nach einem Jahr des Versteckens seine Ehefrau mit dem fünfjährigen Harry, um mit meiner Mum zu leben. Im selben Jahr kam ich zur Welt."

„Haben sie geheiratet? Dein Dad und deine Mum?“ Sie scheint aufgewühlt.

„Nein. Dad kaufte ein Haus, und ich glaube, dass alles die ersten beiden Jahre sehr harmonisch verlief. Harry war oft da. Wir verstanden uns gut.“ Ich atme aus und hoffe so, mir alle Erinnerungen vom Leibe zu halten. „Meine Mum war eine lebendige, zielstrebige, selbstbewusste und ehrliche Person. Sie hatte Temperament. Damit kam mein Dad irgendwann nicht mehr zurecht. Ich glaube, er braucht eine Frau, die buchstäblich einen Schritt hinter ihm steht, ihm den Rücken stärkt, aber keine eigene Meinung vertritt. Als er meine Mum verließ, brach er ihr das Herz. Aber so richtig am Ende war sie, als er zurück zu Elaine ging. Sie stand ganz allein da. Ja, sie besaß ein teures Haus, mein Dad hatte immer gut für sie und mich gesorgt. Doch sie liebte ihn weiterhin ungemein, und daran ging sie zugrunde.“

Als würde sie meine Erregtheit spüren, greift sie nach meiner Hand und verschränkt ihre Finger mit meinen. „Was ist passiert?“

„Meine Mum litt an Schlafstörungen, Depressionen und schaffte es irgendwann nicht mehr, den Alltag zu meistern. Ich war dann oft bei meinem Dad und Elaine. Es war ein Sonntag, als mich mein Dad abends nach Hause brachte und wir meine Mum fanden. Sie lag auf der Couch im Wohnzimmer. Ich sehe sie heute noch so vor mir. Ich kann mich sogar erinnern, dass ich zu ihr rannte und sie umarmte. Aber da war sie schon ganz kalt. Dad packte mich rasch und trug mich aus dem Haus, während ich mir die Seele aus dem Leib brüllte. Sie hatte eine Überdosis Schlaftabletten genommen. Sie war mit ihrem Leben nicht mehr klargekommen."

Tränen glitzern in Alices Augen. Ich wische eine herabrinnende weg und küsse ihre Nasenspitze. „Ich hatte ja keine Ahnung. Es tut mir so leid."

„Danke", murmele ich. „Ich habe dann bei Dad und Elaine gelebt. Bei ihnen war ich gut aufgehoben. Harry war sowieso mein Vorbild. Erst Jahre später, in der Pubertät, gab es eine Phase, in der ich meine Mum dafür verachtete, dass sie mich auf diese Weise im Stich gelassen hatte. Später habe ich ihr aber verziehen."

„Darum die Schwalben", schlussfolgert Alice und lässt ihre Fingerspitzen über mein Tattoo gleiten.

„Genau. Ich habe ein gutes Verhältnis zu Elaine. Sie ist wie eine richtige Mutter zu mir; sie behandelt mich, als wäre ich ihr zweiter Sohn."

Alice beugt sich vor und küsst mich. „Danke, dass du mir deine Geschichte erzählt hast. Das bedeutet mir sehr viel."

Vermutlich wäre das der ideale Moment, um ehrlich zu ihr zu sein. Doch die ganze Wahrheit wäre zu aufreibend, und deshalb schweige ich. Stattdessen nehme ich sie wortlos in den Arm, atme ihren Duft ein und spüre ihre Wärme.

Alice und ich entwickeln eine unkomplizierte Routine. Wenn wir nicht Zeit miteinander verbringen, schreiben wir uns oder telefonieren abends. Ich gebe mir Mühe, mich während der Arbeitszeit von ihrem Büro fernzuhalten, um keine Gerüchte in den Umlauf zu bringen. Doch ich vergehe fast vor Sehnsucht, wenn ich sie mal zufällig im Fahrstuhl treffe, sie aber nicht berühren darf.

Als sie ihre Mum besuchen fährt, würde ich ihr am liebsten hinterherreisen. Vier Tage will sie dort bleiben. Schon am ersten ist meine Laune im Keller.

Ich betrete mies gelaunt das Büro mit der traurigen Gewissheit, dass Alice nicht auftauchen wird. In den vergangenen Wochen war mein Leben so voll, dass ich erst merke, wie sehr sie mir fehlt, wenn ich plötzlich wieder Zeit zum Nachdenken habe.

An ihrem zweiten Urlaubstag besuche ich ihre Abteilung. Die Leute sehen mich verwundert an. Ich habe selbst keine Ahnung, was ich hier suche. Wie ein Junkie hänge ich vor ihrem Büro herum, unterhalte mich mit einigen Angestellten und versuche so zu tun, als hätte ich nicht den Verstand verloren.

Mein Herz setzt aus, als Alices Bürotür aufgeht. Die winzige Hoffnung, sie könne früher zurückgekommen sein, zerplatzt jedoch augenblicklich, als ihre Freundin herauskommt. Sie sieht mich, lächelt verschwörerisch, und Trottel, der ich bin, lasse ich den Kerl, mit dem ich mich gerade noch unterhalten habe, einfach stehen, um zu ihr zu laufen.

„Mr Monroe“, begrüßt sie mich. Ihr herrschaftliches Nicken irritiert mich.

Macht sie sich über mich lustig? Jeden Grund dafür hätte sie ja.

„Ich habe bloß einige Sachen für Alice geholt. Sie ist ja gerade auf Urlaub.“

„Ach so, ja. Vielleicht sollten Sie Ms Benedetto ausrichten, dass es klüger wäre, ihre Bürotür zuzuschließen, wenn sie nicht hier ist. Immerhin befinden sich darin einige vertrauliche Akten."

Fuck, warum muss ich so etwas Dämliches sagen?

Alice wird mich später wieder einen brummigen Arsch nennen. Das macht sie immer, wenn ich mich ihrer Meinung nach unfreundlich verhalte. Dabei finde ich, dass ich in letzter Zeit sehr häufig mit gutem Auftreten glänze. Ich lächele, bedanke mich und unterbreche niemanden mehr.

Alice hat aus mir ein zahmes Kätzchen gemacht.

Ms Peters grinst frech. Früher wäre ich da schon auf Hundertachtzig gewesen. „Ich werde es ihr sagen. Über solche Tipps freut sie sich immer."

„Gut. Ich versuche nur, uns allen Probleme zu ersparen."

Ich reite mich immer tiefer in diese doofe Sache und sollte daher lieber schleunigst verschwinden. Doch irgendetwas an der Haltung dieser Frau, die ganz sicher jedes Geheimnis um Alice kennt, lässt mich verharren.

„Ich hoffe, Sie meinen das auch so, Mr Monroe", fährt sie fort und wechselt in eine Art Kampfposition.

Sie hat offenbar etwas gegen mich und denkt vielleicht, ich würde mit Alice spielen. „Ich stehe zu dem, was ich sage. Darauf können Sie vertrauen."

„Ja, aber was ist mit dem, was unterschwellig mitschwingt? Es bleibt ein Rest Unsicherheit und Ungeklärtes – auf beiden Seiten. Das finde ich nicht fair. Das ist halt meine Meinung."

Ich gebe ihr recht. Zwischen Alice und mir steht sehr vieles, das wir noch nicht besprochen haben. Ich glaube, wir sind uns einig, dass wir über eine reine

Fickbeziehung hinaus sind. Aber was ist es dann? Sind wir ein Paar? Freunde mit Vorzügen?

Schwer zu sagen.

Jedenfalls behandeln wir einander respektvoll und können miteinander reden. Sehr viel sogar. Allerdings umschiffen wir meist bestimmte Fragen. Und auf genau die will Ms Peters nun hinaus.

„Alice macht es neuen ... Chefs immer schwer. Aber wenn die dann ihre Hürden bewältigt haben, ist ihnen Alices Treue gewiss. Sie werden Alice aber nicht gewinnen, wenn Sie sie auf Distanz halten."

Was für ein verrücktes Gespräch. Ich habe keineswegs um einen Ratschlag gefragt, sondern bekomme ihn einfach so.

„Ich denke, Ms Benedetto würde sich zu wehren wissen, hätte sie das Gefühl, ungerecht von mir behandelt zu werden. Sie ist ja ein sehr direkter Mensch."

Ms Peters seufzt. „So tut sie nur. Wenn Sie sich zurückziehen, wird sie Ihnen nicht nachlaufen. Dann haben Sie sie für immer verloren."

Ein Stich durchzuckt mich.

Sie verlieren. Undenkbar.

Noch während ich mir diese Situation vorstelle, entfernt sich Ms Peters. Ich bin an der Reihe, meinen Zug zu machen.

Am Sonntagnachmittag hole ich Alice vom Bahnhof ab. Das war so nicht abgesprochen, deshalb ist sie mehr als erstaunt, mich auf dem Bahnsteig zu entdecken.

Mit einem Lächeln kommt sie auf mich zu, während ich wie ein Fels in der Brandung in der Masse aus vorbeiströmenden Reisenden dastehe.

Fuck, was habe ich sie vermisst.

Wir sind beide etwas unsicher, wie wir uns begrüßen sollen, so in der Öffentlichkeit. Ich umarme sie deshalb zuerst, ehe ich meine Nase in ihr Haar grabe und ihre Schläfe küsse.

„Wie lange wartest du schon?“, fragt sie zuerst.

Ich nehme ihr den Koffer ab und zucke mit den Schultern. „Eine Stunde, vielleicht länger.“

„Der Zug hatte Verspätung.“

„Ich weiß.“

Sie ist beeindruckt, und das macht die Warterei sofort wett. „Warum tust das? Mich abholen?“

„Mir war langweilig“, spiele ich den Coolen.

„Ist ja klar.“

Wir verlassen den Bahnhof und steigen in mein Auto. Ich bin sogar selbst gefahren, um ihr zu beweisen, dass ich das kann. Vergangene Woche meinte sie, ich wäre viel zu bequem dafür. Auch damit überrasche ich sie nun.

Sie verzieht den Mund zu einer dünnen Linie, als sie einsteigt. „Hat dir irgendjemand eine persönlichkeitsverändernde Therapie aufgezwungen?“

Ich lasse den Motor an und lenke den Wagen vom Parkplatz. „Ich bin bloß freundlich.“

„Ja, das ist der Punkt an der Geschichte, der mich stutzig macht. Normalerweise bist du nicht freundlich.“

„Du kehrst eben meine besten Seiten nach außen“, meine ich zu ihr, nachdem ich an einer roten Ampel angehalten habe. „Hast du Hunger?“

Sie nickt und blickt flüchtig aus dem Fenster. „Schon, ja.“

„Dann essen wir noch etwas. Du darfst wählen.“

Sie grübelt, und fast schon erwarte ich, dass sie ein Lokal nennt, das ich nicht mag, nur um mich zu quälen. Doch schließlich entscheidet sie sich für einen netten Mexikaner, den sie gegoogelt hat, und der laut ihrer Suche hervorragende Bewertungen aufweist.

Der Laden ist tatsächlich spitze. Gemütlich, ordentlich und modern gestaltet. Wir ergattern einen Tisch in ruhiger Lage, und ich quetsche mich zu ihr auf die Bank, um noch näher bei ihr zu sein.

„Wie war es bei deiner Mum?“, frage ich und stelle mir vor, wie sie reagieren würde, wenn ich jetzt ihre Hand nehme.

Erlaubt sie mir diese Berührung? Zieht sie sich zurück?

Halten Fuck-Buddys überhaupt Händchen?

Viel eher sind solche ja Freunde, die einander nichts schuldig sind, ins Kino gehen und, wenn sie Lust haben, miteinander vögeln. In ihrem Kosmos ist kein Platz für Eifersucht, Streit über alltägliche Kleinigkeiten oder Zukunftspläne. Jeder ist frei, ohne einsam sein zu müssen. Daher gefällt mir die Vorstellung von Alice als meinem Fuck-Buddy sehr gut. Die Kehrseite der Medaille ist eben der grundlegende Vorteil: dass sie mir keine Rechenschaft schuldig ist. Sie kann sich mit anderen Typen treffen, sich in einen von ihn verlieben, und dann ... Lieber nicht weiterdenken.

„Es war schön. Aber weißt du, dass ich durch die Geschichte, die du mir über deine Mum erzählt hast, sehr viele Parallelen zwischen den beiden erkenne? Mein Dad ist zwar nicht zu einer anderen abgehauen, doch sie hat sich seit seinem Tod auch gewissermaßen aufgegeben. Ich weiß, dass es ihr so guttäte, wenn sie dieses Haus verkaufen und zu mir nach London kommen würde. Aber da beißt man bei ihr auf Granit."

Der Kellner bringt unsere Getränke – Alice hat Wein, ich Cola bestellt.

„Du denkst, dass du für sie die richtige Entscheidung treffen musst?", frage ich, nachdem ich einen Schluck genommen habe.

Alice überlegt kurz, schüttelt dann aber den Kopf. „Nein, das nicht. Ich würde nicht über sie bestimmen wollen. Vielmehr möchte ich, dass sie meine Hilfe annimmt und wir gemeinsam eine Lösung finden. Sie würde dasselbe ja auch bei mir machen."

„Und würdest du dir von ihr helfen lassen?"

Sie lächelt zwar, doch wirkt sie nicht heiter. „Ich kann verstehen, dass sie das Haus liebt, immerhin hat sie dort ihr Leben mit meinem Dad verbracht. Aber wenn es die Situation erfordert, muss man eben Verantwortung für sich selbst übernehmen."

So würde Alice handeln, weil sie rational denkt und gefestigt ist. Aber ein psychisch labiler Mensch wird ewig Erinnerungen hinterherlaufen, als könne er diese wieder zu neuem Leben erwecken. So hat es auch meine Mum gemacht.

„Hier hätte sie *mich,* verstehst du? Ich lebe ja noch. Ich bin genauso ein Teil von der Zeit, als ihr Leben noch bunt und fröhlich war."

„Das sieht sie so nicht, Alice", erkläre ich und lege meine Hand auf ihren Rücken. „Ich glaube nicht, dass sie in London glücklicher werden würde als in ihrem Haus. Sie könnte es verkaufen und wäre die Schulden vielleicht los, ja, aber sie wäre hier genauso unglücklich."

Ich könnte ihr helfen. Ich könnte die Schulden begleichen.

Das wäre ganz leicht für mich.

Doch ich zögere, Alice diesen Vorschlag zu unterbreiten. Denn möglicherweise schlage ich sie damit in die Flucht oder vermittle ihr ein Gefühl von Abhängigkeit.

Ich werde diese Möglichkeit im Hinterkopf behalten, zuvor aber mit David darüber sprechen und mir seine Meinung dazu anhören.

„Wahrscheinlich hast du recht", murmelt sie und fasst nach der Speisekarte. „Jedenfalls bin ich froh, zu Hause zu sein."

„Ich bin auch froh, dass du wieder hier bist", gestehe ich und greife nun doch nach ihrer Hand. Ich presse sogar die Lippen darauf. Alice lächelt und sieht mir begehrlich in die Augen. „Arbeitest du morgen wieder?"

„Selbstverständlich. Ich muss ja wieder für Ordnung sorgen. Mein Boss soll sich dauernd vor meinem Büro herumgetrieben haben."

„Er war dort nur einmal, und das auch bloß, weil er ein Meeting hatte", rede ich mich heraus.

„Ein Meeting? Mit wem?“

Ich winke ab und ignoriere ihr Grinsen. „Weißt du schon, was du isst?“

Wir verbringen einen gemütlichen Abend. Es tut unglaublich gut, ihre Nähe zu fühlen und ihre Stimme zu hören, während sie mir Geschichten aus ihrer Kindheit erzählt. Der Wein färbt ihre Wangen rot und lockert ihre Zunge. Ich habe das unbändige Verlangen, sie zu küssen, und nütze den Moment, meine Hand auf ihre Wange zu legen und meine Lippen über ihre streifen zu lassen. Der Kuss ist fast zu intim für ein Restaurant. Ich verzehre mich nach mehr.

Meine Welt ist gerade völlig auf diese Frau begrenzt.

Dieser Gedanke löst diesmal keine Panik in mir aus. Er beruhigt mich sogar, befriedigt mich und erfüllt mich mit Stolz.

Wir fahren dann zu mir. Alice bittet mich, ihren Koffer mit nach oben zu nehmen. Gute Chancen also, dass sie bei mir bleibt.

Im Fahrstuhl schmiegt sie sich an mich und fährt mit ihren Händen durch mein Haar. Sie zieht mich kichernd zu sich herab und küsst mich, während ich sie gegen die verspiegelte Wand drücke. Wir fallen regelrecht übereinander her und schaffen es gerade noch in meine Wohnung.

Kaum ist die Tür hinter uns zugefallen, gibt es kein Halten mehr. Bis wir mein Schlafzimmer erreicht haben, sind wir beide nackt.

Sie legt sich auf mein Bett, spreizt ihre Schenkel für mich, und innerhalb nur eines Atemzuges bin ich in ihr. Doch ich will mehr. Mehr Körperkontakt. Mehr von ihrem Geschmack. Mehr von ihren Geräuschen. Ich fasse unter sie, dränge mich näher an sie und bedecke ihren Mund mit meinem. Zuerst bewege ich mich langsam, koste ihren leidenschaftlichen Blick und ihr flehendes Stöhnen aus. Diesmal brauchen wir keine schmutzige Story. Diesmal sind wir bloß Endre und Alice.

„Ich liebe es, wie du dich auf mir anfühlst“, presst sie hervor, und beide blicken wir an die Stelle hinab, an der unsere Körper miteinander verbunden sind.

„Berühre dich“, flüstere ich und stoße schneller, dringlicher in sie.

Alice lässt ihre Hand nach unten gleiten und fängt an, ihren Kitzler zu reiben. Ich habe mittlerweile verstanden, dass sie diese zusätzliche Penetration braucht. Gut und gerne könnte ich sie anfassen, doch es verpasst mir einen zusätzlichen Kick, ihr dabei zuzusehen, wie sie es sich selbst macht.

Obwohl ich ihr Stöhnen liebe, brauche ich ihre Lippen. Deshalb ersticke ihr ihre lustvollen Laute mit einem Kuss und dränge sie immer näher an die Klippe heran. Sie umklammert mich mit ihren Beinen, während die Bewegung ihrer Finger immer wilder wird. Noch eine einzige Sekunde, dann kommt sie und reißt mich mit sich hinab.

Wenn ich könnte, würde ich für immer in ihr bleiben. Ich stehe kurz davor, ihr etwas Ähnliches zu gestehen, wie Alice es vor Kurzem getan hat. Sie war zwar betrunken, doch gerade deshalb glaube ich, dass sie die Wahrheit gesagt hat. *Ich glaube, ich habe mich bereits Hals über Kopf in dich verknallt.*

Ich weiß genau, wie sich das anfühlt, Baby.

FÜNFUNDZWANZIG

Alice

Drei Wochen, die ich wie im Rausch erlebe. Endre und ich werden zu einer unschlagbaren Einheit – beruflich und privat.

Wir verbringen fast täglich Zeit miteinander. Ich weiß oft schon, was er in welcher Situation denkt. Ich kenne seine Gesichtsausdrücke, kann seine Haltung deuten. Ich weiß, wie ich ihn nur mit meinen Lippen zum Orgasmus bringe, oder wie sehr er es liebt, wenn ich auf ihm sitze, ihn reite und dabei in seinen Hals beiße. Ich kenne ein paar seiner Lieblingsfilme; die meisten haben wir uns schon angeschaut. Ich weiß, dass man ihn mit Speck ködern kann, er Bohnen aber hasst.

Doch bildeten all die Dinge, die uns verbinden, eine hell erleuchtete Bühne, gäbe es am Rande einen dunklen Streifen. Und dieser besteht auf diesem fortwährenden Schweigen, was uns beide miteinander betrifft. Privat, in Endres Wohnung oder in einem Restaurant, berühren wir uns, als wäre es das Natürlichste der Welt. Doch in der Firma sind wir zwei Fremde. Und von Tag zu Tag wächst in mir der

Wunsch, wir könnten an die Öffentlichkeit gehen. Ich wünschte, er würde diesen Schritt setzen. Denn das kann nur er tun. Er ist der Boss. Aber er bleibt stur und blockt all meine Versuche ab, mit ihm über die Zukunft zu sprechen. Er wirkt nicht unfreundlich oder böse. Meist reißt er nur einen Witz oder wechselt geschickt das Thema.

Da ich ihn seit gestern Morgen nicht mehr gesehen habe und meine Sehnsucht gegen Mittag unerträglich zu werden scheint, kaufe ich ihm ein VIP-Clubsandwich und mache mich mit einem Alibi-Ordner auf meinem Arm auf zu seinem Büro. Zuerst versucht mich seine Assistentin abzuwimmeln, doch ich lüge dreist wie eine Weltmeisterin. Schließlich klingelt sie kurz bei Endre durch. Dieser bittet mich sofort rein.

Ich seufze, als ich ihn hinter seinem Schreibtisch sitzen sehe. Er sieht verdammt gut aus, und irgendwie schafft er es immer wieder, mich mit seinen Blicken nervös zu machen.

„Haben wir einen Termin?“, fragt er mit einem schiefen Lächeln.

Ich lege den Ordner vor ihm ab und zaubere das Sandwich hervor. „Ich wollte dich sehen.“

„Und füttern“, schlussfolgert er, als ich mein Mitbringsel vor ihm platziere.

Er zieht mich an der Hüfte auf seinen Schoß und presst seine Nase gegen den Stoff meiner Bluse. Ich klammere mich an seine Schultern und küsse sein Haar. „Du hast gestern gar nicht angerufen.“

„Ich habe dir geschrieben.“

Ich brumme. „Ja, aber ich wollte deine Stimme hören."

„Du wolltest, dass ich dir versaute Sachen ins Telefon flüstere", schlussfolgert er grinsend.

Ich schweige und lehne mich zurück, um ihm in die Augen sehen zu können. „Du wirkst müde. Möchtest du heute Abend lieber früher ins Bett? Dann verschieben wir unser Date einfach auf morgen."

„Du könntest mit mir zusammen früh ins Bett gehen", schlägt er vor.

Ich werde mich wohl nie daran gewöhnen, welche Gefühle geweckt werden, wenn er sein Begehren ganz freimütig äußerst.

„Das könnte ich, ja."

Endre blickt an mir hinab. Zugleich streichen seine Hände über meinen Rücken, meine Seite, meinen Bauch und schließlich über meine Brüste. „Welchen BH trägst du?"

Ich lache. „Ist das wichtig?"

„Unbedingt. Ich kann nicht ruhig weiterarbeiten, wenn du ihn mir nicht beschreibst."

„Ich könnte ihn dir zeigen", schlage ich vor.

Doch Endre schüttelt sachte den Kopf und reibt meinen Nippel durch die Bluse. „Ich will, dass du mir sagst, wie er aussieht."

Ich lecke mir über die Lippen und atme durch. „Er ist weiß, mit spitzenbesetzten Trägern und schmalen Cups. Der Verschluss ist vorne. Er ist bequem, obwohl er nicht danach aussieht."

Endre lauscht grinsend, als würde ich ihm die besten Quartalszahlen der Firmengeschichte vortragen. „Mein Lieblings-BH."

Der Kerl ist verdorben, so viel steht fest. Aber gerade deshalb bin ich ja so süchtig nach ihm. Weil Endre mir das Gefühl gibt, die begehrenswerteste Frau der Welt zu sein, ohne mich mies zu fühlen. So einen Mann brauche ich.

„Du solltest etwas essen“, weise ich ihn mit einem Kopfnicken auf das verwaiste Sandwich zu unserer Rechten hin.

„Ich werde gleich etwas essen.“ Und das wird nicht das Sandwich sein. „Wie spät ist es?“

Ich lehne mich zurück, bewege seine Maus und erwecke den Computermonitor zum Leben. „Halb eins.“

Mit einem Ruck hebt er mich auf seinen Schreibtisch, räumt notdürftig seine Tastatur und ein paar Unterlagen zur Seite, ehe er anfängt, meine Bluse aufzuknöpfen. Mit einer Mischung aus Fassungslosigkeit und Vorfreude sehe ich ihm zu, bis der Stoff an der Vorderseite schließlich aufklafft.

„Du brichst die Kein-Sex-im-Büro-Regel“, rufe ich ihm flüsternd in Erinnerung.

Seine Augen verengen sich, während er seine Fingerkuppen ganz sanft über die Wölbung meiner Brüste gleiten lässt. „Wer sagt, dass wir Sex haben werden?“

Ich quietsche auf, als er den BH öffnet und ihm meine Brüste praktisch ins Gesicht fallen. Er heißt sie mit seinen Lippen und seinen Händen willkommen. Er saugt an meinen Nippeln, bis ich ihn nicht mehr fortschiebe, sondern an seinen Haaren enger an mich ziehe.

Während er an mir saugt, schiebt er meinen Rock nach oben und meine Strumpfhose nach unten. Seine Finger reiben mich durch den dünnen Stoff meines Höschens. Dabei studiert er fasziniert meinen Gesichtsausdruck.

„Stütz deine Beine hier ab“, fordert er leise und hilft mir, meine Füße auf den Lehnen seines Schreibtischstuhls zu platzieren.

So bin ich noch offener für ihn. Ich komme mir verrucht vor, entblößt.

Er schiebt mein Höschen zur Seite, beugt sich vor und leckt dann über meinen Kitzler. Wenn das der Dank für das mitgebrachte Mittagessen sein soll, dann werde ich ihm diesen Gefallen öfter erweisen.

Als ich komme, schiebt er zusätzlich einen Finger in mich. Ich schaffe es gerade noch meine Stimme zu zügeln, sacke dann aber völlig erledigt auf seinem Schreibtisch zusammen.

Er knurrt, richtet meine Kleidung und streicht sein Haar, an dem ich wild gezerrt habe, glatt. Zufrieden grinsend steige ich wieder auf seinen Schoß, um mich mit einem Kuss bei ihm zu bedanken.

„Das war so gut“, nuschele ich an seinen Lippen.

„Absolut. Dich nackt auf meinem Schreibtisch zu sehen stand schon sehr lange auf meiner To-do-Liste.“

„Denk dran, ich habe auch einen Schreibtisch. Früher oder später wirst du darauf landen“, drohe ich ihm lächelnd und erhebe mich widerwillig.

Endre lehnt sich zurück, als wäre er derjenige, der soeben gekommen ist. „Ich freue mich.“

„Iss etwas“, fordere ich ihn tadeln auf, bevor er auf noch schlimmere Gedanken kommt. Dabei greife ich mir wieder den Ordner, um Endres Büro nicht mit leeren Händen zu verlassen. Den Schein zu wahren scheint in den vergangenen Wochen oberste Priorität zu haben.

„Was ist mit heute Abend? Kommst du zu mir?“

Ich bleibe vor seinem Schreibtisch stehen und präge mir das Bild von ihm für den restlichen Tag ein. Seine geröteten Lippen, sein verschleierter Blick und dieses spitzbübische Funkeln in seinen Augen.

„Nur wenn du ganz lieb ‚bitte‘ sagst“, fordere ich ihn heraus.

Er kneift ein Auge zusammen. „Bitte.“

Sehr gut. Bislang hatte dieses Wort keinen Platz in seinem Leben, und nun bringe ich ihn so leicht dazu, es zu sagen. „Okay. Ich koche für uns. Du könntest mir ja helfen.“

„Wenn ich dir dabei ununterbrochen auf deinen Arsch grapschen kann, dann gerne.“

„Von mir aus“, sage ich achselzuckend.

„Dann bin ich dabei.“

Ich will ihn gerade auffordern, sich dabei nicht in den Finger zu schneiden, als es an seiner Bürotür klopft. Drei Minuten früher wären wir ordentlich in Bedrängnis geraten.

Das begreift auch Endre, weshalb er sich aufsetzt und seine Krawatte glattstreicht. „Ja?“

Seine Assistentin steckt den Kopf herein. Sie wirkt verunsichert, und unweigerlich frage ich mich, ob sie etwas von unserer … Zusammenarbeit … mitbekommen hat.

„Mr Monroe, verzeihen Sie die Störung ... aber ... Ihre ... Ihre Frau wartet draußen auf Sie und möchte Sie sprechen."

Nur dieser Satz – und ich fühle mich, als hätte mir jemand den Boden unter den Füßen weggezogen und ich falle in ein schwarzes Loch. Das Blut rauscht in meinen Ohren, mein Magen verkrampft sich, und Endres angespannter Blick auf mir gibt mir den Rest.

Ich sehe nur, wie sich seine Lippen bewegen, auf denen noch immer mein Geschmack haftet; er sagt irgendetwas. Doch ich kann nichts verstehen.

Seine Frau?

Seine Frau!

Wer soll das sein?

Es muss sich um ein Missverständnis handeln. Ich kann mich doch nicht wieder in einen Mann verliebt haben, der ein Doppelspiel führt.

Erneut ein Monroe, der in mir lediglich ein vergnügliches Objekt sieht.

Das Erscheinen einer Frau mit gelocktem, schulterlangem dunklem Haar führt mir die tragische Wahrheit endgültig vor Augen. Sie schneit mit einer Selbstverständlichkeit in sein Büro, als hätte sie das schon zig Male zuvor getan. Und vermutlich hat sie das auch.

Aber wo war sie die ganze Zeit? In London kann sie nicht gewesen sein. In Endres Wohnung fanden sich keinerlei Hinweise auf sie.

Ist sie in Boston geblieben, bis Endre sich hier eingewöhnt hat?

Mir ist übel, und beinahe fürchte ich mich, mein Herz könnte in meiner Brust explodieren.

„Nur ein Sandwich? Hast du Lust, etwas Ordentliches zu essen?“ Sie wirft dem Sandwich einen ähnlich abfälligen Blick zu wie mir nur wenige Augenblicke später.

Die Metapher könnte nicht passender sein – ich bin das Sandwich, sie eine ordentliche, pompöse Mahlzeit.

Anstatt auf sie wütend zu sein, hasse ich mich selbst plötzlich, so dumm gewesen zu sein, erneut auf einen Monroe hereinzufallen. Ich spiele nicht in deren Liga. Ich bin nicht glamourös. Ich bin eine Frau für eine Affäre – und könnte diese nun gut und gerne auffliegen lassen. Doch ich kneife, weil ich Schiss habe, Endre würde irgendetwas sagen, das mich noch mehr verletzen könnte als die Gewissheit, dass er verheiratet ist.

Und als er zu mir sieht und mir klar ist, dass er dieser Tussi gleich eine brühwarme Ausrede auftischen wird, raffe ich mich auf und erwache aus meiner Starre. „Ms Benedetto und ...“, hebt er an.

„Ich wollte gerade gehen“, unterbreche ich ihn, und selbst ein Tauber hätte wahrgenommen, wie sehr meine Stimme zittert. Tränen brennen in meinen Augen, Säure schießt in meinem Mund.

Endre ist so verlogen, dass er auch noch verständnisvoll nickt. Ich hoffe sogar, dass seine kleine Ehefrau kapiert, was zwischen uns hier gerade abgelaufen ist. Er soll für seine Falschheit bezahlen.

Doch am Ende wird er derjenige sein, der am längeren Hebel sitzt. Die traurige Wahrheit ist, dass ich meine Sachen packen darf, sollte ich den Mund aufmachen. Kurz würde mir die Wahrheit vielleicht

Genugtuung verschaffen, dennoch wäre mein Herz gebrochen. Dieser Verrat schmerzt so sehr – vielleicht sogar noch mehr als der von Harry.

Ich war bereit, ein Risiko einzugehen, und habe alles gegeben. Und was hat es mir gebracht? Demütigung. Schmerz. Scham.

Endres Blick ist kalt. Ich merke aber, wie er die richtigen Worte zu finden versucht. Solche, die zugleich mich trösten und seine Frau beschwichtigen sollen. Er schien vorhin völlig entsetzt, doch er ist zu diszipliniert, um vor uns die Fassung zu verlieren.

Deshalb wundert es mich nicht, dass er mich einfach so gehen lässt. Kein Wort richtet er an mich.

So versuche ich würdevoll an seiner Ehefrau vorbeizuschreiten und schließe erst, als ich im Flur stehe, die Tür hinter mir. Wie automatisch tragen mich meine Beine zum Fahrstuhl. Ich drücke den Rufknopf, steige ein und presse meine Stirn gegen das kalte Glas.

Plötzlich muss ich an Endres Wohnung mit den zahlreichen Fensterfronten denken. Dorthin wird er nun seine Frau bringen. Dort werden sie gemeinsam leben. Sie wird in dem Bett schlafen, in dem er mich gefickt hat. Doch für sie existiere ich nicht – und für Endre vielleicht auch nicht mehr.

SECHSUNDZWANZIG

Endre

Ich stemme meine Arme so fest auf meinen Schreibtisch, dass ich schon meine, ihn unter der Last meines Zorns ächzen zu hören.

Alice ist weg, doch der ganze Raum wird nach wie vor von ihrem Duft erfüllt. Ich spüre ihre Wärme auf meiner Schreibtischplatte, schmecke sie auf meiner Zunge und meinen Lippen und höre noch ihr Stöhnen in meinen Ohren. Doch es nicht sie, die ich sehe, als ich den Kopf hebe. Es ist Willow, die mich mit ihren Blicken durchbohrt.

„Was zum Teufel machst du hier?“, frage ich und richte mich auf. Ich bin viel größer als sie und genieße es, dass sie den Kopf in den Nacken legen muss, um zu mir hochzublicken.

„Die Frist ist fast verstrichen, und da du keine Anstalten machst, dich in einen Flieger zu setzen, um nach Hause zu kommen, habe ich nun diesen Schritt gesetzt.“

Ich habe gerade null Lust auf diese Diskussion mit ihr, stattdessen will ich viel lieber Alice nachlaufen.

Fuck, sie muss sich richtig scheiße fühlen. Sie muss total niedergeschmettert gewesen sein, da sie mir nicht die Hölle heißgemacht hat, sondern stillschweigend verschwunden ist.

Ich umrunde meinen Schreibtisch, setze mich auf die Kante und betrachte die Frau, mit der ich vier Jahre lang verheiratet war. Na ja, genau genommen bin ich es ja noch. Doch das Ende unserer Ehe steht seit Monaten fest. Alles, was für eine rechtskräftige Scheidung fehlt, sind unsere beiden Unterschriften auf dem Antrag.

Wegen Willow habe ich England verlassen. Sie hat mich praktisch verhext. Mein Vater hatte veranlasst, dass ich eine Stelle bei MBT in Boston bekomme, auch wenn er fürchterlich enttäuscht von mir war, dass ich unsere Familie für eine Frau verließ.

Früher fand ich einfach alles an Willow bezaubernd. Heute empfinde ich das aber ganz anders. Heute übertrumpfen ihre negativen Seiten die guten. Unsere Beziehung war letztlich ein Desaster. Wir haben uns öfter gestritten, als wir uns normal unterhalten haben. Und als es nach Harrys Tod an mir lag, die Firma zu retten, stellte sie mich vor die Wahl: sie oder London.

Ich werde ihr nie verzeihen, dass sie in dieser schweren Zeit nicht an meiner Seite stand, sondern mich ständig nur bedrängte.

Bevor wir unsere Ehe endgültig auflösen wollten, nahmen wir uns beide Bedenkzeit. Dieses Zeitfenster meinte sie nun – denn es nähert sich seinem Ende.

Hätte ich Alice nicht getroffen, würde ich unter Willows Blicken vielleicht einknicken. Doch nun weiß ich, wie schön es sein kann, mit einem Menschen zusammen zu sein, der einem guttut.

„Sie ist die Frau, mit der dich Avery gesehen hat, richtig?“

„Ist das von Bedeutung?“, halte ich dagegen.

Willow schlingt die Arme um ihren Oberkörper und seufzt niedergeschlagen. „Wir haben uns geschworen, dass wir keinen Rosenkrieg führen und einander mit Respekt behandeln werden. Aber was machst du? Vergnügst dich schon mit einer anderen und führst mich ihr auch noch vor, als wäre ich ein Eindringling in deiner Welt.“

Unsere Abmachung lautete, die Scheidung wie zwei vernünftige Erwachsene abzuwickeln. Immerhin steht nicht nur viel Geld auf dem Spiel. Wichtig ist uns auch, unser Gesicht zu wahren und unsere gemeinsame Zeit nicht in den Dreck zu ziehen.

Darum atme ich erst tief durch, bevor ich womöglich etwas Unüberlegtes von mir gebe. „Ich wollte dich nicht demütigen, Will. Du hättest dein Kommen ankündigen sollen, dann hätte ich mich besser auf unser Wiedersehen vorbereiten können.“

„Dann sind wir mittlerweile also so weit, dass ich einen Termin brauche, um mit meinem Mann sprechen zu dürfen?“

„Setz dich erst einmal“, bitte ich sie und angele mir das Telefon, um meiner Assistentin mitzuteilen, meinen nächsten Termin abzusagen. Willow beobachtet mich dabei und mustert meine Bewegungen, als prüfe sie, ob sie irgendetwas an mir überhaupt noch an den Mann erinnert, den sie geheiratet hat.

Schließlich gehe ich zu der neuen Couch, die erst vor einigen Tagen geliefert wurde, und deute ihr, Platz zu nehmen. Sie folgt meiner Bitte und setzt sich auf die eine Seite, während ich mit der anderen Seite vorliebnehme.

„Bist du hier glücklich?“, fragt sie forsch, während eine Träne über ihre Wange läuft.

Ich lasse meinen Blick durch den Raum wandern, exakt zu jener Stelle, an der sich Alice vorhin befand. „Ja, das bin ich.“

Willows Kinn fängt zu zittern an. Ein Zeichen, das sie nervlich sehr angeschlagen ist. „Du lässt dich von deinem Vater zu sehr manipulieren, Endre. Er nutzt dich aus, spielt mit dir wie mit einer Marionette.“ Sie schluckt und streckt den Rücken durch. „Deine Familie hat sich in den vergangenen Jahren einen Dreck um dich geschert. Nie haben sie uns besucht. Ich war für sie die Böse, die ihren Sohn verführt hat. Das mit Harry ist tragisch, aber Hand aufs Herz, Endre: Du warst ihm im Grunde doch egal. Er hätte sich niemals für dich geopfert, wäre dir so etwas passiert. Doch du gibst alles auf für sie. Dein Leben, deinen Job, deine Ehe. Ich erkenne dich nicht mehr. Früher waren wir zwei ein so gutes Team. Wir hatten so große Pläne und Träume – die du alle weggefegt hast.“

In gewissen Punkten hat sie recht. Aber Willow hat es auch schon immer gut verstanden, sich als das Opfer darzustellen. Früher bin ich darauf reingefallen, aber durch die große Distanz zwischen uns habe ich wieder mehr zu mir gefunden.

Darum fällt meine Erwiderung auch anders aus, als sie wohl erwartet hat. „Die Probleme zwischen uns gab es aber auch schon vor Harrys Tod. Ich gebe zu, dass ich am Anfang skeptisch war, als ich hierher zurückkam. Doch mittlerweile fühle ich mich sehr wohl. Der Job ist viel herausfordernder für mich als meine Stelle in Boston. Damals habe ich alles genau abgewogen – mit dir gemeinsam, wenn du dich erinnerst. Und wir haben festgestellt, dass uns beiden London viel mehr Möglichkeiten bietet als Boston. Doch dann hast du einen Rückzieher gemacht – und mich vor die Wahl gestellt, als bereits alles in die Wege geleitet war. Du hast mich aufgegeben, Willow. Uns aufgegeben. Wir werden kaum einen Kompromiss finden. Du willst nicht weg aus Boston, und ich möchte in London bleiben."

„Also betreffen unsere Probleme letztlich nur unsere Wohnsituation?"

„Nein", sage ich leise, auch wenn ich am liebsten laut schreien möchte. „Unsere Ehe hat keine Zukunft mehr."

„Wieso?", bohrt sie nach und wischt sich mit der Hand über die Wange.

„Weil ich dich nicht mehr liebe." Die Worte liegen lange zwischen uns in der Luft. Wir sagen beide nichts. Niemand von uns rührt sich. „Ich respektiere und schätze dich. Du bist eine großartige Frau – aber nicht diejenige, mit der ich den Rest meines Lebens verbringen möchte."

Willow scheint von meinen Worten erschlagen. So sorgsam ich sie gewählt habe – Wirkung haben sie eine sehr starke. „Aber ... wir haben ja nicht mal versucht, an unserer Beziehung zu arbeiten."

Ich schnaube. „Wir haben das ganze letzte Jahr daran gearbeitet. Heute weiß ich aber, dass ich nicht mehr glücklich war. Ich habe mich eingesperrt gefühlt. Vielleicht war es unfair von mir, in diese Frist einzuwilligen. Wir hätten den Scheidungsantrag gleich vor meiner Abreise unterzeichnen sollen. Es tut mir leid, wenn ich dir Hoffnungen gemacht habe."

Weinend schüttelt sie den Kopf. Ihre Verzweiflung tut mir auch weh. Ich wäre ja ein Monster, wenn es das nicht täte. Doch ich bringe es trotzdem nicht über mich, zu ihr zu gehen und den Arm um sie zu legen. Das erscheint mir unaufrichtig, schließlich würde diese Geste nichts an meinen Worten ändern.

„Ich kann es einfach nicht glauben", sagt sie immer wieder. „Diese Frau ... ist es wegen ihr?"

„Nein", antworte ich, ohne auch nur eine Sekunde zu zögern.

„Aber du hast doch ein Verhältnis mit ihr."

„Das mit Alice und mir steht ganz am Anfang. Wir werden erst sehen, wohin es führt." Vor allem nachdem sie auf diese Art von meiner noch bestehenden Ehe erfahren hat.

„Sie wusste nichts von mir?"

„Nein."

Willow lacht verächtlich auf. „Was ist nur aus uns geworden?"

„Wir haben uns verändert. In unterschiedliche Richtungen." Eine nette Umschreibung der Tatsache, dass unsere Ehe in die Brüche gegangen ist. „Hast du vor, länger hier zu bleiben?"

„Ein paar Tage. Avery ist mit mir hergekommen."

„Vielleicht schaffen wir es, uns besser bei einem Abendessen zu unterhalten. Dann habe ich mehr Zeit."

„Okay", flüstert sie und wischt sich die Tränen vom Gesicht.

Sie erhebt sich, ich mache es ihr nach. Unschlüssig, was ich jetzt am besten tun oder sagen soll, folge ich meinem Bauchgefühl und umarme sie. Ich glaube, das ist eine gute Entscheidung.

„Bleib dir selbst treu, Endre", wispert sie, nachdem wir uns voneinander gelöst haben und sie meine Hand genommen hat. Ich nicke, sage aber nichts. Sie blickt auf unsere miteinander verbundenen Hände. Vor nicht allzu langer Zeit steckten noch unsere Eheringe an unseren linken Ringfingern.

Es tut weh, sie gehen zu lassen, das hätte ich nicht gedacht. Aber ich habe lange vergebens versucht, in dieser Ehe glücklich zu werden. In meine Heimat zurückzugehen war die beste Entscheidung. So bin ich wieder mehr ich selbst geworden.

Als Willow weg ist, nehme ich mir einen Moment Zeit, um mich zu beruhigen. Dann eile ich aus meinem Büro, fahre in Alices Abteilung, finde dort aber lediglich ihr verwaistes Büro vor. Ihre Tasche ist weg, ebenso ihr Mantel.

Fuck.

„Wo finde ich Ms Benedetto?", wende ich mich an den erstbesten Mitarbeiter, der mir vor die Nase läuft.

„Äh, ich habe keine Ahnung", erklärt der Kerl, der einen scheußlichen Krawattengeschmack besitzt. Enten – dein Ernst, Mann?

Auf dem Weg zu den Fahrstühlen zücke ich mein Handy und wähle ihre Nummer. Doch sie geht nicht ran. Ich fahre ein Stockwerk höher in die IT-Abteilung und durchschreite den Raum, bis ich die gesuchte Person antreffe. Sie hat ihre Haare zu einem echt merkwürdigen Knoten auf dem Kopf gebunden, hat Kopfhörer auf und starrt höchst konzentriert auf ihren Monitor.

„Wo ist Alice?“, platze ich mitten in ihre Videokonferenz, wie mir erst jetzt klar wird.

Mila klickt auf ihre Maus, nimmt die Kopfhörer ab, und an dem tödlichen Blick, den sie mir zuwirft, erkenne ich mit Sicherheit, dass sie bereits mit Alice gesprochen hat. Sie lehnt sich zurück, verschränkt die Arme vor der Brust und schweigt mir mitten ins Gesicht.

„Wo ist sie? Ich muss mit ihr sprechen.“ Ich bin dein verdammter Boss, Kleine.

„Sie hat das Land verlassen. Hat ein Last-Minute-Ticket nach Bali ergattert.“

Sie lügt. „Wo ist sie?“, wiederhole ich, diesmal ebenfalls mit bösem Blick.

„Bei einem Meeting. Hauen Sie ab.“

Ich räuspere mich und setze mich auf die Kante des Schreibtisches. „Ihre Loyalität ist wirklich rührend. Aber Sie sagen mir jetzt sofort, wo Alice ist. Ist sie nach Hause gefahren?“

„Wahrscheinlich finden Sie meine Art nicht mehr ganz so rührend, wenn ich Sie mit dem Telefonkabel erdrossele. Sie hätten es verdammt noch mal verdient. Wie konnten Sie Alice nur so verarschen?“

Mila lehnt sich weit aus dem Fenster. Zu weit, wie ich finde. Doch zugleich verstehe ich ihre Wut auf mich und feuere sie wahrscheinlich deshalb nicht hochkant.

„Genau darüber möchte ich mit ihr sprechen. Die Umstände waren ... semitoll. Aber glauben Sie mir: Wenn Alice die Wahrheit kennt, wird sie anders über die Sache denken."

„Die Sache mit Ihrer Ehefrau meinen Sie?"

Ich kratze mich am Kinn und brumme. „Ja. Es sah schlimmer aus, als es ist."

Mila stemmt ihren Kopf auf ihre Hände und scheint mit ihrer inneren Dämonen zu ringen. „Nur dass eines klar ist: Sie stehen seit heute ganz oben auf meiner Abschussliste. Es ist mir egal, ob Sie mein Boss sind, Monroe. Bringen Sie die Sache mit Alice in Ordnung, und seien Sie verdammt noch einmal fair zu ihr. Auch wenn das bedeutet, dass es zwischen euch zwei vorbei ist."

Ich nicke. „Das habe ich vor."

„Gut. Sie ist nach Hause gefahren. Haben Sie die Adresse noch?"

„Ja, die hab ich." Ich stehe auf, mache ein paar Schritte von ihrem Schreibtisch weg, drehe mich aber noch einmal um. „Danke."

Mila verdreht die Augen, grinst dann aber. „Ich stehe total auf Ben & Jerry's, falls Sie sich irgendwie erkenntlich zeigen möchten."

Als sie demonstrativ die Tür zu einem Mini-Kühlschrank, der unter ihrem Schreibtisch versteckt steht, öffnet, runzele ich die Stirn. „Sie wissen, dass ich es verboten habe, solche Geräte im Büro zu haben."

„Ich weiß", erwidert sie. „Ich könnte Alice jetzt aber auch anrufen und ihr verraten, dass Sie auf dem Weg zu ihr sind."

Wir starren einander kurz an wie Revolverhelden vor einem Duell. Schließlich muss ich mich geschlagen geben. Mila ist mein Draht zu Alice. Und sie steht eindeutig und logischerweise auf ihrer Seite.

„Cookie Dough wäre mir am liebsten", höre ich sie hinter mir, als ich bereits auf dem Weg zu den Aufzügen bin.

Was für eine Scheiße.

Ich habe mich noch nie so sehr für eine Frau erniedrigt. Und sogar freiwillig und gern. Doch für Alice mache ich es. Wegen ihr ändere ich meine Regeln, werde die Angelegenheit mit meiner Noch-Ehefrau klären und laufe ihr um Vergebung bettelnd hinterher.

Das Verrückteste ist, dass ich all das mit einem guten Gefühl tue. Weil mir Alice so viel bedeutet je eine Frau zuvor. Sie kam wie ein Tornado in mein Leben. Doch anstatt etwas zu zerstören, hat sie mir so viel gegeben.

SIEBENUNDZWANZIG

Alice

Als lautes Hämmern gegen die Wohnungstür erklingt, ist mir sofort klar, wer im Flur steht. Ich werfe einen misstrauischen Blick auf die Tür und freue mich regelrecht darauf, Endre gleich so richtig meine Meinung zu geigen.

Falls er erwartet hat, mich flennen zu sehen, muss ich ihn enttäuschen.

Ich reiße die Tür auf und funkele ihn böse an. „Denkst du, ich bin taub? Denkst du, je fester du klopfst, desto weniger scheiße ist das Lügenmärchen, das du mir aufgetischt hast?“

„Okay, langsam. Kann ich reinkommen?“, entgegnet er ganz ruhig.

„Natürlich. Schließlich geht es die Nachbarn ja nichts an, dass ich mit einem verheirateten Mann vögele.“

Ich drehe mich um, lasse die Tür offen stehen und gehe voraus ins Wohnzimmer. Es ist seltsam für mich, Endre in meiner Wohnung stehen zu sehen.

Er hält mitten im Raum, ich setze mich auf die Armstütze der Couch. „Ist sie deine Ehefrau? Sag die Wahrheit“, durchbreche ich das Schweigen.

Er nickt, und irgendwie bricht mein Herz erneut. „Technisch gesehen ist sie das. Aber wir lassen uns gerade scheiden. Wir wollten uns nach meinem Umzug nach London jedoch etwas Bedenkzeit lassen.“

Ich fasse es nicht. Ich fasse es einfach nicht.

Entweder bin ich zu blöd oder einfach zu gutgläubig. Oder dieser Mann ist der größte Lügner und Betrüger, den ich kenne.

„Diese Frist ist jetzt bald zu Ende, und deshalb ist sie nach London gekommen.“

Alles wiederholt sich. Immer und immer wieder.

Es ist seine Sache, wenn er seine Frau betrügt. Natürlich hätte er mir am Anfang unserer Affäre nichts von ihr erzählen müssen. Aber später, als mehr aus diesem Verhältnis wurde, hätte er es tun müssen. Als mehr aus uns wurde als bloß zwei Menschen, die miteinander schlafen.

Ich betrachte ihn und versuche zu ergründen, ob er diese Situation nun wirklich bedauert oder bloß verärgert ist, dass ich seine Frau gesehen habe. Das würde viel über seine Gefühle verraten. Doch wie immer ist er undurchschaubar.

Ich stehe auf, fahre mir durchs Haar und gehe im Wohnzimmer umher. „Erklär mir das mit euch genauer“, bitte ich ihn.

Nachdem er tief Luft geholt hat, hebt er an. „Ich habe sie während meines Auslandsemesters kennengelernt. Sie stammt aus Boston.“

„Wie heißt sie?“, unterbreche ich ihn.

„Willow“, antwortet er. „Irgendwann musste ich zurück nach London, und der Kontakt brach fürs Erste ab. Doch sie schrieb mir ein paar Wochen später, dass sie für einige Tage in London sei und sich mit mir treffen wolle. Aus diesem Treffen wurde eine Fernbeziehung. Ein halbes Jahr standen wir das durch, dann verschaffte mir mein Dad eine Stelle in unserer Zweigstelle in Boston, und ich zog zu ihr. Ein Jahr später heirateten wir.“

Er hat alles für sie zurückgelassen – seine Familie, seine Heimat und seine Freunde. Er muss diese Frau sehr geliebt haben.

„Und nach dieser Bilderbuch-Lovestory folgt jetzt ernsthaft die Scheidung?“

Auf einmal zeigt er Emotionen. Er nickt betrübt und sieht auf seine Hände, als wolle er prüfen, ob sein Ehering tatsächlich weg ist. „Das hört sich furchtbar plump an, aber wir haben uns in völlig unterschiedliche Richtungen entwickelt. Im Laufe unserer Ehe wurde mir Willow immer fremder. Ich habe mich nicht mehr wohlgefühlt. Nach Harrys Tod stand für mich relativ schnell fest, dass ich seinen Platz bei MBT in London einnehmen werde. Willow hat sich aber geweigert, Amerika zu verlassen, und mich vor die Wahl gestellt: entweder sie oder die Firma.“

„Und du hast dich für die Arbeit entschieden.“

„Ich habe die Möglichkeit gewählt, die mir einen Neuanfang bot, da ich zu diesem Zeitpunkt bereits wusste, dass unsere Ehe gescheitert war. Unter anderen Umständen wäre ich vielleicht gar nicht nach London zurückgekehrt.“

Ich beruhige mich langsam. Das mag an dem sanften Ton in seiner Stimme liegen. Ich bin aber auch erleichtert, dass mich seine Scheidung nichts angeht und er sich schon vor unserem Kennenlernen gegen Willow entschieden hat.

„Die Scheidungspapiere sind vorbereitet. Alles, was noch fehlt, sind unsere Unterschriften. Vielleicht war es unklug von mir, Willow dieses Zeitfenster zu gewähren. Ich habe ihr damit nur unnötig Hoffnung gegeben, die es aber zu dem Zeitpunkt schon nicht mehr gab, als ich meine Sachen gepackt und mich in den Flieger nach England gesetzt habe."

„Sie liebt dich noch?"

Er seufzt. „Ja, das tut sie."

„Und du siehst keine Chance mehr für euch?"

Mit gerunzelter Stirn nähert er sich mir. Ich bleibe stehen, anstatt zu flüchten – was ich wohl besser tun sollte. Doch ich will wissen, was er vorhat, und wie ich auf seine unmittelbare Nähe reagiere. „Überhaupt keine. Es tut mir leid für sie. Ich werde versuchen, diese Scheidung so behutsam wie möglich über die Bühne zu bringen. Und das weiß sie auch. Ich werde mich mit ihr nicht um unser Haus oder sonstige Güter streiten."

Er gibt nach – das klingt so gar nicht nach Endre. Und ich glaube, Willow versteht diese Geste.

„Es tut mir leid, dass ich nicht ehrlich zu dir war", fährt er fort, als er dicht vor mir steht.

Eine Stimme in mir erinnert mich, dass ich Endre ebenfalls ein wichtiges Detail verschweige. Wer im Glashaus sitzt, sollte nicht mit Steinen werfen. Doch ich ließ mich von meinem Schmerz leiten und regelrecht in die Flucht schlagen. Endre ist nun hergekommen, um offen mit mir zu sprechen. Das muss doch bedeuten, dass ich ihm wichtig bin.

„Es tut mir leid, wie ihr beide voneinander erfahren habt. Ich hätte in der Hinsicht verantwortungsvoller handeln müssen."

„Das hättest du", sage ich und recke mein Kinn, nicht zuletzt, um ihm in die Augen sehen zu können. Er ist mir so nahe, doch zögert er, mich zu berühren. „Du hast mich vor ihr Ms Benedetto genannt, als wäre ich dein kleines Büroflittchen, das dir ab und an einen unterm Schreibtisch bläst. Ich war so sauer, dass ich kein Wort rausbrachte. Das passiert mir echt selten."

Sein rechter Mundwinkel zuckt. Einmal. Zweimal. Dafür könnte ich ihn küssen und schlagen zugleich. Die Erleichterung, die ich nun dank der Gewissheit fühle, überwiegt jedoch. Ich lege meine Hände flach auf seine Brust, streiche mit meinen beiden Daumen über die dunkelgraue Krawatte und strecke mich, um ihn zu küssen.

„Es tut mir leid, Alice", flüstert er, während er seine Arme um meinen Rücken legt und mich an sich zieht.

Ich glaube ihm, aber ich genieße es ungemein, den großkotzigen Mr Monroe einmal kleinlaut zu erleben. Sein Kuss erscheint als weitere Form der Entschuldigung. Er geht ganz sacht vor, beinahe zögernd. Ich nehme seine Entschuldigung an, indem ich meine Lippen öffne. Er gibt ein gedämpftes Knurren von sich und legt eine Hand an meine Wange.

Ich bin gerade dabei, seine Krawatte zu lockern, als die Wohnungstür zufällt. „Ich bin es", ruft Mila, worauf Endre und ich erschrocken auseinanderfahren. „Ich hoffe, ihr seid noch nicht nackt."

Sie erscheint im Türrahmen und runzelt erstaunt die Stirn. „Okay, das habe ich gar nicht erwartet. Ich muss nur schnell etwas essen, mich umziehen, und dann bin ich gleich wieder weg."

Sie zwinkert Endre zu, als hätten die beiden einen geheimen Pakt geschlossen, ehe sie in ihrem Schlafzimmer verschwindet.

Endre greift nach meiner Hand und lächelt. „Wir sehen uns heute Abend."

„Nein", erwidere ich schnell. „Bleib jetzt schon hier. Bitte."

Er sagt nichts, lässt sich aber anstandslos in mein Schlafzimmer führen. Das hier ist mein intimster Bereich. Mein Reich. Und soeben habe ich Endre erstmals eingelassen.

„Jetzt bist du zur Abwechslung mal *mein* schmutziges Geheimnis", stelle ich fest.

„Dein Zimmer", sagt er.

Ich lächele nervös. „Ja."

„Niedlich."

„Mach es dir bequem, ich bin gleich wieder da." Als ich den Raum verlasse, schaut er mir mit einem frechen Grinsen hinterher, das die Schmetterlinge in meinem Bauch beflügelt.

Ich finde Mila in ihrem Zimmer, das neben meinem liegt, wo sie sich gerade in ihre Sportklamotten schmeißt. „Ist er schon gegangen?", fragt sie erstaunt.

Ich schüttele den Kopf. „Nein, er ist in meinem Schlafzimmer."

„Dann hoffe ich mal, er spendiert dir einen gebührenden Entschuldigungsfick."

Das wird passieren. Ohne Frage. „Hast du ihm verraten, wo ich bin?"

„Ja, schuldig in allen Punkten. Ich hoffe, das ist okay für dich."

„Danke", presse ich hervor und umarme sie.

„Ich esse unterwegs etwas. Jetzt geh zu ihm. Du kannst den armen Mann doch nicht so lang allein lassen."

Als ich in mein Schlafzimmer zurückkehre, sitzt Endre auf meinem Bett und scannt meinen Körper prüfend von oben nach unten. Sein Lächeln ist verschwunden, sein Blick erscheint undurchdringlich und hart.

Ich frage mich, ob es ihn stört, dass Mila nach Hause gekommen ist und von uns weiß. Vielleicht ist ihm hier, ganz allein in meinem Schlafzimmer sitzend, klar geworden, wie unterschiedlich wir sind. Dennoch schließe ich tapfer die Tür und überspiele meine Verunsicherung mit einem Lächeln. Ich steige auf seinen Schoß und lege meine Arme um seine Schultern.

„Wir sind jeden Moment allein", wispere ich. „Du kannst ihr vertrauen, sie wird in der Firma nichts verraten."

Er schluckt und blickt kurz hinter mich, in Richtung meiner Kommode, die ich seit meiner Kindheit besitze. Früher habe ich darin pinke, glitzernde Röcke aufbewahrt. Heute lagere ich dort meine Unterwäsche und meinen Schmuck.

„Das kann ich mir vorstellen", erwidert er.

Irgendwie ist er seltsam abweisend, so kühl. Dennoch streichen seine Finger wie schon zig Male zuvor über meine Hüften.

„Ich bin froh, dass du hier bist. Bei mir“, wage ich einen weiteren Vorstoß, um seine Mauer zu durchbrechen. „Ich werde dich bei allem unterstützen und ...“ Weiter komme ich nicht mehr, da er mich hochhebt und mit dem Bauch nach unten aufs Bett platziert.

Okay, er hat keine Lust zu reden.

Von mir aus.

Ich öffne erstaunt meinen Mund, sage aber nichts, als er hinter mich tritt, meinen Rock nach oben schiebt, meine Strumpfhose runterzieht und im nächsten Moment hart in mich stößt. Diesmal gibt es kein langsames Annähern. Keine Zärtlichkeit. Er fickt mich hart. So hart, dass das Bett unter mir ächzt und Mila, sollte sie noch in der Wohnung sein, mitbekommen muss, wie weit unsere Versöhnung fortgeschritten ist.

Seine Handballen drücken auf meinen Hintern. Es ist viel härter als bisher, aber dennoch gut.

Vielleicht versucht er seine Anspannung loszuwerden, und er braucht diese Art von Sex, um das Auftauchen seiner Noch-Ehefrau zu verdauen.

Doch als er sich aus mir zurückzieht und stöhnend auf meine Bluse, meinen Rock und meine Oberschenkel spritzt, weiß ich, dass ich mit meinen Überlegungen falschliege.

Meine Arme zittern, als ich mich umdrehe. Endre schließt gerade seine Hose. Seine Stirn ist in Furchen gelegt, seine Kiefer sind angespannt.

„Endre ..."

„Ich habe gleich einen Termin", unterbricht er mich erneut.

„Okay", murmele ich, während sich das Gefühl in mir verstärkt, von ihm verarscht und jetzt endgültig abserviert worden zu sein.

Das hier eben war kein Versöhnungssex, sondern ein Abschiedsfick.

Vermutlich hat er mich angelogen, was seine Ehe und uns angeht. Vielleicht ist ihm hier in meinem Schlafzimmer auch erst klageworden, wen von uns beiden er wirklich will. Und jetzt hat er sich lediglich ein letztes Mal das von mir genommen, wofür er mich in sein Leben gelassen hatte.

Mir brennen tausend Fragen auf der Zunge, doch ich schlucke sie zusammen mit meiner Scham runter.

„Alice", sagt er und stockt. Dann dreht er sich um und geht.

ACHTUNDZWANZIG

Alice

Am Abend sagt er unser Essen ab. Ich schlafe schlecht, stehe früh auf und gehe am Morgen bis zur übernächsten Tube-Station, in der Hoffnung, den Kopf wieder freizubekommen.

Doch spätestens als ich in der Arbeit ankomme und Endres Assistentin mich am Vormittag in sein Büro zitiert, liegen meine Nerven blank. Ich will vor der bevorstehenden grausamen Situation des Abschiednehmens flüchten. Kurz denke ich sogar ernsthaft über Flucht nach, während ich vor dem Fahrstuhl stehe und warte. Ich könnte einfach weggehen und ihn vergessen. Doch ich weiß auch, dass es nicht so einfach wäre, wie ich mir das einzureden versuche.

Endre ist in mein Herz vorgedrungen. Trotz all meiner Sicherheitsvorkehrungen.

Aber anscheinend empfinde nur ich dieses starke Gefühl.

Ich bin niemand, der vor Problemen wegläuft – ich stelle mich ihnen, auch wenn es manchmal wehtut. Auch wenn ich weiß, dass ich dadurch in ein Loch fallen könnte. Aber jetzt will ich lieber die Wahrheit erfahren, als in Unklarheit weiterzuleben.

Deshalb drücke ich entschlossen den Knopf für Endres Etage und fahre nach oben. Diesmal steige ich nicht mit Schmetterlingen im Bauch aus. Ich zittere und ziehe die Ärmel meines Pullovers über meine Hände, als würde mir das meine innere Kälte nehmen. Doch die Angst lässt sich nicht abschütteln. Sie begleitet mich, als würde sie auf meiner Schulter sitzen und sich an meinem Zustand ergötzen.

Ruby bittet mich herein, und falls ich mir erhofft habe, in ihrer Miene einen Hinweis auf das mir Bevorstehende zu finden, so werde ich gerade enttäuscht. Aber wie hoch sollten die Chancen stehen, dass Endre seine Assistentin in unsere Affäre eingeweiht hat? Ja, schwindend gering.

Ihr Lächeln beruhigt mich nicht. Dann richte ich mich zu meiner vollen Größe auf, klopfe einmal an seine Tür und trete ein.

Es scheint Jahre her zu sein, dass ich das letzte Mal hier war. Dabei war es erst gestern. Endre, der hinter seinem Schreibtisch sitzt, betrachtet mich ganz anders als gestern. Sein Blick erinnert mich an unser erstes Aufeinandertreffen im Konferenzraum: abschätzend, kühl, fokussierend.

Trotzdem lächele ich, als könnte ich dadurch einen Löwen besänftigen. Anstatt eines Knochens gibt es ein Grinsen für ihn. Und ich weiß, dass es verdammt wehtun wird, wenn er sich auf mich stürzen wird.

Mit einem Stapel Unterlagen in der Hand steht Endre auf, geht um den Schreibtisch herum und setzt sich auf die Kante. Doch nichts an ihm erscheint so cool, wie diese scheinbar entspannte Geste im ersten Augenblick wirkt. Er sieht müde aus, und kurz bilde ich mir sogar ein, einen schmerzvollen Blick erhascht zu haben. Doch als er sich räuspert und die Papiere neben sich legt, ist dieser Ausdruck verschwunden, und er trägt wieder seine übliche Maske.

„Du wolltest mich sprechen“, beschließe ich, ihm die Chance, den ersten Schritt zu machen, zu nehmen. Ich hoffe, das führt ihm meine Stärke vor Augen.

Endre nickt. Während er mit mir spricht, sieht er zu meinem Hals. „Das wollte ich, Alice. Oder würde es dich mehr befriedigen, wenn ich dich Lina nenne?“

Dieser Name, von ihm ausgesprochen, verursacht einen Totalzusammenbruch meines Verstandes. Zuerst blinzele ich noch nervös, als hätte ich mich verhört. Dann wandert mein Blick von seinem ausdruckslosen Gesicht zu dem ausgedruckten Bild von mir, das neben ihm liegt. Es ist jenes Foto, das ich Harry geschickt habe, auf dem ich seinen Anhänger trage.

Wie konnte ...? Als es mir wie Schuppen von den Augen fällt, stoße ich ein Wimmern aus.

Der Anhänger. Er hat ihn in meinem Schlafzimmer auf der Kommode neben meinem Bett entdeckt.

Mit einem Schlag hat sich die gesamte Situation verändert – erneut. Meine Sorgen sind jetzt ganz andere. Es geht nicht länger darum, dass ich von ihm abserviert wurde, sondern dass er mich jetzt wohl effizient vernichten wird.

Ein diabolisches Grinsen umspielt seine Lippen, als würde er sich an meinem Erschrecken ergötzen. „Was für eine verlogene Schlampe du doch bist, Alice.“

„Nein … bitte …“, presse ich hervor, als könne ich verhindern, was er weiter sagen wird.

„Doch, das bist du. Ich kann mir schon vorstellen, welche Ziele du verfolgst. Plötzlich ergibt so vieles, was du gesagt oder getan hast, Sinn. Du wusstest genau, dass du mich mit dieser Mail ködern kannst und ich darauf reagiere.“

„Nein“, sage ich noch einmal und mache einen Schritt auf ihn zu. „Ich habe keinen Plan verfolgt, Endre. Als ich dir schrieb, also eigentlich Harry, da ging es mir nicht darum, dich zu fangen. Ich habe ihn vermisst. Das ist die Wahrheit. Ich wusste nicht, dass du Zugriff auf seine Mails haben würdest.“

Ich werde ihn jetzt nicht nur verlieren, er wird mich von nun an hassen. Alles, was wir miteinander getan und erlebt haben, wird er bereuen. Außerdem kann ich verstehen, dass ich wenig glaubwürdig auf ihn wirke.

Aber was kann ich tun, damit er mich nicht als blöde Kuh sieht und mir wieder vertraut?

„Ich habe es irgendwann aufrichtig genossen, dir zu schreiben. Alles, was du gelesen hast, war ehrlich gemeint.“

„Einen Scheiß war es das“, unterbricht er mich laut. „Und weißt du, warum es so war? Weil du mich über deine wahre Identität im Unklaren gelassen hast. Du hast mich manipuliert und mich ausgekundschaftet, sodass du im richtigen Moment zuschlagen kannst.“ Er seufzt und schüttelt den Kopf. „Deine ganze passiv-aggressive Nummer – lediglich eine Show. Wofür, Alice? Für Geld? Für eine bessere Stellung in der Firma? Hast du dir auf diese Weise auch bei meinem Bruder das Hamilton-Projekt erschlichen?“

Es scheint mir unmöglich, zu Endre durchzudringen. Alles, was ich sage, wird er nur als Beweis meiner Verschlagenheit verstehen.

„Ich war mit keinem von euch beiden wegen Geld oder besonderer Vergünstigungen zusammen. Das zwischen Harry und mir war völlig anders als das zwischen uns beiden. Und es ist die Wahrheit: Ich hatte keine Ahnung, dass er verheiratet war. Genauso wenig wie bei dir.“

Endre fährt sich schnaubend mit der Hand durch die Haare. „Wenn du nicht an Vergünstigungen interessiert bist, warum hat Harry ein Konto eingerichtet, auf das monatlich Geld überwiesen wird? War das deine kranke Art, ihm zu zeigen, dass du auf ihn stehst?“

„Ich weiß nichts von einem Konto“, erwidere ich mit gerunzelter Stirn.

„Ja, klar.“

„Ehrlich, Endre. Harry hat nie etwas von einem Konto erwähnt. Ich habe nie Geld von ihm erhalten.“

Wie kann er nur annehmen, dass ich wegen Geld mit ihm oder Harry geschlafen habe?

„Es gibt aber ein Konto für dich. Direkt schade, dass dir das entgangen ist“, meint er spöttisch. „Ich kann mir auch schon denken, warum er das getan hat. Wahrscheinlich hast du ihm die Geschichte von deiner ach so verschuldeten, todunglücklichen Mutter erzählt. Damit hattest du diesen gutmütigen Trottel sofort an der Angel.“

Wenn jemand – wie er eben – meine Mutter so mies darstellt, schrillen die Alarmglocken bei mir, und mein Blut beginnt zu kochen. Rasend vor Wut strecke ich meinen Zeigefinger in seine Richtung. „Wag es ja nicht, schlecht über sie zu reden! Ich habe dir im Vertrauen von ihr erzählt – nicht, um an dein Geld zu kommen."

„Ich glaube einfach nichts mehr, was aus deinem Mund kommt, Alice. Der Zug ist abgefahren." Er verschränkt die Hände locker vor seiner Brust und mustert mich abermals – vielleicht zum letzten Mal – von oben bis unten. „Du hast oft genug bewiesen, mit welcher Härte du deinen Willen durchsetzt, auch wenn das Konsequenzen hat. Obendrein hast du Harry und mich mit deiner Zaubermuschi kinderleicht für dich gewonnen. Aber mehr als das wirst du nie sein – eine Pussy, die benutzt und manipuliert und schließlich weggeworfen wird. Diesmal hast du dich mit dem Falschen angelegt."

Seine Drohung lässt mich schlucken.

„Ich habe einen Fehler gemacht, genau wie du, als du mir nichts von deiner Ehefrau erzählt hast. Ich aber habe dir verziehen, Endre. Du hingegen verdrängst alles, was wir hatten, und lässt dich von deiner Wut leiten."

Er scheint meine Worte auf sich wirken zu lassen und sieht stumm zu mir. Schließlich aber kneift er die Augen zusammen und schüttelt den Kopf. „Zuerst fickst du mit Harry, dann mit mir. Das ist einfach nur krank, Alice." Er steht auf, geht um seinen Schreibtisch herum und betätigt einen Knopf auf seinem Telefon. „Wir hatten nichts außer Sex. Du bist einfach eine

Blutsaugerin, die sich auf meine Kosten bereichern wollte. Von jetzt an bist du für MBT nicht mehr tragbar. Ich brauche Leute, denen ich vertrauen kann."

In diesem Moment betritt Endres Assistentin den Raum. „Mr Monroe?", fragt sie zurückhaltend.

„Begleiten Sie Ms Benedetto zu ihrem Platz, und veranlassen Sie, dass ihre Sachen gepackt werden."

Entsetzt mache ich einen Schritt nach vorn. „Du feuerst mich?"

Endre zieht beide Augenbrauen hoch, als wäre er über meine Frage erstaunt. „Das tue ich, ja."

„Das kannst du nicht machen."

„Ich bin dein Boss. Natürlich kann ich dich rauswerfen. Dir hätte klar sein sollen, dass es darauf hinauslaufen wird."

Er vernichtet mich. Zerstört meine Karriere. Das ist seine Rache.

„Aber das Hamilton-Projekt ... es ist noch nicht abgeschlossen", stammele ich, als könnte ihn mein Flehen umstimmen.

Ein müdes Lachen – das ist alles, was ich erhalte. „Das werde ich übernehmen."

Nein. „Endre, bitte. Es ist mein Projekt."

„Dir gehört hier ein Scheißdreck, Alice. Selbst die Luft, die du hier einatmest, gehört mir. Der Boden, auf dem du hier stehst, ebenso. Du bist nichts und wirst nie mehr sein als eine Frau, die ihre Beine spreizt, um ihre Ziele zu erreichen."

Sein Brustkorb hebt und senkt sich, während über meine Wangen Tränen laufen. Es ist mir im Moment egal, dass seine Assistentin unseren Disput mitbekommt und bald wahrscheinlich die ganze Firma Bescheid weiß, dass ich Sex mit unserem Boss hatte. Alles, was für mich zählt, ist Endre. Doch von ihm kommt nichts außer Wut und Abweisung.

„Du verschwindest jetzt auf der Stelle. Ich würde auch nicht lange fackeln und dich vom Sicherheitsdienst rausschleifen lassen, solltest du Widerstand leisten. Such dir deinen Abgang aus", wirft er mir den Prügel vor die Füße und setzt sich scheinbar ungerührt hinter seinen Schreibtisch.

Doch ich sehe ihm an, dass ihn die Situation genauso aus der Fassung gebracht hat wie mich. Er fühlt sich verraten und benutzt von mir. Er hat sich mir geöffnet, mir von seiner Mum erzählt, und für ihn sieht es jetzt so aus, als hätte ich mich nie wirklich für ihn interessiert.

Ich richte mich auf und beschließe zumindest einen letzten Versuch zu starten, um ihn von meiner Glaubwürdigkeit zu überzeugen. „Du bedeutest mir etwas. Die Zeit, die wir miteinander verbracht haben, war wunderschön. Ich habe einen Fehler gemacht, ja, und hätte dir viel früher die Wahrheit über mich und Harry sagen sollen. Aber irgendwann war es zu spät, und ich hatte den richtigen Zeitpunkt verpasst – ich wusste, ich würde dich verlieren. Es tut mir so leid."

Er sagt nichts. Kein Wort.

Stattdessen durchbohren mich seine Augen.

Während ich mich langsam in Bewegung setze, wird mir bewusst, dass ich ihm vielleicht gerade zum letzten Mal gegenüberstehe. Ich nehme wahr, was ich soeben verloren habe. Und dieser Verlust ist noch viel schmerzhafter als jener von Harry.

Ohne ein weiteres Wort folge ich Ruby zu den Aufzügen und blicke zu Boden, auf den eine Träne tropft. Mir ist egal, dass mich meine Kollegen in diesem Zustand sehen. Wie auf Kommando drehen sich tatsächlich sämtliche Köpfe in meine Richtung, als wir zu meinem Büro gehen. Das Flüstern und Tuscheln verstärken das Rauschen in meinen Ohren. Mit tauben Händen öffne ich die Tür und beginne meine wichtigsten Habseligkeiten in eine leere Kiste zu räumen.

Ruby hilft mir vorsichtig, als würde auch sie ihren Job verlieren, würde sie Mitgefühl für mich zeigen. Und wer weiß, vielleicht habe ich auch gar keines verdient. Schließlich bin ich selbst schuld an meinem Absturz.

Wie oft haben Rose und Mila mich gewarnt? Wie viel öfter wollte ich mich zusammenreißen, habe ich mich daran erinnert, wie skrupellos Endre sein kann, wenn er will? Gebracht hat das alles nichts. Munter bin ich ins Verderben gestürzt.

Abserviert. Gekündigt. Verstoßen. Verhasst.

Diese vier Wörter kreisen unaufhörlich in meinem Kopf herum, während ich meine Sachen packe.

Irgendwann tauchen Mila und Rose auf. Beide sind fassungslos. Rose wirkt völlig durch den Wind und legt beschwichtigend ihren Arm um mich. Mila gelingt es unterdessen, Ruby zu vertreiben. Sie verspricht ihr, sich um mich zu kümmern. Mich – Endres Feind.

„Er hat gestern Abend das halbe IT-Team antanzen und die Mails zurückverfolgen lassen“, setzt Mila an, und ich merke, wie unangenehm ihr die Situation ist. „Ich wusste nichts davon, Alice.“

Ich setze mich und schüttele den Kopf. „Das macht keinen Unterschied. Als er gestern bei mir war, hat er die Kette, die Harry mir geschenkt hat, gesehen und sie wiedererkannt."

„Ach du Scheiße", meint Rose und betrachtet den Saustall, der durch das Zusammensuchen der wichtigsten Dinge in meinem Büro entstanden ist.

Aber wen kümmert es schon, wie es hier aussieht? Bald wird jemand anderes auf meinem Platz sitzen.

„Er hat mich gefeuert", erkläre ich, als wäre das nicht offensichtlich. Aber vielleicht versuche ich bloß, es mir selbst begreiflich zu machen.

Mila lehnt sich gegen meinen Schreibtisch und verschränkt die Arme vor der Brust. „Da zeigt sich wieder ganz das Arschloch, das er schon immer war."

„Er reagiert wie ein Mann, der verletzt ist", berichtigt Rose.

Ich schnaube. „Ihr habt nicht gehört, was er alles zu mir gesagt hat. Er ist stinksauer. Ich habe ihn verloren", flüstere ich voller Verzweiflung.

Es wird ganz still in meinem Büro. Mila und Rose sehen einander an. Normalerweise fällt mir für jedes Problem eine Lösung ein. Ich bin kein Mensch, der resigniert. Aber diesmal fühle ich mich wie gelähmt, ohnmächtig und leer. Gefühllos, obwohl ich an all meinen Emotionen zu ersticken drohe.

Mila setzt sich zuerst in Bewegung. Sie nimmt mir einen Stapel Bücher ab, den ich die ganze Zeit schon in der Hand halte, und legt ihn zur Seite. Dann bückt sie sich, um mir in die Augen sehen zu können. „Süße, wir bringen dich jetzt nach Hause. Rose und ich räumen deinen Krempel später auf. Okay?"

„Genau, das machen wir“, bekräftigt Rose und schmiegt sich an mich.

Ich finde ihren Vorschlag unglaublich rührend. „Harry hat ein Konto für mich eingerichtet.“ Das ist das Einzige, was ich herausbringe.

„Ein Konto?“, fragt Mila.

„Ich hatte auch keine Ahnung. Endre hat es herausgefunden und nimmt das jetzt als Beweis dafür, dass ich ihn und Harry aus finanziellen Gründen ausgenutzt habe.“

„Aber du hast ja von dem Konto nie Geld abgehoben“, meint Mila und zieht ihre rechte Augenbraue hoch. Das macht sie immer, wenn sie ihre Kampflust demonstrieren will.

„Ja, richtig. Trotzdem ist er der fixen Überzeugung, ich wäre eine berechnende Schlampe.“

Erneut tauschen die beiden einen Blick miteinander. „Ich kille ihn“, rutscht es Mila raus. „Ich kenne eine Menge Leute, die Typen wie ihn innerhalb von wenigen Sekunden abschlachten.“

„Wen um Himmels willen kennst du denn, der zu so etwas fähig ist?“, erkundigt sich Rose tadelnd.

„Jemand aus meiner ehemaligen Klasse. Er hat Karriere als Drogendealer oder so gemacht.“

„Und dann ist er gleich zum Mörder aufgestiegen?“

„Lasst das mal bleiben“, mische ich mich ein und löse mich von ihnen, um meine Handtasche zu holen. „Ich hoffe nur, dass du jetzt keine Schwierigkeiten bekommst, Mila.“

„Wegen des Mail-Accounts meinst du?“ Sie zuckt die Achseln. „Soll er mich doch rauswerfen. Der Laden ist ohne dich sowieso scheiße.“

Die Mädels bringen mich nach Hause, wo ich mich auf der Couch flennend zusammenrolle. Der Schmerz frisst mich auf und raubt mir all meine Kraft. Doch Mila und Rose stehen mir bei, und dafür bin ich unglaublich dankbar. Das kann ich ihnen in diesem Moment gar nicht so zeigen.

NEUNUNDZWANZIG

Alice

Innerhalb der nächsten Woche bringen Rose und Mila nach und nach Kartons mit meinen Sachen aus dem Büro in die Wohnung. Bei jedem einzelnen, den ich in Empfang nehme, bricht mein Herz abermals, und irgendwann bin ich mir sicher, dass es nie wieder heilen wird.

Die meiste Zeit dieser Tage verbringe ich auf der Couch vor dem Fernseher. Zugleich schaufele ich tonnenweise Cornflakes in mich rein. Mila wird von Endre zum Glück nicht gekündigt. Sie wird zwar zu einem Gespräch mit ihrem direkten Vorgesetzten beordert, in dem dieser sie ermahnt, ihre Kompetenz in der Firma ja nicht noch einmal zu missbrauchen. Doch wie Mila nun einmal ist, lässt sie sich davon nicht aus der Ruhe bringen.

In der zweiten Woche nach meinem Rauswurf bei MBT und der Trennung von Endre gehe ich viel spazieren. Die Sonne strahlt vom Himmel, und tatsächlich gelingt es mir, mich von der Fröhlichkeit mancher Menschen anstecken zu lassen. Jedoch währt dieser Effekt nicht lange.

Meine Gedanken kreisen natürlich unaufhörlich um die jüngsten Ereignisse in meinem Leben. Auf meinen Spaziergängen gelingt es mir aber wenigstens, wieder etwas Kontrolle über mein Dasein zu erlangen. Mir wird außerdem klar, dass ich diejenige sein muss, die an Endre herantritt, um Klarheit zwischen uns zu schaffen – so wie er es getan hat, nachdem ich von seiner Ehe erfahren hatte.

Doch wie soll ich das anstellen?

Er möchte mich nicht mehr sehen. Ich kann nicht einfach in sein Büro spazieren, und in seine Wohnung würde er mich nicht lassen. Zu solch selbstbewussten Handlungen fehlt mir im Moment aber auch der Mut. Ein Telefonat wäre hingegen viel zu unpersönlich. Wir müssen einander gegenüberstehen.

Wenn die Sache zwischen mir und ihm schon keine Zukunft hat, dann möchte ich zumindest, dass er einsieht, dass es mir niemals um sein Geld ging.

Nach einem unendlich lang erscheinenden Wochenende, in dem Mila und Rose vergeblich versuchten, mich zum Ausgehen zu bewegen, beschließe ich, endlich tätig zu werden. Mila bietet mir an, als Übermittlerin für mich einzuspringen. Bevor ich mit Endre Kontakt aufnehme, möchte ich aber noch mit seinem besten Freund David sprechen.

Gegen Mittag schreibt mir Mila, dass sie ihm meine Nachricht überbracht hat. Deshalb mache ich mich am frühen Nachmittag auf den Weg zum Bürotower von MBT. Als ich vor dem Gebäude stehe, werde ich nervös. All meine Emotionen der beiden vergangenen Wochen steigen in mir auf. Ich fühle mich Endre auf einmal wieder so nahe, und doch trennt uns mehr als je zuvor.

Ich habe keine Ahnung, ob David auch kommen wird. Dennoch warte ich hoffnungsvoll auf der Bank vor dem Ausgang sitzend. David erschien mir sehr offen und zugänglich.

Vielleicht quäle ich mich ja nur sinnlos, wenn ich den Kontakt zu Endre suche. Aber ich will nichts unversucht lassen.

Gegen vier strömen immer mehr Leute aus dem Gebäude. Einige Gesichter erkenne ich, ihnen ergeht es wohl wie mir. Niemand von ihnen wagt es jedoch mich anzusprechen – als wäre ich eine Aussätzige. Also hat die Gerüchteküche bereits fleißig gebrodelt. Irgendwann ertrage ich die ungeniert neugierigen Blicke der Leue nicht mehr und stehe auf, um mich ein paar Schritte vom Eingang zu entfernen.

Was tue ich hier eigentlich? Bin ich völlig verrückt geworden?

„Du bist bescheuert“, flüstere ich schließlich sogar mir selbst zu.

Plötzlich legt jemand den Arm sachte auf meinen Rücken. Ich zucke total erschrocken zusammen, dann drehe ich mich um und seufze. „Sie sind gekommen“, stelle ich erleichtert fest.

David nickt und geleitet mich die Straße hinunter. „Warum auch immer ich mich in diese Soap hineinziehen lasse. Aber wissen Sie, dass Ihre Freundin eine richtig nervtötende Person ist?“

Unweigerlich muss ich grinsen. Mila hat den armen Kerl wohl regelrecht belagert. Er hatte gar keine Wahl, als sich mit mir zu treffen. „Danke“, sage ich und meine es ehrlich.

David lädt mich in ein nahe gelegenes Café, wo wir uns an einen Zweiertisch setzen. Plötzlich bin ich furchtbar nervös und unsicher. Was hat Endre über mich erzählt? Was denkt David nun über mich?

„Also, was kann ich für Sie tun?“, bricht er das Schweigen und verschränkt seine Hände locker auf der Tischplatte.

Ich bin meilenweit davon entfernt, locker zu sein. Ununterbrochen drehe ich den Ring an meinem Finger im Kreis. Ein Tick, den ich in den vergangenen beiden Wochen perfektioniert habe. „Wie ... wie geht es ihm?“, frage ich ganz leise.

David staucht zuerst die Lippen zu einer schmalen Linie zusammen, ehe er mit den Schultern zuckt. „Endre ist ein zäher Brocken. Vermutlich würde er wollen, dass ich sage, es geht ihm hervorragend.“

„Und in Wahrheit?“

„Geht es ihm dreckig“, presst er hervor und mustert mich dabei genau.

Bisher war David immer offen zu mir. Doch nun verhält er sich irgendwie anders. Vermutlich deshalb, weil er noch nicht entschieden hat, was er von mir halten soll.

„Ich wollte mich nicht mit Ihnen treffen, um mich an Endres Leid zu ergötzen, sondern um ganz offen mit Ihnen zu sprechen.“

„Weil Sie denken, ich laufe dann zu ihm und setze mich für Sie ein?“, hakt er stirnrunzelnd nach.

„Nein, nicht deswegen. Sie sind sein engster Vertrauter. Bevor ich mich zum Affen mache, möchte ich wissen, ob ich noch eine Chance bei ihm habe."

Die Bedienung des Cafés unterbricht uns mit ihrem Erscheinen. Wir bestellen Kaffee, dann schweigen wir beide. „Nach allem, was passiert ist? Nein."

Die Wucht dieser Worte wirft mich beinahe vom Stuhl. Ich kralle mich in die Sitzfläche und versuche vergeblich, meine Tränen zu unterdrücken. „Ich würde so gerne noch einmal mit ihm sprechen und ihm erklären, wie das alles wirklich war. Denken Sie, er gibt mir zumindest dazu Gelegenheit?"

„Gibt es denn noch Klärungsbedarf?", kontert David.

Er verteidigt Endre. Genau so würden es Mila und Rose auch bei mir tun.

„Jede Menge sogar. Ich habe Fehler gemacht. Haufenweise. Aber ich habe keinen Plan verfolgt, um ihn zu ködern und finanziell auszuschlachten. Wenn er das einsieht, verzeiht er mir vielleicht."

„Ich glaube, das hat er bereits verstanden", meint David. „Vielleicht würde er das nicht zugeben, aber ich denke, er spürt die Wahrheit. Jedoch ist Endre unerbittlich, wenn es um Unehrlichkeit geht. Das war ein großer Vertrauensbruch für ihn. Nicht nur, dass Sie ein Verhältnis mit seinem Bruder hatten, sondern ihn mit Ihren Mails zum Narren gehalten haben. Das nagt an ihm."

Unser Kaffee wird serviert, doch schon jetzt weiß ich, dass ich keinen Schluck werde trinken können. „Irgendwann war es eben zu spät, um ihm von den

Mails oder der Affäre mit Harry zu erzählen. Ich wollte ihn nicht verlieren."

David schaufelt eine beträchtliche Menge Zucker in die kleine Tasse und verrührt das Gemisch lange mit dem Löffel. „Das verstehe ich, aber manchmal muss man in die Scheiße treten, um sein Gewissen zu erleichtern. Alles auf Rot, verstehen Sie?"

Das tue ich. Was auch immer ich mir von diesem Treffen erwartet habe – jetzt fühle ich mich noch schlechter.

„Würde er mich in sein Büro lassen, wenn ich jetzt hinginge?"

„Da ist er gerade selbst nicht", erklärt David nach einem Schluck Kaffee-Zucker-Mischung. „Er ist am Samstag nach Boston geflogen, um die Scheidung unter Dach und Fach zu bringen."

Diese Information erleichtert mich auf der einen Seite ungemein. Es gab Augenblicke, da war ich mir sicher, dass er zu Willow zurückgehen würde. Das waren meine schlimmsten Gedanken in den vergangenen beiden Wochen.

„Wann kommt er zurück?"

„In ein paar Tagen." David stellt die Tasse ab und beugt sich näher. Sein Gesichtsausdruck verheißt nichts Gutes. „Alice, wenn Sie einen ehrlichen Rat von mir wollen, dann versuchen Sie über ihn hinwegzukommen. Ich glaube nicht, dass er Ihnen eine zweite Chance geben wird."

Ich sacke innerlich zusammen und fühle mich, als würde ich von einer übermächtigen Kraft in ein tiefes Loch gerissen. Ich spüre nichts, höre nichts. Ich zerbreche gerade, auch wenn David tröstend nach meiner Hand greift.

„Es tut mir leid“, sagt er und klingt aufrichtig.

Das Tief, in das ich nach meiner Kündigung gestürzt war, war nichts im Vergleich zu dem, in dem ich durch das Treffen mit David gelandet bin. Naiverweise hatte ich noch Hoffnung auf eine mögliche Versöhnung mit Endre gehegt, doch die hat mir David nun vollständig genommen.

Ich weiß, dass ich mich ganz allein wieder aufrichten und nach vorne blicken muss. Doch augenblicklich fehlt es mir dazu an Zuversicht, Energie und Willen. Ich stehe völlig neben mir.

Was ist mit der starken, unerschütterlichen Alice geschehen?

Zwei Tage nach dem Treffen mit David verbringe ich wieder die meiste Zeit im Bett. Mila will sich sogar frei nehmen, um mir beizustehen, doch ich verbiete es ihr. Ich schlafe, weine, schlafe, weine. Ich fühle mich machtlos. Hilflos.

Alles um mich herum wirkt grau und trist.

Ich bin arbeitslos, fühle mich depressiv – ich bin völlig am Arsch. So sieht also der Tiefpunkt meines Lebens aus.

Mittwochnachmittag versuche ich mich endlich mit einem Buch abzulenken. Ich habe Milas Psychothriller-Sammlung durchstöbert und den am düstersten klingenden Titel rausgezogen. Ich nicke zwar immer wieder ein, finde das Buch aber dennoch spannend. Es lenkt mich ab. Dann klingelt mein Telefon. Eine unbekannte Nummer erscheint auf dem Display. Mein

Herz setzt einen Schlag lang aus, ehe es rasant gegen meinen Brustkorb hämmert.

Ich lecke über meine trockenen, spröden Lippen und gehe ran. „Hallo?“

„Ms Benedetto?“, höre ich eine Männerstimme, die mir bekannt vorkommt.

„Ja, die bin ich.“

„Dann habe ich endlich die richtige Nummer. Das hat lange genug gedauert.“

Wer zum Teufel bist du? „Gratuliere. Und mit wem spreche ich?“

„Oh, tut mir leid, jetzt habe ich glatt vergessen, mich vorzustellen. Robert Hamilton hier.“

Robert Hamilton – einer der beiden Hamilton-Brüder, deren Projekt ich bis zu meinem Rauswurf bei MBT betreut habe.

„Mr Hamilton, freut mich. Ich muss Sie aber enttäuschen – ich arbeite nicht mehr für MBT.“

„Das weiß ich“, erwidert er. „Mr Monroe hat die Leitung unseres Auftrags übernommen.“

Als hätte es mich nie gegeben. Ob er wohl an mich denkt, wenn er meine Pläne sieht? Und wenn ja, wie fühlt er sich dabei? Überlegen, weil er mich rausgeworfen hat? Oder genauso am Boden zerstört wie ich?

„Das ist richtig. Was ... was kann ich dann für Sie tun?“ Warum lange um den heißen Brei herumreden? Dafür fehlt es mir an Kraft und Geduld. Zeit habe ich dagegen zur Genüge.

„Ich muss zugeben, dass mein Bruder und ich sehr überrascht waren, als wir von Ihrer Entscheidung hörten. Sie sind sehr talentiert, Ms Benedetto.

Natürlich werden Sie Ihre Gründe gehabt haben, MBT zu verlassen; die gehen mich auch nichts an. Ich würde jedoch gerne mit einem Angebot an Sie herantreten."

„Einem Angebot?", wiederhole ich und setze mich auf.

Robert Hamilton lacht, im Hintergrund ist Straßenlärm zu vernehmen. „Ein lieber Neffe von mir betreibt ein kleines, hippes Architekturbüro. Sie planen ökologische, moderne, zeitgemäße und sehr individuelle Projekte. Neulich habe ich Sie erwähnt, und er zeigte gleich großes Interesse. Als ich nun von Ihrer Entscheidung erfuhr, dass Sie MBT verlassen haben, dachte ich, ich gebe Ihnen seine Einladung zu einem persönlichen Gespräch weiter. Oder haben Sie bereits eine andere Stelle gefunden?"

Ich bin allein schon gedanklich so weit weg von einem neuen Job entfernt, das könnte sich der gute Hamilton kaum vorstellen. Wenn er wüsste, dass ich dieses T-Shirt seit Tagen trage und mich hauptsächlich von Cornflakes ernähre, würde ich in seiner Wertschätzung wohl gnadenlos sinken.

„Ich habe noch keine passende Stelle gefunden", teile ich ihm die harmlose Variante meines beruflichen Status mit.

„Dann rufe ich ja zum besten Zeitpunkt an", meint er und klingt beschwingt. „Ich schicke Ihnen die Adresse und sämtliche Kontaktdaten meines Neffen. Er wird sich freuen, wenn Sie sich bei ihm melden."

Nachdem ich mich bedankt und aufgelegt habe, wird mir die Bedeutung dieses Telefonats erst so richtig bewusst. Mir wurde soeben ein Weg zu einem

Neubeginn geebnet. Eine Möglichkeit, aus meinem Loch herauszukommen, und meine Gelegenheit, mich von Endre zu befreien.

Aber das will ich gar nicht.

Alles in mir sträubt sich, Endre zu vergessen und aus meinem Leben zu streichen. Doch zugleich weiß ich, dass ich keine andere Wahl habe. Wenn ich so weitermache, werde ich irgendwann zugrunde gehen. Dann ende ich wie meine Mum – einsam, todunglücklich und finanziell am Ende.

DREISSIG

Alice

Zum ersten Mal seit knapp drei Wochen habe ich mich wieder zurechtgemacht. Ich trage gebügelte Kleidung, schicke Schuhe und sogar Make-up für das Treffen mit Theo Hamilton – Mr Hamiltons Neffe, der tatsächlich begeistert von mir und meiner bisherigen Arbeit zu sein scheint.

Er bietet mir eine interessante Stelle an – mit der Chance, eines Tages Partnerin in seinem aufstrebenden Unternehmen zu werden. Das Gehalt ist gut, das Büro weiträumig und hell und Theo ein cooler Typ.

Wir einigen uns bei einem Mittagessen auf alle Punkte. Ich unterzeichne gleich darauf meinen Arbeitsvertrag und atme tief ein, als ich auf dem Bürgersteig vor dem Büro stehe.

So riecht also der Neuanfang. Zumindest fühlt er sich besser an, als er riecht.

Vielleicht gelingt es mir auf diese Weise, mein kaputtes Herz zu kitten. Wenn ich wieder eine Aufgabe habe, dann kann ich auch genesen. Wenn ich neue Leute kennenlerne, werde ich Endre hoffentlich vergessen.

Im Gespräch mit Theo fiel ab und an sein Name. Dabei durchzuckte mich jedes Mal der Impuls, lautstark loszuheulen. Doch es gelang mir, diesen zu unterdrücken – erstmals seit sehr langer Zeit.

Obwohl ich hohe Schuhe trage und die nächste Tube-Station in greifbarer Nähe wäre, schlendere ich durch die Straßen. Ich will nicht gleich nach Hause gehen. Zurück an den Ort, wo mich Einsamkeit und Schmerz erwarten. Zurück in mein Schlafzimmer, wo alles auseinanderbrach.

Diesem Kreislauf muss ich jetzt endlich entfliehen.

MBT ist Geschichte. Harry ist Geschichte. Und Endre sowieso.

Sie alle gehören jetzt der Vergangenheit an. Sie sind Abschnitte meines Lebens, die ich nun loslassen muss.

Aus diesem Grund steige ich eine halbe Stunde später vor dem Friedhof aus dem Taxi – hier liegt Harry begraben. Ich war noch nie hier. Zu groß war meine Angst, ich würde es nicht packen. Doch jetzt fühle ich mich endlich bereit.

Beim Anblick von Harry Grab brechen die Dämme. Tränen strömen über mein Gesicht. Ich bin ganz zittrig und hoffe nicht umzukippen. Seinen Namen auf dem grauen Granit zu lesen tut so weh.

Mittlerweile glaube ich besser verstanden zu haben, welchen Platz Harry in Endres Leben eingenommen hatte. Die beiden verbrachten ihre Kindheit miteinander, später teilten sich ihre Wege, was ganz normal ist, doch sie waren nach wie vor

Brüder. Irgendwie dachte ich die ganze Zeit, dass es für mich bloß beruflich Konsequenzen gäbe, wenn ich Endre von meinem Verhältnis mit Harry erzählen würde. Ich habe völlig den Gedanken verdrängt, wie sehr ich Endre aufgrund dieser Tatsache treffen würde.

Vielleicht waren mir beide auch so wichtig, weil sie sich letztlich doch recht ähnlich sind. Endre war nicht einfach Ersatz für Harry, mit Endre verband mich anderes. Er gab mir das Gefühl, schwerelos zu sein. Er gab mir, was Harry mir verwehrt hat. Und trotzdem hat es am Ende nicht funktioniert. Jetzt stehe ich ganz allein da.

Ich bücke mich und lege die Tulpen, die ich mitgebracht habe, auf Harrys Grab nieder. „Du hattest für Blumen zwar nie viel übrig, aber ich weiß nicht, ob es erlaubt ist, Chili-Nachos auf Gräbern abzulegen", spreche ich leise mit ihm, als könne er mich dort, wo immer er nun sein mag, hören. „Vielleicht hast du ja mitbekommen was hier los ist. Du hast eine riesige Lücke hinterlassen, Harry. Es tut mir leid, dass ich nach deinem Tod so wütend auf dich war. Aber warum zum Teufel hast du mir nichts von deiner Frau erzählt? Geheimnisse scheinen bei euch in der Familie zu liegen."

Ich lächle traurig, wische mir mit der Handfläche über meine nasse Wange und drücke meine Stirn auf Harrys Namen.

„Weißt du, dass ich mir überlegt habe, ob du mich mit Endre zusammengebracht hast, um mich glücklich zu machen? Das tat er ja auch für kurze Zeit. Ich wünschte, ihr hättet euch wieder mehr angenähert, und dass du sehen könntest, wie sehr er sich anstrengt. Manchmal ist er ein Arschloch, das weißt du sicher. Aber nicht immer. Ich habe mich anfangs so gegen seine Ankunft gestellt. Wir haben es uns gegenseitig so schwer gemacht." Ich atme durch und warte, als bestünde auch nur die geringste Chance, eine Antwort von Harry zu bekommen. „Ich liebe ihn, Harry. Ich möchte mit ihm zusammen sein. Ich möchte mein Leben mit ihm teilen. – Und das erzähle ich ausgerechnet dir", flüstere ich betrübt. „Du würdest mir jetzt sicher raten, einfach mit Endre zu sprechen. Aber das kann ich nicht. Ich habe es verkackt. Richtig sogar. Ich habe euch beide verloren, und das aus völlig unterschiedlichen Gründen."

Bis auf das Zwitschern einiger Vögel und den Wind, der wie eine tröstende Berührung über meinen Körper weht, ist es völlig still. Plötzlich frage ich mich, ob Harry in seinen letzten Sekunden wusste, dass er sterben würde. War ihm bewusst, was passieren würde? Hatte er Angst? Schmerzen?

Gott, ich hoffe nicht.

„Was wäre aus uns geworden, Harry?", frage ich in die Stille. „Deine Frau, deine Kinder ... hättest du sie verlassen? Für mich? Ich hätte dich niemals darum gebeten. Du warst mir so wichtig, aber ich hätte auch gewusst, wann ich verloren habe. Die Liebe ist so kompliziert. Endre hat mir von eurem Dad und seiner Mum erzählt. Es tut mir so leid zu wissen, dass du so viel verpassen wirst. Du wirst niemals sehen, wie deine Kinder groß werden. Du hattest noch so viele Träume. Es ist immer viel zu früh, um zu gehen, da bleibt etwas Unfertiges zurück. Aber wenigstens bleiben eine Menge Erinnerungen. Und ich werde die an unsere gemeinsame Zeit bewahren, das verspreche ich dir. Es muss jedoch für mich weitergehen. Das hast du selbst nach jedem Rückschlag gesagt. ‚Steh auf und arbeite noch härter. Kämpfe!' Ich höre deine Worte noch heute. Nur frage ich mich inzwischen, ob jeder Kampf wert ist, geschlagen zu werden. Sind manche nicht völlig ausweglos und verursachen nur Schaden? Was würdest du mir in meiner Situation raten? Du kennst Endre doch viel besser als ich."

Ich bleibe noch eine Weile stehen. Mein Blick haftet an seinem Namen. Ich lausche und spüre seine Nähe. Tatsächlich fühle ich mich Harry nahe, aber das kann auch bloß Einbildung sein. Möglicherweise war es falsch, gerade jetzt herzukommen und alte Wunden aufzubrechen. Doch ich bin einfach nur meinem Bauchgefühl gefolgt. Mein Bauch kennt, wie ich festgestellt habe, sehr oft die richtigen Antworten.

Irgendwann erhebe ich mich und verabschiede mich von Harry. Ich verspreche ihm, bald wiederzukommen.

Als ich mich umdrehe, steht eine zierliche Frau mit rotblonden Haaren etwas entfernt hinter mir. Augenblicklich bereue ich es, hergekommen zu sein.

Was ist nur los mit mir, dass ich in letzter Zeit überall Chaos anrichte?!

Ich wage ein Lächeln, in der Hoffnung, dass sie mich dann einfach gehen lässt. Doch die Frau verfolgt einen anderen Plan. Sie macht ein paar Schritte auf mich zu und bleibt vor mir stehen, direkt neben Harrys Grab. Sie trägt eine schwarze Hose, einen hübschen grauen Pulli und funkelnde Ohrstecker. Sie betrachtet mich mit einem Ausdruck, als habe sie schon lange auf diesen Moment gewartet.

„Tut mir leid, ich ... ich habe Sie nicht kommen hören“, erkläre ich und umklammere meine Handtasche.

„Kein Problem“, erwidert sie ruhig. „Sie sind das erste Mal hier, richtig?“

„Ja“, antworte ich und nicke.

Ihr Lächeln ist warm und sogar tröstlich. „Sie sind Alice.“

Sie weiß also genau, wer ich bin.

„Es freut mich, dass Sie hergekommen sind. Der erste Schritt ist immer schwer.“

„Ich hatte das Bedürfnis, ihn zu besuchen“, gestehe ich mit brüchiger Stimme.

„Wie geht es Ihnen?“, erkundigt sie sich auf einmal.

Mein Verstand arbeitet in diesen Tagen nicht unbedingt auf Hochtouren. Ich überhöre ihre Frage, weil ich noch damit beschäftigt bin herauszufinden, wieso Harrys Mum meinen Namen kennt. Und wenn sie schon weiß, wer ich bin, warum ist sie dann nicht stinksauer auf mich?

„Harry hat mir viel über Sie erzählt, Alice“, fährt sie fort, als ich immer noch schweige. „Er hat Sie geliebt.“

Ich schnaube ungläubig. „Er war doch verheiratet.“

Sie nickt. „Ja, das stimmt. Wussten Sie denn nicht, dass seine Ehe am Ende war? Schon lange, bevor er Sie das erste Mal erwähnte. Er hat mich oft um Rat gebeten, weil er wusste, dass er sich Ihnen und seiner Frau gegenüber falsch verhielt. Zuletzt dachte ich, er solle sich für Sie entscheiden. Eine Mutter spürt, was ihr Kind braucht, und Harry brauchte Sie, Alice."

Das ist zu viel für mich. Nach allem, was in den vergangenen Wochen passiert ist, ertrage ich es nicht, nun auch noch zu erfahren, dass Harry unsere Beziehung öffentlich machen wollte. Dennoch ändert diese Erkenntnis nichts an der Wirklichkeit. Harry ist tot, und sein Bruder verachtet mich. Es ist zu spät – keiner von beiden wird einem Platz in meinem Leben einnehmen.

„Ich weiß nicht, was ich sagen soll", gestehe ich. „Ich habe so viel falsch gemacht. Irgendwie ist es mir gelungen, Harrys Tod bisher völlig zu verdrängen. Erst jetzt wird mir bewusst, dass er nie wieder zurückkommen wird."

Harrys Mum blickt mit feuchten Augen auf das Grab ihres Sohnes und schüttelt den Kopf. „Ich habe auch die Hoffnung aufgegeben, dass es irgendwann weniger schmerzhafter werden wird, an ihn zu denken. Aber ich glaube, dass es mindestens genauso wichtig ist, nach vorne zu blicken, wie an die Zeit mit ihm zurückzudenken. Er hätte für uns alle das Beste gewollt. Auch für Sie, Alice. Er hätte gewollt, dass Sie glücklich werden."

„Das hoffe ich", flüstere ich in Richtung der Tulpen.

Überraschenderweise greift Harrys Mum nach meinen Händen und hält sie fest, während sie mich sanft anlächelt. Ihre Hand ist warm und wirkt tröstend. Harrys Mutter gibt mir Zuversicht.

„Sie dürfen ihn nicht aufgeben", meint sie.

Erst bin ich verwirrt, dann aber begreife ich, von wem sie spricht. Von Endre.

Bis jetzt ist es mir gelungen, Haltung zu wahren. Doch nun knicke ich ein. Ich schniefe und schüttele immer wieder den Kopf. „Ich habe ihn längst verloren“, wimmere ich.

„Das haben Sie nicht“, beharrt sie. „Sie haben ihn möglicherweise verletzt und enttäuscht, aber Sie bedeuten ihm unendlich viel, Alice. Sie kennen doch die Geschichte mit seiner Mutter?“

Ich nicke und presse die Lippen aufeinander, um mein Schluchzen zu mildern. Vergeblich.

„Als Kind hat Endre nie gezeigt, wie sehr ihn der Verlust seiner Mutter verstört hat. Wir haben ihn in unserer Familie aufgenommen und ihm Liebe und Wärme gegeben. Erst später, als er erwachsen wurde, kam das Erlebte an die Oberfläche. Er hat sich verlassen gefühlt, im Stich gelassen. Der Tod seiner Mutter ist tragisch, aber ich verstehe, dass er sich nicht nur einmal gefragt hat, ob er ihr nicht genügt hatte. Mein Mann und auch ich haben uns schlimme Vorwürfe gemacht. Hätten wir etwas tun können, um sie zu retten? Wer weiß“, gesteht sie seufzend. „In Endres Leben spielen Geltungsdrang und Perfektion eine große Rolle. Schon als Kind drillte er sich, stets die beste Leistung abzuliefern. Die kleinsten Misserfolgen quälten ihn. Als er dann von Ihnen und Harry erfuhr, brachen alte Wunden in ihm auf. Wieder mal schien es für ihn, als ob er verraten worden war. Nicht genug war. Sie hatten sich für Harry entschieden – so war Endre nur sein Ersatz.“

„Das stimmt so nicht“, unterbreche ich sie.

„Das weiß ich“, erklärt sie sanftmütig. „Aber Endre wollte es nicht hören. Deshalb schiebt er Sie von sich, um sich zu schützen.“

Ihre Worte ergeben Sinn. Nun verstehe ich, weshalb Endre mir nicht einmal die Chance gab, mich ihm zu erklären. „Ich habe ihn aber belogen. Und das war unfair von mir.“

„Ja. Ja, aber Menschen begehen nun einmal Fehler. Wichtig ist, dass man zu ihnen steht und sich entschuldigt. Im Moment laufen Sie weg vor dem Schmerz und der Gewissheit, ihn verloren zu haben. Sie verstecken sich.“

Ich lache traurig. „Darin bin ich mittlerweile richtig gut.“

Harrys Mum lächelt. „Tun Sie das nicht, meine Liebe. Zeigen Sie ihm, welch besonderen Platz er in Ihrem Leben hat. Beweisen Sie ihm, wie wichtig er für Sie ist.“

„Aber wie? Er ist so stur.“

„Das ist er. Und all seine Tage sind so genau durchgeplant. Suchen Sie ihn unvorbereitet auf und werfen ihn aus der Bahn. Wenn er nicht weiß, dass er Sie treffen wird, hat er keine Chance, sich hinter seiner Mauer zu verstecken.“

Mein Mut wächst langsam. Noch ist mein Schmerz stärker. „Ich hoffe, Sie haben recht.“

„Gewiss. Ich bin mir sicher, dass Sie der Himmel geschickt hat, Alice, um meine Söhne glücklich zu machen. Manchmal braucht es jedoch einen irdischen Helfer, der den letzten Anstoß gibt.“

Sie hebt meine Hände an ihr Gesicht, presst ihre Lippen sanft darauf und lässt sie dann los, um ans

Grab ihres Sohnes zu treten. Dort schließt sie die Augen und beginnt wohl ein ähnliches Zwiegespräch mit Harry wie ich wenige Augenblicke zuvor.

EINUNDDREISSIG

Endre

Ich bin froh, endlich wieder Zeit für meine Arbeit zu finden. Die Scheidung ist abgewickelt, und nach einigen klärenden Gesprächen konnten Willow und ich einen positiven Schlussstrich unter unsere Ehe setzen.

Ich bin konzentriert, hoch motiviert und verbringe mehr Zeit im Büro als sonst wo. Solange ich nicht an Alice denke, gerate ich nicht ins Schleudern. Ich weigere mich mir einzugestehen, wie sehr sie mir fehlt. Schön öfters stand ich kurz davor, zu ihr zu fahren und das Problem zu klären. Doch dann kamen wieder die Erinnerungen an diesen einen Abend bei ihr hoch. Wie ich diese Kette, die ich von den Bildern kannte, sah. Wie ein Kartenhaus stürzte alles in sich zusammen. Mir wurde klar, dass sie mich belogen hatte. Mir wurde klar, dass sie die Frau war, die mein Bruder geliebt hatte.

Und ich? Ich war die verdammte zweite Wahl. Eine wandelnde Erinnerung an Harry. Sein Ersatz und so unwichtig für sie, dass sie es nicht für nötig hielt, mir von ihrem Verhältnis mit meinem Bruder zu erzählen.

Sie hat mich betrogen, und dieser Schmerz sitzt verdammt tief. Vielleicht deswegen, weil Alice mir auf einmal so viel bedeutet hat. Ich habe sie vergöttert und ... geliebt.

Natürlich könnte ich ihr das Verschweigen ihrer Affäre mit Harry verzeihen. Doch ich habe das Gefühl, auf lange Sicht kein ausreichender Ersatz für Harry zu sein. Damals, als ich nach Boston zog, schwor ich mir, nie wieder irgendwo die zweite Geige zu spielen. Ich wollte wichtig sein – nicht derjenige, der die Chance auf Glück verpasst hat. Aus welchen Gründen auch immer.

Seit Alice die Firma verlassen hat, habe ich sehr viel über mich und mein Leben nachgedacht. Vieles ist darin nicht gut verlaufen. Und je älter ich werde, desto bedeutsamer wird der Verlust meiner Mum für mich. Mit ihrem Tod begann mein ewiger Kampf um Anerkennung und Liebe. Ihr Tod löste in mir eine große Angst vor Verlust und Verlassenwerden aus.

Aus diesem Grund habe ich mich nun häufig gefragt, wie Alice entschieden hätte, wäre Harry nicht gestorben. Eine sinnlose Grübelei, die den Großteil meiner Nächte füllte. Und irgendwann dachte ich für mich, dass sie bestimmt Harry gewählt hätte. Den liebevollen, fürsorglichen, charmanten und witzigen Harry, der sie mit Geschenken überschüttete. Warum sollte sie sich für das kaltblütige, verschlossene Arschloch entscheiden, dass sie kündigt, vor allen bloßstellt und ihre Karriere zerstört?

Harry hätte niemals so gehandelt.

Er hätte Verständnis gezeigt, ihr zugehört und dafür gesorgt, dass er die Frau, die er liebt, nicht wegen einer Fehlentscheidung verliert, die er ohnehin nicht mehr ändern kann.

Harry hätte seinen besten Freund auch nicht dazu genötigt, ihre Bitte um ein Treffen anzunehmen und ihr mitzuteilen, ihn in Ruhe zu lassen. Er wäre selbst hingegangen und hätte sich mit ihr ausgesöhnt.

Mit jedem Tag, der vergeht, wächst meine Wut auf mich, während die Chance auf ein Wiedersehen mit Alice schwindet. Alles, was mir geblieben ist, ist die Arbeit.

Doch ich mache einen Bogen um das wichtigste Projekt des Jahres, weil es mich zu sehr an Alice erinnert. Das Hamilton-Projekt ist ihr Baby, das ich ihr genommen habe, um sie zu bestrafen, in der Hoffnung, ich würde mich danach besser fühlen.

Ich brauche nicht zu erwähnen, dass mein Plan nicht aufgeht.

Ich gebe Aufgaben des Hamilton-Auftrags an andere Leute ab und nehme nur ungern an Meetings teil. In allen Ecken scheint Alice zu lauern – mahnend und mich verachtend. Jeden Abend, wenn ich nach Hause gehe, schaue ich in ihr ehemaliges Büro, das nicht nachbesetzt wurde. Dort sitze ich ganz allein mit meinen Gedanken auf ihrem ehemaligen Stuhl und blicke aus dem Fenster. Wie sehr ich hoffe, dass es ihr besser geht als mir. Dann erklingt wieder diese Stimme in mir, die mir sagt, dass ich meinen Arsch aufraffen und zu ihr fahren soll.

Ich bin kein Ritter in strahlender Montur, der sich selbst kasteit, um jemand anderen zu schützen. Ich bin stur und oft sehr dumm. Furchtbar dumm. Doch in Wahrheit habe ich Angst vor einer Zurückweisung, vor ihren Worten, die mich zerstören würden. Darum suhle ich mich in meinem Schmerz und hoffe jeden Tag aufs Neue, dass ich bald über sie hinwegkomme.

Irgendwann muss ich das ja schaffen. Irgendwie.

Nur wie?

Heute aber wirft mich eine kurzfristige Terminanfrage von einem der Hamilton-Brüder völlig aus der Bahn. Ich habe null Lust auf das Projekt, und ich möchte auch nicht auf diese Baustelle fahren, wo jeder Winkel von Alices guter Arbeit zeugt. Doch mir bleibt keine Wahl. Ich habe die Leitung übernommen, und da muss ich jetzt durch. Am Abend werde ich mich mit David besaufen und danach bis in alle Ewigkeit schlafen – wenn ich Glück habe.

Ich mach mich auf zur Baustelle, wo es heute erstaunlich ruhig ist. Bis auf wenige Arbeiter treffe ich niemanden an. Nicht einmal einen der Hamiltons. Als ich das Gelände betrete, zieht sich mein Magen zusammen. Mir bleibt fast die Luft weg, doch irgendwie tragen mich meine Beine zu dem provisorischen Eingang des entkernten alten Gemäuers. Es riecht nach Betonstaub und feuchten Wänden. Mit meinem Anzug fühle ich mich völlig fehl am Platz neben den Arbeitern, die mich auf meine Frage nach Mr Hamilton tiefer ins Gebäude hineinschicken.

In einem größeren Raum, der von einem gleißend hellen Bauleuchter erhellt wird, steht ein Tisch mit einigen Stühlen, auf dem die Gebäudepläne ausgebreitet liegen. Vermutlich will er mich hier treffen.

Ich checke mein Handy, da ist eine Nachricht: Er verspätet sich.

Verdammt.

Ich will hier weg.

Wehmütig stemme ich meine Hände auf die hölzerne Rückenlehne des Stuhls und betrachte die Pläne. Darauf ist noch Alices Nummer als direkte Ansprechperson zu finden. Ich bin wie hypnotisiert von ihrem Namen.

Ob sie bereits einen neuen Job gefunden hat? Sie ist so verdammt gut, die Leute werden sich um sie reißen. Ebenso die Männer. Hat sie versucht, sich mit einem One-Night-Stand zu trösten?

Fuck.

Ich knurre und versuche diese Scheißgedanken aus meinem Kopf zu verdrängen.

Beim Klang der sich nähernden Schritte richte ich mich auf und fahre mir mit der Hand übers Gesicht. Ich kann es kaum erwarten, hier fertig zu sein und mich gepflegt zu betrinken. Wie ich in den vergangenen Wochen schon festgestellt habe, minimiert der Alkohol meinen Schmerz. Für ein paar Stunden fühlt es sich dann an, als hätte ich nicht das Wichtigste in meinem Leben verloren.

Als ich mich zum Durchbruch, durch welchen man den Raum betritt, umdrehe, ist es nicht einer der Hamiltons, den ich dort erspähe.

Es ist Alice.

Ich runzele die Stirn und merke, wie mein gesamter Körper in Aufruhr gerät. Sie sieht so wunderschön aus. Zwar etwas müde und blass, aber so hübsch, dass ich kaum in der Lage bin, meinen Blick abzuwenden. Sie trägt jenes Kleid, welches sie bei unserem ersten Treffen im *Landmark* anhatte. Ich erinnere mich nur allzu gut, wie provokant sie es damals auszog. Es glitt langsam ihre Beine runter und enthüllte dabei ihren perfekten Körper. Auch jetzt würde ich gerne jeden Quadratmillimeter davon küssen.

Doch es ist mir auch bewusst, wie scheiße es mir nachher gehen wird, nach diesem unverhofften Zusammentreffen. Ich darf mich nicht an dieser Erscheinung festkrallen, sondern muss nach vorne blicken.

„Das ist ein Privatgrundstück", fahre ich sie an und bin überrascht, wie hart ich klingen kann, obwohl ich in meinem Inneren zergehe. „Du hast hier nichts verloren."

Sie zuckt zusammen. Meine Worte treffen sie. „Robert Hamilton hat mich hierher gebeten."

Was zum Teufel hat sie mit den Hamiltons zu schaffen? Mischt sie sich denn etwa ins Projekt ein? Ich werde noch wahnsinnig.

„Schön und gut, ich werfe dich aber jetzt raus. Wir haben gleich ein Meeting."

„Das Meeting findet mit mir statt", erklärt sie und gibt sich Mühe, selbstsicher zu klingen.

„Mit dir?", frage ich noch einmal nach, um sicherzugehen. „Arbeitest du jetzt für die Hamiltons?"

Sie schüttelt den Kopf. „Sie haben mir einen Gefallen getan als Dank für meine Arbeit."

Dann ist dieses Treffen also eine Falle, weil Alice Hamilton bezirzt hat. Sie wird noch erfahren, wie wütend es mich macht, wenn jemand meine Pläne durchkreuzt.

Ich schnaube. „Ich habe keine Zeit für deine Spielchen, Alice.“

„Endre, bitte“, beschwört sie mich, als ich bereits Anstalten mache zu gehen.

Ihr trauriger Blick durchbricht meine Verteidigungsmauer, weshalb ich zögere und abwartend die Augenbrauen nach oben ziehe.

„Gib mir eine Chance, mit dir zu sprechen. Bitte.“ Tränen schimmern in ihren Augen, und die erste, die über ihre Wange läuft, spült meinen Ärger fort. „Ich möchte offen mit dir reden, weil mich all das Ungesagte zwischen uns auffrisst. Mir geht es um dich, Endre, nicht um Harry. Die ganze Zeit ging es nur um dich.“

Ich habe mittlerweile gecheckt, dass sie mich finanziell nicht ausnutzen wollte. Das würde auch nicht zu ihr passen. Sie hat nie etwas vom Konto behoben, weshalb ich ihr glaube, dass sie nichts davon gewusst hat. Mir geht es einzig um die Beziehung, die sie mit meinem Bruder geführt hat, und von der sie mir nichts verraten hat.

„Mal abgesehen von den Mails, die ich mit dir gewechselt habe, hätte ich dir von meinem Verhältnis mit deinem Bruder erzählen sollen. Ich habe es nicht getan, weil ich insgeheim wusste, dass ich dich dadurch verlieren würde. Vielleicht dachte ich, dich auf diese Art zu schützen. Auf jeden Fall war es falsch von mir. Und es war nicht fair.“

Sie knetet ihre Hände, wie sie es häufig tut, wenn sie nervös ist. So viele ihrer Gewohnheiten und

Facetten sind mir vertraut. Ich fühle mich ihr so nahe, und dennoch ist da diese Angst, dass ich mich in eine Beziehung stürzen könnte, die nicht gut für mich ist.

„Es war nicht so, dass ich Harry verloren habe und in dir, seinem Bruder, einen Ersatz gesucht habe."

Bei diesen Worten schwillt meine Brust an. Wie kann sie wissen, wie mich dieser Gedanke martert? *Weil du ihr wichtig bist,* flüstert mir eine Stimme zu.

„Ich werde die Zeit mit Harry nie vergessen. Er war ein wichtiger Teil meines Lebens. Ich weiß nicht, ob er und ich eine gemeinsame Zukunft gehabt hätten. Keine Ahnung. Doch das ist nicht von Bedeutung, da er nicht zurückkommen wird. Dich zu treffen war das Beste, was mir je passiert ist, Endre. Ich glaube, dass wir uns auch wegen Harrys Verlust so stark miteinander verbunden fühlten. Ich kann es nur wiederholen: Du warst niemals ein Notnagel für mich. In keiner Sekunde."

„Ich kann dir das, was du brauchst, nicht geben, Alice", sage ich.

„Ich brauche nur dich."

Ich schüttele den Kopf. „Und das, obwohl ich dich rausgeworfen, als Betrügerin abgestempelt und vor allen schlechtgemacht habe?"

„Ich kann vergeben."

Das kann nicht stimmen. Sie müsste mich hassen. Sie müsste mich verlassen – wie jeder, der mir wichtig ist, es bisher getan hat. Doch da steht sie nun und kämpft um mich.

„Ich liebe dich, Endre", teilt sie mir mit zittriger Stimme mit. „Nur dich. Es hat immer nur dich gegeben, und daran wird sich nichts ändern."

Für einen Augenblick schließe ich die Augen und atme tief durch. „Alice“, presse ich hervor und mache einen Schritt auf sie zu. „Soll ... soll ich dir das Schlimmste verraten?“

Alice kommt mir entgegen. Dicht voreinander bleiben wir stehen, ohne einander zu berühren. Wir blicken uns lediglich an.

„Nachdem ich erfahren hatte, dass du die Frau warst, für die mein Bruder – der treueste Kerl, den ich kenne –, seine Ehefrau verlassen hätte, war mir klar, dass er dich abgöttisch geliebt hat. Er hätte sich für dich entschieden. Und er hätte mit dir glücklich werden sollen. Nicht ich. Nun gab es aber Momente, da war ich sogar dankbar über seinen Tod, weil ich dich dadurch kennenlernen durfte. So krank bin ich.“

Sie leckt über ihre Lippen und greift nach meiner Hand. „Das ist nicht krank. Weiß du, warum? Weil ich genau das Gleiche gedacht habe. Wir müssen nicht leiden, um Harrys Tod weniger tragisch erscheinen zu lassen. Er hätte gewollt, dass wir beide glücklich werden. Denkst du nicht?“

Ganz sicher. Mein Bruder, dieser gutmütige Trottel, der für alle immer nur das Beste wollte.

„Ich habe keinen blassen Schimmer, wie ich eine Frau glücklich machen kann. Meine Ehe ist gescheitert, woran vermutlich mein Egoismus schuld ist. Ich habe unglaublich Schiss davor, verlassen zu werden, Alice. Und diese Angst treibt mich oft dazu, die dämlichsten Dinge zu tun. Dinge, die andere verletzen. Die dich verletzen. Ich bin die Arschlochversion von Harry.“

Sie verzieht tadelnd ihr Gesicht und lächelt mich dann aufmunternd an. Sie läuft nicht davon. Sie stellt sich mir. Keine Frau hat das bisher getan. Doch Alice ist anders. Sie ist eine Kämpferin und zeigt es mir.

„Du hast mich doch bereits glücklich gemacht, Endre. Noch nie zuvor war mein Leben so spannend und unterhaltsam wie mit dir“, versichert sie mir. „Ich habe mich noch keinem Menschen so verbunden gefühlt wie dir. Diese Wochen ohne dich waren die Hölle auf Erden, aber ich denke, wir haben die Zeit gebraucht, um herauszufinden, wie wichtig wir füreinander sind. Ich verlasse dich nicht. Ich werde mir Schlachten mit dir liefern, ganz gewiss. Wir werden uns in die Haare kriegen, diskutieren, und manchmal werde ich dich ein Arschloch nennen. Aber am Ende des Tages werden wir uns berühren – so wie jetzt. Wir werden uns küssen, lachen, fernsehen, und nachts wirst du mit mir schlafen. Es wird nur dich und mich geben. Und ich will nur dich. Weil ich dich liebe.“

Nie hätte ich gedacht, eines Tages so etwas zu hören. Nie hätte ich geglaubt, dass Worte mich so berühren können. Doch nun passierte es. Alices Versprechen dringt in Bereiche meines Herzens vor, wo noch nie jemand war. Sie sind selbst mir neu. Es scheint, als wäre dieser Ort nur für Alice reserviert. Und das ist gut so.

Ihr Lächeln wird schwächer, und sie wirkt nervöser, je länger ich schweige. „Du bist alles, was ich möchte“, gestehe ich schließlich und fasse nach ihrem Gesicht. „Einfach alles, Alice. Aber je mehr ich dich liebe, desto größer wird meine Angst, dass ich es vermassele und dich verletze.“

Sie seufzt erleichtert auf und steckt ihre Finger in meinen Hemdkragen. „Dann beweis dir selbst, dass du mich nicht verletzen wirst."

Ich lege meine Stirn gegen ihre und atme ihren Duft ein, den ich so vermisst habe. Ihre Haut ist viel weicher als in meiner Erinnerung. Alice ist die größte Versuchung – und der härteste Gegner für mich. Sie ist ein Geschenk für mich.

„Das werde ich, Baby. Versprochen", hauche ich und küsse sie endlich.

EPILOG

Alice
1 Jahr später

Als er das Podest betritt, kann ich seine Nervosität von der Weite schon erkennen. Für alle anderen Gäste wird er wie üblich als cooler, unerschütterlicher Endre Monroe auftreten. Doch nur ich weiß, wie lange er an seiner Eröffnungsrede gefeilt hat, und wie hibbelig er auf der Herfahrt war.

Ich kenne diesen Mann inzwischen so gut, und dennoch übt er einen ungeheuren Reiz auf mich aus. Mit nur einem Blick oder einem schelmischen Lächeln kann er mich in die Knie zwingen. Und tatsächlich röten sich meine Wangen, als er mir vom Rednerpult aus zuzwinkert und mit seiner Ansprache beginnt. Seine Stimme ist fest, seine Haltung erhaben, und er weiß exakt, welche Worte er wie betonen muss.

Seine Mum, die links von mir sitzt, fotografiert ihn mit ihrem Handy. Er hasst das, das weiß ich. Doch sie lässt sich nichts verbieten.

Nach Endre ergreifen die Hamilton-Brüder das Wort. Sie bedanken sich für die großartige Zusammenarbeit und überschütten MBT mit Lob. Als sie Harry erwähnen, greife ich instinktiv nach Elaines Hand. Für uns alle ist diese Eröffnung eine Art Abschluss. Das Hamilton-Gebäude war Harrys letztes Projekt. Und ich glaube, er wäre mit dem Ergebnis zufrieden gewesen. Ich bin es jedenfalls. Und ich bin stolz auf Endre. Er hat hervorragende Arbeit geleistet.

Zur Krönung des Abends wird die atemberaubende Lichtinstallation in Betrieb genommen. Wie Regentropfen erstreckt sie sich über den imposanten Eingangsbereich, in dem wir sitzen. Alle recken ihre Köpfe nach oben und bestaunen das Gesamtkunstwerk.

„Wie gefällt es dir?“, erkundigt sich Endre, nachdem um uns herum tosender Applaus ausgebrochen ist.

„Grandios“, sage ich und schmiege mich an ihn. „Ihr habt meinen ersten Vorschlag beinahe eins zu eins übernommen.“

„Weil er brillant ist. So wie du.“ Wir erheben uns, und ich werfe ihm einen dankerfüllten Blick zu.

Für den Rest des Abends werde ich Endre wohl kaum noch zu Gesicht bekommen, weil er sich händeschüttelnd und plaudernd durch die Gäste arbeiten wird. Doch noch habe ich ihn kurz ganz für mich.

„Mein Angebot steht“, meint er mit einem Augenzwinkern.

Ich kichere und greife nach einem Glas Wasser, das uns von einem Kellner auf einem Silbertablett angeboten wird. „Du kennst die Antwort auf dein verlockendes Angebot bereits.“

„Also klingt es reizvoll für dich?“

Alles, was der Mann mir bietet, reizt mich. Dennoch. „Ich fühle mich bei Theo sehr wohl. Vielleicht werde ich bald seine Partnerin. Und außerdem arbeiten wir ja ohnehin viel zusammen."

„Ich sehe dich aber kaum."

„Seit ich bei dir wohne, siehst du mich jeden Abend. Vorgestern meintest du noch, dass dich der Duft meines ‚Krempels' im Bad nervt", rufe ich ihm in Erinnerung.

Endre betet mir seit Monaten vor, meine Stelle bei Theo Hamilton wieder zu kündigen, um zu MBT zurückzukehren. Doch ich habe Gefallen an meinem neuen Job gefunden. Auch wenn ich Endre, Mila und Rose vermisse. Auch wenn MBT der Mercedes unter den Firmen ist, bei denen ich dank meiner guten Ausbildung arbeiten könnte.

Endre hat mich rausgeworfen – wofür er sich natürlich schon ausgiebig entschuldigt hat. Aber ich habe keine Lust, als jene Tussi zu gelten, die ihren Job nur deswegen zurückbekommt, weil sie mit dem Boss vögelt. Viel lieber gehe ich weiter meinen eigenen Berufsweg. Und wie ich bereits Endre erklärte, arbeiten unsere Firmen ohnehin immer häufiger zusammen.

„Daran kann ich mich nicht erinnern", lügt er.

„Ist klar", erwidere ich lachend. „Wer von uns beiden leidet jetzt an Schwangerschaftsdemenz?"

Endre lacht, während sein Blick zu der mittlerweile sichtbaren Wölbung gleitet. Auf seinem Gesicht taucht der Das-habe-ich-geschaffen-Ausdruck auf. „Ich leide mit dir, Baby."

Das tut er tatsächlich. Ich wurde schneller schwanger, als wir gedacht hatten. Zu der Zeit hatte ich gerade ein großes Projekt am Laufen und ziemlich viel um die Ohren. Ich litt an extremer Schwangerschaftsübelkeit und weckte Endre jeden Morgen mit Würgegeräuschen. Irgendwann brachte er vorsorglich seinen Twenty-five Year Award in Sicherheit. Ich sprach ihn darauf nicht direkt an, sondern lachte lautstark, ehe ich mich wieder übergeben musste. Doch er sorgte sich liebevoll um mich. Er verwöhnte mich mit Tee, brachte mir Suppe ans Bett und massiert seit Wochen meine Füße, die sich schwer und aufgeschwemmt anfühlen.

Wer hätte gedacht, dass Endre – Großmaul – Monroe einmal so fürsorglich sein würde?

Außerdem ist er mit mir schon einige Male zu meiner Mum gefahren. Auf seine charmant-diplomatische Art hat er ihr ins Gewissen geredet, und seit sie weiß, dass sie nun bald Oma wird, zieht sie auch tatsächlich in Erwägung, nach London zu übersiedeln. Dann habe sie viel mehr Zeit für mich und ihr Enkelkind und könne mich bestmöglich unterstützen. Und auch bei der Wohnungssuche unterstützt Endre sie sehr. Was sie sich von mir nicht sagen lässt, glaubt sie Endre im Nu.

Offensichtlich macht Endres Wirkung auf Frauen vor gar keiner Halt. Nicht mal vor meiner Mutter.

Wie die Tochter, so die Mutter, meinte Endre vergangene Woche grinsend.

Die Hamiltons, die sich dank ihrer Hilfe in Form des nicht existenten Meetings als Initiatoren unserer

Beziehung verstehen, quetschen mich in den nächsten zwanzig Minuten über das Baby aus.

„Ich hoffe, sie rechnen nicht damit, Patenonkeln zu werden“, flüstert Endre mir ins Ohr. „David wäre stinksauer.“

„David?“, frage ich. „Nein, Endre.“ Ich mag David wirklich unglaublich gerne, doch irgendetwas sagt mir, dass er schlechten Einfluss auf unser Kind haben wird.

„Er ist mein bester Freund.“

„Er ist ein Weiberheld. Ich will nicht, dass mein Kind so wird wie er. Mila und Rose würden sich freuen, wenn sie die Patenschaft übernehmen dürften.“

Nun runzelt Endre die Stirn. „Rose können wir gerne wählen. Mila ertrage ich nur in winzigen Dosen. Verdammte Nervensäge.“

Ich boxe ihm in die Seite und gebe mir Mühe, nicht zu lachen, sondern ihn böse anzublicken. Zwischen Mila und Endre besteht weiterhin ein Hass-Liebe-Verhältnis. Mila weiß, dass Endre die Liebe meines Lebens ist. Doch sie droht mir dennoch immer wieder, dass sie ihm die Beine brechen wird, sollte er mich fallen lassen. Die beiden haben jedoch eine gemeinsame Leidenschaft entdeckt: Videospiele. Aus diesem Grund findet nun alle zwei Wochen ein Zockerabend bei uns statt. Während Endre, Mila, Vi und David die Konsole malträtieren, beobachten Rose und ich das Treiben aus sicherer Distanz. Früher habe ich mich dabei betrunken, damit ist es jetzt vorbei.

„Zum Glück müssen wir uns darüber noch keine Gedanken machen.“

„Du meinst, wir lernen vielleicht noch normale Leute kennen?“

„Spaßvogel“, erwidere ich grinsend.

Im nächsten Moment greift Endre nach meiner Hand und zieht mich von der Menge weg. Wir gehen einen Gang entlang und gelangen zu einem kleinen Foyer, das zu den Fahrstühlen führt. Dort hängt an einer Wand ein silbernes Seidentuch.

„Eine Überraschung?“, erkundige ich mich und werde etwas nervös.

„Ja. Ein Geschenk der Hamiltons.“

Endre greift nach dem Tuch und zieht es gekonnt ab. Darunter kommt ein Bild zum Vorschein, an dessen Entstehung ich mich noch genau erinnern kann. Es war der Tag der symbolischen Schlüsselübergabe. Darauf zu sehen sind die Hamilton-Brüder, einige Leute aus meinem Team, ich und Harry. Dieser steht neben mir und zeigt sein typisches Strahlemann-Grinsen. An dem Tag sprühte er nur so vor Freude und Aufregung. Er konnte es kaum erwarten, mit dem Projekt zu starten.

Während ich ihn ansehe, wird meine Sicht von Tränen verschleiert. Harry ist immer irgendwie präsent. Endre redet oft von ihm, und wenn wir bei seinen Eltern auf Besuch sind, erzählen sie lustige Geschichten über die beiden Brüder. Doch schon lange habe ich nicht mehr diesen Schmerz und diese Sehnsucht nach ihm verspürt wie jetzt bei diesem Bild.

Nur wenige Wochen, nachdem es entstanden war, war er tot. Unglaublich.

„Eine wirklich nette Geste der beiden“, sage ich mit belegter Stimme.

Endre legt den Arm um mich und blickt weiterhin auf das Bild. „Er würde es lieben. Deine Pläne hätten ihm gefallen.“

Eine Träne kullert über meine Wange und landet auf meinem Bauch. „Er wäre stolz auf dich, Endre. Und du machst mich unvorstellbar glücklich. Jeden Tag.“

Ich sehe Harry auf dem Bild noch ein letztes Mal an, dann drehe ich mich zu Endre und küsse ihn.

Printed in Germany
by Amazon Distribution
GmbH, Leipzig

17793613R00240